Christiane Lind

Im Schatten der goldenen Akazie

Impressum

Herausgeberin:
© AIKA Consulting GmbH
Dalwigkstraße 17
34130 Kassel
www.christianelind.de

Deutsche Erstveröffentlichung 2016

Buchcoverdesign: Sarah Buhr - www.covermanufaktur.com
unter Verwendung von Bildmaterial von www.shutterstock.com:
Känguru: Tribalium
Farm: Konstanttin
Hintergrund: kwest
Baum: Andrzej Kubik

Lektorat: Ursula Hahnenberg, www.lektorathahnenberg.wordpress.com
Korrektorat: Barbara Lösel, www.wortvergnügen.de
Satz / Layout: Grittany Design, www.grittany-design.de
unter Verwendung von Bildmaterial von Adobe Stock:
Akazie 1: Adrian Hillmann
Känguru: aliaksei_7799
Akazie 2: adrew7726
Zweig: Евгения Загреева

ISBN: 978-3-96111-669-0

Bestellung und Vertrieb: Nova MD GmbH, Vachendorf
Druck: Mazowieckie Centrum Poligrafii
Mikołaja Ciurlionisa Strasse 4
05-270 Marki, Polen

CHRISTIANE LIND

Im Schatten der goldenen Akazie

AUSTRALIEN-ROMAN

Erinnerungen bleiben,
aber der Schmerz verweht mit dem Wind …

Australien, Ende des 19. Jahrhunderts. Nach dem tragischen Tod ihrer Mutter haben die besonnene Victoria und die leidenschaftliche Catherine nur einander. Nichts scheint die Schwestern trennen zu können, bis der Opalschürfer Luke in ihr Leben tritt.

Gut hundert Jahre später: Nach einer furchtbaren Enttäuschung folgt Franziska kurz entschlossen einem Brief ihrer Großtante Ella und reist nach Australien. Gemeinsam forschen die beiden nach ihren Wurzeln und begegnen starken Frauen, weisen Aborigines und dem entbehrungsreichen Leben deutscher Einwanderer.

Vor der traumhaften Kulisse Queenslands entfaltet sich eine dramatische Familiengeschichte über mehrere Generationen.

PROLOG

Hannover, vor vier Jahren

Oh, schon kurz vor zehn. Wie die Zeit verflogen war. Franziska hatte noch nicht einmal die Hälfte von dem geschafft, was sie sich für heute vorgenommen hatte. Wenn sie weiterhin so schneckenlangsam lernte, würde sie ihr Abi niemals bestehen und konnte alle ihre Pläne vergessen. Mit Daumen und Zeigefinger rieb sie sich die schmerzenden Augen. Wie oft hatte sie den Absatz über Glykolyse jetzt gelesen, ohne ihn zu verstehen?

Vielleicht sollte sie für heute Schluss machen, sich mit Caro treffen, tanzen gehen, sich ablenken von dem ganzen Stress. Franziskas Blick fiel auf den Kalender, in dem sie die Abi-Termine fett rot markiert hatte. Nein, sie konnte es sich einfach nicht leisten, ihr Pensum heute nicht zu schaffen.

»Franziska, Liebes. Du arbeitest zu viel.«

Das Klopfen an der Tür riss sie aus ihrer Konzentration. Franziska schaute auf und sah, wie ihre Mutter den Kopf durch die geöffnete Tür steckte. In den Händen trug sie ein

Tablett. Der Duft von Kakao und selbstgebackenen Schokoladenkeksen begleitete sie.

»Ach, Mum.« Franziska stieß einen leisen Seufzer aus. Ihr Magen knurrte. »Danke für den Kakao. Es sind ja nur noch ein paar Tage …«

»Ich weiß. Aber du solltest wirklich ab und zu eine Pause machen.« Die braunen Augen ihrer Mutter musterten Franziska mit vielsagendem Blick. Sie schob Bücher und Karteikarten zur Seite und stellte das Tablett auf dem Schreibtisch ab. »Das Abi ist wichtig, aber vergiss deshalb nicht zu leben.«

Franziska rieb sich die Augen und klappte ihr Notebook zu. Wenn ihre Mutter diesen Blick hatte und Kakao und Kekse brachte, würde sie nicht sofort wieder gehen. Franziska nahm einen Schluck von der heißen Schokolade und schloss genießerisch die Augen. Niemand kochte so einen leckeren Kakao wie ihre Mutter.

»Ach, Mum. Irgendwie kommt mir alles wie ein Buch mit sieben Siegeln vor. Du weißt selbst, wie wichtig der Abi-Durchschnitt ist. Ich möchte auf jeden Fall Geschichte an einer Uni studieren, die zu den besten gehört.«

»Ich weiß, Liebes.« Hannah Lindhoff strich sich eine blonde Strähne aus der Stirn und suchte sichtlich nach Worten. »Aber manchmal wünschte ich mir, dass du etwas mehr von Alinas Entspanntheit hättest.«

Franziska senkte den Blick und biss die Zähne zusammen. Jetzt hielt ihre Mutter ihr auch noch ihre drei Jahre jüngere Schwester als leuchtendes Beispiel vor. Alina, der immer alles wie von selbst zufiel, die sich in der Schule kaum anstrengte und sich mit mittelprächtigen Noten zufriedengab. Alina, die in allem etwas Spannendes entdeckte, nur um schnell das Interesse zu verlieren. Alina, die mit einem Achselzucken durch die Welt ging. Neben ihrer Schwester fühlte Franziska sich strebsam und langweilig. Aber dass ihre Mutter das auch so sah, tat weh.

Sich anhören zu müssen, dass sie entspannter sein sollte – das war einfach nicht fair. Ihre Mutter musste Franziska die Verärgerung an der Nasenspitze abgelesen haben, weil sie sich mit den Fingern ins Gesicht und durch die Haare fuhr, wie immer, wenn ihr etwas unangenehm war.

»Franziska, ich … ich habe es nicht so gemeint. Ich mach mir doch nur Sorgen um dich. Manchmal fürchte ich, dass du alles zu ernst nimmst. Schau mal, was ich heute bekommen habe. Eigentlich wollte ich es dir erst morgen erzählen, aber …« Ihre Mutter griff in die Tasche ihrer Jeans und legte einen Brief auf Franziskas Schreibtisch. »Du errätst nie, was das ist.«

»Wo ist der her?« Neugierig griff Franziska nach dem Umschlag. »Wen kennt ihr denn in Australien?«

Franziskas Eltern redeten schon ewig davon, mal nach *Down Under* zu reisen, aber immer war die Reise zu teuer gewesen.

»Bisher kannten wir dort niemanden.« Ihre Mutter streckte die Hand aus und nahm Franziska den Brief aus der Hand. Sie zog das Papier aus dem Umschlag, faltete es auf und gab es Franziska. »Anscheinend haben wir dort Verwandte.«

»Was? Das kann doch nicht sein, oder? Davon hätten wir doch längst gehört.«

Franziska konnte sich beim besten Willen nicht vorstellen, dass ihre reiselustigen Eltern sich die Gelegenheit hätten entgehen lassen, Verwandte in *Down Under* zu besuchen. Je weiter weg ein Ziel war, desto größer war die Begeisterung ihrer Eltern. Urlaub bedeutete für Hannah und Christopher Lindhoff Zelten oder Bergsteigen oder Floßfahrten, möglichst in weit entfernten Ländern mit gefährlichen Tieren. Franziska hielt es mehr mit Lesen am Strand und war froh, dass ihre Eltern inzwischen nicht mehr von ihr erwarteten, sie zu begleiten. Alina hingegen teilte die Familienleidenschaft für seltsame Orte und unbequemes Reisen.

»Es wird sogar noch besser.« Die Augen ihrer Mutter leuchteten vor Begeisterung. »Ella Murdoch hat uns eingeladen, sie in Brisbane zu besuchen. Queensland, ist das nicht toll?«

»Das ist im Osten, oder?« Franziska hatte vor zwei Jahren ein Referat über Australien geschrieben. »Hast du schon konkrete Reisepläne?«

»Also …« Wieder eine bedeutungsschwere Pause. Aber Franziska wusste nur zu gut, dass ihre Mutter Geheimnisse nicht lange für sich behalten konnte. Das war früher mit Geburtstags- und Weihnachtsgeschenken schon so gewesen und hatte sich seitdem nicht geändert. »Ich hab mir überlegt, dass ich dir eine Reise zu unseren Verwandten spendiere. Für das bestandene Abi. Was hältst du davon?«

Franziska schluckte. Australien. Nicht gerade das Land ihrer Träume. Haie fielen ihr ein. Giftschlangen. Giftspinnen. Giftkröten. Tödliche Quallen. Ganz zu schweigen von menschenfressenden Krokodilen. Wüste. Sonnenbrand. Innerlich seufzte sie auf. Warum konnte sie keine Verwandten an einem schöneren Ort der Welt haben? USA oder Neuseeland zum Beispiel. Aber das konnte sie ihrer Mutter nicht sagen. Ihrer Mutter, die sie so erwartungsvoll ansah. Ihrer Mutter, deren Urlaubsländer nicht unerschlossen und exotisch genug sein konnten. Immerhin konnte Australien mit Koalabären, Wombats und Kängurus punkten.

»Das wär prima. Alina und Papa finden das bestimmt auch klasse.« Franziska bemühte sich um ein erfreutes Lächeln.

»Nein, Schatz. Nicht wir alle. Nur du und ich.« Ihre Mutter nahm Franziska in die Arme und küsste sie auf die Stirn. »Ich finde, es ist Zeit, dass nur wir beide etwas gemeinsam unternehmen.«

»Das wäre toll.« Franziska erwiderte die Umarmung. Allein mit ihrer Mutter. Dafür würde sie es auch mit Kröten, Spinnen und Schlangen aufnehmen. Wie schön, dass es nach dem Abitur etwas gab, auf das sie sich freuen konnte. »Du und ich und Kängurus.«

»Ich freu mich. Mach nicht mehr so lange, Schatz. Es gibt wirklich Wichtigeres im Leben als das Abitur.« Ihre Mutter lächelte. »Auch wenn es im Moment nicht so aussieht.«

KAPITEL 1

Amber's Joy, Australien, 1890

Victoria blieb stehen, als Catherine sich ins Gras fallen ließ. Ihre Schwester schluchzte haltlos auf.

»Burilda kann uns bestimmt helfen, nicht wahr?« In ihrer Angst wirkte Catherine zart und zerbrechlich und viel jünger als neun Jahre. »Sie ist doch eine Heilerin.«

»Ja. Burilda wird uns helfen«, antwortete Victoria und versuchte, sich nicht anmerken zu lassen, wie wenig Hoffnung sie hatte. »Alles wird gut. Komm, steh auf. Wir müssen weiter.«

Catherine wischte sich mit dem Ärmel ihres Kleides über die Nase und stand auf. Voller Hoffnung schaute sie ihre ältere Schwester an. Trotz ihrer dreizehn Jahre fühlte Victoria sich heute jung und verletzlich.

Es war ihr gelungen, Catherine rechtzeitig vom Bett ihrer Mutter wegzuziehen, aber Victoria hatte einen letzten Blick auf Amber Wagner geworfen und war vor Schreck erstarrt. Ihre Mutter musste entsetzliche Schmerzen erleiden, so verzerrt sahen ihre Gesichtszüge aus.

»Schaff die Kleine hier weg«, zischte ihr Vater Victoria an und bedachte sie mit einem Blick, der ihr durch Mark und Bein fuhr. »So soll sie ihre Mutter nicht sehen.«

Aber Victoria konnte ihm keinen Vorwurf für den Hass machen, mit dem er ihr begegnete. Nichts konnte ihr mehr wehtun als die Vorwürfe, die sie selbst sich machte. Ihre Schuld. Es war alles ihre Schuld.

»Vic, wo müssen wir hin?« Catherine zupfte sie am Ärmel. Die arme Kleine war so durcheinander, dass sie nicht einmal mehr in der Lage war, sich in der Umgebung der heimischen Farm zurechtzufinden. »Sag, wo finden wir Burilda?«

Victoria holte tief Luft. Sie musste sich beruhigen. Für ihre kleine Schwester und für die vage Hoffnung, dass die Aborigine-Heilerin ihrer Mutter möglicherweise helfen konnte. Suchend schaute sie sich um. Vor ihr erstreckten sich die Zuckerrohrfelder in intensiven Grün- und Gelbtönen, je nachdem wie reif das Zuckerrohr inzwischen war. Nicht mehr lange, dann würde die Ernte beginnen. Höher als ihr Vater groß war, waren die Pflanzen gewachsen und bildeten einen undurchdringlich wirkenden Wald. Einen Forst, in dem sich Ratten und Schlangen verbargen, so dass es klüger war, nicht die Abkürzung durch die Felder zu wählen. Also blieb nur der längere Weg an den Feldrändern entlang – reichte die Zeit dafür aus oder gefährdeten sie mit jeder Minute, die verging, das Leben ihrer Mutter?

Verzweiflung wallte in Victoria auf. Warum musste sie so schwerwiegende Entscheidungen treffen? Sie fühlte sich selbst noch wie ein Kind, auch wenn sie vier Jahre älter als Catherine war. Die Verantwortung für das Leben ihrer Mutter zu tragen, diese Last erschien Victoria zu gewaltig. Ihre Kehle fühlte sich trocken an und sie schluckte mühsam. Sie beschattete die Augen mit der rechten Hand und blinzelte in die brennende Mittagssonne. Wo mochte Burilda wohl sein?

Warum nur konnten die Aborigines nicht in festen Hütten wohnen wie ihre Familie? Warum zogen sie über die Ländereien und tauchten manchmal tage- oder wochenlang nicht auf? Bis auf die wenigen, die am Rande von Amber's Joy ihr Lager aufgeschlagen hatten und nun dort lebten. Zwischen den Welten. Keine wirklichen Aborigines mehr, aber auch keine Weißen.

Nein, Victoria durfte sich jetzt nicht ablenken, sie musste nachdenken. Sofort, nachdem ihr Vater sie weggeschickt hatte, war ihr Burilda eingefallen. Ihre Heilkünste hatten schon manchem *Cutter* geholfen, der während des Zuckerrohrschnitts von einer Schlange oder einer angriffslustigen Ratte gebissen worden war.

Wo hielt sich Burildas Clan am liebsten auf? Jetzt, zu dieser Jahreszeit, wo die Sonne hoch am Himmel stand und die Bäume Früchte trugen? Victoria ließ die Hand sinken und atmete laut ein und aus. Das musste es sein.

»Das Wäldchen. Lass uns zum Akazienwäldchen laufen.« Sie griff nach Catherines Hand und zog ihre kleine Schwester hinter sich her, vorbei an den hohen Zuckerrohrstangen. Ein plötzliches Geräusch ließ Victoria innehalten. Raschelte es dort hinten? So, als ob ein Reptil sich zwischen den einzelnen Zuckerrohrstangen hindurchzwängte und versuchte, nicht gesehen zu werden? Eine Schlange? Victoria erstarrte. Sie konnte weder Finger noch Füße bewegen, obwohl ihr Körper ihr zuschrie, wegzulaufen, so schnell sie konnte. Nicht wieder eine Schlange.

»Vic! Vic! Was hast du denn?« Catherine zerrte so lange

an der Hand ihrer Schwester, bis Victoria sich aus der Erstarrung lösen konnte und weitereilte.

Catherine keuchte vor Anstrengung und bemühte sich tapfer, mit ihrer großen Schwester Schritt zu halten, aber je länger sie unterwegs waren, desto matter wurde die Kleine. Hatte sie das Richtige getan, als sie gemeinsam mit Catherine von Amber's Joy davongelaufen war, fragte sich Victoria erneut. Was, wenn es ihrer Mutter schlechter ging? Was, wenn sie sich nicht von ihr verabschieden könnten?

Victoria spürte Tränen aufsteigen. Alles war ihr Fehler. Nicht auszudenken, wenn Catherine etwas passierte und sie noch mehr Schuld auf sich lud. Ihr Vater würde ihr niemals verzeihen, sollte Catherine etwas geschehen. Ihr Vater, der Catherine seine kleine Prinzessin nannte und sie nach Strich und Faden verwöhnte.

Vielleicht sollte sie einfach mit den Aborigines davonlaufen und nie wieder nach Amber's Joy und zu ihrer Schuld zurückkehren. Aber was würde aus Catherine werden? Victoria konnte ihre Schwester nicht im Stich lassen, selbst wenn das für sie bedeutete, jeden Tag mit den Vorwürfen ihres Vaters leben zu müssen.

»Vic. Ich … ich kann nicht mehr.« Catherines Stimme klang so elend, dass Victoria ihre Schritte verlangsamte. Sie wandte sich ihrer Schwester zu, die sie aus rotgeweinten Augen traurig und erschöpft ansah. »Wir werden Burilda nie finden.«

Mit einem Aufschrei warf sich Catherine auf den Boden und brach in hoffnungsloses Schluchzen aus, das Victoria ins Herz schnitt und ihr ebenfalls die Tränen in die Augen trieb. Sie setzte sich neben ihre Schwester, legte die Arme um sie und wiegte sie, so wie es getan hatte, als Catherine ein Baby gewesen war. Sie hatte ihr Bestes versucht und war gescheitert.

So, wie ihr Vater es ihr so oft prophezeit hatte. Von Geburt an war Victoria eine Enttäuschung für Joseph Wagner gewesen. Einen Sohn hatte er sich gewünscht, der Amber's Joy einmal erben und zu weiterer Blüte bringen sollte. Stattdessen war es ein Mädchen geworden. Seltsamerweise warf ihr Vater Catherine nie vor, dass auch sie kein Sohn geworden war. Vielleicht weil sie so niedlich aussah mit ihrer roten Lockenpracht und den auffallend tiefblauen Augen. Catherine war ein süßes Baby gewesen und hatte sich zu einem äußerst hübschen Kind entwickelt, das nach ihrer schönen Mutter kam, während Victoria ihrem grobknochigen Vater ähnelte, dessen Haare zwischen blond und braun changierten.

»Liebes, du hast sehr schöne Augen und klare Gesichtszüge«, pflegte ihre Mutter Victoria zu trösten, wenn sie sich wieder einmal für hässlich und unscheinbar hielt. »Deine Haare kannst du mit einer Lockenschere brennen, aber so tiefgrüne Augen, die kann nur die Natur schenken.«

Der Gedanke an die Liebe ihrer Mutter gab Victoria die Kraft, die nötig war, weiter nach Burilda zu suchen. Aber es wäre dumm, weiter blindlings durch den Busch zu laufen.

Victoria schloss die Augen und lauschte. Einzig das Lachen des *Kookaburra*, das sich in ihren Ohren höhnisch anhörte, unterbrach die Stille. Über ihr saß der blaugeflügelte Eisvogel im Baum, weit genug entfernt, dass sie ihn nicht erreichen konnte. Die Federn seiner Flügel schimmerten hellblau wie der Himmel zur Mittagszeit; seine Schwanzfedern waren dunkelblau wie ein tiefer Teich. Doch der übergroße Schnabel beeinträchtigte die Schönheit des *Kookaburra*. Sein Gekeckere klang wie spöttisches Lachen.

»Verschwinde!«, rief Victoria und der Eisvogel breitete seine Flügel aus und flog davon. Nun gab es nichts mehr, was die Ruhe störte. Tiere und Menschen waren vor der Mittagshitze geflohen und hatten sich in die Schatten zurückgezogen. Wie konnte es nur so ruhig sein? Totenstill, dachte Victoria. Angst krampfte ihr Herz zusammen.

»Kommt mit.«

Victoria und Catherine schrien erschrocken auf, als ein Aborigine-Junge wie aus dem Nichts neben ihnen auftauchte. Er war hochgewachsen für einen Ureinwohner und wohl so alt wie Victoria. Vielleicht ein oder zwei Jahre älter. Seine Kleidung wirkte zusammengestückelt, aber sauber und gepflegt. Victoria war sicher, dass sie ihn noch nie bei einer der Familien gesehen hatte, die auf dem Land von Amber's Joy wohnten.

»Burilda erwartet euch.«

Victoria schniefte noch einmal und stand auf. Gedanken überschlugen sich in ihrem Kopf wie eine Horde *Wallabies* an einem schönen Frühlingstag. Man kann den *Abos* nicht trauen, hatte ihr Vater Catherine und Victoria wieder und wieder gepredigt. Selbst Burilda betrachtete er mit Vorbehalt. Seine Töchter hatte er immer wieder davor gewarnt, sich den Familien zu nähern, die auf Amber's Joy oder in der Nähe der Plantage lagerten. Victoria hatte sich als brave Tochter immer an die Worte ihres Vaters gehalten und schreckte nun zurück, als der fremde Junge ihr seine Hand entgegenstreckte. Sie musterte ihn. Er war heller als die meisten, die sie bisher gesehen hatte, und wirkte wie … Victoria runzelte die Stirn, während sie nach einem passenden Wort suchte …

»Du bist ein Mischling«, platzte Catherine heraus, bevor Victoria reagieren konnte. Erschrocken hob die Kleine dann die Hand vor den Mund, als bereute sie ihre Worte. So etwas durften sie schließlich nicht sagen. Ihre Mutter betonte immer wieder, dass auch die Eingeborenen Gottes Geschöpfe wären und dass man sie daher mit Respekt behandeln müsste. Eine Sichtweise, die Victorias Vater nicht teilte.

»Entschuldige. Cat meint es nicht böse«, flüsterte Victoria. Sie musterte den Jungen und kaute verlegen an ihrer Unterlippe. »Sie ist nur so müde.«

»Warum sollte ich böse sein?« Er schaute sie aus dunklen Augen an und zuckte die Schultern. Auf einmal wirkte er deutlich älter als zwölf oder dreizehn Jahre, was Victoria verunsicherte. »Sie hat Recht. Mein Vater war einer von euch. Meine Mutter ist eine *Yagara*.«

»Warum lebst du nicht bei deinem Vater?« Neugierde übermannte Victoria; eine so große Wissbegier, dass sie für einen Augenblick sogar die Sorge um ihre Mutter verdrängte. Auch Catherine musterte den Jungen mit unverhohlenem Interesse. »Wie heißt du?«

»Ihr nennt mich Billy. Bei meinen Leuten heiße ich Makka, was in deiner Sprache ‚kleines Feuer' bedeutet.« Er lächelte sie an und streckte ihr immer noch die Hand entgegen. Victoria schob alle Bedenken zur Seite und ergriff sie. »Mein Vater wollte mich nicht. Die Leute von Burilda haben mich aufgenommen und dort lebe ich.«

»Ich heiße Victoria. Das ist meine Schwester Catherine. Wir wohnen auf Amber's Joy.« Victoria ließ Billys Hand los und zog Catherine hoch.

Gemeinsam folgten sie dem Jungen in die Tiefe des Waldes. Er bewegte sich so geschickt wie ein *Dingo*. Victoria wagte es nur, ihre Frage zu flüstern. »Woher weiß Burilda, dass wir sie suchen?«

»Burilda ist Burilda.« Billy blieb stehen. Er drehte sich zu Victoria um und lächelte leicht. Wollte er sie beruhigen? Angst griff nach ihr und sie fröstelte, obwohl die Sonne selbst durch das Dickicht der Bäume zu spüren war. »Sie weiß es einfach.«

»Ist es noch weit?«, mischte sich Catherine ein, die eindringlich von Victoria zu Billy und wieder zurück schaute. »Ich bin müde. Und durstig. Und Mama ist krank.«

»Wir sind gleich da.« Der Aborigine-Junge drehte sich um und führte Victoria und Catherine tiefer in den Wald hinein. »Dort findest du Wasser.«

Obwohl seine Stimme freundlich klang und seine Augen ehrlich wirkten, flammte einen Augenblick lang die Furcht in Victoria auf. Niemand wusste, wohin Catherine und sie gegangen waren. Wenn der Eingeborenenjunge sie in eine Falle führte, wären sie auf sich allein gestellt. Auf Amber's Joy hatte jetzt niemand Zeit, sich um verschwundene Kinder zu sorgen. Victoria wandte den Kopf suchend um. Mit der linken Hand knickte sie einen kleinen Ast ab, als Markierung, falls sie allein den Weg zurückfinden musste. Bei dem Geräusch flogen bunte *Loris* auf, wie vielfarbige Blumen, die sich aus den Wipfeln der Bäume erhoben. Victoria zuckte zusammen. Wenn die Papageienvögel sie gehört hatten, dann sicher auch der Eingeborenenjunge. Sie musste vorsichtiger sein.

Angespannt schaute sie sich um, versuchte, sich alle Details ihrer Umgebung zu merken. Das dunkle Grün der Akazien und der *Bunya-Bunya-Bäume*. Die Farnwedel, die den Boden bedeckten und Schlangen oder Ratten verbergen konnten. Einzelne rote Blüten der *Grevilleen* und die rosafarbenen Kugeln der *Banksien* brachten etwas Farbe in die Eintönigkeit des Grüns. Aber Victoria hatte keinen Sinn für die Schönheit des Waldes. In ihr kämpften widerstrebende Gefühle um die Oberhand. Die Mahnungen ihres Vaters gegen die Worte ihrer Mutter, die in allen Menschen nur das Gute sah. Der Weg schien sich endlos vor ihr hinzuziehen. Immer wieder blieb Victoria kurz stehen und pflückte eine Blüte, die sie auf den Weg fallen ließ, oder knickte einen Zweig.

»Was machst du?«, flüsterte Catherine, der Victorias Bemühungen nicht verborgen geblieben waren. »Was soll das?«

»Pst. Ein neues Spiel.« Victoria hob den Finger an die Lippen. »Ich erkläre es dir später.«

»Dort.« Billy blieb stehen und trat zur Seite, so dass Victoria die alte Aborigine-Frau erkennen konnte, die an einem kleinen Weiher saß. Mit ernster Miene beobachtete sie, wie die drei Kinder sich ihr näherten.

»Danke.« Victoria nickte dem Jungen zu, nahm Catherines Hand und gemeinsam traten sie auf die Lichtung. Jetzt, wo sie die Heilerin endlich gefunden hatten, drohte Traurigkeit Victoria zu übermannen. Etwas in Burildas Gesicht sagte ihr, dass alle Hoffnung vergebens war.

»Unsere … unsere Mutter«, wandte Victoria sich an die Aborigine-Frau, die die Mädchen aus unergründlichen dunklen Augen musterte. Nur die nahezu weißen Haare und die Falten, die sich wie ein Netz in den Augenwinkeln zogen, verrieten ihr Alter. »Kannst du ihr helfen?«

»Es tut mir leid.« Burilda schaute Victoria so voller Mitgefühl an, dass ihr Herz schneller schlug. Am liebsten hätte sie sich die Ohren zugehalten, weil sie nicht hören wollte, was die Aborigine sagen würde. »Ich kann deiner Mutter nicht helfen. Niemand kann das.«

»Warum nicht?« Catherines entsetzter Schrei schnitt Victoria ins Herz. Ihre kleine Schwester stand wie erstarrt und hielt den Blick auf Burilda geheftet, als ob die Aborigine sonst im Dunkel des Waldes verschwinden würde. »Bitte, du hast doch so viele Frauen und Männer geheilt.«

»Ach, Kleines.« Burilda trat auf Catherine zu und nahm sie in ihre Arme. »Ich würde gern helfen, aber das Gift einer Braunschlange, … es ist zu stark.«

Catherine brach in haltloses Schluchzen aus und umarmte Burilda. Victoria fühlte sich allein, weil sie es nicht wagte, zu ihrer Schwester und der Aborigine zu treten und deren Trauer zu stören.

Da schob sich eine Hand in ihre und drückte sie. Victoria wandte ihren Blick zur Seite. Billy war neben sie getreten und hielt ihre Finger umfasst.

»Du bist nicht allein«, flüsterte er. »Ich empfinde mit dir.«

»Danke.« Vorsichtig erwiderte Victoria den Druck seiner Hand und fühlte sich durch Billys Geste getröstet und geborgen. Schweigend standen sie nebeneinander und warteten, bis Catherines Schluchzer leiser wurden und schließlich verstummten.

Victoria lächelte Billy unter Tränen zu und löste ihre Finger aus seinen. Sie ging zu ihrer Schwester und legte ihr sanft eine Hand auf die Schulter.

»Cat. Komm. Wir … wir müssen nach Hause.« Victoria seufzte und kämpfte gegen Müdigkeit und Trauer an. Sie musste stark sein und durfte ihren Gefühlen nicht nachgeben. Für ihre Schwester. Für ihren Vater. »Cat? Bitte.«

Catherine nickte und stand auf. Sie wirkte älter und ernsthafter als bei ihrem Aufbruch, was Victorias Traurigkeit verstärkte. Ihre Schwester war noch viel zu jung, um eine derartig schmerzhafte Erfahrung machen zu müssen.

»Unglück und Trauer gehören zum Leben«, sagte Burilda mit sanfter Stimme. Es kam Victoria vor, als ob die alte Frau direkt in ihr Herz sah. »Wie ein Land Wolkenbrüche braucht, um zu wachsen, braucht ein Leben schwere Zeiten.«

Victoria hielt den Blick gesenkt und nickte. Was konnte sie auch antworten? Vielleicht hatte Burilda recht, wenn man das Leben auf lange Sicht betrachtete, aber im Augenblick spürte Victoria nur Traurigkeit, Zorn und Angst. Und Schuld – am schlimmsten war das Gefühl, dass nur sie allein die Schuld an dem trug, was ihrer Mutter geschehen war. Niemals würde sie sich verzeihen können.

Nachdem sie sich ein wenig beruhigt hatte, wollte Victoria die Aborigine-Frau fragen, ob der Schmerz irgendwann weniger werden würde. Aber Burilda war nicht mehr da. Die alte Frau und der Junge waren im Wald verschwunden wie Geister. Ein Schauder rann über Victorias Rücken und sie bemühte sich, dass Catherine nichts davon bemerkte.

»Komm, wir müssen nach Hause.« Victoria zog ihre kleine Schwester hoch und schlang den Arm um deren Hüfte. »Vater wird uns schon suchen.«

Wie gut, dachte Victoria, dass sie Markierungen hinterlassen hatte und so den Weg zurückfand. Oder vielleicht hätte Billy ihr den Weg zurück gewiesen, wenn sie ihn darum gebeten hätte. Victoria hatte noch so viele Fragen, die sie dem Mischlingsjungen gern gestellt hätte. Aber nicht heute. Ihr Herz sagte ihr, dass sie den Jungen wiedersehen würde.

»Ist Mutter …?«, fragte Catherine mit kleiner Stimme.

Victoria schaute ihre Schwester an, die stur geradeaus sah,

die Augen tränenleer, und so verloren wirkte, dass Victoria Zuflucht in einer barmherzigen Lüge suchen wollte. Aber es war gar nicht mehr nötig.

Schon von Weitem konnten die Mädchen ihren Vater erkennen, der auf sie wartete. Seine gebeugte Gestalt, die sich schwer auf den Stock stützte, war unverkennbar. Joseph Wagner stand auf der Veranda. Er hob die Hand, um seine Augen zu beschatten, und humpelte seinen Töchtern ein paar Schritte entgegen. Nun trennten sie nur noch wenige Meter. Victoria konnte den Kummer auf dem Gesicht ihres Vaters erkennen und schrie auf. Catherine umklammerte Victorias Hand so fest, dass es weh tat, aber sie ertrug den Schmerz, ohne ein Wort zu sagen.

Joseph sah seinen Töchtern entgegen und Dunkelheit legte sich auf sein Gesicht. Victoria erschreckte sich vor der Düsternis und ihre Tränen versiegten.

»Mutter?«, fragte sie schließlich, obwohl sie die Antwort bereits kannte. Aber sie wollte die Hoffnung nicht aufgeben. Wollte bis zum letzten Moment an ein Wunder glauben.

»Sie ist tot. Es ist deine Schuld«, stieß ihr Vater hervor und schaute Victoria so voller Zorn an, dass sie zusammenzuckte, als ob er sie geschlagen hätte. »Du hast deine Mutter umgebracht.«

KAPITEL 2

Amber's Joy, Australien, 1897

Erschöpft schaute Victoria aus dem Fenster. Langsam verschwand die Sonne hinter den Zuckerrohrfeldern und färbte den Himmel rot. Nicht mehr lange, bis die Nacht einbräche und ihre Arbeit erschwerte. Seit Sonnenaufgang waren Catherine und sie mit den Vorbereitungen für die kommenden Tage und Wochen beschäftigt.

»Bald kommen die *Cutter.*« Ihr Vater musterte Victoria missmutig und voller Argwohn. So, als ob sie noch niemals die Männer verpflegt hätte, die zur Zuckerrohrernte erwartet wurden. »Hast du alles, was nötig ist?«

Victoria nickte nur. Sie war zu müde, um sich mit ihrem Vater zu streiten, auch wenn ihr das Misstrauen und die Geringschätzung, die sie in seinen Worten spürte, wehtaten. Sie wechselte einen Blick mit Catherine. Ihre jüngere Schwester hielt die Hände zu Fäusten geballt. Leicht schüttelte Victoria den Kopf, aber zu spät.

»Wenn du Daisy mit deiner Bösartigkeit nicht vertrieben hättest, müssten Vic und ich uns nicht darum kümmern.«

Catherines Stimme klang bitter. Victoria beneidete ihre jüngere Schwester um deren Mut und die Kraft, sich ihrem Vater entgegenzustellen. Andererseits würde ihr Vater Catherine es eher verzeihen, dass sie ihm die Wahrheit so offen ins Gesicht schleuderte. Ihre jüngere Schwester war immer noch sein Liebling, auch wenn sie sich nichts gefallen ließ. »Also, lass uns unsere Arbeit machen und störe uns nicht weiter.«

»Daisy war faul. So wie alle *Abos.*« Murrend wandte Joseph Wagner sich um, aber sagte kein weiteres Wort. Er ging hinkend aus der Küche und Victoria schaute ihm versonnen nach.

Nur wenig hatten sie und Catherine von ihrem Vater geerbt. Wie er waren sie beide nur mittelgroß. Wo Joseph Wagner jedoch kräftig und untersetzt war, waren seine Töchter schlank und schmal. Ihr Vater trug das inzwischen eisengraue Haar sehr kurz. Eine Weile hatte er seinen buschigen Schnurrbart gepflegt, doch inzwischen waren seine Wangen wieder glattrasiert. Seine Nase war etwas schief, als wäre sie bei einer Schlägerei gebrochen und nicht richtig zusammengewachsen. Die graublauen Augen waren von tiefen Fältchen umgeben. Sonnengebräunt war seine Haut wie die aller Farmer, obwohl er nur selten auf den Feldern arbeitete. Der ehemals starke Mann war in den sieben Jahren seit dem Tod seiner Ehefrau in sich zusammengesackt. Er wirkte vom Schicksal gebeugt und Victoria spürte die bekannte Mischung aus Mitgefühl und Zorn in sich aufsteigen. Warum hatte ihr Vater sich in Gram und Wut geflüchtet, anstatt mit seinen Töchtern gemeinsam zu trauern und gemeinsam einen Weg aus der Trauer zurück ins Leben zu finden? Selbst der schwere Unfall vor zehn Jahren, seit dem er sich nur unter Schmerzen bewegen konnte, hatte ihm nicht die Lebensfreude nehmen können. Doch mit dem Tod ihrer Mutter schien alles, was an ihrem Vater hell und fröhlich gewesen war, gestorben zu sein.

Um sich abzulenken, schaute Victoria aus dem Fenster. Im Licht der untergehenden Sonne glühten die Zuckerrohrfelder rot. So rot, wie sie in den kommenden Tagen leuchten würden, wenn die Arbeiter das Unterholz in Brand steckten, um Schlangen und Ungeziefer zu vertreiben. Obwohl sie es seit frühester Kindheit kannte, fürchtete Victoria in jedem Jahr, dass das Feuer außer Kontrolle geraten könnte und die Ernte mit gierigen Flammen verzehren würde. Oder dass die rote Lohe auf ihr Haus übergriffe und alles vernichtete, was sich ihre Familie aufgebaut hatte.

Sie stieß einen leisen Seufzer aus. Als ob es da so viel zu vernichten gäbe. Ihr Vater hatte es in den letzten Jahren geschafft, aus einer mittelgroßen Plantage, die ihnen ein gutes Auskommen gesichert hatte, eine Farm zu machen, die kurz vor dem Ruin stand. Wenn Catherine und sie nicht höllisch aufpassten, würde Vater auch in diesem Jahr wieder … Nein, Victoria musste darauf vertrauen, dass ihr Vater genug Vernunft besaß und nicht alles zerstörte, was ihnen gehörte.

Ihr Leben war schon ohne die Tatsache, dass Joseph alles riskierte, hart genug. Von Jahr zu Jahr wurde es schwerer, Arbeiter zu gewinnen. Im Unterschied zu vielen Zuckerrohrpflanzern weiter nördlich in Queensland beschäftigte ihr Vater nur weiße Saisonarbeiter, die *Cutter* genannt wurden. Er weigerte sich, schwarze Menschen, die durch *Blackbirding* von den Inseln geholt worden waren, auf Amber's Joy zur Arbeit zu pressen.

»Meine Frau hat nichts davon gehalten, Sklaven zu haben«, hatte Joseph Wagner scharf geantwortet, als sein Verwalter Richard Chandler ihm vorgeschlagen hatte, die »Kanaken« genannten Männer zu beschäftigen. »Unsere Farm verdient Geld mit ehrlicher Arbeit oder gar nicht.«

»Ich wollte es nur gesagt haben«, hatte Richard Chandler geantwortet, ruhig und gelassen, wie es seine Art war. Groß und schlank war der Verwalter, der allein in einem Haus auf dem Farmgelände lebte. Ein Mann, dem man ansah, dass er viel Zeit in der Sonne zubrachte. Deren Licht hatte sein hellbraunes Haar ausgeblichen und ließ seine blauen Augen verwaschen wirken. Victoria kannte ihn schon ihr ganzes Leben, aber sie hatte ihn nie durchschauen können. Obwohl er freundlich und zugänglich war, kam es ihr immer vor, als ob er nur wenig von sich und seinen Gedanken preisgab. »Ich find's auch richtig, unsere Männer zu behalten. Aber es kostet halt ...«

So kam es, dass jedes Jahr die gleichen Männer zu den Erntezeiten nach Amber's Joy zurückkehrten, in den Nebenhäusern wohnten und Leben auf die Farm brachten. Jedes Jahr im Dezember, wenn die abgeernteten Felder niedergebrannt wurden, saßen die Arbeiter mit Joseph und Richard Chandler zusammen und feierten mit Rum und Bier, dass wieder eine Saison überstanden war. Immer wieder gab es Männer, die schworen, dass diese Ernte ihre letzte sein würde, dass sie im nächsten Jahr eine eigene Plantage aufbauen würden oder sich eine leichtere Arbeit in der Stadt suchen würden. Und jedes Jahr standen diese Männer wieder pünktlich zur Ernte auf Amber's Joy, ein wenig gebeugter, die Falten in ihren sonnengebräunten Gesichtern etwas tiefer, aber immer noch das Glitzern in den Augen, das sie als Teil der Gemeinschaft auszeichnete.

An den Abenden der Ernte saßen die Männer erschöpft um ein Lagerfeuer, tranken süßen Tee und Brandy oder Rum, rauchten und erzählten einander Geschichten. Geschichten von ihren Reisen, Erzählungen aus alter Zeit und sicher manches Lügenmärchen. Die Geschichten gehörten genauso wie die Banjo-Musik zur Erntezeit dazu. Als sie jünger waren, hatten Victoria und Catherine nichts Schöneres gekannt, als diesen Erzählungen zu lauschen. Catherine war stets vorangegangen und hatte die zögernde Victoria hinter sich her gezogen wie einen widerspenstigen *Brumby*.

Irgendwann hatte Joseph seinen Töchtern gesagt, dass sie nun zu alt wären, um noch mit den Arbeitern ums Feuer herum zu sitzen. Also blieben Victoria und Catherine auf der Veranda, die Ohren gespitzt und lauschten in die Dunkelheit auf Gesprächsfetzen, die der Wind zu ihnen trug.

Gegen Ende des Abends gab es immer einen Arbeiter, der den Song *Waltzing Matilda* anstimmte. Ein Mann namens Banjo Paterson hätte es geschrieben, hatte einer der Arbeiter der neugierigen Catherine erzählt. Vor drei Jahren – seitdem war der Siegeszug des traurigen Liedes nicht aufzuhalten. In Windeseile hatte es sich von Lagerfeuer zu Lagerfeuer verbreitet. Das Lied, gesungen aus rauen Kehlen, trieb Catherine und Victoria immer die Tränen in die Augen, weil es so voller Sehnsucht und Schwermut war. Eine Traurigkeit, die Victoria nur zu gut verstand, weil sie auch ihr Leben begleitete.

Was nützten die bitteren Gedanken? Sie hatte noch einiges zu tun, bis die Vorbereitungen für die Erntezeit abgeschlossen waren. Victoria trat wieder an die Spüle und beendete den Abwasch. Das Besteck klapperte im Spülstein. Das vertraute Geräusch vertrieb die dunkle Stimmung und Victoria wandte sich ihrer Schwester zu. »Nun geh schon.«

»Danke.« Catherine hauchte ihrer Schwester einen Kuss auf die Wange, zog die Schürze aus und warf sie zusammengeknüllt auf die Küchenbank. »Ich mach's wieder gut.«

Victoria schüttelte mit einem kleinen Lächeln den Kopf. Wie jedes Jahr würde Catherine auf der Veranda auf die Staubwolken und den Lärm warten, sichere Zeichen, dass die Arbeiter bald eintreffen würden. Victoria hielt sich im Hintergrund, aber auch sie freute sich auf die kommenden Wochen, auf das Leben, das die Männer mit sich bringen würden. Auf die kleinen Flirts und bewundernden Blicke, mit denen die Zuckerrohrschneider Catherine und sie bedachten. Wie stets würden die Blicke der *Cutter* etwas länger auf Catherine ruhen. Das war Victoria nicht anders gewohnt. Ihre jüngere Schwester erhielt mehr Aufmerksamkeit von Männern, schon seit sie ein kleines Kind gewesen war. Sie verstand es, Männer wie Frauen mit ihrem Lächeln zu betören.

Manchmal konnte Victoria kaum glauben, dass sie Geschwister waren. Die lebenssprühende, immer fröhliche Catherine mit den wilden roten Haaren, die sich jedem Versuch widersetzte, sie zu zähmen. Während Victoria ein eher dunkler Typ war, die unter der gleißenden Sonne schnell bräunte, war Catherines Haut von dem milchigen Weiß der Rothaarigen. Wenn sie ihr Gesicht nicht schützte, blühten Sommersprossen rund um ihre Nase, was sie nicht leiden mochte. Catherines Augen waren von einem ungewöhnlichen Blau. »Wie der Himmel in der Dämmerung«, hatte ein *Cutter* mal gesagt, was ihm lautes Gelächter von seinen Kollegen eingebracht hatte. Aber es stimmte, dachte Victoria. Catherines Augen wirken so dunkel und tief wie der Himmel, bevor er in die Nacht übergeht.

Natürlich flirteten die *Cutter* nur verhalten, achteten darauf, Joseph nicht zu verärgern. Keiner von ihnen würde es wagen, ihrer Schwester oder ihr zu nahe zu treten. Bisher hatte der Vater noch jeden Mann vertrieben, der seinen Töchtern allzu schöne Augen machen wollte. So würde Victoria nie einen Ehemann finden, sondern den Rest ihres Lebens damit verbringen, ihrem Vater den Haushalt zu führen, ohne jemals Dank dafür zu erhalten. Ihre einzige Chance auf Liebe hatte der Vater davongejagt, ohne dass Victoria es gewagt hätte, sich gegen ihn zu stellen. Niemals würde es für sie jemanden geben, der sie liebte und aus ihrem tristen Alltag rettete. Für Victoria würde das Leben nur Pflichten bereithalten, ohne große Höhen und Tiefen, bis sie irgendwann alt war und starb. Für ihre Schwester hoffte Victoria, dass sie ein besseres Leben führen würde, dass sie einen Mann fände, der ihr ein Heim voller Glück bescherte.

Victoria holte tief Luft. Es hatte keinen Sinn, sich darüber zu grämen. Sie trocknete sich die Hände an einem Tuch ab und ging in die Vorratskammer. Ein letztes Mal überprüfte sie die Arzneimittelvorräte. Wie jedes Jahr war ihr Vater nach Marburg geritten und hatte sich vom dortigen Arzt einige Medikamente geben lassen, die sie während der Zuckerrohrernte dringend benötigen würden, wie die Erfahrung sie gelehrt hatte.

Victoria stellte die braune Flasche mit der Jodtinktur nach vorne. Wahrscheinlich würde es bis zum Ende der Ernte so viele Bisse, Kratzer und Schnittwunden geben, dass die Tinktur aufgebraucht wäre. Neben dem Jod stand eine Flasche mit Chloroform. Victoria schluckte. Hoffentlich kämen sie in diesem Jahr davon und müssten das Betäubungsmittel nicht einsetzen. Voller Grauen erinnerte sie sich an die letzte Ernte, als Richard Chandler einem der Arbeiter zwei Finger hatte abschneiden müssen, die sich nach einem Rattenbiss entzündet hatten. Sie schüttelte sich und schob die dunklen Gedanken zur Seite und prüfte ihre Hausapotheke.

Alles da. Mullbinden, Scheren, Pinzetten, ein Sud aus Weidenrinde gegen leichte Schmerzen, Zinksalbe. Wenn es zu schlimmeren Verletzungen käme, müssten sie den Arzt aus Marburg holen, auch wenn Victorias Vater nicht viel von ihm hielt. Hoffentlich würden die Stoffstreifen reichen, die sie im Winter aus ausrangierten Laken, Unterkleidern und Blusen geschnitten hatte.

Vor einem Jahr hatte Victoria einige Kräuterpasten und eine Salbe aus Eukalyptusrinde verwenden wollen, die Billy ihr gegeben hatte. Pflanzenmedizin der Aborigines. Joseph hatte einen Tobsuchtsanfall bekommen und gedroht, alle *Abos* von Amber's Joy zu jagen, wenn Victoria noch einmal damit ankäme. Vor zwei Wochen hatte der Vater seine Drohung wahrgemacht und Billy nach einem heftigen Streit verboten, sich je wieder auf Amber's Joy blicken zu lassen.

Victoria biss sich auf die Unterlippe, als sie sich an den schrecklichen Abend erinnerte. Bereits am Nachmittag waren ihr Vater und Billy aneinander geraten, als es um die Zähmung eines *Brumby* ging. Joseph hatte wütend auf den dunkelbraunen Hengst eingeschlagen, der wieder und wieder den Kopf hochwarf, die Augen rollte und panisch wieherte. Keiner der Männer hatte es gewagt, dem Boss Einhalt zu gebieten, bis endlich Billy eingeschritten war und Victorias Vater die Peitsche entrissen hatte.

»Nicht noch einmal, *Abo*!«, hatte Joseph gebrüllt, war sich aber trotz seiner Wut bewusst gewesen, dass er Billy nicht verärgern durfte. Schließlich kam keiner der Männer so gut mit den Pferden zurecht wie der Aborigine-Mischling. »Erkenne endlich deinen Platz im Leben.«

Nachdem Billy am Abend jedoch Partei für Victoria ergriffen hatte und sich erneut gegen Joseph gestellt hatte, hatte die Wut ihren Vater übermannt, so dass er alle Bedenken vergessen hatte.

»Ich will dich hier nie wieder sehen!« Mit hochrotem Kopf hatte ihr Vater Billy angeschrien. Die Hände zu Fäusten geballt, bereit, jederzeit handgreiflich zu werden. »Wenn du nicht sofort deine Sachen packst und verschwindest, werfe ich deinen ganzen verdammten Clan von meinem Land.«

Billy hatte einen eindringlichen Blick mit Victoria gewechselt, der sie bis ins Herz getroffen hatte. Sie hätte aufstehen müssen, sich gegen ihren Vater wehren und sich auf Billys Seite stellen müssen. Doch Victoria war zu feige gewesen, so dass Billy ohne ein Wort gegangen war. Kurze Zeit später hatte sie den Hufschlag seines Pferdes gehört. Voller Panik hatte sie ihren Mut zusammengenommen und war auf die Veranda gelaufen, doch da war Billy bereits vom Hof galoppiert. Unter Tränen hatte sie noch der Staubwolke nachgesehen, die sein schwarzbrauner Hengst aufwirbelte. Noch nie in ihrem Leben hatte Victoria sich so einsam gefühlt. Noch nie hatte sie sich so sehr für ihre

Feigheit geschämt. Warum war sie nicht aufgestanden und hatte sich gegen ihren Vater aufgelehnt? Warum hielt sie verzweifelt an der Hoffnung fest, dass es ihr eines Tages gelingen würde, die Liebe oder wenigstens den Respekt ihres Vaters zu gewinnen?

In den vergangenen zwei Wochen hatte Victoria jeden Tag gehofft, dass Billy zurückkehren würde, dass er mehr Mut bewiese als sie, aber er schien sie aufgegeben zu haben. So wie sie es verdiente.

KAPITEL 3

Amber's Joy, Australien, 1897

Als die Nacht aufgezogen war, war die Arbeit endlich geschafft. Mit Catherines Hilfe hatte Victoria die Meat Pies auf den Tisch gebracht. Der würzige Duft der dampfenden Fleischpastete zog durch die Küche. Die Männer, die um den großen Tisch saßen, gaben dankbare Laute von sich, während sie das Essen in sich hineinschaufelten. Den zweiten Gang hatte Victoria bereits in den heißen Ofen geschoben und wischte sich mit der Handfläche den Schweiß von der Stirn. Catherine zwinkerte ihr zu. Auch ihr Gesicht war hochrot von der Arbeit am Herd; Schweißperlen rannen über ihre Stirn. Ihre roten Locken hatten sich aus dem Haarknoten gelöst und sträubten sich in alle Richtungen. Catherine trocknete ihre Hände mit einem Tuch ab.

»Ich mache uns eine Limonade, einverstanden?«

Victoria nickte dankbar. Ihre Kehle fühlte sich staubtrocken an. Immer wieder benetzte sie die Lippen mit der Zunge, aber das Gefühl von Trockenheit blieb. Eine Limonade erschien ihr wie ein Geschenk des Himmels. Schon den ganzen Abend hatte sie sich danach gesehnt, aber zuerst hatten Catherine und sie dafür sorgen müssen, dass das Essen für die Arbeiter rechtzeitig auf dem Tisch stand. Ein kräftiges Essen hatte ihr Vater gefordert, mindestens drei Gänge, damit die Männer die anstrengende Arbeit des Zuckerrohrschneidens gut gelaunt beginnen würden. Die *Cutter*, harte Männer, früh gealtert durch schwere Arbeit, Sonne und Hitze, verbunden durch eine Kameradschaft, die nicht viel Platz für Familie und Frauen ließ. Victoria hörte ab und zu einen von ihnen von seiner Lady sprechen, die in Toowoomba oder Brisbane oder in einer der kleineren Städte auf ihn wartete. Aber auch wenn die Stimmen der Männer sehnsuchtsvoll klangen, war in ihrem Leben kein Raum für etwas anderes als die Arbeit auf den Zuckerrohrfeldern.

Was war wohl aus den Frauen geworden, die damals geholfen hatten, Amber's Joy zu bepflanzen, fragte sich Victoria stets. Sie erinnerte sich noch gut an die stillen Frauen, die hinter dem Pflug hergegangen waren und die kleinen Zuckerrohrpflanzen in die schnurgraden Reihen eingesetzt hatten. Ihre Mutter war gemeinsam mit ihnen über die Felder gegangen und hatte es sich nicht nehmen lassen, Setzlinge einzupflanzen.

Doch sobald das Zuckerrohr angegangen und in die Höhe geschossen war, kamen nur noch Männer. Immer dieselben, so dass sie für Victoria und Catherine wie eine Familie waren.

Nur am Abend vor Beginn der Ernte und am Abend, nachdem das Zuckerrohr geschnitten und die Felder abgeerntet waren, lud Joseph die Arbeiter ins Wohnhaus ein. Während der Erntezeit mussten sie in den Arbeiterhäusern essen. So sah es die Tradition vor, an die sich alle Farmer im

Umkreis hielten, egal, ob sie Zuckerrohr oder Weizen anpflanzten oder Schafe züchteten.

Heute thronte ihr Vater am Ende des großen Tisches wie ein König, der seine Ritter zu einem Festmahl um sich versammelt hatte, aß wenig, redete viel und zuckte ab und zu nervös mit den Fingern.

»Er wird doch nicht …«, flüsterte Catherine Victoria zu, als sie ihr die Limonade reichte. In den Augen ihrer Schwester spiegelte sich die Besorgnis, die Victoria in sich spürte. »Das letzte Mal …«

Durstig trank Victoria das Glas Limonade leer, kostete den sauer-süßen Geschmack von Zitronen und Zucker auf der Zunge aus, bevor sie antwortete. »Er hat es mir versprochen. Dieses Mal nicht.«

»Versprochen.« Mit einer Kopfbewegung deutete Catherine auf Joseph. »Schau ihn dir doch an. Seine Augen glänzen, als ob er getrunken hätte. Seine Beteuerungen sind nichts wert.«

Wütend rührte Catherine mit einem Holzlöffel in dem Topf, in dem die grünen Bohnen kochten. Sie hatte die Unterlippe vorgeschoben und die Augen zusammengekniffen. Gut, dass Vater seine Lieblingstochter nicht so sieht, dachte Victoria. Sanft strich sie ihrer Schwester über den Rücken.

»Ich rede später mit den Männern«, versuchte Victoria ihre Schwester zu beruhigen, obwohl sie selbst nicht an den Erfolg ihrer Bemühungen glaubte. »Wir kennen die meisten schon so lange, dass sie auf mich hören werden.«

»Das glaubst du doch wohl selbst nicht«, zischte Catherine. Glücklicherweise überboten die Arbeiter sich gerade mit Geschichten über riesige Ratten, denen sie bei der letztjährigen Ernte gegenüber gestanden und ihnen erfolgreich getrotzt hatten, so dass niemand außer Victoria die wütenden Worte vernehmen konnte. »Die Männer mögen uns schätzen, aber keiner von ihnen kann es sich leisten, auf leicht verdientes Geld zu verzichten. Schau sie dir doch an.«

Während sie Brot schnitt, musterte Victoria verstohlen die Männer, die sich in ihrer Küche versammelt hatten und musste ihrer Schwester recht geben. Keiner von ihnen sah aus, als ob er sich bald zur Ruhe setzen könnte. Ihre Hemden aus rauem Baumwollstoff waren vielfältig geflickt; oft fehlten Knöpfe oder die Krägen waren ausgefranst. Auch die Hosen sahen aus, als hätten sie schon viele Jahre hinter sich. Nur das Schuhwerk der Männer war stabil und fest. In den Zuckerrohrfeldern, wo es vor Ungeziefer wimmelte, bedeuteten kaputte Sohlen oder zerrissene Schuhe Krankheit oder gar Tod. Fehler im Leder, Löcher gar, boten Ratten und Schlangen Angriffsmöglichkeiten. Victoria stieß einen leisen Seufzer aus und stimmte in Gedanken ihrer Schwester zu. Jeder dieser Männer würde sich über ein zusätzliches Einkommen freuen. Nur die Besten von ihnen würden auf Victoria hören. Die anderen wären nur zu gerne bereit, dem Boss zu Willen zu sein, egal was dessen Töchter sagten.

In ihre düsteren Überlegungen hinein ertönte ein lautes Klopfen. Victoria und Catherine wechselten einen überraschten Blick. Billy, dachte Victoria einen Augenblick voller Hoffnung, doch sie wusste es besser. Selbst wenn Billy zurückkehren wollte, würde er sich hüten, am Vorabend des Erntebeginns zu kommen. Wer also konnte es sein? Waren die *Cutter* etwa nicht vollzählig? Nein, das konnte sie sich nicht vorstellen. Keiner der Männer, die für ihren Vater arbeiteten, würde es wagen, am ersten Tag nicht pünktlich zu sein. Joseph war bekannt dafür, dass er größten Wert auf die deutschen Tugenden legte und ihnen auch in der neuen Heimat folgte.

Auch ihr Vater wirkte erstaunt. Mühsam und schwerfällig erhob er sich von seinem Stuhl, wobei sich sein Gesicht vor Schmerz verzerrte. Seit dem schweren Unfall vor zehn Jahren schmerzten ihn die meisten Bewegungen, so dass er am liebsten in seinem Schaukelstuhl auf der Veranda saß.

»Komm rein«, grollte er mit tiefer Stimme, bevor er sich schwer niederfallen ließ, wobei er erneut das Gesicht verzog, wie Victoria mit Sorge beobachtete. »Je mehr, desto besser. Nicht wahr, Männer?«

Er lachte lauthals. Pflichtschuldig fielen die *Cutter* in sein Lachen ein. Erwartungsvoll richteten alle Männer und Victoria und Catherine ihre Blicke zur Tür. Langsam öffnete sie sich und ein staubbedeckter Mann trat ein.

»G'day.« Der Nachzügler tippte sich an den Hut. Ein breites Lächeln lag auf dem schmalen Gesicht, vor dessen Sonnenbräune sich dunkle Bartstoppeln abhoben. Aber was Victorias Aufmerksamkeit auf sich zog, waren seine Augen. Blau wie der Himmel an einem Sommertag, zeichneten sich in ihnen eine Sicherheit und ein Selbstvertrauen ab, das sie sich nur wünschen konnte. Rank und gleichzeitig muskulös sah er aus; ein Mann, der körperliche Arbeit kannte. Sein Gesicht jedoch sagte etwas anderes. Sein voller Mund, seine gerade Nase, die auffallenden Augen – hier kam einer, der etwas Besseress sein wollte als ein einfacher *Cutter*. Mit seiner Jugend und seinem Selbstvertrauen passte er nicht zu den anderen Arbeitern, die ihn misstrauisch betrachteten. »Ich bin Luke Faulkner. Werden noch *Cutter* gebraucht?«

»Männer, die hart arbeiten können und *pünktlich* sind, sind hier gern gesehen.« Joseph musterte den Neuankömmling von oben bis unten. Luke Faulkner lehnte sich gegen den Türrahmen und stellte das linke Bein vor das rechte. Mit einer Hand schlug er eine Zigarette aus der Packung und zündete sie an. Die Unfreundlichkeit von Victorias Vater schien er nicht zu bemerken. »Alle anderen, vor allem Faulpelze, können gehen. Schon Erfahrungen mit Zuckerrohr?«

»Ich habe in den letzten Jahren Rinder und Schafe zusammengetrieben.« Faulkner zuckte mit den Schultern und stieß den Zigarettenrauch in perfekten Ringen aus. Aus dem Augenwinkel bemerkte Victoria, wie fasziniert Catherine den Fremden betrachtete. »Zuckerrohr wird weniger hart zutreten, dachte ich. Oder irre ich mich?«

Lautes Gelächter erklang vom Tisch. Zu Victorias Überraschung streckte ihr Vater dem Fremden die rechte Hand entgegen. Mit der linken winkte er Faulkner zu sich heran und deutete auf den Platz neben sich.

»Na los, Mädchen, steh nicht rum und starr Löcher in die Luft«, fuhr Joseph Victoria an, der vor Überraschung der Mund offenstand. Sie hatte erwartet, dass ihr Vater den Neuankömmling sofort hinauswerfen würde. »Bring einen Teller und ein Glas für unseren Rinderfreund.«

Als Victoria nicht sofort reagierte, herrschte ihr Vater sie an: »Träum nicht vor dich hin. So schwierig kann es ja nicht sein, oder?«

Victoria spürte Röte ihren Hals und ihre Wangen heraufziehen und biss sich auf die Unterlippe, um die Tränen zurückzudrängen, die die harschen Worte ihres Vaters in ihr aufsteigen ließen. Musste er sie vor den Männern so demütigen? Als ob sie ein ungefälliges Dienstmädchen wäre und nicht seine älteste Tochter. Mit gesenktem Kopf griff sie nach Glas, Teller und Besteck und stellte alles vor Faulkner hin, der sich wie selbstverständlich einen Stuhl herangezogen hatte. Aus dem Augenwinkel beobachtete sie, wie ihr Vater dem Mann großzügig einschenkte.

»Danke Ma'am«, sagte der Neuankömmling und nickte Victoria freundlich zu. »Nett von Ihnen.«

»Lass das mal. Du brauchst das Mädchen nicht Ma'am zu nennen. Setzt ihr nur Flausen in den Kopf.« Joseph stieß ein lautes Schnauben aus, das in Victorias Ohren dröhnte. »Ist nur meine Tochter und zu nicht viel nütze.«

Victoria ballte die Hände zu Fäusten und krallte die Fingernägel in die Handflächen, um sich durch den Schmerz von den bitteren Worten abzulenken. Sie wollte ihrem Vater nicht die Genugtuung gönnen, vor der versammelten Mannschaft in Tränen auszubrechen. Trotzdem spürte sie einige mitfühlende Blicke, was ihr alles nur noch schwerer machte. Am liebsten hätte sie ihrem Vater die Schürze vor die Füße geworfen und wäre davon gelaufen. Aber wo sollte sie hin? Amber's Joy war doch ihr Zuhause.

»Lass dir den Abend nicht verderben«, flüsterte Catherine ihr zu, während sie frisches Brot aufschnitt. »Die Männer wissen, was sie an dir haben.«

»Danke.« Victoria lächelte ihre Schwester an und holte den Lammbraten aus dem Herd. Er roch so gut, dass ihr das Wasser im Mund zusammenlief und sie nur hoffen konnte, dass die Arbeiter etwas davon für Catherine und sie übrig ließen.

Heißhungrig stürzten sich die *Cutter* auf den Braten, schaufelten sich Kartoffeln, Bohnen und Erbsen auf die Teller. Victoria und Catherine nutzten die Zeit, das Geschirr zu spülen und Kaffee vorzubereiten. Endlich gab Joseph ihnen zu verstehen, dass sie nun abräumen konnten.

Schnell und geschickt arbeiteten die Mädchen. Eingespielt seit Jahren räumten sie Teller und Platten ab, legten Löffel und Schalen auf und stellten Kaffeebecher daneben. Victoria und Catherine wechselten einen Blick. Ob ihr Vater wohl zufrieden mit dem Dessert sein würde? Nach langem Überlegen hatten sich die beiden für einen Käsekuchen und einen Stanley Pudding entschieden. Die Rezepte hatte Victoria in dem Buch »The art of living in Australia« gefunden, das sie in Toowoomba gekauft hatte.

»Neumodischer Kram«, hatte ihr Vater zwar geschimpft, aber das Kochbuch ohne Murren bezahlt. Seitdem kochten Victoria und Catherine um die Wette, probierten immer wieder neue Rezepte aus, was nicht immer von Erfolg gekrönt war. Aber heute würden sie sicher zufriedene Mienen erzielen.

Während Catherine die beiden Schalen mit Pudding auf den Tisch stellte und mit den *Cuttern* leichthin scherzte, kochte Victoria Kaffee, den sie mit dem Käsekuchen auftrug. Beides wurde von den *Cuttern* hinreichend gelobt. Nur Joseph verschmähte die Süßspeise und hielt sich auch vom Kaffee fern. Seine Finger trommelten ungeduldig auf dem Tisch, bis die Arbeiter endlich die Löffel fallen ließen und sich über die gefüllten Bäuche strichen. Die meisten von ihnen holten Zigaretten hervor, die sie genüsslich rauchten.

»Also!« Joseph schaute auffordernd in die Runde. »Wer hat Lust auf ein Spielchen?«

KAPITEL 4

Amber's Joy 1897

Obwohl es früher Morgen war, flirrte die Luft vor Hitze. Dieses Jahr war der Juli außergewöhnlich heiß, als wollte das Wetter die Ernte erschweren. Victoria hatte sich mit Wasser aus dem Fluss gewaschen, das angenehm kalt gewesen war. Jetzt jedoch stand ihr der Schweiß auf der Stirn und sie fühlte sich erschöpft, obwohl die Arbeit des Tages erst begonnen hatte. Nachdem sie das Frühstück für sich und die *Cutter* zubereitet hatte, hatte etwas am Horizont ihre Aufmerksamkeit erregt, so dass Victoria aus der Kühle des Hauses auf die Veranda getreten war. Mit der Hand beschattete sie ihre Augen, um deutlicher sehen zu können. Ja, sie hatte sich nicht getäuscht. Die Staubwolke, die sie vom Fenster aus erspäht hatte, war nicht vom leichten Wind aufgewirbelt, sondern zeigte, dass sich ein Reiter Amber's Joy näherte.

Victorias Herz schlug schneller. War einem der *Cutter* etwas passiert? Im Kopf ging sie die Arzneien und Medikamente durch, die nach drei Wochen Erntezeit verblieben waren. Kleinere Verletzungen würde sie behandeln können; bei einem Schlangenbiss oder einem Messerschnitt wäre sie machtlos. Voller Angst hob Victoria die aneinander gelegten Hände zum Mund. Sie konnte es kaum erwarten, bis sich endlich eine Gestalt aus der Staubwolke herauskristallisierte.

Ungläubig rieb sie sich die Augen. Nein, sie irrte sich nicht. Ihr Herz schlug schneller und plötzlich war ihr die Hitze egal. Wie sah sie aus? Eilig fuhren Victorias Hände zu ihren Haaren, um sie zu glätten. Mit der Schürze trocknete sie den Schweiß von ihren Fingern. Betont langsam atmete sie ein und aus, damit sich ihr Herz beruhigte. Hoffentlich konnte man ihr die Aufregung nicht ansehen. Als der Reiter sein Pferd zügelte, hob Victoria die Hand zum Gruß. Der Mann sprang aus dem Sattel und eilte zu ihr.

»Billy!« Vor Freude, Billy wiederzusehen, schlug ihr Herz schneller. Sie hatte befürchtet, dass er niemals zurückkehren würde.. Doch die Freude wurde begleitet von Angst. Victoria duckte sich und schaute über ihre Schulter. Glücklicherweise war ihr Vater zu den Arbeitern auf die Zuckerrohrfelder geritten, so dass nur Catherine und Richard Chandler sie sehen würden. Und auf deren Verschwiegenheit konnte Victoria sich verlassen. »Billy. Wenn mein Vater …«

Sie konnte den Satz nicht beenden, weil die Freude sie überwältigte. Sein Anblick war ihr so vertraut und erst jetzt, als sie ihn wiedersah, erkannte sie, wie sehr sie ihn vermisst hatte. Einen Augenblick musste sie ihn einfach nur anschauen, wollte sich sein Bild einprägen, falls er sie wieder verlassen würde. Billy war deutlich hochgewachsener als die anderen Aborigines, sicher das Erbteil seines weißen Vaters, genau wie das ebenmäßige Gesicht und die kantige Nase. Die tiefbraunen Augen und die vollen Lippen verdankte

Billy seiner Mutter, die eine hübsche Frau gewesen war, wie Burilda erzählt hatte.

»Ich weiß.« Ein Lächeln erhellte sein dunkles Gesicht. Ein Lächeln, das Victoria mehr wärmte als die Sonne, die brennend am klaren Himmel stand. »Aber ich wollte …, ich musste mich von dir verabschieden. Ich … ich konnte nicht einfach gehen.«

»Du verlässt mich? Erneut?« Victoria hatte immer befürchtet, dass Billy eines Tages seiner Wege gehen würde, dass er es aufgeben würde, darauf zu warten, dass sie sich zu ihm bekannte. So viel hatte sie Billy zu sagen. Sie wollte sich erklären, wollte ihm begreiflich machen, warum sie nicht mit ihm gehen konnte. Warum sie bei ihrem Vater bleiben musste. Wollte von ihrer Schuld sprechen, die sie niemals abgelten konnte, aber sie konnte die richtigen Worte nicht finden. Zu vieles wäre zu sagen. Und doch konnte nichts davon entschuldigen, dass sie niemals den Mut finden würde, Amber's Joy zu verlassen und mit dem Mann zu gehen, den sie liebte. Den sie seit ihrer ersten Begegnung von Herzen liebte, auch wenn sie lange Zeit nicht gewusst hatte, wie sie das Gefühl des Glücks benennen sollte, das sie mit Billy verband.

»Billy …«, begann Victoria, doch dann senkte sie den Kopf und hob entschuldigend die Hände. »Ich … ich …«

»Schon gut.« Er schaute ihr in die Augen und die Liebe, die Victoria darin erkannte, ließ sie sich besser und auch schlechter fühlen. Warum liebte er sie noch, wo sie ihn im Stich gelassen hatte? Sie verdiente seine Gefühle für sie nicht. Billy streckte die Hand aus und strich ihr über die Wange. »Ich glaube, ich verstehe dich. Du musst deinen Weg gehen, ich meinen.«

Victoria nickte. Aber zu gern hätte sie Billy gefragt, was ihr Weg wäre, woher sie sicher sein konnte, die richtige Entscheidung getroffen zu haben. Aber auch das konnte sie nicht aussprechen. Vielleicht später einmal. Wenn es je ein später für sie beide gäbe.

»Wohin gehst du?«, fragte sie stattdessen. »Werde ich dich wiedersehen?«

»Ein Onkel von mir arbeitet auf einer Pferderanch. In den Darling Downs.«

So weit weg. Victorias Kehle fühlte sich so trocken an, als ob sie Wochen im *Outback* verbracht hätte. Ihr Herz hatte gehofft, dass Billy in ihrer Nähe bleiben würde. Auf einer der Farmen arbeiten würde, die man innerhalb weniger Stunden erreichen konnte. Aber warum sollte er? Sie hatte ihm keinen Grund geliefert zu bleiben. Selbst jetzt, wo er ihr die Möglichkeit bot, ihn zu halten, blieb sie stumm. Sie konnte niemand anderem die Schuld an ihrem Unglück geben als sich selbst. Ein heller Laut lenkte Victoria von ihren düsteren Gedanken ab.

»Was ist das?« Sie schaute Billy fragend an, der lächelte und zu seinem Pferd zurückging.

Aus der Satteltasche holte er etwas, das Victoria auf den ersten Blick für ein winziges Kälbchen hielt. Erst, als der Aborigine näher kam, erkannte Victoria, dass er einen jungen Hund auf dem Arm trug. Vor ihr setzte Billy das Tier zu Boden und schaute Victoria auffordernd an. Sie sah den Hund an und wusste nicht, ob sie lachen oder den Kopf schütteln sollte. Vor ihr saß ein mittelgroßer Hund, mit grauweißem Fell, das ab und zu durch hellbraune Flecken unterbrochen wurde. Das Auffälligste war das Gesicht des Welpen. Unter zwei riesigen schwarzen Ohren saß ein vergleichsweise kleiner Kopf mit schmaler Schnauze. Um die dunklen Augen hatte der Hund schwarze, unregelmäßig geformte Flecken, gekrönt von hellbraunen Tupfen. Durch die außergewöhnliche Fellzeichnung sah es aus, als ob das Tier voller Staunen in die Welt blickte.

»Was ist das?«, wiederholte Victoria lächelnd und kniete sich vor den Hund. Der schaute sie an und legte den Kopf schief. »Wie heißt er?«

»Es ist eine Sie«, antwortete Billy. »Ein *Blue Heeler*. Ich habe sie ihrem Besitzer abgekauft, als er sie ertränken wollte.«

»Warum sollte jemand dir so etwas Böses antun?« Victoria hielt der Hündin ihre Hand hin, an der diese schnüffelte. Das Gesicht des Tieres verzog sich zu einem Lächeln. Da war Victoria sich sicher, und von einem Augenblick zum anderen sah sie nicht mehr die ungewöhnliche Färbung und die seltsame Gesichtsmaske, sondern war sofort vom Charme des *Blue Heeler* gefangen.

»Was stimmt nicht mit ihr?«

»Sie hat ihn gebissen.« Billy hob die Schultern. »Er ist ein ungeduldiger Mann. Und sie ist eine Persönlichkeit, obwohl sie noch jung ist.«

»Das sieht man.« Victoria strich der Hündin vorsichtig über den Hals, woraufhin diese sich auf den Rücken warf und Victoria den Bauch zeigte. »Sie wirkt so freundlich. Gar nicht bissig.«

»Ich glaube, sie ist eine Menschenkennerin. Deine Menschenkennerin.«

»Für mich?« Victoria schaute Billy ungläubig an. »Aber ich verstehe nichts von Hunden. Und wenn sie wirklich bissig ist …«

»Ich weiß, dass ihr beide gut füreinander seid.« Billy sah Victoria bittend an. »Bitte, nimm sie als mein Abschiedsgeschenk.«

Er wandte sich um und ging zu seinem Pferd. Victoria kniete noch immer neben dem Welpen. Einsamkeit und Traurigkeit überwältigten sie und sie legte ihre Arme um den Hals der Hündin und spürte das erstaunlich weiche Fell. Das Tier schien ihren Schmerz zu spüren und fuhr ihr einmal mit der Zunge durchs Gesicht, als ob es Victoria trösten wollte.

»Wenn du mich brauchst, kehre ich zurück.« Billy hatte sich auf den Rücken seines dunkelbraunen *Brumbies* geschwungen und zog grüßend den Hut. Victoria, noch immer den Welpen im Arm, hob die andere Hand. Sie klammerte sich an die Hündin, als ob sie sich davon abhalten wollte, Billy nachzulaufen und ihn zu bitten, sie niemals zu verlassen. Aber ihr fehlte der Mut. Also schaute sie Billy nur nach, bis seine Silhouette sich am Horizont verlor.

»Kommst du mit mir?« Die Hündin legte wieder den Kopf schief. »Ich brauche noch einen Namen für dich. Wie wäre es mit … Cookie, weil du so süß bist?«

Das Wuff, das die Hündin ausstieß, deutete Victoria als Zustimmung und sie musste lächeln, obwohl ihr Herz wegen Billys Aufbruch schwer war. Auf dem Weg ins Haus hielt Cookie sich eng neben Victoria. Wollte die Hündin sie beschützen oder sah sie in Victoria ein übergroßes Schaf, das sie der Herde zutreiben musste?

Jetzt, wo Billy sie endgültig verlassen hatte, erschien ihr Amber's Joy hart und abweisend. Das Farmhaus hatte ihr Vater auf kurzen Stelzen aus rohen Baumstämmen gebaut, wie alle seine Nachbarn. Eine schlichte Treppe, fünf Bretter aus hellem Holz, führte auf die Veranda, die von Stelzen getragen wurde. Hier standen eine Bank und ein Liegestuhl. Die Bank hatte Joseph mit eigenen Händen für seine Frau gedrechselt und hielt sie nach Ambers Tod in Ehren. Auch die Veranda und deren Säulen waren aus schlichten Holzblöcken ohne jegliche Verzierung. Alles an dem Haus war praktisch und einfach gehalten, zu Catherines Bedauern, die Wert auf Schönheit und Schnörkel legte. Obwohl ihr Vater Catherine kaum einen Wunsch abschlagen konnte, hatte er sich bisher standhaft geweigert, an Veranda oder Haus etwas zu ändern. Victoria hatte es bisher nicht gestört, dass ihr Zuhause eher bescheiden gestaltet war, doch heute fühlte es sich trist an. Traurig und hoffnungslos.

Sie durfte ihren Gedanken nicht nachgeben. Arbeit war ein gutes Mittel, um nicht an Billy zu denken. Im Kopf plante Victoria das Essen für den heutigen Abend. Etwas Kompliziertes musste es sein, etwas, das ihre volle Konzentration erforderte. Sie blätterte in ihrem Kochbuch, bis sie etwas fand, was ihren Ansprüchen genügte. Dafür musste sie Vorräte aus dem Keller holen, den ihr Vater zwischen Haus und Scheune ausschachten lassen hatte, mit dicken Steinwänden, in dem Vorräte gelagert werden konnten. Eine Bodenklappe verschloss den Eingang zum Keller und Victoria fürchtete jedes Mal, dass der Wind die Klappe zuschlagen könnte und sie im dunklen und kühlen Keller einsperrte. Heute wäre es ihr als gerechte Strafe erschienen, dort unten einige Zeit zu verbringen, aber der Wind war nicht stark genug.

Als Nächstes führte ihre Arbeit sie in den Gemüsegarten, den ihre Mutter hinter dem Haus angelegt hatte. Obwohl sie schreckliche Erinnerungen mit dem Ort verband, liebte

Victoria ihn auch und pflegte ihn gern, weil er sie an ihre Mutter erinnerte. Man musste nur laut genug auftreten, um den Schlangen anzuzeigen, dass man den Garten betrat. Victoria schluckte, als sie sich daran erinnerte, wie sie diese Ermahnung ihrer Mutter einmal nicht befolgt hatte und beinahe Opfer einer Braunschlange geworden wäre.

Mit den Händen voller Gemüse kehrte Victoria in die Küche zurück. Draußen hörte sie die Hündin heulen. Schnell legte Victoria das Gemüse ab, um hinauszueilen. Cookie saß vor dem Haus und jaulte, bis sie Victoria sah. Dann legte die Hündin sich hin, anscheinend zufrieden.

»Was ist das?« Catherine war auf die Veranda getreten. Ihr rotes Haar leuchtete in der Sonne wie geschmolzenes Kupfer. »Wo kommt der Hund her?«

»Es ist eine Hündin. Billy hat sie mir geschenkt.«

»Billy? Warum hat er sich nicht von mir verabschiedet?« Catherine schob die Unterlippe schmollend vor. »Und warum schenkt er dir einen Hund? Vater wird nicht erlauben, dass du ihn behältst.«

»Sie. Sie heißt Cookie.«

»Egal, wie sie heißt. Du kennst Vater.«

Victoria seufzte und musste Catherine recht geben. Sie kannte ihren Vater nur zu gut und wusste, dass Joseph Wagner Tiere nur dann auf der Farm duldete, wenn sie sich ihren Unterhalt verdienten. Die halbwilden Katzen, die in der Scheune lebten, mussten Mäuse und Ratten fangen. Sonst wurden sie verjagt oder – wie Victoria dachte – schlimmer noch: erschossen. Pferde dienten als Reittiere und Hunde mussten Hütehunde oder Wachhunde sein, um eine Berechtigung zu haben, auf Amber's Joy zu leben. Hütehunde brauchten sie nicht, weil ihr Vater sich gegen die Schafzucht entschieden hatte. Und ob Cookie als Wachhund taugte, würde sich erweisen müssen.

Den ganzen Nachmittag hatte Victoria immer wieder Ausschau gehalten, ob ihr Vater von den Zuckerrohrfeldern zurückkehrte. Im Kopf war sie die Konfrontation mit ihm schon mehrmals durchgegangen, hatte sich überlegt, was sie sagen wollte und war sich beinahe sicher gewesen, dass sie ihn überzeugen konnte.

Als die unverkennbare Gestalt von Joseph Wagner auf seinem dunkelgrauen Wallach jedoch langsam auf die Farm zugeritten kam, verlor Victoria auf einmal die Zuversicht. War Cookie es wirklich wert, sich ihrem Vater entgegenzustellen? Schließlich war sie nur ein Hund.

Ein Hund, den ihr Billy geschenkt hatte, den er ihr anvertraut hatte. Für die Hündin würde Victoria kämpfen, wenn sie es schon nicht für Billy getan hatte. Sie straffte den Rücken und wartete.

Zu ihrer Überraschung entdeckte sie einen weiteren Reiter neben ihrem Vater. Joseph war mit dem zweiten Mann in ein Gespräch vertieft und Victoria meinte, ihn lachen zu sehen. Das konnte nicht sein. Wann hatte sie ihren Vater das letzte Mal fröhlich gesehen. Selbst gestern, als alle Männer sich über die Witze von Luke Faulkner amüsiert hatten, hatte Joseph am Kopfende des Tisches gesessen und alles mit unbeweglicher Miene verfolgt.

Doch als die Reiter näher kamen, erkannte Victoria, dass sie sich nicht geirrt hatte. Ihr Vater schüttelte den Kopf und grinste breit über etwas, was Luke Faulkner zu ihm gesagt hatte. Wo immer auch der neue Arbeiter herkam, wenn er ihren Vater zum Lachen brachte, konnte er gerne bleiben. Victoria hatte ihren Gedanken nicht zu Ende gedacht, als Cookie laut bellend auf die beiden Männer zustürmte. Deren Pferde scheuten und buckelten, so dass die Reiter alle Hände voll zu tun hatten, nicht abgeworfen zu werden.

Oh nein, das war schlimmer als alles, was sie sich vorstellen konnte. Victoria schürzte ihren Rock und lief der Hündin nach.

»Nein, Cookie! Aus!«, rief sie mit voller Kraft, aber die Hündin tanzte weiter um Pferde und Reiter und knurrte sogar. »Hierher, Cookie. Sofort!«

Etwas in Victorias Stimme schien der Hündin wohl deutlich zu machen, dass sie besser gehorchen sollte. Mit einem letzten Knurren, bei dem sie die Zähne fletschte, besann sich die Hündin und lief zu Victoria. Cookie setzte sich neben ihre Herrin; jedoch ließ sie Joseph und Luke nicht aus den Augen.

»Was soll das? Was macht der Köter hier?« Josephs Stimme überschlug sich vor Zorn. »Auf meinem eigenen Grund und Boden muss ich mich von so einem Vieh anknurren lassen.«

»Entschuldigung.« Victoria wünschte sich, dass sie weniger kleinlaut und ängstlich klingen würde, aber es gelang ihr nicht, ihrem Vater die Stirn zu bieten. »Ich …, es tut mir leid.«

»Du solltest den Hund behalten«, sagte Luke, dessen Rappstute nervös tänzelte und schnaubte. »Es ist ein guter Wächter, das musst du zugeben.«

Luke zwinkerte Victoria zu, die ihn dankbar anlächelte.

»Wir brauchen keinen Wachhund«, beharrte Joseph, wobei er Cookie mit sichtlichem Misstrauen musterte. »Vor allem nicht so einen bunten Kläffer. Das Vieh sieht eher wie ein Känguru aus als wie ein Köter.«

»Sie heißt Cookie«, flüsterte Victoria.

Ihr Vater stieß ein Schnauben aus und schüttelte den Kopf.

»Ist das überhaupt ein Hund?«, stieß er hämisch hervor. »Oder eine Kreuzung aus *Dingo* und *Wallaby*?«

»Sie ist ein *Blue Heeler*.« Victoria lächelte ihren Vater bittend an. Alle sorgsam ausgedachten Sätze waren verschwunden wie ein *Wombat* bei Tagesanbruch. »Ein Hütehund. Und aufpassen kann sie auch.«

»Du bist jetzt immer auf den Feldern. Victoria und ich sind hier allein.« Catherine war so leise nähergekommen, dass sie Victoria überraschte. »Da ist ein Hund gut.«

»Sie hat recht«, mischte sich Luke wieder ein. »Gerade in der Erntezeit sind dunkle Gestalten unterwegs.«

»So wie du!« Joseph versetzte dem anderen Mann einen spielerischen Hieb auf den Oberarm. Überrascht blinzelte Victoria mit den Augen. So heiter hatte sie ihren Vater lange nicht mehr erlebt. »Ich sehe schon, ihr habt euch gegen mich verschworen. Also gut, der Köter kann bleiben. Aber nur, wenn er gut arbeitet.«

KAPITEL 5

Hannover, heute

Die Arbeit wollte kein Ende nehmen. Franziska versuchte, die Müdigkeit wegzublinzeln, aber ihre Augen brannten vom Starren auf den Bildschirm ihres Netbooks. Ihr Nacken schmerzte und sie drehte den Kopf von einer Seite zur anderen, um die verspannten Muskeln zu lockern. Halte durch, sind doch nur noch ein paar Tage, dann kannst du wieder anfangen zu leben, versuchte sie sich zu motivieren.

Sie schaute auf die drei Fotos, die sie als Motivator an der Wand gegenüber ihres Schreibtischs angebracht hatte. Ihre Eltern, vor zwanzig Jahren oder so, einen Rucksack auf dem Rücken, die Haare vom Wind zerzaust, lächelten in die Kamera. Noch immer schmerzte es, sie zu sehen. So jung, so glücklich …

Als Franziska bemerkte, wie ihr die Tränen kamen, schaute sie das nächste Bild an. Julian beim Beach-Volleyball. Das beste Foto, das sie von ihm jemals geschossen hatte. Sie hatte auf den Auslöser gedrückt, als ihr Freund einen Hechtsprung machte.

Und schließlich Franziskas Lieblingsbild, das Julian vor ein paar Wochen von ihr und Alina geknipst hatte. Mit seinem neuen Smartphone, auf das er so stolz war. Obwohl es noch kühl gewesen war, hatten Alina und sie die ersten Sonnenstrahlen des Frühlings genutzt, um ihren Cappuccino im Freien zu trinken. Sie hielten die Köpfe zusammengesteckt und lächelten breit in die Kamera.

Manchmal hielten die Leute sie und ihre Schwester für Zwillinge. Wenn Franziska und Alina lachend verneinten, meinten die meisten, dass Alina auf jeden Fall die Ältere wäre, was diese immer wieder verärgerte. Franziska erklärte sich diese Fehleinschätzung damit, dass Alina sich schminkte und deutlich mehr auf ihr Äußeres achtete als sie. Für sie selbst musste alles möglichst praktisch sein. Da sie es hasste, morgens früh aufzustehen, trug sie ihre mittelblonden Haare kurz. So musste sie sich am Morgen nicht lange mit Haarewaschen oder gar Föhnen aufhalten. Waschen, mit dem Handtuch antrocknen und in der Luft trocknen lassen. Fertig.

Ihre Morgenmuffligkeit führte auch dazu, dass Franziska sich nicht schminkte. Jede Minute, die sie im Bett verbringen konnte, war ein Gewinn. Der Preis dafür war, dass sie neben Alina immer etwas blass wirkte. Alina trug ihre Haare lang mit Strähnchen, so dass sie in der Sonne leuchteten. Im Unterschied zu Franziskas graublauen Augen waren die von Alina tiefblau, was sie durch den geschickten Einsatz von Mascara und Lidschatten betonte.

Gemeinsam waren ihnen die hohen Wangenknochen, die schmalen Nasen und die Grübchen am Kinn, was ihnen trotz aller Unterschiede eine verblüffende Ähnlichkeit verlieh.

»Wenn du dir nur ein bisschen Mühe geben würdest, könntest du echt was aus dir machen«, sagte Alina manchmal, obwohl sie wusste, dass sie bei ihrer Schwester damit auf taube Ohren stieß.

Ein schlechtes Gewissen überfiel Franziska, weil sie ihre Schwester und ihren Freund in den vergangenen Wochen vernachlässigt hatte. Alles wegen der Prüfung, die vor ihr lag. Franziska hatte so etwas wie ein Déjà-vu. »Es gibt Wichtigeres als das Abitur«, hatte ihre Mutter vor vier Jahren zu ihr gesagt. Damals hatte sie es nicht glauben können, nur um kurz darauf schmerzhaft zu erfahren, wie viel Wahrheit in den Worten ihrer Mutter lag.

Nur wenige Tage danach waren ihre Eltern tödlich verunglückt, was Franziska völlig aus der Bahn geworfen hatte. Ihr Abitur hatte sie ein Jahr später gemacht, mit deutlich schlechteren Noten als erwartet. Aber ihre Pläne existierten da bereits nicht mehr. Den Gedanken an das Geschichtsstudium hatte sie aufgeben müssen und stattdessen eine Ausbildung bei der Stadt begonnen. Sicherheit stand im Vordergrund. Nun musste sie nur noch die Prüfungen bestehen und befände sich auf dem Weg zur Beamtin. Ist es wirklich das, was du dir wünschst, fragte sie sich ab und zu, um sich selbst zu antworten, dass ihre Wünsche sich der Wirklichkeit beugen mussten.

Franziska gähnte. Heute würde sie nichts mehr reißen können. Julian war schon vor einer Stunde gekommen und wartete sicher im Wohnzimmer vor dem Fernseher auf sie. Sie würde ihn überraschen, überlegte sich Franziska, und für ihn und Alina etwas kochen. Das hatte sie so lange nicht mehr gemacht. Heute war ein guter Tag, um ihrem Freund und ihrer Schwester zu zeigen, wie viel sie ihr bedeuteten.

Franziska lächelte, stand auf und ging über den Flur zum Zimmer ihrer Schwester.

»Alina?« Franziska hatte die Tür geöffnet und prallte nun zurück, als ob ihr jemand unerwartet eine kräftige Ohrfeige versetzt hätte. Erschreckt fuhren Alina und Julian auseinander. Wie Kinder, die man mit den Fingern in der Keksdose ertappt hatte, saßen sie nebeneinander auf Alinas Bett, die Gesichter rot. Ob das vom Knutschen kam oder vom schlechten Gewissen, konnte Franziska nicht erkennen. Sie stand wie erstarrt. Es kam ihr vor, als ob es Minuten dauerte, bis ihr Gehirn endlich die Information verarbeitete.

Franziska hätte sich ohrfeigen können, als sie die beiden vor sich sah. Alinas blonde Locken, so zerzaust, als ob jemand sie mit seinen Händen durchwühlt hätte. Julian, in dessen Mundwinkeln sich das Pink von Alinas Lippenstift verwischt zeigte. Selbst wenn sie sich nicht gerade geküsst hätten, ihre Affäre war unübersehbar. Wie konnten die beiden ihr das nur antun? Gerade jetzt?! Dem ersten Schock folgte die Empörung, dass Alina und Julian nicht einmal den Anstand besessen hatten, sich woanders zu treffen. In ihrem Haus, unter ihren Augen hatten ihre Schwester und ihr Freund eine Affäre miteinander begonnen. Schlimmer und deprimierender ging es kaum.

»Franziska«, sagte Alina kleinlaut und rückte eilig von Julian weg. Wie üblich begriff ihre Schwester die Situation sofort. Julian hingegen saß da, die Unterlippe leicht hängend, und schien immer noch nicht fassen zu können, dass er erwischt worden war.

»Franziska«, wiederholte Alina, während sie mit einer fließenden Bewegung aufstand. Sie trat einen Schritt auf Franziska zu, als wollte sie ihre Schwester berühren, aber blieb dann stehen und senkte den Blick. »Also … es tut mir …, ich weiß nicht …«

»Sag nichts.« Franziska hob abwehrend eine Hand. Sie atmete tief ein, um sich zu beruhigen. Zu viele Empfindungen stürmten auf sie ein und kämpften um die Oberhand. Entsetzen. Zorn. Trauer. Hass. Wut auf sich selbst. Der Wunsch, jemanden zu schlagen. »Sag jetzt bloß nichts.«

»Franzi.« Endlich hatte wohl auch Julian kapiert, was geschehen war, und stand auf. Mit einem dummen Grinsen, das er anscheinend für entschuldigend hielt, stellte er sich neben Alina, griff nach deren Hand. Wie konnte er es nur wagen, die Hand ihrer Schwester anzufassen und dabei den breiten Silberring zu tragen, den Franziska ihm geschenkt hatte? »Franzi. Wir … wir wollten das nicht. Aber … du … also du … du hattest ja nie Zeit.«

Franziska starrte ihn nur fassungslos an. Starrte in seine blauen Augen, die so unschuldig wirkten. Meinte er wirklich, dass damit alles erklärt und entschuldigt wäre? Sie drehte sich um und ging. Zurück in die Sicherheit ihres Zimmers. Nachdem sie die Tür hinter sich zugeknallt hatte, rang Franziska nach Atem. Ihr Herz raste, als wäre sie einen Marathon gelaufen. Glühendheiß zog Hass in ihr auf. Hass auf ihre Schwester.

Alina! Hatte sie überhaupt kein Gewissen? Wenn schon nicht aus Liebe zu ihr, dann hätte Alina sich wenigstens aus Dankbarkeit zurückhalten müssen. Schließlich hatte Franziska sich in den letzten Jahren um alles gekümmert, hatte dafür gesorgt, dass Alina so weiterleben konnte, wie sie es gewohnt war. Selbst das Geschichtsstudium hatte Franziska zurückgestellt, damit Alina ihr Abitur machen konnte. Das war der Dank dafür! Die Enttäuschung fühlte sich an wie ein Tiefschlag in den Magen. Nein, es fühlte sich an wie ein Messer ins Herz.

Da klopfte es. Bevor Franziska etwas sagen konnte, öffnete sich die Tür und Alina kam herein. Langsam, zögernd. Franziska ballte die Hände zu Fäusten.

»Warum?«, flüsterte sie. Ihre Stimme zitterte, aber sie würde nicht weinen. Nicht vor ihrer Schwester, die sie so übel verraten hatten. »Warum hast du mir das angetan?«

Zu ihrer Überraschung spürte sie ein hysterisches Kichern in sich aufsteigen, weil die ganze Situation sie an einen schlechten Film erinnerte. An eine melodramatische Szene aus einer Telenovela. Heldin entdeckt Betrug des Geliebten. Wenn sie solche Geschichten im Fernsehen gesehen hatte, hatte Franziska sich oft darüber lustig gemacht, wie übertrieben die Heldinnen handelten. Wenn sie auch nur ansatzweise geahnt hätte, wie bitter es sich anfühlte, betrogen zu werden, hätte sie mehr Mitgefühl mit den tragischen Heldinnen aufgebracht.

Hinter Alina stand Julian, so als wagte er es nicht, Franziskas Zimmer zu betreten. Das Zimmer, in dem sie einander geliebt hatten. Sauer stieg Magensaft in Franziskas Mund. Sie schluckte.

»Franzi«, begann Julian, doch eine Handbewegung von Franziska ließ ihn schweigen. Er prallte sogar einen Schritt zurück, wie sie mit Genugtuung bemerkte. Sollte er sich ruhig vor ihr fürchten. Das war ja wohl das Mindeste. Außerdem hatte sie die Verkürzung ihres Namens nie leiden können.

»Mit dir rede ich nicht. Ich will eine Antwort von meiner Schwester«, zischte sie. Wut überkam sie und sie hätte ihm gerne die attraktiven Gesichtszüge zerkratzt oder – besser noch – den Lack seines geliebten BMWs mit einem Schlüssel bearbeitet. »Verschwinde! Lass uns allein.«

Julian und Alina wechselten einen Blick. Alina nickte ihm zu. Franziska biss sich auf die Innenseite der Wange, um einen anderen Schmerz als den des Verrats zu spüren. Der Gedanke daran, dass sie noch vorgestern mit Julian geschlafen hatte, löste Übelkeit in ihr aus. Franziska spürte erneut ihren Mageninhalt aufsteigen. Sie fröstelte und Gänsehaut bildete sich auf ihren Armen.

Hatte es Alina nichts ausgemacht, dass Julian mit Franziska geschlafen hatte? Bisher hatte Franziska geglaubt, ihre jüngere Schwester fast so gut zu kennen wie sich selbst. Alles nur eine Illusion. Rauch und Spiegel wie bei einem Bühnenzauberer.

»Ich koch uns einen Tee«, murmelte Julian. Immerhin rang er sich erneut so etwas wie ein entschuldigendes Lächeln ab.

»Nein!«, sagte Franziska mit scharfer Stimme. Julian blieb stehen, als ob sie ihn geschlagen hätte, und glotzte sie großäugig an. In den zwei Jahren ihrer Beziehung hatte sie noch nie in diesem Ton mit ihm gesprochen. Sie genoss seinen erstaunten Ausdruck. »Du verschwindest. Sofort.«

»Es ist auch mein Haus«, wagte Alina zu protestieren, bis Franziska ihr einen wütenden Blick zuwarf. Kleinlaut fügte sie hinzu: »Das kannst du doch nicht machen.«

»Julian, hau ab«, presste Franziska hervor. »Sofort.«

»Also dann.« Einen Moment sah es so aus, als ob Julian

Alina einen Abschiedskuss geben wollte, aber ausnahmsweise setzte wohl sein Verstand ein. »Tschüß erstmal.«

Franziska sah ihm nach und seufzte leise. »Ich versteh dich nicht. Beim besten Willen nicht. Erklär's mir.«

»Also ... ich ..., es tut mir leid, ehrlich.« Alina setzte sich wieder aufs Bett. Mit Daumen und Zeigefinger der rechten Hand zupfte sie die Nagelhaut des linken Daumens ab. »Es ist einfach passiert. Weil du nie Zeit hattest ...«

Alina hob den Kopf und schaute Franziska mit ihrem unschuldigen Hundebaby-Blick an, einem Blick, den Alina seit frühester Kindheit draufhatte und mit dem sie sich oft durchsetzen konnte. Aber heute nicht. Heute musste Alina endlich einmal lernen, dass Handeln Konsequenzen hatte.

»Ach, und da haben Julian und du gedacht, statt zusammen ins Kino zu gehen, könnt ihr auch gemeinsam im Bett landen, oder was?« Franziska erschrak selbst vor dem Sarkasmus in ihrer Stimme, aber nach dem ersten Zorn fühlte sie sich jetzt innerlich wie tot. Nur ein Gedanke beherrschte sie noch. Sie wollte Alina und Julian so sehr verletzen, wie die beiden ihr wehgetan hatten. Aus *der* Sache würde Alina sich nicht mit ein bisschen Wimpernklimpern und gestotterten Entschuldigungen herauswinden können. »Von dir hätte ich mehr erwartet. Niemals ... niemals so einen Verrat.«

»Was soll ich sagen?« Alina schaute Franziska direkt an. Sie zog einen Teil der Unterlippe zwischen den Zähnen durch, wieder und wieder, was Franziska fasziniert beobachtete. »Ich fand Julian immer schon toll und als er mich dann geküsst hat – «

»Hör auf!« Zorn verdrängte die Dumpfheit, die eben noch Franziskas Gedanken und Gefühle beherrscht hatte.

Dunkler, rasender, wütender, verletzenwollender Zorn. »Ich will das nicht hören …«

Sie wollte nur eins: Ruhe vor den beiden, die sie so übel hintergangen hatten. Julian hatte sie wegschicken können, aber Alina … Alina und sie hatten das Haus gemeinsam geerbt. Wo sollte ihre Schwester hingehen? Jetzt, kurz vor dem Abitur? Selbst wenn Alina die Prüfungen nicht so ernst nahm wie Franziska, würde sie es niemals übers Herz bringen, ihre Schwester mitten im Abi vor die Tür zu setzen.

»Zissa«, flüsterte Alina den Kosenamen, den sie ihr als Kind gegeben hatte. »Zissa, bitte. Es tut mir so leid. Bestimmt der Abi-Stress.«

Als ob nur *sie* Prüfungen hätte. In einer Woche hatte Franziska ihre Abschlussprüfung. Wo sollte sie die Kraft und Energie hernehmen, sich auf die Fragen zu konzentrieren? Schlimmer noch, wollte sie die Prüfung überhaupt noch machen? Alle Pläne, die sie für ihre Zukunft geschmiedet hatte, lagen vor ihr, zerschmettert wie der Spiegel, mit dem die Schneekönigin Kälte in die Welt gebracht hatte.

Franziska holte tief Luft. Nach dem ersten Zorn spürte sie nur noch Trauer und Enttäuschung. Und den Wunsch, wegzulaufen. Sie wollte keine Minute länger mit ihrer Schwester verbringen. »Kannst du heute irgendwo anders übernachten? … Bitte.«

»Franziska, bitte …« Irgendetwas in Franziskas Gesicht musste Alina sagen, dass es klüger war, nicht weiter zu argumentieren. »Okay, ich schlaf heute bei Johanna. Aber … morgen reden wir, ja?«

Franziska antwortete mit einem Nicken. Wut und Enttäuschung schnürten ihr die Kehle zu. Sie hatte einfach keine Lust, mit Alina zu reden. Nicht einmal, mit ihrer Schwester zu streiten oder sie anzuschreien.

Sie wünschte sich nur, allein zu sein. Am liebsten wollte sie weder Alina noch Julian jemals wiedersehen. Sie wollte flüchten, so weit weg, wie es nur möglich war. Ans andere Ende der Welt oder sogar darüber hinaus.

KAPITEL 6

Hannover, heute

Alina,

Du hast mir immer vorgeworfen, dass ich nicht spontan sein könnte.

Ich habe immer gedacht, dass ich dir etwas bedeute.

Tja, da haben wir uns wohl beide getäuscht.

Franziska legte den Füller zur Seite und kicherte. Es klang hysterisch, wie sie selbst zugeben musste. Spontan war ein Euphemismus für ihre Aktion. Sie hatte eine halbe Stunde geheult, vor Wut ein paar Tassen zerschlagen und das zerbrochene Geschirr dann aufgefegt. Zur Krönung hatte sie sich beim Aufräumen geschnitten, was zu einer erneuten Heulattacke geführt hatte.

Nach dem Wutausbruch hatte sie sich vor das Notebook gesetzt und alle Möglichkeiten, die ihr einfielen, aufgelistet und bewertet. Egal, wie sie es drehte und wendete, es blieben nur zwei Optionen übrig.

Nummer 1: sich mit Alina arrangieren und gemeinsam hier weiterleben. Die Prüfung machen und hoffen, dass

Wut und Enttäuschung irgendwie und irgendwann verschwinden würden. Bei dem Gedanken daran hatte Franziska das Gefühl gehabt, gleich kotzen zu müssen.

Also Möglichkeit 2: abhauen. Einfach abhauen. Alles hinwerfen. Die Prüfung. Das Haus. Die Zukunftspläne.

Erst hatte Franziska diese Option als vollkommen verrückt streichen wollen, aber je länger sie mit brennenden Augen auf den Bildschirm gestarrt hatte, desto vernünftiger schien ihr die Idee. Dann hatte sie sich an das Gespräch mit ihrer Mutter vor vier Jahren erinnert. Eine gemeinsame Reise nach Australien … Langsam hatte sich aus dem Einfall ein Plan entwickelt.

Ich lasse das Leben entscheiden, sagte Franziska sich. Sie würde in den Unterlagen ihrer Mutter nach dem Brief suchen. Wenn sie ihn fände, würde sie fliegen. Wenn sie ihn nicht fände, …

Nach kurzem Suchen hielt sie den Brief in der Hand. Franziskas Herz schlug schneller. Sie schwankte zwischen Freude darüber, diesen Ausweg entdeckt zu haben, und Sorge, dieses Abenteuer zu riskieren. Jetzt oder nie!

Kurzentschlossen recherchierte sie im Internet nach einem Flug und stellte fest, dass sie schon morgen Nacht fliegen könnte. Sicherheitshalber googelte sie, ob sie ein Visum oder eine Impfung benötigte. Auch hier schien das Schicksal ihr sagen zu wollen, dass dieser Weg der richtige war. Sie brauchte ein Visum, das sie einfach online beantragen konnte. Recherche und Dateneingabe lenkten Franziska von jedem Gedanken an Julian und Alina ab. Nach kurzem Überlegen entschied sie sich dafür, nicht morgen schon zu fliegen, sondern erst in drei Tagen. Online reservierte sie ein Hotel in der Nähe des Flughafens und packte ihre Sachen.

»Bin ich irre?«, sagte Franziska laut zu sich selbst, während sie T-Shirts, Unterwäsche und Jeans in den Koffer legte. »Ich weiß ja nicht einmal, wie lange ich bleiben will. Ich weiß nicht, was ich dort tun will. Was mache ich, wenn ich nach zwei Tagen merke, dass meine Idee völlig idiotisch ist?«

Sie rieb sich mit der Hand den Nacken und setzte sich aufs Bett. Ja, die Reise war ein schräger Entschluss, aber die Alternative raubte ihr die Luft. Beim besten Willen wusste sie nicht, wie sie Alina oder Julian gegenübertreten sollte. Auf keinen Fall wollte sie einen der beiden in nächster Zeit sehen. Noch viel weniger wollte sie irgendwelche gestammelten Entschuldigungen hören. Aber am schlimmsten war die Vorstellung, ihre Schwester und ihren Ex-Freund als glückliches Paar um sich haben zu müssen. Franziska kämpfte gegen aufkommenden Brechreiz an.

Julian – sein Betrug würde noch eine Weile schmerzen, aber irgendwann wäre er ihr egal. Nach zwei Jahren Beziehung war die große Liebe verblasst, und wenn sie ehrlich zu sich war, hatte sie in den letzten Wochen schon überlegt, ob Julian wirklich der Mann war, mit dem sie den Rest ihres Lebens verbringen wollte. Inzwischen fragte sie sich, was ihr je an ihm gefallen hatte.

Sicher, er sah auf eine jungenhafte Art gut aus, so wie Liam Hemsworth, aber außer seinem Sport interessierte ihn nicht viel. Wenn sie ehrlich war, musste sich Franziska eingestehen, dass es ihr geschmeichelt hatte, dass Julian, der Mädchenschwarm, sich ausgerechnet für sie interessiert hatte. Außerdem war er in ihrer Beziehung sehr – beinahe war es ihr peinlich, so etwas zu denken – pflegeleicht gewesen. Julian war nie beleidigt, wenn sie lange arbeitete.

Niemals hatte er erwartet, dass sie intensive Beziehungsgespräche mit ihm führte. Sex, essen, Abende vor dem Fernseher und viel Zeit im Fitnessstudio – so sah das ideale Leben für Julian aus. Viel mehr wollte Franziska auch nicht geben. Nach dem Tod ihrer Eltern hatte sie sich innerlich wie tot gefühlt und gefürchtet, nie mehr jemanden lieben zu können, einfach, weil der Schmerz so entsetzlich groß gewesen war. Die Beziehung zu Julian war – in Franziskas Augen – der ideale Kompromiss gewesen: ein Mann an ihrer Seite, der nicht sehr viele Ansprüche an sie stellte.

Aber Alina! Ihre Schwester. Franziska rieb sich die schmerzenden Augenlider. Schon als sie Kinder waren, hatte Franziska Alina stets beschützt und ihr mehr als einmal geholfen, dass die Eltern nichts von dem Mist bemerkten, den Alina mit ihrer impulsiven Art verursacht hatte. Wenn sie so darüber nachdachte … Franziska stieß ein wütendes Schnauben aus. Auch die Affäre mit Julian war typisch Alina. Erst handeln und dann denken.

Nein, damit machte sie es Alina und sich zu leicht. Selbst jemand, der so impulsiv und spontan handelte wie ihre Schwester, sollte ein paar Grenzen kennen und hätte sich überlegen können, was für Konsequenzen ihr Handeln hatte. Das schmerzte am meisten. Franziska hatte immer geglaubt, dass es zwischen ihnen beiden eine ganz besondere Verbindung gäbe, etwas, das niemand zerstören könnte. Auf jeden Fall brauchte sie Abstand zu ihrer Schwester. Je weiter, desto besser. Aber dennoch brachte sie es nicht über sich, ohne ein Wort zu gehen. Am besten kurz, ohne Emotionen hatte sie sich vorgenommen und deshalb bereits vier Entwürfe in den Papierkorb gepfeffert, weil der Zorn mit ihr durchgegangen war. Meine Güte, so schwer sollte es doch nicht sein. Franziska stand auf und warf weitere Klamotten in den Koffer. Zum Schluss nahm sie das Foto ihrer Eltern von der Wand und zog das Bild aus dem Rahmen. Sie legte es mit dem vier Jahre alten Brief in ein Buch, damit beides nicht knickte.

Nach kurzem Überlegen jedoch erschienen ihr Brief und Bild zu kostbar, um sie im Koffer zu verstauen. Schließlich hörte man immer wieder, dass Gepäck verloren ging. Also nahm Franziska das Buch heraus und legte es auf den Stapel fürs Handgepäck. Jetzt blieb ihr nur noch eins zu tun übrig.

Sie setzte sich wieder an den Schreibtisch und fuhr sich mit der Hand durch die Haare. Mit einem Lächeln las sie die beiden Sätze, die sie bisher geschrieben hatte. Nein, so ging es nicht. Abstand. Reise. Rückkehr ungewiss, schrieb sie als Stichworte auf einen Zettel. Mehr musste sie Alina nicht schreiben.

Alina,

brauche Abstand und verreise auf unbestimmte Zeit.

Oh weia, das klang wie ein schlechter Spionagefilm oder wie eine enttäuschte Ehefrau. Na ja, ein bisschen war da schon dran, oder? Letzter Versuch und sie würde den Text so lassen, wie er war.

Alina,

habe mich entschlossen, kurzfristig zu verreisen. Weiß noch nicht, wann ich zurückkomme. Melde mich zwischendurch.

Franziska

Nur weg von hier. So schnell wie möglich.

Was musste sie noch erledigen, bevor sie das Haus verließ? Eine Mail an ihren Chef mit einem vorgeschobenen Grund für ihre Reise und den Abbruch der Prüfung, eine weitere an ihre beste Freundin Carolin, die vor drei Monaten nach Schottland gegangen war, um dort zu studieren. Warum besuche ich nicht Caro?, überlegte Franziska. Ihre Freundin würde sie mit offenen Armen aufnehmen und hätte sicher ein Ohr für Franziskas Probleme. Caro würde alle Einzelheiten erfahren wollen und alles gemeinsam mit ihr von vorn bis hinten durchhecheln. Franziskas Kehle schnürte sich zu. Nein, so sehr sie Caro auch mochte, Schock und Schmerz saßen tief.

»So what!« Franziska stieß den Atem aus und nahm ihr Smartphone, um eine kurze Nachricht zu tippen. Sie machte sich wieder viel zu viele Sorgen. Wenn es ihr überhaupt nicht gefiel, konnte sie immer noch ein Flugticket zurück kaufen. Aber einen Versuch war es wert, oder?

Caro, Süße,

Du wirst es nicht glauben, aber ich habe meinen Job hingeschmissen, lasse die Prüfung sausen und fahre gleich zur Bahn. In drei Tagen fliege ich ans andere Ende der Welt und schaue mal, wie es dort aussieht.

Näheres in ein paar Tagen. Muss packen.

Umarmung und liebe Grüße

Franziska

Nicht einmal fünf Minuten später pingte es zum Zeichen, dass eine WhatsApp-Nachricht eingegangen war.

Was ist passiert????!!!

MUSS ich mir Sorgen machen????
Will alles hören!!
BALD!!!!!
Pass auf Dich auf!
Umarmung
C.

Franziska tippte eine schnelle Antwort und legte das Smartphone zur Seite. Sie hatte schließlich noch drei Tage Zeit, ihrer Freundin alles per Mail oder WhatsApp zu erklären. Aber jetzt musste sie zum Zug, damit sie heute noch die Stadt verlassen konnte. Insgeheim fürchtete sie, dass ihr Mut oder ihr Zorn sie verlassen würden, wenn sie noch länger zu Hause bliebe. Franziska schluckte trocken. Ihr Zuhause fühlte sich nicht mehr wie ihr Zuhause an.

Ja, sie musste hier weg. Sofort. Wenn sie noch länger bliebe, könnte sie nicht garantieren, dass sie ihrer Wut nicht nachgab und Alinas Zimmer verwüstete. Das Zimmer, das ihre Mutter so liebevoll eingerichtet hatte. Nein, das durfte sie auf keinen Fall tun.

Franziska bestellte sich ein Taxi, packte das Handgepäck, griff sich den Koffer und machte sich auf den Weg zum Bahnhof. Auf in ein Abenteuer, das ihr Leben völlig auf den Kopf stellen könnte. Sie ahnte nicht, wie richtig sie mit dieser Einschätzung lag.

KAPITEL 7

Brisbane, Australien, heute

Die Innenflächen von Franziskas Händen fühlten sich schweißfeucht an, wenn sie den Gedanken daran zuließ, dass sie in mehreren tausend Metern Höhe in einem Stahlding eingeschlossen war, über das sie keinerlei Kontrolle hatte. Es war so lange her, dass sie geflogen war, dass sie ganz vergessen hatte, wie wenig es ihr gefiel. Vor allem, wenn es so entsetzlich viele Stunden dauerte, bis man von einem Land zum anderen kam. Warum musste es gleich Australien sein? Viel vernünftiger wäre es gewesen, Caro in Schottland zu besuchen. Die Reise wäre kürzer gewesen, die Landschaft vertrauter und die Tier- und Pflanzenwelt viel menschenfreundlicher.

Erneut versuchte Franziska sich auf den Reiseführer zu konzentrieren, den sie am Hannoveraner Flughafen gekauft hatte, damit sie nicht völlig unvorbereitet in Brisbane ankäme. Bisher hatte sie den allgemeinen Kram gelesen: Geschichte des Landes, Besiedlung durch Sträflinge, Vertreibung der Aborigines, nur die Küsten besiedelt, das Landesinnere überwiegend todbringende Wüste. Nach diesem wenig erfreulichen Anfang kam ein Überblick über Flora und Fauna, der Franziska innehalten ließ. Dass Australien von giftigen und menschenfressenden Tieren bevölkert war, hatte sie gewusst, aber wie viele und vor allem was für welche es waren – das erschreckte sie nun doch.

Selbst in Brisbane, das leider nicht am Meer lag, gab es Haie. Menschenfressende Bullenhaie, die den Brisbane River als ihr Jagdrevier nutzten. Nicht eine Zehenspitze würde sie in den Fluss halten, schwor sich Franziska.

Giftige Spinnen, richtig fiesgiftige Schlangen, giftige Quallen, giftige Kröten und – kaum zu fassen – giftige Schnecken. Denk an eine Tierart, und in Australien gibt es sie in giftig, überlegte Franziska. Wer brauchte giftige Schnecken? Selbst das harmlos aussehende Schnabeltier war giftig. Und falls die Biester nicht giftig waren, dann gab es sie in XXXL. Im Bundesstaat Victoria, den sie bei ihren Reiseplänen auf jeden Fall ausschloss, gab es die so genannten Riesenwürmer, die bis zu vier Metern lang werden konnten. Vier Meter lange Würmer! Franziska lief ein Schauder über den Rücken, so dass sie sich schüttelte. Nachdem sie das Kapitel des Reiseführers gelesen hatte, hätte sie sich nicht gewundert, wenn auch Koalas und Kängurus Giftzähne oder Giftstacheln gehabt hätten.

Immerhin die Pflanzenwelt schien friedlicher gesinnt zu sein. Caro würde ausflippen bei der Vielfalt von Blumen, Gräsern, Sträuchern und Bäumen, die sich in Australien fanden; der größte Teil von ihnen kam nur dort vor. Gut, dass ihre beste Freundin nicht dabei war. Mit einem Kopfschütteln erinnerte Franziska sich an einen Urlaub auf Madeira, den Caro und sie zusammen verbracht hatten. Ihre

Freundin war an jeder, wirklich jeder Pflanze stehen geblieben, um sie genau zu betrachten und Franziska dann alle Informationen darüber zu geben, ob sie es wissen wollte oder nicht.

Ach ja, als wären die gefährlichen Viecher nicht bereits schlimm genug, gab es da noch das australische Klima, das genau umgekehrt zu Deutschland war. Franziska flog aus dem deutschen Frühling in den australischen Herbst und Winter, der sich allerdings vollkommen anders darstellte als der deutsche Winter. Trockenheit und Wärme erwartete Franziska, obwohl es in Brisbane nachts bis auf 10 Grad abkühlen sollte. Es beruhigte sie etwas, dass der Reiseführer Brisbane die europäischste Stadt Australiens nannte. Dann wäre die Umstellung nicht so groß. Schlangen, Kröten, Krokodile und Haie ließen sich bestimmt vermeiden, wenn man in der Stadt blieb und nicht ins *Outback* fuhr oder im Fluss badete.

Ach was. Sie würde jetzt aufhören, nach den Schrecken und Gefahren des Landes zu suchen, und sich stattdessen auf das Abenteuer konzentrieren, das vor ihr lag. Außerdem war es ja nicht so, dass sie ohne Fallschirm und Rettungsleine die Reise angetreten hatte. In Brisbane wartete ein Zimmer auf sie; die Sprachschule war auch schon gebucht. Jetzt musste das Flugzeug nur noch sicher landen und alles würde gut.

»Studieren Sie in *Down Under*?« Mit dieser Plattitüde begann der gefühlt siebzehnte Versuch ihres Sitznachbarn, ein Gespräch mit Franziska anzufangen. Immerhin hatte er sich ein »Kommen Sie öfter hierher?« erspart. Seit dem Zwischenstop in Dubai saß er neben ihr und konnte einfach nicht akzeptieren, dass sie lieber ihr Buch lesen wollte, als sinnlosen Small Talk mit *ihm* zu führen. »Oder machen Sie Urlaub?«

»Ich besuche Verwandte.« Franziska seufzte leicht. Sie war sich sicher, dass ihn auch diese knappe Antwort nicht bremsen würde. Den Trick hatte sie bereits zweimal erfolglos probiert.

»Mann, da beneide ich Sie aber.« Der etwa Vierzigjährige in einem Outfit, das einem Globetrotter-Katalog entsprungen zu sein schien, beugte sich interessiert zu ihr rüber. »Das habe ich mir immer gewünscht. Eine Tante in Australien und einen Onkel in Amerika. Wo leben Ihre Verwandten denn?«

Oh verdammt. Da hatte sie ihm genau die falsche Antwort gegeben. Franziska überlegte einen Moment, ob sie ihm einen Bären aufbinden oder die Wahrheit sagen sollte und entschied sich für Möglichkeit drei. Einfach das Thema wechseln.

»Was machen Sie in Australien?«, fragte sie daher und hoffte, richtig damit zu liegen, dass der Mann gerne über sich reden wollte. »Wie lange wollen Sie bleiben?«

Sofort begann er, ihr von seinen Plänen zu berichten, auf den Spuren der – wie er es bemüht korrekt nannte – indigenen Australier einen *Walkabout* zu unternehmen. Franziska lächelte und steuerte in unregelmäßigen Abständen ein Nicken zur Unterhaltung bei oder streute »Ach ja« oder »Wie interessant« ein, während ihre Gedanken zu Alinas und Julians Betrug wanderten.

»Übel, Liebes, ganz übel«, hatte Caro ihr per Mail geantwortet, nachdem sich Franziska dazu durchgerungen hatte, ihrer besten Freundin das ganze Elend zu schildern. Ebenso wie ihren Entschluss, so weit wie möglich von ihrer verräterischen Schwester zu verschwinden. An Julian verschwendete Franziska kaum noch einen Gedanken. Wie hatte sie nur so lange mit jemandem zusammenleben können, für den Fußball mit Freunden sowieso an erster Stelle kam? Na, Alina würde bald merken, was für ein Herzchen sie sich da eingefangen hatte, dachte Franziska mit bitterer Genugtuung, während sie wieder einmal ein »Aha« von sich gab.

Endlich setzte das Flugzeug zum Landeanflug an und Franziskas Sitznachbar konzentrierte sich darauf, zu erbleichen und mehrfach zu schlucken. Jetzt tat er Franziska beinahe leid, obwohl sie es genoss, endlich ihre Ruhe zu haben.

»Viel Erfolg und interessante Erfahrungen«, wünschte sie ihrem Sitznachbarn und sah zu, dass sie aus dem Flugzeug kam, bevor er ihr anbot, sich mit ihr ein Taxi in die Stadt zu teilen oder Adressen austauschen wollte.

Am Gepäckband stellte sie sich etwas abseits, hinter eine Säule, und wartete darauf, dass ihr bunter Koffer auftauchte, der unter den schwarzen Gepäckstücken hervorstechen würde. Ab und zu zogen knalligfarbige Behälter vorbei, in denen Franziska Surfbretter vermutete. Sie beobachtete, wie eine Truppe braungebrannter Frauen und Männer, deren Haare von Sonne und Meer gebleicht aussahen, nach den Surfbrettern griffen. Laut lachend und miteinander schwatzend gingen sie davon.

Einsamkeit schlug über Franziska zusammen wie eine dunkle Woge. Sie war nie besonders reiselustig gewesen und hatte sich stets darauf verlassen, dass ihre Eltern und später Julian die Organisation der Reise übernahmen. Allein war sie bisher nie unterwegs gewesen und hatte nicht erwartet, dass es ihr so viel ausmachen würde. Wie schön wäre es, wenn sie die ersten Eindrücke des Landes mit jemandem hätte teilen können. Aber es sollte eben nicht sein.

»Man wächst an seinen Herausforderungen«, murmelte sie und hoffte, dass niemand um sie herum deutsch verstand und ihre Worte als Aufforderung für ein Gespräch auffasste. Immerhin war sie organisiert genug gewesen, sich ein Zimmer zu besorgen und im Internet herauszufinden, wie sie vom Flughafen in die Innenstadt kam.

Ein Taxi erschien ihr zu teuer, so dass sie sich für die Bahnverbindung, den Air Train, entschieden hatte. Das gab ihr auch gleich die Gelegenheit, etwas von der Stadt zu sehen, in der sie mindestens vier Wochen verbringen wollte. Wenn sie ehrlich war, wollte Franziska den Moment auch noch etwas hinauszögern, bis sie ihre Gastfamilie kennenlernte. Vor drei Tagen war es ihr als gute Idee erschienen, nicht einsam und allein in einem Hotelzimmer hocken zu müssen. Heute jedoch wäre sie lieber für sich gewesen und es graute ihr bei der Vorstellung, fröhlichen Small Talk mit Fremden in einer fremden Sprache machen zu müssen.

Endlich kam ihr Koffer. Pink und lila stach er zwischen den anderen, seriös wirkenden Rollkoffern heraus. Ein Geschenk von Alina – aber Franziska hatte sich keinen neuen Koffer kaufen wollen, so wütend und enttäuscht sie auch war. Vielleicht würde ihr Zorn ja weniger werden, wenn sie genügend Abstand zu ihrer Schwester hergestellt hatte. Kurz vor dem Abflug hatte Franziska ihr eine WhatsApp-Nachricht geschickt, in der sie mitteilte, dass sie nach Australien fliegen wollte. An Julian hatte Franziska eine SMS geschickt: *Das war's. Will dich weder sehen noch von dir hören.*

Er hatte nicht einmal geantwortet, keine Entschuldigung kein Versuch, sie umzustimmen. Franziska lächelte grimmig. Hätte er ihr eine SMS geschickt, hätte sie ihm wütend geantwortet. Jetzt war sie zornig, weil er nicht geantwortet hatte. Das Rennen hatte Julian nicht gewinnen können, aber er hätte wenigstens so tun können, als ob er noch Gefühle für sie aufbrächte.

Na, toll. Wenn sie so weitermachte, würden die nächsten Wochen nicht die beste Zeit ihres Lebens werden, sondern das große Elend. Franziska schnappte sich ihren Koffer und zerrte ihn hinter sich her.

Auf keinen Fall! Auf gar keinen Fall würde sie sich von ihrer verräterischen Schwester und ihrem untreuen Ex-Freund das Leben und ihre Zeit in *Down Under* verderben lassen. Jetzt war Sonnenschein, Spaß und Surfen angesagt, auch wenn Franziska noch nie auf einem Brett gestanden hatte und bei dem Gedanken daran stets die Titelmelodie von »Der weiße Hai« in ihrem Kopf erklang.

Sie folgte den Schildern bis zum Air Train-Bahnhof, vorbei an Geschäften und Duty-free-Shops. Flughäfen sahen fast überall gleich aus, was Franziskas Einsamkeit noch verstärkte. Sie musste schlucken und kämpfte mit Tränen. In ihrem Rucksack suchte sie nach der Sonnenbrille und setzte sie auf. Falls sie wirklich weinen musste, sollte das ja nicht jeder mitbekommen.

Endlich erreichte sie den Übergang zum Air Train und erhaschte einen ersten Blick auf den australischen Himmel. Im Internet hatte sie gelesen, dass der Himmel weit und grenzenlos wirkte, aber für sie sah er aus wie der Himmel über Deutschland. Etwas blauer und wolkenloser vielleicht. Glücklicherweise musste sie nicht lange auf den nächsten Zug warten und fand gleich einen Sitzplatz. Franziska lehnte die Stirn an die Scheibe und schaute hinaus, um einen ersten Eindruck vom Land zu gewinnen.

Zu ihrer Überraschung trug der Air Train seinen Namen nicht nur, weil er Flughafen und Stadt miteinander verband, sondern auch, weil er unglaublich hoch über der Erde entlangführte. Die Frau, die Franziska gegenübersaß, starrte geradeaus, wahrscheinlich, weil sie nicht in die Tiefe sehen wollte, die sich unter dem Zug erstreckte.

Franziska hingegen, die nicht unter Höhenangst litt, blickte aus dem Fenster, um so viel wie möglich von der Stadt zu sehen, der sie sich näherten. Sie spürte einen leichten Anflug von Enttäuschung. Obwohl sie so spontan und ungeplant nach Australien gereist war, hatte sie die Reise mit Erwartungen verbunden. Sicher war sie nicht so naiv, dass sie hüpfende Kängurus oder winkende Koalas zu sehen erhoffte, aber ihr erster Eindruck von Brisbane war der einer normalen Großstadt. Es hätte auch New York oder Frankfurt sein können mit den Hochhäusern, deren Spiegelfassaden im Licht der Sonne glitzerten. Breite Straßen durchzogen die Stadt. Immerhin fuhren die Autos auf der falschen Seite, so dass ein wenig Fremdheitsgefühl aufkam.

Franziska runzelte die Stirn. Vielleicht lag es ja an der Stadt. Vielleicht hätte sie nach Sydney oder Melbourne fliegen sollen oder nach Perth. Städte, die weiter im Süden lagen, oder nach Cairns, das im subtropischen Regenwaldgebiet lag. Oder vielleicht sahen alle Großstädte auf den ersten Blick gleich aus und es lohnte sich, sie mit einem zweiten und dritten Blick zu erkunden.

Bald jedoch erspähte Franziska Palmen und andere tropische Bäume, deren Namen sie nicht kannte und die sie noch nie vorher gesehen hatte. Ja, langsam gewann sie den

Eindruck, nicht mehr in Deutschland zu sein. Lächelnd setzte sie sich auf. Mal sehen, was der Tag noch bringen würde.

KAPITEL 8

Amber's Joy, Australien 1897

Der Tag war unendlich lang gewesen. Immer noch meinte Catherine den Geruch der verbrannten Felder zu riechen. Die Mischung aus Rauch und schwerer Süße war so typisch für die Jahreszeit der Ernte. Catherine schüttelte den Kopf, als sie sich daran erinnerte, wie sie das erste Mal dabei zugesehen hatte, als die *Cutter* das Zuckerrohr abfackelten.

»Dad. Warum brennen die Männer unser Feld ab?« Vor Aufregung hatte sie damals einen Schluckauf bekommen. »Kannst du ihnen das nicht verbieten?«

»Prinzessin.« Joseph hatte sich zu ihr gebeugt und sie hochgehoben. »Das muss sein, damit die Ernte leichter möglich ist.«

»Ach so, weil der Zucker dann gleich gekocht ist.«

Die Männer hatten lauthals gelacht, nur ihr Vater hatte Catherine ernsthaft geantwortet. »Nein. Wir verbrennen die trockenen Blätter, damit das Zuckerrohr besser zu ernten ist.«

Liebevoll hatte er Catherine über das Haar gestrichen und sie ins Haus getragen. An diesen Vater erinnerte sich Catherine gern. Heute fragte sie sich manchmal, ob es wirklich eine Zeit gegeben hatte, wo Joseph nicht hart und herrisch gewesen war. Ein Vater, den man eher fürchtete als liebte. Ein Vater, der besser nichts von ihrem Geheimnis erfahren durfte.

Nervös strich sie sich mit ihren Fingern durchs Gesicht und starrte aus dem Fenster, auf der Suche nach dem Mann, den sie jeden Tag zu sehen hoffte.

Nach und nach machten sich die mit den hellgrünen Zuckerrohrstangen beladenen Wagen auf den Weg nach Marburg zur Zuckermühle. Die Pferde hatten geduldig am Rand des Feldes ausgeharrt und nur ab und zu den Kopf geschüttelt, um die frechsten Fliegen zu verjagen. Jetzt, wo sie sich endlich in Bewegung setzen durften, stampften sie mit den Hufen auf, wieherten und zogen die schweren Fuhrwerke mit erstaunlicher Leichtigkeit. Als sie Kinder waren, hatten Victoria und Catherine die Zuckerrohrwagen gern begleitet. Sie hatten entweder neben dem Wagenlenker gesessen und atemlos den Geschichten gelauscht, die er über Australien erzählte. Oder, fast spannender, sie hatten oben auf dem Zuckerrohr gethront und von dort aus gesehen, wie die Felder und Amber's Joy am Horizont verschwanden. Jede von ihnen hatte eine Stange Zuckerrohr als Wegzehrung in der Hand gehabt.

Doch leider hatte Joseph ihnen diese Freude verboten, kurz nachdem ihre Mutter gestorben war. Nach Meinung ihres Vaters waren Catherine und Victoria zu alt geworden, um noch unbefangen mit den *Cuttern* zu sprechen. Und er brauchte sie als Arbeiterinnen in der Küche. Daher konnten die Mädchen nur auf der Veranda stehen und den davonziehenden Fuhrwerken sehnsuchtsvoll hinterherblicken.

So wie heute. Ein Lächeln glitt über Catherines Gesicht. Heute jedoch galt ihre Sehnsucht nicht einer Fahrt auf dem Zuckerrohrwagen, sondern dem einen Mann, dem es gelungen war, während der vergangenen Erntetage ihr Herz zu gewinnen. Versonnen schaute sie aus dem Fenster. Sie konnte es kaum erwarten, dass sich der Abend endlich näherte. Die Zeit, die Luke und ihr gehörte. Gestohlene Minuten, die sie vor ihrem Vater und auch vor ihrer Schwester geheimhalten musste. Niemals würde Joseph es dulden, dass seine Lieblingstochter etwas mit einem *Cutter* anfing, selbst wenn er den Arbeiter noch so sehr schätzte.

»Träumst du?«, hörte sie Victoria sagen.

Ertappt drehte Catherine sich um und musterte ihre ältere Schwester. Auf den ersten Blick war deren Aussehen nicht weiter erwähnenswert. Nichts an ihr zog Aufmerksamkeit auf sich, so wie Catherines rotes Haar. Eher das Gegenteil war der Fall: Alles an Victorias Äußerem schien zu sagen: »Schau über mich hinweg.«

Die Haare ihrer Schwester waren von einem derart langweiligen Dunkelblond, dass es sich nach Victorias Meinung nicht lohnte, sie in Locken zu legen. Sie war nur mittelgroß und wirkte eher schmächtig als zierlich, was allerdings darüber hinweg täuschte, dass sie durch die schwere körperliche Arbeit sehnig und muskulös war. Ihre Nase war schmal, etwas zu lang, ihr Mund groß. Da dessen Winkel meist herabhingen, wirkte Victoria stets leicht verdrießlich. Wenn sie einmal lächelte, sah ihr Gesicht viel heller aus. Auffallend – und darum beneidete Catherine ihre große Schwester – waren Victorias lange Wimpern, die ihrem Blick etwas Versonnenes gaben.

Nach Catherines Ansicht tat Victoria alles, um nur nicht als hübsche Frau aufzufallen. Ihre Kleidung war zweckmäßig und sauber, aber niemals verziert oder darauf angelegt, jemanden zu verführen. Die Haare trug Victoria hochgesteckt. Nur nachts, wenn sie schlafen ging, löste sie die Fülle ihrer dunkelblonden Mähne. Warum ihre Schwester sich nicht mehr bemühte, den Männern zu gefallen, wollte Catherine nicht verstehen. Manchmal schien es ihr, als verbarg Victoria etwas vor ihr, so wie auch sie Geheimnisse vor ihrer Schwester hatte.

Langsam drehte Catherine sich um. »Ich habe nur daran gedacht, wie viel Spaß wir früher hatten. Weißt du noch, der *Damper*?«

»Du wolltest es ja unbedingt probieren.« Victoria lächelte sie an.

»Nur weil die *Cutter* so viel davon erzählt hatten«, verteidigte sich Catherine. »Ich dachte, es müsste etwas ganz Besonderes sein.«

Sie hatte damals so lange gebettelt und gefleht, bis ein gutmütiger Arbeiter ihr das Buschbrot zubereitet hatte. Nachdem der Mann Catherine den dunklen Klumpen aus Mehl, Wasser und Salz, den er im Lagerfeuer gebacken hatte, überreicht hatte, hatte sie sich artig bedankt. Nach einem Probebiss jedoch hatte sie das Buschbrot den Schweinen vorgeworfen.

»Die Ernte ist bald vorbei, nicht wahr?« Catherine bemühte sich um einen leichten Tonfall und hoffte, dass Victoria nicht bemerkte, wie sehr sie die Antwort fürchtete. »Dann sind wir wieder allein.«

Jeden Tag hatte Catherine auf Regen gehofft, der es den Männern unmöglich machen würde, das Zuckerrohr zu schneiden, so dass sie ihre Zeit auf Amber's Joy verlängern müssten. Doch wie zum Hohn hatte jeden Tag die Sonne geschienen und den *Cuttern* beste Bedingungen für ihre Arbeit gegeben. Es war fast so wie jedes Jahr. Abends kehrten die Arbeiter zurück in die Hütten. Catherine und Victoria hatten Brot, Fleisch und Bier bereitgestellt und warteten im Schatten, ob die Männer mehr Essen oder Getränke wünschten. Die Mädchen konnten den Arbeitern ansehen, wie sehr das Zuckerrohrschneiden an ihnen zehrte. Tiefe Falten zogen sich über die sonnenverbrannten Gesichter und je länger die Ernte andauerte, desto stiller wurden die Männer. Als saugte die Arbeit alle Kraft aus ihnen, und nur ein eiserner Wille hielte sie aufrecht.

All das kannte Catherine nur zu gut, aber in diesem Jahr war es gleich und doch so anders. Jeden Abend wartete sie voller Sorge, dass Luke nichts geschehen war. Unauffällig harrte sie neben ihrer Schwester aus, bis die *Cutter* Hunger und Durst gestillt hatten. Doch während Victoria ihre Abende damit verbrachte, Kleidung zu flicken oder Brot zu backen, schlich Catherine sich hinaus, um sich mit Luke zu treffen. Ohne viele Worte hatte ihre Romanze begonnen und ohne viele Worte gelang es ihnen, sich heimlich zu treffen, stets in Sorge, dass ein anderer Arbeiter oder – schlimmer noch – Richard Chandler, der Vorarbeiter, sie entdecken würde.

Immer wieder schwor sich Catherine, dass sie an diesem Tag nicht Lukes heimlichen Zeichen folgen würde, sondern stark bliebe, bis er bereit wäre, sich offen zu ihr zu bekennen. Doch bisher hatte ihr Herz sie ihre Vorsätze brechen lassen.

Nur heute nicht. Gestern hatte sie mit Luke gestritten, weil er weiterhin darauf bestand, sie nur versteckt zu sehen, während Catherine der ganzen Welt von ihrer Liebe erzählen wollte; kostete es, was es wollte. Heute würde Mr Faulkner vergeblich auf sie warten. Heute würde sie ihn nicht aufsuchen. Nicht, solange er nicht zu ihr stehen wollte.

»Eigentlich bin ich auf dem Weg zu den Opalfeldern von Coober Pedy.« Luke spielte mit einer Strähne von Catherines rotem Haar. Sie lächelte ihn an, obwohl ihr Herz vor Sorge schneller schlug bei der Vorstellung, dass er abreisen wollte. »Ich will dort mein Glück machen. Opale bringen viel Geld, weißt du. Damit bist du bald ein gemachter Mann.«

Catherine nickte zustimmend, obwohl sie weder etwas über den Opalabbau oder die Opalpreise wusste noch sich überhaupt dafür interessierte. Sie beherrschte nur ein Gedanke. Luke, ihr geliebter Luke, würde sie verlassen. Sie musste etwas sagen oder tun, um ihn von seinen Plänen abzubringen.

»Ist es nicht gefährlich, Opale zu schürfen?« Catherine versuchte verzweifelt, sich daran zu erinnern, was einer der Männer einmal beim Abendessen erzählt hatte. Von der furchtbaren Hitze in dem kleinen *Outback*-Ort. Von *dugouts*, unterirdischen Höhlen, in denen die Menschen lebten, die dort ihr Glück suchten. Nein, sie durfte nicht zulassen, dass Luke sich derart in Gefahr begab. »Willst du nicht hierbleiben? Mein Vater mag dich und wir können einen guten Mann immer brauchen.«

»Ach so, deshalb bist du so nett zu mir.« Luke lachte leise. »Ihr habt doch Richard Chandler. Ich bin keiner, der die zweite Geige spielt.«

Spielerisch glitten seine Finger über ihren Hals und strichen am Kragen ihres Kleids entlang. Catherine erschauerte, als Luke sich vorbeugte und mit seinem Mund der Spur der Finger folgte. Ihr Hals fühlte sich trocken an, so dass sie kaum sprechen konnte.

»Nein, nein«, flüsterte Catherine. »Ich … ich möchte, dass du bleibst, weil …«

»Ach, meine Hübsche.« Luke setzte sich wieder auf und schaute ihr in die Augen. Catherine sah etwas darin glitzern, dass sie nicht kannte. Etwas, das sie neugierig machte, sie aber auch in Angst versetzte. »Ich wäre doch schon längst in Coober Pedy, wenn deine grünen Augen mich nicht verzaubert hätten, aber …«

»Aber?« Catherines Herz schlug bis zum Hals und sie ahnte, dass sich in den nächsten Worten ihr Schicksal entscheiden würde. Sie fühlte sich gefangen in einer Mischung aus Neugier und Angst, die ihr Herz schneller klopfen ließ.

»Ein Mann wie ich hat Bedürfnisse.« Luke streckte die Zungenspitze zwischen den Zähnen hervor und leckte sich die Lippen. Catherine stieß ein nervöses Lachen aus, weil ihr Geliebter sie in diesem Augenblick so sehr an die halbwilden Katzen erinnerte, die auf Amber's Joy herumstreunten. »Bedürfnisse, die über ein bisschen Knutschen und Schmusen hinausgehen.«

Wieder strichen seine Finger über ihren Hals, und Catherine atmete flacher. Sollte sie seine Hand zur Seite schieben oder sollte sie ihn gewähren lassen? Der Gedanke, dass Luke jederzeit nach Coober Pedy aufbrechen und sie verlassen könnte, gab den Ausschlag. Catherine schloss die Augen, biss sich auf die Unterlippe und war bereit, Luke alle Wünsche zu gewähren, damit er sie nicht allein auf Amber's Joy zurückließe.

Das also war das Geheimnis zwischen Frauen und Männern, dachte Catherine. Sie lag im Heu, ihre Kleider in Unordnung. Neben ihr schnarchte Luke leise. Catherine richtete sich halb auf und stützte sich auf den Ellenbogen, um den geliebten Mann zu betrachten. Zärtlich strich ihr Blick über die dunklen Haare, die gerade Nase und das kräftige Kinn. Mein Mann, dachte sie und ihr Herz schlug ein wenig schneller. Jetzt war Luke Faulkner endlich ihr Mann. Nun würde er sie nicht mehr für die Opalfelder von Coober Pedy verlassen.

Catherine fuhr ihm mit den Fingern über den Hals und die Brust, legte ihre Hand dort einen Augenblick ab, um Lukes Herzschlag spüren zu können. Nur noch ein wenig verweilen. Den Augenblick spüren, damit sie sich heute Nacht, allein in ihrer Kammer, an ihn zurückerinnern konnte. Auch wenn der Liebesakt an sich sie eher enttäuscht hatte. Catherine hatte stürmische Leidenschaft und starke Gefühle erwartet, war davon ausgegangen, dass Lukes Körper und ihrer sich miteinander vereinten in einem Strudel von Liebe, der sie beide davonspülte.

Stattdessen war es eine eher kurze und eher schmerzhafte Prozedur gewesen, die sie auf keinen Fall dazu anregte, sich Luke noch einmal hinzugeben. Das musste wohl so sein, dachte sie. Männer genossen die körperliche Liebe, während Frauen diese eher duldeten. Nun gut, wenn der kurze, unangenehme Liebesakt eben der Preis dafür wäre, dass Luke ihre Gefühle erwiderte, so würde Catherine ihn mit Freuden zahlen.

Sie richtete sich weiter auf, ordnete ihre Kleider und hauchte Luke einen Kuss auf die Lippen. Länger konnte sie nicht bleiben, ohne das Misstrauen ihres Vaters und ihrer Schwester hervorzurufen. Luke öffnete die Augen, gähnte und lächelte ihr zu. Mit einer schnellen Bewegung griff er nach Catherine und zog sie zu sich heran.

»Bleib doch noch«, murmelte er mit kehliger Stimme und küsste ihre Stirn. Seine Hand tastete nach ihrer Brust. Catherine schob ihn sanft von sich. Er griff erneut nach ihr und zog sie zu einem Kuss heran.

»Ich kann nicht. Ich würde gern bleiben, aber mein Vater …, Victoria …« Sie küsste Luke, der seine Lippen fordernd auf ihre presste. Heftig atmend entzog sie sich seiner Umarmung. »Liebst du mich?«

»Sicher, sicher«, murmelte Luke, während seine Finger auf Wanderschaft gingen. »Das weißt du doch.«

Wusste sie das? Catherines Kehle fühlte sich trocken an und sie spürte eine irrationale Angst in sich aufwallen. Liebte Luke sie wirklich oder hatte er sie nur verführen wollen? Sie schluckte und spürte Tränen aufsteigen. Undenkbar, dass er sie entehrt hatte und dann weiterzog, oder?

»Kätzchen, Liebes«, flüsterte Luke mit zärtlicher Stimme und hauchte ihr einen Kuss auf die Handfläche. »Natürlich liebe ich dich. Das weißt du doch.«

Catherines Bedenken stoben davon, als hätte eine starke Windbö sie zerstreut. Natürlich liebte er sie. Schließlich hatte er ihretwegen alle Pläne aufgegeben, auf den Opalfeldern sein Glück zu suchen. Sicher würde Luke ihren Vater bald um ihre Hand bitten und Catherines Glück würde vollkommen sein.

Sie beugte sich ein letztes Mal zu ihm, verabschiedete sich von ihm mit einem Kuss, der das Versprechen auf mehr enthielt. Hastig eilte sie die Leiter vom Heuboden hinunter und schaute sich um, ob auch keiner der Arbeiter oder ihre Schwester sie entdecken würden. Catherine zupfte zwei Strohhalme aus ihren Haaren, strich Kleid und Schürze glatt, atmete tief ein und begab sich auf den Weg ins Haus. Nun würde Luke sich zu ihr bekennen, da war sie sich sicher.

KAPITEL 9

Amber's Joy, Australien, 1897

Wie schnell war der November gekommen. Nur noch wenige Wochen und sie würden Weihnachten feiern. Catherine hatte gehofft, dass Luke ihr bis dahin einen Antrag machen würde, dass er sie zur Frau haben wollte. Doch das Gespräch, das sie eben zufällig belauscht hatte, zerschlug ihre Hoffnungen wie billiges Porzellan. Noch immer konnte sie nicht glauben, dass der Mann, dem sie sich hingegeben hatte, sie so bitterlich verraten hatte.

Wie konnte ihr geliebter Luke ihr das nur antun? Vor wenigen Tagen noch hatte er sie zum letzten Schritt überredet und heute nun … Zu entsetzlich, zu schmerzhaft hatten sie die Worte getroffen, die sie gerade vernommen hatte. Sie musste nachdenken, musste klug handeln, einen Plan entwerfen, der dafür sorgte, dass sie ihr Lebensglück rettete.

Doch erst einmal musste sie sich beruhigen. Vor ohnmächtigem Zorn zitterte Catherine am ganzen Körper. Abwechselnd wurde ihr heiß und kalt, bis sie fürchtete, dass sie ihr Abendessen ausspeien müsste.

Nein, gib deinen Gefühlen nicht nach. Lass dich nicht vom Herzen leiten, sondern nutze deinen Verstand. Catherine atmete tief durch. Niemals würde sie zulassen, dass ihr Vater und der Mann, den sie glaubte zu lieben, diese Entscheidung über ihren Kopf hinweg träfen.

Ob Luke ihr wohl etwas sagen würde, wenn sie sich heute Abend sehen würden? Wollte sie ihn überhaupt noch treffen? Wie sollte sie ihm gegenübertreten nach einem derartigen Treuebruch? Catherine schluckte, während die Gedanken durch ihren Kopf jagten wie ein Rudel *Dingos* auf der Jagd. Nein, sie musste sich verhört haben. Das konnte nicht wahr sein. Ohne nachzudenken trat sie einen Schritt näher auf die Scheunentür zu. Mit angehaltenem Atem belauschte sie ihren Vater und ihren Geliebten, die über Catherines Schicksal entschieden.

»Du arbeitest besser, als ich gedacht hätte«, hatte sie ihren Vater zu Luke sagen hören. »Du bist ein Mann, dem ich die Plantage anvertrauen würde. Aber …«

Das waren die Worte, die Catherines Neugier geweckt hatten, als sie den Männern kaltes Bier zur Erfrischung bringen wollte. Still war sie stehen geblieben und hatte die Scheunentür nicht weiter aufgestoßen, sondern gelauscht. Mit Skrupeln zwar, aber der Inhalt des Gesprächs erschien ihr nach den wenigen Worten bereits so wichtig, dass sie dafür ein schlechtes Gewissen gerne in Kauf nahm. Sollte in Erfüllung gehen, was sie sich gewünscht hatte? Würde Luke für immer auf Amber's Joy bleiben? Als ihr Ehemann und Besitzer der Farm? Catherines Herz schlug schneller und sie musste an sich halten, um nicht lauthals in Jubel auszubrechen.

Die nächsten Worte ihres Vaters trafen sie wie ein Schlag

ins Gesicht und hätten beinahe dazu geführt, dass Catherine ihre Anwesenheit durch einen Schrei verraten hätte.

»Aber du weißt, dass ich Amber's Joy nicht Catherine vererben werde. So gern ich es wollte.« Joseph Wagners Stimme klang harsch und bitter. »Sie bekommt ihren Teil, aber die Plantage wird Victoria gehören. So will es der Brauch.«

»Ich weiß.« Luke klang selbstsicher wie immer. Als sie die geliebte Stimme hörte, hatte Catherines Herz schneller geschlagen. Bis zu dem Augenblick, als ihr Geliebter sie kaltherzig verriet. Als er ihr Glück eintauschte gegen Amber's Joy. »Wenn du mir Victoria zur Frau gibst, schießen wir zwei *Wallabies* mit einem Schuss.«

»Nein! Nein!«, wollte Catherine schreien und in die Scheune stürmen, aber Lukes Verrat verwundete sie so tief, dass sie stattdessen erstarrte. Äußerlich und innerlich. Ihr Herz fühlte sich an, als ob es gefroren wäre. Catherine fröstelte trotz der Hitze. Das durfte nicht sein. Luke hatte ihr geschworen, dass er sie liebte. So wie sie ihn liebte. Bestimmt war alles ein Missverständnis, das sich gleich aufklären würde.

»Du würdest sie heiraten?« In der Stimme ihres Vaters meinte Catherine Verwunderung zu hören. Die gleiche Verwunderung, die sie auch empfand. »Ich hätte gewettet, dass du dich für meine Jüngste interessierst.«

»Für Catherine?«, antwortete Luke und lachte. Lauthals, als ob Joseph einen Witz gemacht hätte. Catherine taumelte zurück. Beinahe hätte sie die Bierflaschen fallen gelassen. »Sie ist ein hübsches Kind, aber eben noch ein Kind.«

Catherines Augen brannten und sie konnte die Tränen nicht zurückhalten. Niemals hätte sie gedacht, dass *ihr* Luke sie derart hintergehen würde. Sie wollte ihn schütteln, ihm die Lügen aus dem Gesicht schlagen, aber ihr Körper weigerte sich, seinen Dienst zu tun. Sie stand still, zutiefst verletzt, Tränen liefen über ihr Gesicht. Mit verzweifelter Hoffnung klammerte sie sich an die Idee, dass Luke dies nur als Taktik nutzte. Ja, ihr Geliebter war ein kluger, ein vorausschauender Mann. Da er Joseph kannte, würde Luke vorgeben, auf dessen Wünsche einzugehen, damit er Zeit gewänne, einen Plan für eine Hochzeit mit Catherine zu schmieden.

So verführerisch diese Hoffnung auch war, die Worte »ein hübsches Kind, aber eben noch ein Kind« gellten in ihren Ohren. Nicht zu vergessen, wie oft Luke ihr gesagt hatte, wie wichtig es ihm war, reich zu werden. So gerne sie an seine Liebe glauben würde, Catherine war klug genug, den Charakter ihres Geliebten zu durchschauen. Und trotzdem liebte sie ihn noch, hing mit verzweifelter Sehnsucht an ihm und würde alles geben, diese Hochzeit zu verhindern.

Da durchzuckte sie ein Gedanke, ein Gedanke, der Rettung versprach. Niemals würde Vic Luke heiraten. Ihre Schwester hielt den Opalschürfer für einen Glücksritter und hatte Catherine mehrfach davor gewarnt, ihr Herz an den Mann zu verlieren. Catherine spürte Bitterkeit in ihrem Mund. Sollte Victoria wieder einmal recht behalten?

Atemlos beugte sie sich weiter nach vorne, wollte noch mehr über die Pläne erfahren, die Vater und Geliebter miteinander schmiedeten. Beide Männer konnten nicht so naiv sein anzunehmen, dass Victoria sich einfach so verheiraten lassen würde. Sie lebten schließlich nicht mehr im Mittelalter. Frauen hatten Rechte, vor allem das Recht, sich einen Ehemann auszuwählen und nicht von ihrem Vater vorgeschrieben zu bekommen. So zaghaft Victoria auch war, niemals würde sie sich ihrem Vater in eine arrangierte Ehe fügen.

Als ob er ihre Gedanken gelesen hätte, sprach Luke weiter. »Aber deine Älteste wird mich nicht nehmen.« Ein Lachen begleitete seine Worte. Das Lachen, das Catherine so geliebt hatte und das ihr nun so spöttisch klang wie der Ruf eines *Kookaburras*. »Sie hält nicht viel von mir.«

»Victoria ist alt genug zu heiraten, aber nicht alt genug, gefragt zu werden.«

Catherine erschrak über Härte und Kälte in der Stimme ihres Vaters. Niemals hätte sie erwartet, dass Joseph sich über die Wünsche seiner Töchter derart hinwegsetzen würde. »Wenn es ihr nicht passt, kann sie Amber's Joy gern verlassen und als Dienstmädchen in Toowoomba oder Brisbane arbeiten. Das würde ihr gewiss nicht gefallen.«

»Wohl wahr.« Die Männer lachten gemeinsam, wie Verschwörer, die einen Plan ausgeheckt hatten, von dem sie wussten, dass er Erfolg tragen würde. Einen Plan, der zwei Frauen unglücklich machen würde.

»Abgemacht.«

Die Worte gaben Catherine die Kraft, sich umzudrehen und ins Haus zurückzulaufen. Sie musste mit Victoria reden, musste gemeinsam mit ihrer Schwester eine Taktik entwickeln, die sie den Männern entgegenhalten konnten. Aber durfte sie Victoria die ganze Wahrheit sagen?

Catherine blieb stehen. Wenn sie ihrer Schwester die Liebe zu Luke beichtete, musste sie auch zugeben, Victoria in den letzten Wochen angelogen zu haben, etwas, was ihr ihre Schwester sicher niemals verzeihen würde. Catherine kaute auf ihrer Unterlippe, während sie fieberhaft nach einer Lösung suchte. Eine Lüge zieht die nächste nach sich, hatte ihre Mutter sie stets gewarnt, aber sie sah keinen anderen Ausweg, als ihre Täuschung weiterzuführen. Schlimmer konnte es ja nicht mehr werden.

Sobald die Heirat verhindert war, könnte sie Victoria immer noch die Wahrheit sagen. Wenn es denn sein musste. Jetzt jedoch richtete sich ihr ganzes Sinnen und Trachten darauf, Victoria auf ihre Seite zu ziehen, um der Hochzeit einen Riegel vorzuschieben.

»Vic! Vic!« Atemlos stürmte Catherine in die Küche, wo ihre Schwester am Spülstein stand und das Geschirr vom Mittagessen säuberte. Victoria schaute auf und runzelte die Stirn, sichtlich verärgert darüber, dass Catherine sich vor der Arbeit gedrückt hatte. »Wir …, es ist ganz schrecklich. Oh Vic, wie furchtbar.«

Sofort wechselte Victorias Gesichtsausdruck von Verärgerung zu Besorgnis. Sie legte die Spülbürste auf den grauen Stein und drehte sich zu Catherine um: »Was ist geschehen? Ein Schlangenbiss? Beruhige dich. Komm her.«

Mit einem lauten Schluchzen stürzte sich Catherine in die Arme ihrer Schwester. Ihre Schultern bebten und sie war nicht in der Lage, ein Wort herauszubringen. Victoria strich ihr beruhigend über den Rücken und gab kleine Laute von sich, ähnlich denen, mit denen sie die halbwilden Katzen ansprach, die in der Scheune lebten.

»Setz dich, Kleines.« Victoria führte Catherine zum Tisch, wo sie einen Stuhl heranzog. »Ich mach dir Tee und dann erzählst du mir alles.«

Catherine ließ sich auf den Stuhl sinken, legte die Arme auf den Tisch und den Kopf darauf. Ihr Kummer entlud sich in wütenden Schluchzern, die sie schüttelten wie ein Krampf. Das vertraute Klappern des Topfes und der milde

Geruch des Tees beruhigten sie etwas. Als Victoria ihr eine Tasse Tee mit viel Zucker hinstellte, hob Catherine den Kopf. Sie schniefte zweimal und trank einen Schluck des heißen Getränks. Der süße Tee erfüllte sie mit Wärme, die ihr die Kraft gab, Victoria von dem Plan ihres Vaters und Luke zu erzählen.

Je länger Catherine sprach, desto ungläubiger wurde die Miene ihrer Schwester. Sie hörte Catherine schweigend zu. Nur ab und zu schüttelte sie den Kopf, als könnte sie damit das Gehörte ungeschehen machen.

Innerlich triumphierte Catherine, weil ihr Weg, Victoria zu ihrer Verbündeten zu machen, anscheinend der richtige war. Allerdings verschwieg Catherine die Tatsache, dass sie nicht um ihrer Schwester willen in Tränen ausgebrochen war, sondern weil der Mann, dem sie ihre Liebe geschenkt hatte, sie verraten hatte. Obwohl sie einen Kloß im Hals fühlte, brachte Catherine es fertig, Victoria über ihre wahren Motive im Unklaren zu lassen.

»Ich … ich soll ihn heiraten?« Selbst durch den Schleier ihres Kummers erkannte Catherine das Entsetzen auf Victorias Gesicht. Ihre Schwester war bleich, als ob sie eine schwere Krankheit durchstanden hatte. Victorias Hände lagen leblos auf dem Tisch. Großäugig starrte sie Catherine an. »Aber ich kenne ihn doch kaum. Geschweige denn, dass ich ihn liebe.«

»Das hat für Vater keine Bedeutung.«

Catherine schniefte erneut und wischte sich die Nase am Ärmel ihres Kleides ab. Normalerweise hätte ihr das einen strafenden Blick von Victoria eingebracht, aber heute schaute ihre Schwester sie nur an, als ob Catherine ein Geist wäre. »Ihn interessiert nur die Zukunft der Farm. Er will unbedingt einen Enkelsohn.«

»Ich werde Nein sagen.« Victoria rang die Hände wie zum Gebet. Sie stieß den Atem lauthals aus, so hektisch, als ob sie viele Meilen gelaufen wäre. »Niemals werde ich einen Mann heiraten, der über mich verhandelt wie über ein Stück Vieh. Und was soll aus dir werden?«

Triumph wallte in Catherine auf. Triumph darüber, dass Victoria für sie die Entscheidung treffen würde. Den schalen Geschmack der Lüge schob sie beiseite. Später einmal würde sie Victoria die Wahrheit sagen. Heute jedoch galt es, mit allen Mitteln die geplante Hochzeit zu verhindern.

»Vater hat gesagt, dass er dich schon dazu bringen wird, seine Wünsche zu erfüllen.« Catherine schauderte erneut bei der Erinnerung an die Schärfe und Kälte, mit der Joseph einfach über das Leben seiner Töchter entschieden hatte. Ohne Rücksicht auf ihre Wünsche und Interessen. Victoria und Catherine schienen für ihren Vater nicht wichtiger zu sein als die Pferde in seinem Stall. »Er würde dich von Amber's Joy verjagen, hat er gesagt.«

»Das … das … das kann er nicht wagen.« Victorias Augen glänzten. Eine einzelne Träne lief ihre Wange herunter. »Amber's Joy ist doch alles, was ich habe. Auch wenn es sich seit Mutters Tod nicht mehr wie ein Zuhause anfühlt.«

Catherine nickte.

»Wir werden einen Weg finden, Vaters Pläne zu vereiteln.« Victoria reckte sich. Sie wirkte entschlossener, als Catherine sie jemals gesehen hatte. »Gemeinsam können wir ihm widerstehen.«

Nur wenige Wochen später würde Catherine sich an die Worte ihrer Schwester erinnern und in haltlose Tränen ausbrechen.

KAPITEL 10

Brisbane, Australien, heute

Hier würde sie also wohnen. Franziska schluckte. Sie fühlte sich den Tränen nah. Der Air Train hatte sie nur bis zur South Brisbane Station gebracht und für die letzte Wegstrecke hatte sie sich doch ein Taxi gegönnt. Franziska hatte den Taxifahrer am Anfang der Straße halten lassen. Sie wollte sich einen Eindruck von ihrer Wohngegend verschaffen, hatte sie mit einem Lächeln zu dem Mann gesagt, dem das sichtlich egal gewesen war.

Nein, das war nur eine Ausrede, wie sie sich eingestehen musste. In Wahrheit wollte sie den Moment noch hinauszögern, in dem sie ihrer Gastfamilie gegenübertreten würde. Vor drei Tagen, in Deutschland, war es ihr noch wie eine gute Idee erschienen, die Reise nach Australien mit einem vierwöchigen Sprachkurs zu verbinden. Dass sie so kurzfristig einen Platz und auch ein Zimmer bei einer Gastfamilie bekommen hatte, hatte Franziska als Wink des Schicksals aufgefasst. Jetzt jedoch fragte sie sich, ob sie eine glückliche Familie ertragen würde. Die Entscheidung war gefallen.

Wenn es allzu furchtbar würde, konnte sie ja immer noch in ein Hotel ziehen.

Sie holte tief Luft, die sich warm und schwer anfühlte. Im Reiseführer hatte Franziska gelesen, dass in Australien jetzt der Winter begänne, etwas, das sie nur schwer mit dem sonnigen Wetter zusammenbringen konnte. In Brisbane war es nicht viel wärmer als in Deutschland im Sommer, aber die Luftfeuchtigkeit lag deutlich höher. Die Luft legte sich wie ein feuchter Film auf Franziskas Haut, als sie die Straße zu ihrem Ziel entlangging.

East Brisbane, dachte Franziska, Vulture Street. Warum hieß die Straße so? Gab es hier etwa wirklich Geier? Wer gab einer Straße wohl den Namen eines Aasfressers? Sie schüttelte den Kopf über ihre wandernden Gedanken. Nun, wo sie Tausende von Kilometern von zu Hause entfernt war, begann sie zu zweifeln, ob ein spontaner Entschluss wirklich eine gute Idee war.

Per Mail hatte Franziska sich der Familie angekündigt und in Nullkommanichts eine begeisterte Antwort bekommen. Derart begeistert, dass sie etwas misstrauisch geworden war. Aber Caro hatte sie per SMS beruhigt. Die Aussies wären halt offener und freundlicher als die meisten Deutschen, hatte ihre Freundin geschrieben und so Franziskas Befürchtungen etwas mildern können.

Im Taxi allerdings war Franziskas Unbehagen gewachsen und sie hatte daher beschlossen, ein Stück des Weges zu Fuß zurückzulegen. Sie zerrte ihren Koffer hinter sich her. Das Klackern der Rollen dröhnte unglaublich laut in ihren Ohren, weil es das einzige Geräusch war. Die Straße wirkte wie ausgestorben. Franziska spürte förmlich, wie sich die Bewohner hinter den Gardinen sammelten und argwöhnisch beobachteten, wer die Stille ihres Sonntagnachmittags so rüde durchbrach.

Langsam näherte sich Franziska dem Haus, in dem sie voraussichtlich die nächsten vier Wochen verbringen würde. Stell dich nicht so an, sprach sie sich Mut zu, als sie das Gartentor öffnete.

Ein hübsches Haus war es, in dem ihre Gastfamilie wohnte. Ein Original Queensländer Haus – auch das hatte sie aus dem Reiseführer – in einem einladenden und freundlichen Hellblau gestrichen. Die Gegend wirkte eher ruhig, ein typischer Vorort eben, aus dem die Männer und auch Frauen morgens in die Innenstadt pendelten, um dort zu arbeiten. Franziska schaute die Straße hinauf, die sich einen Hang hochschlängelte.

Im Internet hatte sie bereits herausgefunden, dass ein Bus sie zu ihrer Sprachschule bringen würde. Die Schule lag in der Edward Street, einer Parallelstraße zur Albert Street. Als treue Untertanen hatten die Queensländer Bürger die wichtigsten Straßen ihrer Hauptstadt nach Königen und Königinnen benannt. Nicht weit entfernt davon war die Queen Street, die Hauptstraße. Laut Reiseführer gab es hier unglaublich viele Geschäfte, die dazu verlockten, viel Geld auszugeben. Außerdem waren es höchstens fünf Kilometer bis dorthin, so dass sie auch laufen könnte.

Franziska zog den Koffer eine gepflasterte Auffahrt hoch. Inzwischen schwitzte sie am ganzen Körper und bedauerte, dass sie aus dem klimatisierten Taxi ausgestiegen war. Einen tollen ersten Eindruck würde sie machen. Verschwitzt, mit hochrotem Kopf und strubbligen Haaren. Na ja, es sollte ja nur für vier Wochen sein. Franziska drückte den Klingelknopf.

So schnell, als ob jemand hinter der Tür gelauert hatte, wurde diese aufgerissen, ein riesiger schwarzer Hund stürmte heraus und sprang Franziska an. Er sabberte ihr durchs Gesicht und sie roch in seinem Atem, dass er erst vor Kurzem Dosenfutter gefressen hatte.

»Toby. Nicht. Aus! TOBY!« Hinter dem Hund, der immer noch an Franziska hochsprang, tauchte eine schmale Frau auf. Sie nickte Franziska zu, schnappte den Hund am Halsband und zog ihn zurück. Zu jemandem im Haus brüllte sie: »Ich hab doch gesagt, dass ihr Toby einsperren sollt!«

Franziska stand etwas verdattert in der Auffahrt und wusste nicht, ob sie ins Haus gehen oder noch etwas warten sollte.

»Hallo. Entschuldige. Ich bin Lily Marie Shaw. Lily reicht aus.« Die zierliche Frau strich sich eine Haarsträhne hinters Ohr und hielt Franziska die Hand entgegen. »Noch mal sorry wegen Toby. Er mag dich.«

»D … danke«, antwortete Franziska und schüttelte Lily die Hand. Insgeheim fragte sie sich, ob der Hund sie wohl gefressen hätte, falls sie nicht seine Zustimmung gefunden hätte. »Ich bin Franziska.«

»Dachte ich mir.« Lily zwinkerte ihr zu. »Komm rein. Alle sind schon ungeheuer neugierig auf dich.«

»Aha.« Der Satz enthielt gleich mehrere Schlüsselwörter, die dazu führten, dass Franziska sich die Nackenhaare sträubten. Wer mochten wohl alle sein? Und warum waren sie ungeheuer neugierig? War sie etwa der erste Hausgast der Familie?

Lily führte Franziska durch einen breiten Flur, wobei sie mit der rechten Hand wedelte. »Hier kannst du deine Sachen abstellen.«

Dankbar schob Franziska den Koffer in eine Ecke und stellte den Rucksack daneben. Gerne hätte sie sich frisch gemacht, aber höflichkeitshalber musste sie wohl erst einmal die Familie kennenlernen. Lily führte Franziska in ein Zimmer, in dem ein gewaltiger Fernseher an der Wand den Blick auf sich gezogen hätte, wenn nicht die bunte Wortgirlande »Welcome Franziska« quer im Raum gehangen hätte. Unter der Girlande hatte sich ihre Gastfamilie versammelt und Franziska bemühte sich sehr, kein Gesicht zu machen, wie Caro es nannte. So eine herzliche Begrüßung hatte sie nicht erwartet und fühlte sich überfordert.

Ein beinahe zwei Meter großer Mann mit dunklem Bart und langen Haaren, der Franziska an einen gutmütigen Bären erinnerte, tapste auf sie zu. Ihre Hand verschwand in seiner Pranke.

»Herzlich willkommen, Franziska«, sagte er und grinste sie aus dem Gestrüpp seines Barts an. »Herzlich willkommen bei uns. Ich bin Thomas William. Tom.«

Erst nach einem Moment des Unglaubens bemerkte Franziska, dass er sie auf Deutsch angesprochen hatte. Er lächelte sie so erwartungsvoll an, dass sie zurücklächeln musste.

»Danke. Vielen Dank. Ich freue mich, hier zu sein.«

»Sorry.« Tom hob die Hände. »Weiter reicht mein Deutsch nicht.«

»Danke. Ich freue mich sehr, hier zu sein«, wiederholte Franziska auf Englisch.

»Ich bin Bailey.« Ein etwa achtjähriger Junge schaute Franziska mit schräggeneigtem Kopf an. »Du schläfst in meinem Zimmer.«

»Oh. Entschuldigung?« Da hatte Franziska wohl bereits

einen Feind. Sie jedenfalls hätte es nicht witzig gefunden, wenn sie für einen Hausgast ausziehen müsste.

»Schon in Ordnung. Aber jetzt muss ich mit Talia Rose in einem Zimmer schlafen. Alles rosa.« Bailey schüttelte sich und deutete auf das wohl sechsjährige Mädchen, das Franziska anlächelte und eine Zahnlücke präsentierte.

»Hallo.« Die Kinder schienen pflegeleicht zu sein.

»Das ist Lachlan Michael.« Lily Marie deutete auf ein Kleinkind, etwa zwei Jahre alt, das auf dem Teppich saß und mit bunten Bausteinen spielte. Gedankenverloren schob sich der Junge die bunten Steine in den Mund, um seine Zähne daran zu erproben.

Ein gewaltiger Name für so ein kleines Kind, dachte Franziska, aber sie meinte, gelesen zu haben, dass es typisch australisch wäre, zwei Vornamen zu haben.

Gut, dass ihr das rosafarbene Mädchenzimmer erspart geblieben war, dachte Franziska. Die Farbe konnte sie überhaupt nicht leiden. Ebenfalls gut, dass sie ein paar Gastgeschenke aus Deutschland mitgebracht hatte. Gummibärchen, Lebkuchen und Marzipan sollten ihr die Herzen der Gastfamilie öffnen, hatte sie gedacht. Nachdem sie die Päckchen überreicht hatte, erkannte sie, wie richtig sie damit gelegen hatte. Die Kinder strahlten sie an und Tom grinste breit, während er einen Lebkuchen nach dem nächsten in sich hineinstopfte.

»Ich zeige dir jetzt dein – «, begann Lily Marie.

»*Mein* Zimmer«, unterbrach sie Bailey mit vollem Mund. Obwohl er begeistert Franziskas Gummibärchen kaute, schien er großen Wert darauf zu legen, die Besitzverhältnisse von Anfang an klarzustellen.«

»Gut.« Lily nickte. »Ich zeige dir jetzt das Zimmer, in dem du wohnen wirst.«

Bailey nickte und Franziska zwinkerte ihm zu.

»Ich komm mit«, sagte Talia Rose mit fester Stimme. Sie griff sich eine Handvoll Gummibärchen, die sie auf einmal in den Mund stopfte, und stand auf.

Franziska erwartete, dass Lily irgendwas dazu sagen würde, aber für die schien es selbstverständlich zu sein, dass Talia Rose sie begleitete, wenn sie es wollte. Dabei sollte Franziska nicht einmal im Zimmer des Mädchens wohnen.

»Den Koffer kannst du auf dem Flur stehen lassen. Ich bringe ihn dir gleich nach«, rief Tom ihnen hinterher und schaltete den Fernseher ein. Den Geräuschen nach zu urteilen, schaute er ein Football- oder Rugbyspiel oder wie immer diese Sportart auch hieß.

Begleitet von den lautstarken Kommentaren des hörbar begeisterten Fernsehreporters folgte Franziska Lily und Talia Rose in den ersten Stock. Am Ende des Flures öffnete Lily eine Tür und machte eine ausholende Bewegung mit dem linken Arm.

»Bitte schön. Dein Zuhause auf Zeit.«

»Danke.« Neugierig schaute Franziska sich das Zimmer an. Hier würde sie also wohnen. Ein typisches Jungenzimmer mit Bildern von Autos und Schauspielern oder Sängern, die Franziska alle nicht kannte. Auf einem Regal standen Star-Wars-Figuren – immerhin konnte Franziska hierzu etwas sagen und hoffte, dass sie Bailey damit für sich gewinnen würde. »Ist es okay, wenn ich mich erst einmal dusche? Der lange Flug und so …«

»Dein Badezimmer ist gleich nebenan.« Lily öffnete eine weitere Tür. »Unseres ist am anderen Ende des Gangs.«

Wow. Franziska fiel ein Stein vom Herzen. Was für ein Luxus. Ein eigenes Bad. Dankbar lächelte sie Lily zu.

»Komm mit, Talia.« Lily winkte ihre Tochter zu sich heran, aber das Mädchen warf sich mit Schwung aufs Bett, drehte sich dort auf den Bauch und schien das Zimmer nicht verlassen wollen.

»Nöö, ich will ein bisschen mit Franziska reden.«

»Später kannst du Franziska Gesellschaft leisten, aber jetzt gibt ihr etwas Zeit anzukommen.« Die zierliche Lily schnappte sich ihre Tochter, hob sie mit mehr Kraft, als Franziska ihr zugetraut hätte, hoch und trug die protestierende Talia Rose davon. Über die Schulter rief Lily Franziska zu: »Du solltest hinter mir abschließen, sonst ist sie gleich wieder da.«

Das konnte ja heiter werden. Bevor Franziska abschließen konnte, ging die Tür schon wieder auf. Es war jedoch nur Lily, die sie anlächelte.

»Abendessen ist um sieben. Vegetarisch, nicht wahr?«

»Ja, vielen Dank.«

Franziska ließ sich auf das schmale Bett fallen und schaute sich in Ruhe in dem Zimmer um, in dem sie mindestens vier Wochen verbringen sollte. Ob sie eigene Bilder aufhängen durfte? Lohnte sich das überhaupt? Vier Wochen konnten eine lange Zeit sein, so ganz ohne etwas Eigenes. Andererseits waren vier Wochen auch keine Ewigkeit. Bevor Franziska eine Entscheidung treffen konnte, ertönte ein lautes Klopfen. Sie stand auf, um die Tür aufzuschließen.

»Dein Koffer.« In Toms gewaltigen Händen wirkte Franziskas Gepäck schmal und zierlich. »Du willst wohl einiges einkaufen, so wenig Gepäck wie du dabei hast.«

»Mal sehen«, antwortete Franziska und nickte ihm zu.

Nachdem sie geduscht und ihren Koffer ausgepackt hatte, war es Zeit fürs Abendessen. Die Familie benahm sich so normal und ungezwungen, dass Franziska sich schnell wie zu Hause fühlte und sich keine Gedanken mehr darüber machte, ob sie alles richtig machte.

»Was willst du in deiner Freizeit machen?«, fragte Lily mit echtem Interesse. »Hast du schon Pläne oder lässt du alles auf dich zukommen?«

»Ich freue mich schon auf den Fluss«, antwortete Franziska. »Ich mag Schiffe und Wasser.«

»Hier hast du manchmal mehr Wasser, als einem lieb ist«, warf Tom ein, der bisher geschwiegen hatte. Bedächtig nickte er mit dem Kopf. »2011 und 2013 hatten wir große Fluten.«

Dunkel erinnerte sich Franziska an Bilder, die sie im Internet und in der Tagesschau gesehen hatte. Häuser, die unter Wasser standen. Pferde und Kühe, die um ihr Leben schwammen. Krokodile und Schlangen, die bis in die Städte gekommen waren. Bei der Vorstellung wurde ihr ganz anders.

»Ich hab es im Fernsehen gesehen. Sah entsetzlich aus.«

»War schlimm«, mischte sich Bailey ein. »Aber das große Aufräumen war toll.«

»Das große Aufräumen?« Mit dem Begriff konnte Franziska überhaupt nichts anfangen. »Was ist das denn?«

»Aus dem ganzen Land sind Freiwillige gekommen«, erklärte Talia Rose mit wichtigem Gesichtsausdruck, »und haben uns geholfen. Eine echte Piniertat.«

»Du meinst Pioniertat«, korrigierte Bailey sie und schüttelte demonstrativ den Kopf über die Dummheit seiner kleinen Schwester. »So hat Pa das genannt.«

»Weiß ich«, zischte Talia Rose. »Du bist total …«

Bevor die Kinder sich streiten konnten, wechselten Lily und Tom einen Blick und begannen Geschichten zu erzählen, die so spannend waren, dass die Kinder ihren aufkeimenden Zank vergaßen und gebannt lauschten. Wie auch Franziska. Allerdings schaute sie sich eher die Familie an und bemerkte, wie viel Liebe zwischen ihnen spürbar war. Wehmütig dachte sie daran, dass sie niemals wieder so mit ihren Eltern gemeinsam an einem Tisch sitzen würde. Als Talia Bailey einen Fausthieb auf den Oberarm versetzte, als ihre Eltern kurz nicht aufpassten, traten Franziska die Tränen in die Augen, so sehr erinnerte die Szene sie daran, wie sie und Alina sich als Kinder gestritten und wieder versöhnt hatten. Hoffentlich würde Talia Bailey niemals so enttäuschen, wie Alina sie enttäuscht hatte.

Nein, sie wollte nicht in die Vergangenheit schauen, sondern sich ganz auf die Gegenwart konzentrieren. Im Hier und Jetzt leben und den Moment genießen. Weder an ihre Schwester noch an Julian denken, sondern sich auf den Sprachkurs freuen. Hoffentlich wären dort Menschen, mit denen sie etwas anfangen könnte. Keine Streber oder Tussis, die ihr das Leben schwer machen würden.

KAPITEL 11

Brisbane, Australien, heute

Franziska lag auf dem Bett und starrte den Kalender an, den sie als ihren Beitrag zur Dekoration des Zimmers aufgehängt hatte. Kaum zu glauben, dass bereits vier Wochen vergangen waren. Gestern hatte sie mit Lily und Tom verhandelt, dass sie noch eine weitere Woche hier wohnen konnte, auch wenn der Sprachkurs nun offiziell beendet war.

Ein leises Zirpen kündigte die SMS an, auf die Franziska gewartet hatte. Mit gemischten Gefühlen gewartet hatte. Sicher freute sie sich auf das gemeinsame Wochenende, das sie mit ihren Freundinnen auf Moreton Island verbringen wollte, aber gleichzeitig dachte sie voller Wehmut daran, dass es ihr *letztes* gemeinsames Wochenende wäre. Wie unglaublich schnell die Zeit in der Sprachschule vergangen war. Gleich am ersten Tag hatte Franziska Keiko, Elodie und Antonella kennengelernt und gemeinsam mit ihnen die Schulvormittage verbracht und bald auch die Nachmittage und Abende in der Stadt. Inzwischen kannte Franziska sich in Brisbane gut aus, hatte sich an ihre Gastfamilie gewöhnt – und die sich an sie. Nur selten dachte sie an Deutschland, obwohl sie ihre Schwester überraschenderweise trotz allem vermisste.

Nein, jetzt nicht an Alina denken. Heute ging es um Spaß und eine tolle Zeit mit vier klasse Freundinnen und nicht darum, der Vergangenheit nachzutrauern. Einer Vergangenheit, in der ihre kleine Schwester ihre beste Freundin gewesen war.

Jetzt hatte Franziska andere Freundinnen, mit denen sie ihre Zeit verbrachte und viel Spaß hatte. Mit einem breiten Grinsen erinnerte Franziska sich an die Abende in Fortitude Valley, Brisbanes Nachtlebenviertel. Alina hätte sich bestimmt gewundert, dass Franziska immer zu den letzten gehörte, die nach Hause gingen. Antonellas Einfluss.

Wenn sie zu viert unterwegs waren, fielen sie auf – selbst in einer Großstadt wie Brisbane, in der sich Menschen unterschiedlichster Nationalitäten tummelten. Vor allem Männer verdrehten die Köpfe, wenn die *Fantastic Four*, wie eine gehässige Kommilitonin sie genannt hatte, an ihnen vorbeigingen. Keiko hatte den böse gemeinten Spitznamen aufgegriffen und zu etwas Positivem gemacht, so wie es ihre Art war. Die zierliche Japanerin trug ihr Haar in einem eleganten Pagenkopf, den sie pink gefärbt hatte, passend zu den Hello-Kitty-T-Shirts, von denen sie Dutzende zu besitzen schien. An jeder anderen Frau hätte das albern ausgesehen, aber zu Keiko passte es irgendwie.

Als Franziska sie eines Abends mal darauf angesprochen hatte, hatte die Japanerin gesagt: »Hello Kitty – das fällt den meisten Menschen als Erstes zu meinem Heimatland ein. Ich ironisiere das.«

»Hmhm«, hatte Franziska gesagt und überlegt, was ihre Freundin wohl damit meinte.

»Ganz unter uns.« Keiko hatte sich nach vorne gebeugt und Franziska ins Ohr geflüstert. »Außerdem stehe ich total auf pink.«

Schade, dass ihre Freundinnen bereits Pläne für die kommende Zeit geschmiedet hatten, so dass Franziska als einzige in Brisbane zurückbleiben würde. Keiko wollte nach Japan zurückkehren, um dort ihr Sprachenstudium aufzunehmen. Elodie traf sich in Singapur mit ihrem Freund und Antonella wollte unbedingt nach Neuseeland, um die Drehorte von »Herr der Ringe« zu besichtigen. Kurz hatte Franziska überlegt, Antonella zu begleiten, aber dann hatte sie sich dafür entschieden, Australien besser kennenzulernen. Vielleicht würde sie nach Sydney fliegen oder Melbourne oder Perth oder nach Tasmanien – es gab noch so vieles zu sehen. Aber jetzt musste sie erst einmal für den Wochenendausflug packen. »Um drei in unserem Café«, hatte die SMS von Keiko gelautet. Die Japanerin hatte die Organisation ihres Wochenendes übernommen und bestimmte Abfahrtszeit und Abfahrtsort. Wie zu erwarten gewesen war, gab es die Informationen auf den letzten Drücker.

Franziska schaute auf die Uhr. Nur noch zwei Stunden und sie hatte ihre Reisetasche schon dreimal ein- und wieder ausgepackt, weil sie sich nicht entscheiden konnte. Sollte sie nur Freizeitklamotten einpacken oder auch etwas Schickeres für die Abende?

»Ich komme mit.« Wie üblich stürmte Talia Rose ohne anzuklopfen in Franziskas Zimmer. Sie trug einen pinkfarbenen Rucksack, der mit Regenbögen und Einhörnern übersät war. »Mama hat es mir erlaubt, wenn du ja sagst.«

Na klasse. Das hatte es sich Lily wieder einmal leicht gemacht und Franziska die Rolle der Buhfrau zugeschoben. Talia Rose würde bestimmt stinksauer werden, wenn Franziska sie nicht mitnahm. Aber ein Wochenende mit *dem* Kind am Hals ... Nicht auszudenken, was ihre Freundinnen sagen würden. Franziska musste dringend etwas Geschicktes einfallen.

»Hast du denn auch eine Isomatte eingepackt?«, fragte sie daher und lächelte Talia Rose fröhlich an. »Ich freue mich ja schon so auf das Camping.«

»Camping?« Am anklagend klingenden Tonfall konnte Franziska erkennen, dass sie die Kleine genau richtig eingeschätzt hatte. Zelten war für Talia Rose ähnlich attraktiv wie Spinat zu essen. »Davon hat Mama nichts gesagt.«

»Aber das gehört zu einem richtigen Mädels-Wochenende dazu«, log Franziska fröhlich weiter. »Zelte, im Wald pinkeln und nur das essen, was man selber gefangen hat.«

»Igitt. Pfui.« Kopfschüttelnd stapfte Talia Rose aus Franziskas Zimmer. »Da spiele ich lieber mit meinem Bruder.«

Nur mit Mühe konnte Franziska sich ein Lachen verkneifen. Sicher, es war nicht fair, die Kleine anzulügen, aber noch viel weniger fair war es von Lily Marie gewesen, Talia Rose zu erlauben, auf Franziskas Ausflug mitzugehen. Jetzt aber schnell packen, bevor das Mädchen herausfand, wo Franziska und ihre Freundinnen wirklich übernachteten. Bikini, zwei T-Shirts, Jeans, zwei kurze Röcke für abends, Sandalen und Wanderschuhe, etwas zu lesen, Unterwäsche, Zahnputzzeug und Co – alles da. Entschlossen zerrte Franziska den Reißverschluss der Reisetasche zu, schloss ihr Zimmer ab und rief in die Tiefen des Hauses: »Tschüß, muss los. Euch allen ein prima Wochenende.«

Wegen ihres übereilten Aufbruchs war sie viel zu früh in der Innenstadt und hatte so Zeit, sich noch ein wenig umzusehen. Franziska mochte die Queen Street Mall mit ihren Geschäften, Cafés und Restaurants.

Hier hatten sie und ihre Freundinnen oft die Mittagspausen verbracht. Was sollte sie nur ohne Keiko, Elodie und Antonella anfangen? Babysitter für Talia Rose spielen? Zurück nach Deutschland fliegen? Caro in Schottland besuchen? Ach, das konnte sie am Montag entscheiden. Auf keinen Fall wollte Franziska sich das Wochenende mit düsterer Stimmung verderben. Außerdem blieb ihr noch eine Woche, um Pläne zu schmieden. Vielleicht wäre es mal gut, einfach alles auf sich zukommen zu lassen. Ein bisschen mehr australisch zu denken, weniger deutsch.

»Franziska! Hey, Franziska!« Wild mit einem Arm winkend lief Antonella auf sie zu. Ihre dunklen Locken standen in alle Richtungen ab und zogen die Aufmerksamkeit einiger Männer auf sich, wie Franziska grinsend feststellte. »Bist du bereit für Moreton Island?«

Antonella entsprach allein schon aufgrund ihrer Größe nicht dem Bild, das man sich von einer Italienerin machte. Sie überragte selbst Franziska um einen Kopf. Schlank, beinahe hager sah Antonella aus wie ein Model – oder eine verdammte Giraffe, wenn man Elodie glauben wollte. Antonella mit den auffallend großen dunklen Augen trug ihre braunen Haare lang, meist hochgesteckt oder zu einem Zopf geflochten. Der Hitze wegen, wie sie sagte. Damit alle die Aufmerksamkeit auf ihren verfluchten Giraffenhals richten, behauptete Elodie. Antonella sprach mit weitausholenden Gesten, was ihr stets Aufmerksamkeit brachte.

»Weißt du, was Keiko geplant hat?«, fragte Franziska,

nachdem sie Antonella umarmt hatte. »Oder hat sie sich auch dir gegenüber in Schweigen gehüllt?«

Im Vorfeld ihres Ausflugs hatte es heftige Debatten über das Wochenende gegeben, die beinahe dazu geführt hatten, dass er ins Wasser gefallen wäre. Keiko wollte unbedingt zur Delfinfütterung am Tangalooma Resort. Elodie wollte sich den ältesten Leuchtturm von Queensland ansehen und weigerte sich, so einem touristischen Quatsch wie der Fütterung der armen Delfine auch nur eine Minute ihrer gemeinsamen Zeit zu opfern. Antonellas Vorschläge, entweder Sandboarding zu machen oder sich Quads zu leihen, stießen ebenfalls auf geteilte Meinungen. Nur Franziska war es egal, wie sie das Wochenende verbringen wollte. Ihr lag daran, Zeit mit ihren Freundinnen zu haben.

Schließlich hatten sie eine Lösung gefunden und Streichhölzer gezogen – diejenige mit dem langen Streichholz durfte das Wochenende nach ihren Vorstellungen planen und die anderen mussten versprechen, alles mitzumachen, ohne zu meckern.

»Wehe, es gibt nur die Delfine«, hatte Antonella drohend gesagt, als Keiko freudestrahlend das lange Streichholz zeigte.

»Ihr dürft nicht maulen!« Mehr war aus Keiko nicht herauszuholen gewesen. Jeden Versuch, etwas mehr über ihre Pläne zu erfahren, hatte die Japanerin mit einem süßen Lächeln abgewehrt. »Packt Badesachen ein.«

Daher konnten die anderen drei es kaum erwarten, endlich loszufahren. Punkt drei Uhr erschien Keiko, eine riesige pinkfarbene Reisetasche hinter sich herschleppend. Elodie war – wie üblich – zehn Minuten zu spät, was Keiko vorausschauend eingeplant hatte, so dass sie die Fähre pünktlich erreichten.

Elodie bildete das Gegenstück zu Keiko. Obwohl sie genauso zierlich war wie die Japanerin und ihr Haar ebenfalls schwarz war, setzte sie bei ihrer Kleidung ganz entschieden auf Männlichkeit. Man konnte sich kaum jemanden vorstellen, der weniger französisch-elegant wirkte als Elodie. Sie trug die Haare in einem Undercut, was ihre zarten Gesichtszüge noch betonte. Doch halsabwärts war es vorbei mit der Zartheit. Elodie trug Jeans, Motorradstiefel und – außer wenn es extrem heiß war – eine abgewetzte dunkelbraune Lederjacke. Diverse schwarze T-Shirts, verziert mit Logos unterschiedlicher Heavy Metal-Bands, vervollständigten das Ensemble. Auch Elodies Sprache war deutlich rauer und härter als die der anderen Frauen. Franziska hatte noch nie vorher jemanden getroffen, die derart viele Schimpfwörter kannte. Von Elodie hatte sie mehr gelernt als im Sprachkurs.

»Ich find's echt schade, dass ihr schon abreist.« Franziska drehte sich vom Bauch auf den Rücken und setzte sich auf. »Wollt ihr nicht noch bleiben? Hier ist es doch wunderschön.«

Ihre weit ausholende Geste schloss Strand und Meer und wolkenlosen Himmel ein. Keiko hatte sie alle überrascht und ein vollkommen entspanntes Programm aufgestellt: Strand, Wasser, grillen, chillen und Quadfahren für diejenigen, die wollten. Antonella war immer noch unterwegs, während Franziska, Elodie und Keiko sich für die ruhigere Variante entschieden hatten.

»Los, stellt euch mal ins Wasser«, rief Elodie und hob die

Digitalkamera. »Wenigstens auf den Fotos soll es aussehen, als ob wir sportlich wären.«

»Nicht noch ein Foto«, stöhnte Keiko, aber sie stand brav auf und zog Franziska hoch und hinter sich her ans Wasser. Dort beugte sie sich vor und strubbelte Franziska durch die Haare. »So, jetzt sieht's fotogener aus.«

Franziska grinste. Selbst an einem Tag am Meer achtete die Japanerin darauf, dass ihr Äußeres vorteilhaft zur Geltung kam.

Nachdem sie Elodies Fotowünsche erfüllt hatten, setzten sie sich wieder in den warmen Sand. Keiko holte Sandwiches und Wasser aus ihrer Reisetasche.

»Was wirst du ohne uns machen?«, fragte sie Franziska. »Willst du in Brisbane bleiben?«

»Ich weiß nicht. Vielleicht suche ich mir einen Job.« Franziska hob die Schultern. Nach den ersten Eingewöhnungsschwierigkeiten gefiel ihr der australische Way of Life sehr gut. Die angenehme Art, das Leben etwas entspannter anzugehen und nicht alles verbissen zu sehen. »Mal schauen.«

»Hast du nicht Verwandte hier? Warum besuchst du sie nicht?« Elodie, deren Englisch immer noch französisch klang, schaute Franziska fragend an. »Bist du gar nicht neugierig?«

»Ach«, wehrte Franziska ab. »Das ist Jahre her. Die Frau erinnert sich bestimmt nicht mehr an mich.«

»Warum habt ihr damals nicht geantwortet?« Keiko musterte Franziska aus zusammengekniffenen Augen und gähnte. »Keine Lust auf *Down Under*?«

»Ach, irgendwas war immer«, sagte Franziska betont leichthin. Sie hatte ihren Freundinnen nichts vom tödlichen Unfall ihrer Eltern erzählt. Um die Wahrheit zu sagen, hatte sie gar nicht vom Tod ihrer Eltern berichtet. Eher im Gegenteil: Franziska hatte von Hannah und Christopher gesprochen, als ob diese noch lebten. Irgendwie tat es gut, diese Illusion aufrechtzuerhalten, auch wenn sie ihren Freundinnen gegenüber ein schlechtes Gewissen hatte, weil sie nicht die Wahrheit sagte. »Ich kann doch nach vier Jahren nicht einfach auftauchen und sagen: Hallo, hier bin ich.«

»Klar, warum nicht?«, mischte Antonella sich ein. Mit vom Quadfahren gerötetem Gesicht und den vollkommen zerzausten Locken wirkte sie wie eine Piratin, die es an den Strand verschlagen hatte. Obwohl die Italienerin nur die letzten Worte mitbekommen hatte, wusste sie sofort, worum das Gespräch sich drehte. »Was hast du schon zu verlieren?«

»Ich weiß nicht.« Franziska runzelte die Stirn und ließ Sand durch ihre Finger rinnen. »Vielleicht lebt die Frau gar nicht mehr.«

»Also! Ich wär ja total neugierig, wenn unbekannte Verwandte sich plötzlich melden«, sagte Antonella im Brustton der Überzeugung. »Da steckt bestimmt eine spannende Geschichte dahinter. Meint ihr nicht?«

»Oh ja. Auf jeden Fall«, stimmte Elodie zu und boxte Franziska spielerisch in die Seite. »Los, du musst deine Großoma besuchen und uns alles berichten.«

»Sie ist meine Großtante oder so.« Franziska kratzte sich am Kopf. Bisher hatte sie sich noch nicht gefragt, in welchem Verwandtschaftsverhältnis sie eigentlich zu der Frau stand, deren Brief sie als Sicherheitsleine mitgenommen hatte. »Wie nennt man das, wenn ihre und meine Ururomas Schwestern waren? Tante? Cousine?«

»Lass uns bei Wiki nachschauen.« Keiko zückte ihr I-Pad, ohne das sie selbst am Strand nicht sein konnte und öffnete die Internetseite. »Ach du Schande.«

»Was denn?«, sprach Elodie aus, was wohl alle dachten. Sie drängten sich auf der Decke um Keiko und starrten auf das winzige Bild.

Unter dem Stichwort »Verwandtschaftsbeziehung« fand sich eine ellenlange Liste, unterstützt von Grafiken, die allerdings nicht wirklich zum Verständnis beitrugen, sondern eher verwirrten. Schweigend lasen sie die Informationen und versuchten, etwas damit anzufangen.

»Cousine«, tippte Keiko schließlich.

»Quatsch, Tante«, sagte Elodie. Allerdings wirkte sie nicht sehr sicher.

»Auf keinen Fall. Ganz klar eine Nichte.« Auch Antonella klang nicht wirklich überzeugt. »Oder Cousine 2. Grades. Oh weia, ist das kompliziert.«

»Großtante. Für mich ist sie meine Großtante.« Franziska machte eine wegwerfende Geste mit der Hand. »Und damit ihr Ruhe gebt, ja, ich werde sie besuchen. Und euch alles berichten. Aber jetzt will ich schwimmen. Wer kommt mit?«

»Versprich mir, dass du zu deiner Tante gehst.« Elodie war wie immer nicht bereit, so einfach aufzugeben. Franziska lächelte schief. Die Französin kannte sie einfach zu gut.

»Versprochen, versprochen und wird auch nicht gebrochen.«

KAPITEL 12

Brisbane, Australien, heute

Auch wenn Franziska alles etwas lässiger angehen wollte, fühlte sie sich ihrem Versprechen gegenüber Elodie verpflichtet. Sie nutzte die freien Tage, um sich Brisbane anzuschauen und herauszufinden, wo ihre unbekannte Verwandte wohnte. Erst das Vergnügen, dann die Tante, dachte sie sich.

Ella Murdoch lebte in Paddington, wie Franziska durch eine Internetrecherche herausgefunden hatte. Irgendwie erschien es ihr als ein positives Omen, dass ihre unbekannte Großtante in einem Stadtteil wohnte, der hieß wie Franziskas Lieblingsbär.

»Oh, eine Nobeladresse«, hatte Lily gesagt, als Franziska sie nach Ellas Wohnort gefragt hatte. »Viele alte Häuser, schick restauriert. Ist in den letzten Jahren sehr beliebt und richtig, richtig teuer geworden, da zu wohnen.«

Diese Aussage hatte Franziska zweifeln lassen, ob sie Ella Murdoch wirklich treffen wollte. Eigentlich hatte sie es ja auch nicht so mit Familie, vor allem nicht mit den beiden älteren Tanten in Hannover, die ihr und Alina immer gesagt hatten, wie sie sich benehmen sollten. Aber sie hatte es ihren Freundinnen versprochen und außerdem wurden ihr die Tage ohne den geregelten Ablauf der Sprachschule langsam zu lang. Warum also nicht?

An einem Mittwoch, als Talia Rose es sich in Franziskas Zimmer bequem machen wollte, schnappte sich Franziska kurzentschlossen ihren Rucksack und machte sich auf den Weg zu ihrer unbekannten Tante.

Obwohl Franziska sich ein Buch mitgenommen hatte, verbrachte sie die Busfahrt lieber damit, aus dem Fenster zu schauen. Paddington hatte sich Franziska ganz anders vorgestellt. Nicht so hügelig und auch nicht so hip. Nach der Schilderung von Lily hatte Franziska eher ein gediegenes Viertel erwartet. Stattdessen wirkte der Stadtteil jung und sehr lebendig mit vielen Cafés, kleinen Bars und Restaurants.

Da sie sich immer noch nicht sicher war, ob sie ihre Großtante wirklich besuchen wollte, stieg Franziska eine Station zu früh aus dem Bus und schlenderte durch die Straßen. Sie holte sich einen Coffee to go und blieb etwas länger vor einer Kunstgalerie stehen. Bestimmt die fünfte oder sechste, die sie während ihres kurzen Bummels gesehen hatte. Ein Straßenmusikant spielte leise auf einer Gitarre. Das Stück kam Franziska vage bekannt vor. Als der Mann mit angenehmer Stimme die ersten Worte sang, erkannte Franziska das Lied. Waltzing Matilda. Australiens heimliche Nationalhymne – jedenfalls hatte ihr Reiseführer das behauptet. Sie warf dem Mann einen Dollar in den Hut und schlenderte weiter, bis sie ein Hinweisschild »Antique

Centre« entdeckte. Kurz kämpfte sie mit sich, ob sie nicht lieber dorthin gehen sollte.

»Nein, ich drücke mich jetzt nicht mehr vor dem Besuch«, sagte Franziska zu sich selbst, seufzte und ging in Richtung von Ella Murdochs Adresse. Aber sie würde sicher wiederkommen und sich den schönen Stadtteil und vor allem das Antiquitäten-Zentrum ansehen.

Je näher sie ihrem Ziel kam, desto mehr wuchsen ihre Zweifel. Würde ihre Verwandte sich freuen, wenn Franziska so einfach unangemeldet vor der Tür stand? Warum hatte sie nicht wenigstens vorher angerufen und sich angekündigt?

Egal, nun war es zu spät, sich darüber zu ärgern. Für ihr Gefühl viel zu früh erreichte sie das Haus von Ella Murdoch. Nachdem Franziska dreimal an dem Haus vorbeigelaufen war, kam sie sich albern vor und öffnete das Gartentor. Mit großen Schritten ging sie den gepflasterten Weg entlang, am exakt geschnittenen Rasen vorbei, bis sie die Treppe zur Veranda erreichte. Obwohl sie sich immer noch nervös fühlte, kam Franziska nicht umhin, die breite Veranda zu bewundern, auf der leuchtendblaue Jacarandabüsche und tiefrot-blühende Hibiskusbäume in großen Töpfen standen und ein Gefühl von Urwald vermittelten.

Franziska holte tief Luft, leckte sich die trockenen Lippen und hob die Hand, um zu klingeln. Kurz vor der Klingel verharrte sie. Obwohl sie es ungern zugeben mochte, hatte das Haus sie eingeschüchtert. Franziska hatte ein schlichtes Reihenhaus erwartet, in dem typischen Queensländer-Stil: weiß mit umlaufender Veranda, auf Stelzen, um gegen Hitze und Regen gefeit zu sein. Stattdessen stand sie vor einer Villa, groß genug, um als Hotel fungieren zu können.

Sie schaute an sich herunter. Das T-Shirt, die abgeschnittene Jeans und die Turnschuhe kamen ihr auf einmal schäbig vor. Sie sollte sich umziehen und später noch einmal wiederkommen. Oder besser morgen oder übermorgen.

Franziska ließ die Hand sinken, drehte sich um und ging die Treppenstufen hinunter. Das leichte Quietschen der sich öffnenden Tür überraschte sie. Erschrocken drehte sie sich so schnell um, dass sie beinahe das Gleichgewicht verloren hätte.

»Kann ich Ihnen helfen?«

Die Frau, die wartend im Türrahmen stand, konnte Franziska durch das Fliegengitter nur schemenhaft erkennen. Trotzdem spürte sie Verwunderung. Ella Murdoch sah völlig anders aus, als Franziska sie sich vorgestellt hatte. Franziska hatte eine braungebrannte Australierin in Jeans und Cowboyhemd erwartet, mit kurzen grauen Haaren und tiefen Falten, die vom Leben auf einer Pferderanch zeugten. Stattdessen sah sie sich einer Dame gegenüber, die aussah, als ob sie zum Tee bei der Queen eingeladen war. Dunkelblaues Kleid, Perlenkette, die überraschend dunklen Haare zu einer eleganten Frisur hochgesteckt. Sie öffnete das Fliegengitter, um Franziska von Kopf bis Fuß zu mustern. Ärgerlich über den kritischen Blick ihrer Großtante starrte Franziska zurück. Ella Murdoch war zierlich und elegant und wirkte wie jemand, die Wert auf einen guten Friseur in ihrer Nähe, auf Cafés und Theater, möglicherweise sogar die Oper legte.

Mit ihrer schmalen geraden Nase und dem durchdringenden Blick erinnerte sie Franziska stark an die Schauspielerin Helen Mirren, als diese die Queen gespielt hatte. Nur mit deutlich weniger Falten und dunkleren Haaren. Im Kopf rechnete Franziska aus, wie alt Ella Murdoch sein mochte, und kam zu dem Schluss, dass die Haarfarbe wohl eher der Chemie als der Natur zu verdanken war. Franziska blieb jedes Wort im Hals stecken, weil Ella Murdoch sie so beeindruckte.

»Kann ich Ihnen helfen?«, wiederholte ihre Großtante und schaffte es mit den wenigen Worten, dass Franziska sich unzureichend und fehl am Platz fühlte. »Haben Sie sich verlaufen?«

»Äh ja … Hallo.« Jetzt, wo sie vor der alten Dame stand, die sie fragend musterte, bereute Franziska ihren spontanen Entschluss. Es wäre klüger gewesen, ihren Besuch vorab anzukündigen oder sich die Worte wenigstens genau zu überlegen. »Ich heiße Franziska Lindhoff.«

»Guten Tag.« Ella Murdoch blieb freundlich, aber sie wirkte höflich-distanziert. Franziska schwieg, weil sie keinen Anfang finden konnte. »Wenn Sie mir etwas verkaufen möchten, -«

»Nein, nein«, platzte Franziska heraus. Die Situation war nicht mehr zu retten, also konnte sie auch gleich mit der Tür ins Haus fallen. Einen schlimmeren Eindruck konnte sie wohl kaum hinterlassen. »Wir sind verwandt. Ich bin aus Deutschland. Sie haben meiner Familie geschrieben. Vor … na ja, also vor vier Jahren.«

Oh weia. Jetzt kam sie sich wirklich absolut dämlich vor, wie sie hier in Queensland stand und ihrer Großtante etwas von einem Brief erzählte, den diese sicher bereits vergessen hatte.

»Entschuldigung?« Erstaunen malte sich auf Ella Murdochs Gesicht ab, gefolgt von Misstrauen. Wahrscheinlich hielt sie Franziskas Worte für eine Masche, um ahnungslose Rentner auszurauben. »Wann, sagten Sie, soll ich einen Brief an Sie geschrieben haben?«

»Ja. Doch. Also.« Franziska hob die Hände. Am klügsten wäre es, wenn sie sich einfach mit einem Lächeln verabschiedete und die ganze Verwandtschaftssache vergaß. Sie öffnete den Mund … und da fiel ihr wieder ein, wie gerne ihre Mutter die Verwandten hier in *Down Under* hätte kennenlernen wollen. Also nahm Franziska ihren Mut zusammen und suchte nach Worten, die alles erklären konnten. »Ihre Ururgroßmutter und meine Urururgroßmutter oder so waren Schwestern. In Deutschland. Und Ihre Urgroßmutter ist nach Australien ausgewandert. 1876 oder so. Wir – also meine Familie – haben erst durch Ihren Brief davon erfahren.«

»Ich erinnere mich an den Brief. Das ist schon eine Weile her.« Ella Murdoch öffnete die Fliegengittertür und trat auf die Veranda. Auffallend graue Augen musterten Franziska mit einer Mischung aus Interesse und Misstrauen. »Warum kommen Sie erst jetzt?«

»Also.« Wieder spürte Franziska den Kloß im Hals, der immer auftauchte, wenn sie von ihren Eltern redete. Selbst nach vier Jahren noch. »Entschuldigen Sie, aber das möchte ich nicht auf der Veranda erzählen.«

Ella Murdoch musterte Franziska unschlüssig. Bevor sie etwas sagen konnte, stürmte eine zierliche schwarze Katze an ihren Beinen vorbei. Sie rieb sich an Franziskas Wade, worauf diese in die Knie ging, um das Tier zu streicheln. Leise und sanft sprach sie auf die Katze ein, die zu schnurren begann.

»Nun gut. Ebony scheint Sie zu mögen.« Ella Murdoch nickte Franziska zu und öffnete einladend die Tür. »Außerdem ist es zu heiß, um hier draußen zu reden. Kommen Sie herein.«

Franziska strich der Katze ein letztes Mal über den Kopf, bevor sie ihrer Großtante ins Haus folgte. Angenehm kühl war es hier drinnen, aber es roch scharf nach Katzenurin und einem Raumspray, das den Gestank wohl überdecken sollte, sich aber stattdessen damit vermischt hatte.

»Ebony ist schon etwas älter. Da passiert ab und zu mal ein Malheur«, sagte Ella Murdoch, als hätte sie Franziskas Gedanken gelesen. »Aber solange sie schmerzfrei lebt, bin ich der Meinung, dass es nur recht und billig ist, dass ich ab und zu hinter ihr herwische. Schließlich leistet sie mir seit zwanzig Jahren treue Gesellschaft.«

»So alt ist sie schon.« Erstaunt beäugte Franziska die zierliche Katze. »Sie wirkt viel jünger.«

»Ja, Katzen altern besser als Menschen.« Ein leises Lächeln umspielte Ella Murdochs Lippen und ließ sie Franziska sofort sympathisch werden. »Kommen Sie, ich habe Eistee in der Küche.«

Während sie ihrer Großtante durch das Haus folgte, suchte Franziska in ihrem Rucksack nach dem Schreiben, mit dem sie ihr Recht auf den unverhofften Besuch begründen konnte. Endlich ertasteten ihre Finger das vermaledeite Ding, das sich in die Tiefen des Beutels zurückgezogen hatte.

»Hier. Den Brief haben Sie geschrieben, oder?« Franziska strich den Umschlag noch einmal vergeblich glatt, bevor sie ihn Ella Murdoch überreichte. Im Gegenzug erhielt sie ein Glas Eistee und konnte nun vorgeben, ihren Durst zu stillen, während sie beobachtete, wie ihre Großtante den Brief las.

Endlich schaute Ella Murdoch auf. »Ich erinnere mich.« Sie schluckte. Ihre Stimme hörte sich belegt und rau an. »Meine Schwester war damals gestorben. Familie schien mir auf einmal so wichtig. Aber als ich nichts aus Deutschland hörte …«

»Das war kein böser Wille.« Auch Franziskas Stimme hörte sich kratzig und dunkel an. »Meine Mutter hat sich unglaublich über den Brief gefreut. Verwandte am anderen Ende der Welt - das fand sie toll. Aber …«

»Ja?«

Franziska schluckte. Selbst nach vier Jahren tat es noch weh, über den Unfall zu reden. »Meine Eltern …, sie starben kurz darauf. Und da ist der Brief untergegangen und …«

Sie schwieg und überließ es ihrer Großtante, sich den Rest selbst zusammenzureimen. Und sie hoffte darauf, dass Ella Murdoch zu höflich wäre, um nach Details zu fragen. So wie die meisten Menschen zusammenschraken und versuchten, das Thema zu wechseln, sobald Franziska vom Unfalltod ihrer Eltern erzählte. Franziska war das nur recht. Sie sprach nicht gerne darüber und ertrug es nur schwer, wenn Fremde sie mit dieser seltsamen Mischung aus Mitgefühl und Entsetzen ansahen. Oder – schlimmer noch – versuchten, sich verständnisvoll zu geben.

Als ob man das verstehen konnte. Als ob jemand ihre Gefühle nachvollziehen konnte. Den Schock, als sie die Haustür geöffnet hatte und den Mann und die Frau gesehen hatte, die sie nicht kannte. Das Entsetzen, nachdem die beiden sich als Polizisten vorgestellt hatten. Das Grauen, das sich aus einer Gewissheit speiste, die sie nicht verdrängen konnte, obwohl sie die Wahrheit nicht hören wollte. Der sich wiederholende Schrecken, als sie Alina alles erzählen musste. Die Ungläubigkeit auf Alinas Gesicht, das Kopfschütteln ihrer Schwester … Franziska schauderte.

»Oh.« Ella Murdoch hob erschrocken die Hand zum Mund. »Das tut mir leid.«

»Danke.« Franziska wusste nach all der langen Zeit immer noch nicht, was die richtige Antwort auf Beileidsbekundungen war und erzählte daher so selten wie möglich vom Unfall ihrer Eltern. Wie immer versuchte sie auch nun, das Thema zu wechseln. »Der Tod Ihrer Schwester tut mir auch leid.«

»Danke. Wir hatten nur wenig miteinander zu tun.« Ella Murdoch streichelte die Katze, die sich auf ihrem Schoß zusammengerollt hatte. »Weder Kate noch ich haben Kinder. Unsere Familie stirbt mit uns aus.«

Franziska fiel nichts ein, was sie darauf erwidern konnte, so dass sie stumm blieb. In unerfreulichem Schweigen tranken sie ihren Tee, und Franziska suchte nach einer Gelegenheit, sich möglichst schnell zu verabschieden.

»Was führt Sie nach all den Jahren nun zu mir?«, fragte Ella mit aufgesetzter Fröhlichkeit in der Stimme. »Oder wollen wir Du sagen, wo wir doch verwandt sind?«

»Gern. Ich heiße Franziska.« Franziska hob lächelnd ihr Teeglas. »Ich habe mir vor ein paar Wochen … spontan überlegt, mir eine Auszeit zu gönnen. Da ist mir der Brief wieder eingefallen, aber …«

»Du dachtest, es wäre zu spät.« Ella nickte. »Wäre mir auch so gegangen.«

»Ja«, konnte Franziska nur antworten. »Es kam mir komisch vor.«

»Ich freue mich, dass du hier bist.« Ella lächelte Franziska zu. Um ihre Augen bildeten sich kleine Fältchen, die sie gleich viel freundlicher wirken ließen. »Ich hatte die Hoffnung schon aufgegeben, je etwas von euch zu hören.«

»Meine Mutter wollte sich sofort melden. Sie war ganz aufgeregt, als der Brief kam, aber …«

»Der Tod ändert alles.« Auch Ella schien von dunklen Erinnerungen gejagt zu werden. Ihr Lächeln war verschwunden und in ihren Augen entdeckte Franziska eine Traurigkeit, die auch sie nur zu gut kannte. »Familie wird auf einmal viel wichtiger.«

Beide schwiegen und tranken Tee. Aber nun war es kein unbehagliches Schweigen, das man möglichst schnell durch ein Gespräch über das Wetter oder den nächsten Urlaub unterbrechen wollte, sondern ein gemeinsames Schweigen, das Franziska gut aushalten konnte. Sie schaute sich neugierig im Zimmer um. Eine dreifarbige Katze lag auf einer Anrichte. Aus halbgeschlossenen Augen beobachtete sie Franziska aufmerksam, misstrauisch, wie ihr schien.

»Das ist Peach. Ebonys Schwester.« Ella streckte lockend die Hand aus, aber die Katze zog es vor, sie zu ignorieren, um weiterhin Franziska anzustarren. »Sie mag keine Fremden.«

»Schwestern können sehr unterschiedlich sein«, sagte Franziska aus vollem Herzen. »Alina ist auch ganz anders als ich.«

Und sie hat mehr vor mir geheimgehalten, als ich je ahnte, setzte sie im Stillen hinzu. Ein unerfreulicher Gedanke, dem sie nicht noch mehr Raum geben wollte.

KAPITEL 13

Amber's Joy, Australien 1898

In diesem Jahr waren Weihnachten und Silvester unerfreuliche Feste. Ihr Vater schwankte zwischen Wutausbrüchen und Schmollen, weil Victoria sich seinen Plänen widersetzte. Catherine hatte sich in sich zurückgezogen, ohne dass Victoria herausfinden konnte, was ihre Schwester bedrückte. Die *Cutter* hatten Anfang Dezember die Farm verlassen und da Richard Chandler das Fest in Marburg verbringen wollte, waren sie Heiligabend nur zu dritt. Natürlich hatte der Verwalter nicht preisgegeben, mit wem er Weihnachten feiern wollte.

Zu Victorias Überraschung kam Luke am ersten Weihnachtstag nach Amber's Joy, mit einer Flasche Bundaberg Rum für ihren Vater, einem Buch für sie und Parfüm für Catherine. Selbst für Cookie hatte er einen Knochen als Weihnachtsgeschenk mitgebracht. Catherine entschuldigte sich mit Kopfschmerzen, ihr Vater ging früh ins Bett, so dass Victoria mit dem Mann allein blieb, der sie heiraten wollte. Erstaunlicherweise interessierte er sich für sie, fragte sie nach ihren Wünschen und Plänen. Nachdem Luke Faulkner davongeritten war, lag Victoria lange wach und grübelte.

Dieser Mann war ihre Chance, höchstwahrscheinlich ihre *einzige* Chance auf eine Heirat. Gemeinsam mit ihm könnte sie Amber's Joy zu neuer Blüte führen. Aber verriet sie nicht Billy und ihre Liebe, wenn sie einen anderen Mann heiratete? Aber da Billy und sie niemals heiraten durften, blieb ihr nur diese eine Gelegenheit. Jetzt oder nie.

Drei Tage ließ Victoria nach dem Neujahrsbesuch verstreichen, bevor sie ihrem Vater mitteilte, dass sie sich seinen Wünschen fügen würde.

»Dann sollte es bald passieren, bevor du deine Meinung wieder änderst«, antwortete Joseph. »Ich bestelle das Aufgebot und kümmere mich um die Feier.«

Damit hatte sie das Schlimmste hinter sich, dachte Victoria, nur um von Catherines Reaktion vollkommen überrascht zu werden.

»Wie … wie kannst du das nur tun?« Die Fassungslosigkeit, die sich auf Catherines Gesicht abzeichnete, quälte Victoria und sie hätte so gern etwas zu sagen gewusst, das den Schmerz ihrer Schwester abmildern würde. »Wie … wie kannst du mich nur so verraten?«

»Cat. Bitte, versteh doch.« Victoria knetete ihre Hände und schaute zu Boden. Noch immer war sie verblüfft über Catherines Vorwürfe und musste sich mühsam zusammenreimen, was ihre kleine Schwester ihr verschwiegen hatte. »Ich ahnte doch nicht …«

»Aber jetzt weißt du es!«, beharrte Catherine stur. Mit geballten Fäusten stand sie vor Victoria, rollte mit den Augen und schien den Tränen nah. »Jetzt weißt du, dass ich den Mann liebe, den du heiraten willst.«

In einer hilflosen Geste hob Victoria die Hände. Was konnte sie sagen? Wie sollte sie Catherine begreiflich machen, warum sie ihre Meinung geändert hatte. Warum sie der Heirat schließlich zugestimmt hatte. Konnte Victoria jetzt noch zurück? Ihr Vater hatte bereits alles in die Wege geleitet, damit die Hochzeit am Sonntag in zwei Wochen stattfinden sollte.

»Warum warten?«, hatte Joseph gebrummt. »Du wirst nicht jünger.«

»Cat, was soll ich tun?« Victoria wusste sich wirklich keinen Rat mehr. »Vater wird mir nie verzeihen, wenn ich Luke Faulkner ablehne. Er würde mich davonjagen. Wo soll ich denn hin?«

»Du könntest zu Tante Constance gehen.« Catherine schob kampfeslustig das Kinn vor. »Wenn du wolltest, fände sich ein Weg. Du … du willst ja nur meinen Mann. Weil du keinen eigenen findest.«

»Cat!« Die Worte ihrer Schwester trafen Victoria wie eine Peitsche. Wie konnte Catherine nur so gemein sein? Verstand sie denn nicht, dass es keinen Ausweg gab. »Vater würde dich Luke niemals heiraten lassen. Und Luke …, er will nur die Frau mit der Farm.«

Victoria hatte ihrer Schwester die bittere Wahrheit ersparen wollen, aber sie konnte auch nicht zulassen, dass Catherine weiterhin einer Illusion anhing, die nur zu Enttäuschungen führen würde.

»Aber er liebt mich«, flüsterte Catherine und kämpfte sichtbar gegen Tränen. Ihr Kampfgeist schien sie verlassen zu haben. »Das hat er mir gesagt. Wieder und wieder.«

Victoria seufzte. Sollte sie ihrer Schwester wirklich alle Hoffnungen rauben und ihr sagen, dass es nur Worte gewesen waren? Worte ohne tiefere Bedeutung. Worte ohne Verpflichtung. So ein Mann war Luke Faulkner eben. Jede Frau, die sich in ihn verliebte, würde nur enttäuscht werden. Das hatte Victoria schnell erkannt. Einem Mann wie Luke Faulkner sollte eine Frau ihr Herz besser nicht schenken. Aber wenn sie klug war, konnte sie ihn lenken. Wie sollte Victoria Catherine nur begreiflich machen, dass sie Luke Faulkner genauso benutzen wollte, wie er sie benutzte. Luke wollte die Farm. Für Victoria war Luke ein Schritt in die Freiheit. Lieber wollte sie einem charmanten Ehemann gehorchen müssen, als ihrem ewig schlechtgelaunten Vater. Und Luke Faulkner war der Weg, ein Kind zu bekommen. Ein eigenes Kind. Ein Mensch, dem Victoria ihre ganze Liebe schenken konnte. Die Liebe, die sie mit Billy nicht leben durfte.

»Ach, Cat.« Victoria streckte ihre Hand nach ihrer Schwester aus, wollte Catherine durchs Haar fahren, aber die hob abwehrend die Arme und warf Victoria einen Blick zu, der ihr Angst einjagte. Sie hatte nicht gewusst, dass Luke ihrer Schwester so viel bedeutete. »Ach, Cat. Ich will mein Leben nicht auf deinem Unglück aufbauen.«

»Das hast du aber!« Zornesröte schoss in Catherines Gesicht, als sie Victoria die Worte entgegenschleuderte. »Erst nimmst du mir die Mutter und jetzt stiehlst du den Mann, den ich liebe.«

Victoria stand wie erstarrt, erschüttert von der Anschuldigung, mit der ihre Schwester sie zutiefst getroffen hatte. Wie konnte Catherine das nur sagen? Ihre Schwester wusste nur zu gut, dass Victoria sich immer noch Vorwürfe wegen des Tods ihrer Mutter machte. Genau wie Joseph, der seine älteste Tochter immer wieder spüren ließ, dass sie die Familie ins Unglück gestürzt hatte.

»Cat«, flüsterte Victoria. Sie starrte ihre Schwester ungläubig an. »Cat. Wie …, du bist doch meine Schwester.«

»Nein!«, schrie Catherine. »Ich bin nicht mehr deine Schwester. Und zu deiner Hochzeit komme ich auch nicht.«

Catherine dreht sich um und stürmte ins Haus. Ihre roten Haare wehten wie ein Fanal von Victorias Verrat.

Victoria atmete tief ein. Mit großen Schritten ging sie zur Koppel und beobachtete die Pferde. Die fuchsfarbene Leitstute hob den Kopf und kam zu Victoria an den Zaun. Die streichelte dem Pferd den Hals und gab ihr einen Apfel. Die Stute schnobberte über Victorias Hand und kehrte zur Herde zurück.

Wie friedlich die Pferde zusammenlebten, dachte Victoria. Warum konnten Menschen nicht genauso sein? Cookie presste sich an ihre Beine, als ob sie ihre Herrin trösten wollte.

»Schon gut, Mädchen«, sagte Victoria mit mehr Zuversicht, als sie wirklich fühlte. »Catherine wird sich beruhigen. Luke Faulkner war nur eine Liebelei.«

Cookie legte fragend den Kopf schief und stupste ihre Nase in Victorias Hand. Beinahe, als ob die Hündin genauso wenig an Victorias Worte glaubte wie sie selbst.

Zwei Wochen später, am Tag ihrer Hochzeit, schirrte Richard Chandler zu Victorias Überraschung den gutmütigen grauen Wallach, der ihnen als Kutschpferd diente, vor den Einspänner. Der Verwalter nickte Victoria zu.

»Wo willst du hin?«, fragte Victoria. Der Pfarrer, der sie trauen sollte, würde doch mit eigener Kutsche kommen. »Bist du zur Feier zurück?«

Richard Chandler schüttelte den Kopf. »Der Boss hat mir gesagt, ich soll Granger anschirren und Catherine nach Brisbane fahren.«

»Nach Brisbane? Heute?«

Victoria griff sich mit einer Hand ans Herz. Das durfte nicht sein. Sicher, sie hatte erwartet, dass Catherine enttäuscht wäre, dass ihre Schwester zürnen würde, aber auch, dass Catherine sich bald wieder fangen würde. Niemals hätte sie ihre Schwester von Amber's Joy vertreiben wollen. Vielleicht – so redete sich Victoria ein – wollte Catherine nur der Hochzeit entfliehen und würde danach zurückkehren.

Nein, dafür kannte sie ihre Schwester zu gut. Wenn Catherine einen Entschluss fasste, hielt sie daran fest, auch wenn sie sich selbst mehr schadete als allen anderen Menschen. Sie war allen Versuchen Victorias, das Gespräch mit ihr zu suchen, ausgewichen und hatte Luke Faulkner mit Verachtung gestraft. Die verunsicherte Victoria hatte ihren zukünftigen Ehemann daraufhin angesprochen, der Catherines Verhalten als das Schmollen eines verliebten Kindes abgetan hatte. Ihr Verlobter hatte abgestritten, dass er Catherine je Hoffnung gemacht hatte. Victoria hatte ihm geglaubt, weil sie ihm glauben wollte.

Nein. Das konnte nicht sein. Victoria holte tief Luft. Ihre Hände zitterten, als sie sich vorstellte, was ihr Vater sagen würde, aber dieses Mal würde sie den nötigen Mut aufbringen. Sie würde die Hochzeit absagen, auch wenn der Pfarrer bereits angekommen war. Auch wenn sie ein wunderbares neues Kleid bekommen hatte. Auch wenn einige Nachbarn als geladene Gäste bald erscheinen würden. All das war nichts verglichen mit der Angst, ihre Schwester zu verlieren.

Victoria raffte den Rock und lief ins Haus. Ohne anzuklopfen stürmte sie in Catherines Zimmer. Ihre Schwester packte Kleider in eine Reisetasche und schaute auf. Die Kälte in ihrem Blick erschreckte Victoria. Sie unterdrückte einen Schrei.

»Cat. Nicht. Bitte.« Victoria presste die Worte aus ihrer trockenen Kehle hervor. Jedes einzelne schmerzte. »Bitte bleib. Ich … ich werde die Hochzeit absagen.«

»Zu spät.« Catherines Gesicht wirkte wie eine Maske. Nichts erinnerte Victoria mehr an ihre temperamentvolle und liebevolle Schwester. Diese kalte Schönheit war ihr fremd. »Ich gehe nach Brisbane. Du hast mich vertrieben. Ich hoffe, du bist zufrieden.«

»Cat«, schrie Victoria auf und trat auf ihre Schwester zu. Sie nahm Catherine das Kleid aus den Händen und hielt die Hände ihrer Schwester in ihren. »Bitte, Cat. Glaube mir, das wollte ich nie. Bleib. Ich … ich …, du bist doch meine Schwester.«

»Nein!« Die Härte in Catherines Gesicht und Stimme ließ Victoria deren Hände loslassen. »Ich will nicht mehr deine Schwester sein.«

»Cat. Ich … ich dachte nicht, dass Luke dir so viel bedeutet.« Victoria suchte verzweifelt nach Worten. »Er sagte, es wäre nur eine Schwärmerei.«

»Dann glaub ihm mal schön alles, was er sagt«, höhnte Catherine. Ihre Augen waren dunkel vor Zorn. »So wie ich. Alles hat er mir versprochen, damit …«

Sie musste die Worte nicht aussprechen. Victoria verstand

ihre Schwester und prallte zurück, als ob Catherine sie geschlagen hätte. Sollte das wahr sein? Hatte Luke Faulkner sie belogen? Bevor Victoria ihre Schwester weiter befragen konnte, wurde ihr Gespräch gestört.

»Was ist los?« Mit schweren Schritten, begleitet vom charakteristischen Klopfen seines Stocks, trat Joseph in den Raum und schaute von Victoria zu Catherine. »Zieh dich um, Victoria. Die Gäste werden bald eintreffen.«

»Vater.« Victoria sammelte ihren Mut und räusperte sich. Ihre Kehle fühlte sich trocken an. Ihre Hände zitterten so sehr, dass Victoria sie ineinander verschränkte, damit es Joseph nicht bemerkte. »Ich kann Luke Faulkner nicht heiraten. Nicht um den Preis meiner Schwester.«

»Was?« Ihr Vater richtete sich auf und starrte Victoria so wütend an, dass sie den Blick zu Boden senkte. »Das hättest du dir früher überlegen sollen. Die Ehe ist beschlossen und basta.«

»Aber … aber, Catherine wird weggehen.« Wie konnte es sein, dass ihr Vater es zuließ, dass seine Lieblingstochter Amber's Joy verlassen und in Brisbane ein neues Leben beginnen wollte. »Das ist es nicht wert.«

»Deine Schwester hat sich entschieden«, stieß Joseph hervor. »Und sie steht zu ihrem Wort. Also steh du auch zu deinem. Richard wartet mit dem Wagen.«

»Vater.« Catherine umarmte Joseph und küsste ihn auf die Wange. »Ich schreibe dir.«

»Cat, bitte.« Victoria griff nach dem Arm ihrer Schwester, doch ihr Vater kam ihr zuvor und hielt Victorias Hand mit eisernem Griff umklammert.

»Du bleibst. Du heiratest.«

Als Victoria sich endlich befreien konnte, war es zu spät.

Sie konnte nur der Staubwolke nachsehen, die der Einspänner hinter sich herzog. Da brach sie in Tränen aus und schlich zurück in ihr Zimmer. Widerwillig zog sie das neue Kleid an. Mit zitternden Fingern frisierte sie sich. Endlich sah sie aus, wie eine Braut aussehen sollte, wenn man von den rotgeweinten Augen absah. Victoria holte tief Luft und trat auf die Veranda.

Alle Nachbarn waren gekommen. In ihrem Sonntagsstaat wirkten sie fremd und steif. Victoria meinte ihnen anzusehen, dass sie sich genauso unwohl fühlten wie sie. Jakob Wade und seine Söhne, deren Gesichter sonnenverbrannt waren, trugen trotz der Hitze weiße Hemden unter Westen und Jacken. Victoria konnte sich ein Lachen nicht verkneifen, als sie bemerkte, wie Jakob junior sich immer wieder an den Halskragen griff und verzweifelt versuchte, den zu lockern. Er erinnerte sie an einen *Brumby*, der sich gegen das Lasso sträubte.

Nur zu gut konnte sie den Jungen verstehen. Auch sie fühlte sich eingesperrt und beinahe bewegungsunfähig in dem weißen Kleid. Warum hatte sie nicht lieber eine Farbe gewählt, die weniger anfällig für den Staub war. Schon jetzt, eine Stunde, bevor die eigentliche Feier beginnen sollte, zeigten sich deutliche Spuren von grau am spitzenbedeckten Saum des Kleides. Die engen Ärmel schnürten Victoria ein, und sie spürte Schweißperlen den Rücken hinunterrinnen.

Ihren Vater erkannte sie in seinem besten Anzug beinahe nicht wieder. Für einen Augenblick wallte ein ungeheures Glücksgefühl in Victoria auf. Dass er sich für ihre Hochzeit so in Schale werfen würde, hatte sie nicht erwartet. Für Catherines Hochzeit sicher, aber für ihre? Sollte ihm doch mehr an ihr liegen, als sie bisher vermutet hatte? Nein, flüsterte ihr eine innere Stimme zu. Dein Vater hat sich nicht für dich so elegant gekleidet, sondern für die Nachbarn. Nicht, weil er Victoria als Braut führen würde, trug Joseph einen dunklen Anzug, ein weißes Hemd und eine schwarze Fliege, sondern für die Gäste. Sie biss sich auf die Unterlippe. Nur nicht noch einmal weinen. Nicht am Tag ihrer Hochzeit. Das brächte nur Unglück.

Victorias Herz schlug schneller, als sie ihren Bräutigam vor dem Pfarrer stehen sah. Luke Faulkner hatte sich umgedreht und schaute ihr entgegen. Gut sah er aus. Im Gegensatz zu den meisten männlichen Gästen schien er sich in seinem dunklen Anzug genauso wohl zu fühlen wie in den Alltagskleidern, die er zur Arbeit trug. Seine sonnengebräunte Haut hob sich vom weißen Hemd und der weißen Fliege ab. Victoria schluckte. Vielleicht würde sie ihn ja lieben lernen, dachte sie, als Luke Faulkner sie anlächelte und ihr anerkennend zunickte.

In dem Augenblick fühlte sich Victoria wie eine Braut und schön. Sie reckte sich und setzte ein Lächeln auf, das ihrem Ehemann und allen Gästen galt. Sie bemerkte die Blicke der Männer und Frauen, die auf ihr ruhten. Bemerkte einige neidische Blicke der Frauen, die ihr strahlendes Kleid und den langen Schleier musterten. Bemerkte bewundernde Blicke einiger Männer und ihr Lächeln wurde breiter. Heute war *ihr* Tag. Bitter schmeckte nur, dass Catherine ihn nicht mit ihr teilte.

KAPITEL 14

Brisbane, Australien 1898

Catherine war Richard sehr dankbar dafür, dass er sie während der Fahrt nach Brisbane nicht mit Fragen löcherte, sondern Granger schweigend und mit sicherer Hand über die staubigen Straßen lenkte. So blieb ihr Zeit, ihren Gedanken nachzuhängen und sich auf die Begegnung mit Tante Constance vorzubereiten. So sehr sie ihre Patentante auch mochte, konnte Catherine es sich nicht vorstellen, Constance die ganze bittere Geschichte ihrer unglücklichen Liebe zu Luke zu erzählen.

Wie hatte sie nur auf die schönen Worte des Glücksritters hereinfallen können? War wirklich alles gelogen gewesen? Catherine hob die Hand zum Mund, um das Schluchzen zu unterdrücken, das in ihrer Kehle aufstieg. Immer noch schmeckte sie seine Küsse, spürte seine Hände auf ihrer Haut und die Wärme seines Körpers. Immer noch hatte sie seine Liebesschwüre im Ohr; wie ein Singsang auf den Feiern der Aborigines drehten sich Lukes wohlgesetzte Lügen in ihrem Kopf. Alles hohle Worte, auf die sie hereingefallen war wie ein Koala auf sein Spiegelbild. Wegen der

Lügen des Mannes hatte sie alles verloren – ihr Zuhause, ihre Schwester, ihren Vater.

Nachdenklich zupfte Catherine an der Haut, die ihren Daumennagel umgab. Hatte sie einen Fehler begangen, als sie Amber's Joy verlassen hatte? Victoria schien wirklich überrascht gewesen zu sein. Nein. Catherine schüttelte ihren Kopf. Selbst die etwas weltfremde Vic musste doch bemerkt haben, was sich unter ihren Augen zwischen Luke und Catherine abgespielt hatte, auch wenn sie beide sich stets bemüht hatten, ihre Liebe verborgen zu halten. Auf Lukes Wunsch hin – warum nur war Catherine da nicht bereits misstrauisch geworden? Ganz einfach, weil sie ihn geliebt hatte. Nein, weil sie ihn immer noch liebte, auch wenn er sie verraten hatte. Bis zum heutigen Morgen hatte Catherine gehofft, dass Luke mit breitem Grinsen auf sie zukäme und sagen würde: »Alles nur ein Scherz, Darling. Lass uns heiraten.«

Aber nein. Er war ihr aus dem Weg gegangen, war sofort nach der Ankündigung der Hochzeit unter einem Vorwand nach Toowoomba geritten und erst vor zwei Tagen zurückgekehrt. Geschickt hatte Luke dafür gesorgt, dass Catherine ihn in den zwei Tagen niemals allein angetroffen hatte. Verliebt wie sie war, hatte sie das nicht glauben wollen und an all ihren geheimen Treffpunkten auf den Geliebten gewartet. Vergeblich. Gestern hatte Catherine die bittere Wahrheit anerkennen müssen und einen Plan für sich geschmiedet. Ihr Vater hatte nur gelacht, als sie ihm mit dürren Worten mitteilte, dass sie nach Brisbane gehen wollte, um dem jungen Paar nicht im Weg zu sein. Da hatte Catherine erkennen müssen, dass Joseph von ihrer Liebelei gewusst hatte. Trotzdem hatte er die Ehe zwischen Victoria und Luke veranlasst.

Verraten. Alle Menschen in ihrem Leben hatten sie verraten. Sie wollte niemals einen von ihnen wiedersehen.

Aber Victoria war doch ihre Schwester und hatte Catherine immer zur Seite gestanden. Nach dem Tod ihrer Mutter hatten Victorias Liebe und Geduld dafür gesorgt, dass Amber's Joy trotz all der Traurigkeit, die über der Farm schwebte, so etwas wie ein Zuhause blieb. Egal. Catherine presste die Lippen fest aufeinander, um den aufsteigenden Tränen keine Chance zu geben. Sie hatte sich entschieden und würde an dieser Entscheidung festhalten, sollte es auch noch so sehr schmerzen. Besser ein Ende mit Schrecken als ein Schrecken ohne Ende – und in Brisbane boten sich ihr viele Möglichkeiten für einen Neuanfang, selbst wenn sie unter den Argusaugen von Tante Constance leben würde.

Catherine setzte sich auf, strich ihr Haar unter ihre Haube und wandte sich Richard zu. »Ist es noch weit?«

»Wenn du deinen Blick nach vorne richtest, kannst du die ersten Häuser schon sehen.« Der Verwalter nickte ihr zu.

»Tut mir leid, dass du meinetwegen die Hochzeit verpasst.« Sie meinte die Worte ehrlich. Gestern hatte sie nur verzweifelt nach einem Weg gesucht, nicht hören zu müssen, wie ihr Luke ihrer Schwester das Ja-Wort gab. Welche Folgen ihr übereiltes Handeln für den Verwalter hatte, war Catherine nicht in den Sinn gekommen.

»Ich bin kein Freund von Menschenansammlungen.« Richard zuckte mit den Schultern und sah gleichmütig geradeaus. »Außerdem werde ich wohl rechtzeitig zum Abendessen zurück sein.«

Catherine nickte nur, weil ihr in diesem Augenblick bewusst wurde, dass ihre Schwester nun wahrscheinlich bereits Mrs Luke Faulkner war. Ein hysterisches Kichern stieg in ihr auf, als sie sich daran erinnerte, wie oft sie heimlich in ihrem Zimmer den Namenszug geübt hatte. *Mrs Luke Faulkner. Mrs Catherine Faulkner.* Nein! Sie wollte sich nicht mehr an den Mann und seinen Verrat erinnern. Sie wollte nach vorne schauen. In ein besseres Leben, das sie in der großen Stadt erwartete. Catherine hatte sich fest vorgenommen, dass sie neue Erfahrungen sammeln würde, sich aber nicht mehr verlieben wollte. Einmal das Herz gebrochen zu bekommen, war genug für ein Leben.

»Oh. Wie riesig hier alles ist«, sagte sie zu Richard, um sich abzulenken, und deutete nach vorn.

Inzwischen hatten sie Brisbane erreicht. In der Entfernung meinte Catherine den Brisbane River in der Sonne glitzern zu sehen. Vielleicht täuschte sie sich auch, weil sie sich so sehr darauf freute, das Wasser zu sehen. In ihren Briefen hatte Tante Constance so oft vom Fluss gesprochen, der nicht nur Gutes für die Stadt mit sich brachte. Die Schilderungen ihrer Tante, wie der Brisbane River über die Ufer getreten war und sich in die Straßen der Stadt ergossen hatte, standen Catherine noch bildhaft vor Augen.

Überhaupt die Straßen der Stadt. Ihre Breite faszinierte Catherine. Bisher hatten ihre Ausflüge sie nur nach Toowoomba geführt, das ihr nun – verglichen mit Brisbane – wie ein Dorf erschien. Durch Toowoomba führte eine staubige Straße, auf der vielleicht zwei Kutschen Platz fanden. Hier in Brisbane erstreckte sich ein breiter Fahrweg, auf dem gut und gern vier Kutschen nebeneinander fahren konnten. Doch damit nicht genug. Nicht nur die Straße war breiter als alles, was Catherine bisher gesehen hatte. Auch die Häuser waren prächtiger und vor allem höher, als sie es sich hätte vorstellen können.

»Schau nur, das Haus hat vier Stockwerke.« Aufgeregt deutete Catherine auf das auffallende Gebäude in der George Street. Nach King George benannt, wie sie sich erinnerte. Die wichtigsten Straßen in Queenslands Hauptstadt hießen nach Königen und Königinnen. »Unglaublich, dass es nicht umfällt, nicht wahr?«

Amber's Joy erschien ihr klein und unbedeutend angesichts der eleganten Bauten, an denen sie ihre Fahrt vorbeiführte. Die Menschen, die auf den Bürgersteigen entlangflanierten, wirkten selbstzufrieden und waren so vornehm gekleidet, dass Catherine kaum wagte, an sich herunterzublicken. Ihr bestes Kleid erschien ihr nun unmodern, bieder und aus grobem Stoff.

»Zu viele Menschen.« Richards Worte unterbrachen Catherines Grübeln. »Zu viele Häuser. Man hat keine Möglichkeit, in die Weite zu sehen. Ständig steht etwas im Weg.«

Catherine musste lächeln. Sich Richard auf einer städtischen Teegesellschaft vorzustellen, mit einer zierlichen weißen Porzellantasse in der Hand, wie er über das Wetter parlierte, überforderte ihre Vorstellungskraft. Der Verwalter war ein Mensch der Farmen und des weiten Landes. Und sie? Würde es ihr gelingen, in der Stadt Fuß zu fassen und Amber's Joy hinter sich zu lassen?

»Ich habe keine Wahl«, flüsterte Catherine sich Mut zu. Heute sah sie vielleicht noch aus wie eine Landpomeranze, die sich für einen Besuch stadtfein gemacht hatte, aber sie war sich sicher, dass es ihr gelingen würde, sich an die Gepflogenheiten Brisbanes anzupassen. Mehr noch, sie würde die Stadt erobern, ausgehend von Tante Constances Haus.

Ihre Patentante wohnte in New Farm, was Catherine sich aufgrund des Namens immer ländlich vorgestellt hatte. Stattdessen war es ein Bezirk mit vielen kleinen Häusern und einigen Fabriken, geschuldet der Nähe zum Fluss. Ob sie wohl Schildkröten sehen würde, hatte Catherine sich als Kind gefragt, nachdem Tante Constance erzählt hatte, dass ihr Stadtteil in der Eingeborenensprache *Binkin-ba* hieß – Platz der Schildkröten. Je tiefer ihr Weg sie jedoch nach New Farm hineinführte, desto weniger konnte sie sich vorstellen, dass die Schildkröten geblieben waren.

»Da vorne ist es.« Richard schnalzte mit der Zunge und Granger verfiel in einen zuckelnden Trab, der sie schnell an ihr Ziel führte.

Tante Constances Haus war ein typisches Queensländer Haus. Das Erste, was Catherine auffiel, war die langgezogene Veranda, die sich wie ein Burggraben um das Gebäude herum zog. Sie ruhte auf niedrigen Holzstelzen, die der Kühlung dienten und Schutz bei Überschwemmungen boten. Kunstvoll verzierte Streben hielten das Dach der Veranda. Eine hölzerne Treppe führte hinauf, aus dem gleichen hellen Holz wie das Geländer der Veranda und die Säulen, die deren Dach trugen. Ein Schaukelstuhl und eine Sitzecke mit geflochtenen Sesseln luden zum Verweilen ein. Palmen und Farne standen in großen Töpfen neben einer Sitzecke mit zwei Korbstühlen und einem kleinen Tischchen. Ein Aschenbecher zeigte Catherine, dass Tante Constance wohl auch männliche Gäste erwartete. Wilder Wein rankte sich an der linken Seite der Veranda hoch und gewährte einen dunklen schattigen Platz. Wie viel einfacher war die Veranda auf Amber's Joy gebaut. Wie viel schlichter sah *alles* auf Amber's Joy aus.

Catherine lächelte, als sie die blau-lilafarben blühenden Jacarandabäume in Tante Constances Garten entdeckte. Ein Geschenk ihrer Mutter an ihre Patentante. Es wirkte wie ein Gruß von zu Hause. Sie seufzte und fragte sich erneut, ob es wirklich die richtige Entscheidung gewesen war, ihre Heimat überstürzt zu verlassen und ihr Glück in Brisbane zu suchen. Was hatte sie schon verloren? Einen lügnerischen Liebhaber, eine untreue Schwester, einen ewig zornigen Vater und ein Haus, das dem Verfall preisgegeben war.

Richard hielt Granger an und sprang leichtfüßig vom Kutschbock. Galant wie ein städtischer Gentleman reichte er Catherine den Arm, damit diese elegant absteigen konnte. Als ihre Füße den Boden berührten, spürte Catherine jeden Muskel. Die Fahrt hatte sie stärker durchgerüttelt, als sie es erwartet hatte und sie streckte sich, um wieder Gefühl in den Gliedern und vor allem in ihrem gequälten Po zu bekommen.

»Kind, was für eine Überraschung! Warum bist du nicht bei der Hochzeit?« Wie herbeigezaubert stand Tante Constances rundliche Gestalt auf der Veranda und winkte. »Kommt rein. Kommt rein. Ich koche Tee, damit ihr den Staub der Straßen herunterspülen könnt.«

»Tante Constance. Wie schön, dich zu sehen«, antwortete Catherine mit ehrlicher Freude und lief die Verandastufen herauf, um ihre Tante zu begrüßen. »Kann ich ein paar Tage bei dir bleiben?«

Wie schaffte Constance es nur, stets gleich auszusehen, so als hätte das Alter sie vergessen? Nachdem Catherine sich hinabgebeugt hatte, um Constance zu umarmen, erkannte sie jedoch die Anzeichen der Zeit. Die Fältchen um Constances runde braune Augen waren tiefer geworden und in ihren braunen Locken zeigten sich erste graue Strähnen. Ihre Tante erinnerte Catherine immer an einen Spaniel, was möglicherweise an deren Frisur oder ihren großen braunen Augen lag. Mit dem Alter war Constance rundlicher geworden, so dass ihre Stupsnase zwischen ihren Wangen zu versinken schien. Ihre braunen Augen blickten stets leicht besorgt und sie legte den Kopf etwas schief, wenn sie redete.

»Hattet ihr eine gute Reise?« Ihre Tante schob Catherine ein wenig von sich und musterte sie prüfend von oben bis unten. »Dünn bist du geworden. Ein Windstoß würde dich bis nach Sydney wehen.«

»Ach, Tante Constance«, wehrte Catherine ab und fühlte sich wieder als das kleine Kind, das der Tante aus der Stadt niemals gesund genug ausgesehen hatte. Aber heute wollte sie nicht mit ihrer Verwandten streiten, die sie so freundlich bei sich aufnehmen wollte. »An Richard Chandler erinnerst du dich sicher.«

»G'day, Madam.« Der Verwalter tippte sich an seinen Hut. »Schön, Sie wiederzutreffen.«

»Ach, die Freude ist ganz auf meiner Seite.« Tante Constance kicherte wie ein Schulmädchen und schaute verlegen zur Seite. »Möchten Sie einen Tee, bevor Sie wieder zurückfahren?«

»Sehr gern. Wenn ich vorher jedoch etwas Wasser für Granger bekommen könnte. Der gute alte Kerl hat schließlich die meiste Arbeit getan.«

»Aber selbstverständlich.« Aufgeregt eilte Tante Constance ins Haus, so dass die Fliegentür vor- und zurückschwang.

Nach kurzer Zeit kehrte sie mit einem Eimer zurück, aus dem Wasser auf die Veranda schwappte. »Bitte schön.«

»Aber das müssen sie doch nicht tragen. Der ist doch viel zu schwer für Sie.« Richard Chandler nahm Constance den Eimer aus der Hand und ging damit zu Granger. Das graue Pferd senkte sein Maul hinein und trank mit großen Schlucken.

»Was für ein netter Mann«, flüsterte Tante Constance Catherine zu. Dann sagte sie mit normaler Lautstärke. »Komm du doch schon herein, Liebes. Du musst erschöpft sein.«

»Ach, Tante Constance«, antwortete Catherine. »Die Fahrt hat nicht einmal sechs Stunden gedauert. Ich bin einiges gewöhnt.«

»Ja, ja, ich vergesse immer, dass ihr Mädchen auf der Farm mit anfassen müsst und nicht so ein ruhiges Leben haben durftet wie ich hier dank meines lieben Gatten.«

Ihres lieben verstorbenen Gatten, an den Catherine sich kaum noch erinnerte. Das einzige, was ihr von Onkel Charles in Erinnerung geblieben war, war dessen gewaltiger Schnurrbart, der sie immer gekitzelt hatte, wenn der Onkel sie zur Begrüßung umarmt hatte. Charles war vor knapp zehn Jahren gestorben und hatte seiner geliebten Constance das Haus und ein ausreichendes Vermögen hinterlassen, so dass sie gut in Brisbane leben konnte.

»Jetzt trinken wir erst einmal Tee. Dann zeige ich dir dein Zimmer und das Bad, damit du dich frisch machen kannst und heute Abend erzählst du mir alles von der Hochzeit deiner Schwester.«

»Hmmhmm«, konnte Catherine nur antworten, weil sie sich an ihrem Tee verschluckte. Sie musste schnell die Aufmerksamkeit ihrer Tante auf ein anderes Thema lenken. »Warum bist du nicht zur Hochzeit gekommen?«

»Na ja«, antwortete Constance nach einer kurzen Pause. »Ich reise nicht so gern. Und du weißt, dein Vater und ich …«

Den Rest des Satzes ließ ihre Tante in der Küche verklingen, da sie sicher sein konnte, dass Catherine sie verstand. Nach dem Tod von Amber hatte Tante Constance ihrem Bruder angeboten, die Mädchen bei sich aufzunehmen und ihnen in Brisbane ein Heim zu geben. Obwohl sie es nur gut gemeint hatte, hatte das Angebot zu einem schlimmen Streit zwischen den Geschwistern geführt, der nie ganz beigelegt worden war und dazu geführt hatte, dass die Mädchen ihre Tante nur selten gesehen hatten. Bevor sie antworten konnte, betrat Richard die Küche und füllte den Raum mit seiner Größe aus.

»Entschuldigen Sie, wenn ich es etwas eilig habe.« Der Verwalter drehte seinen Hut zwischen den Händen. »Granger und ich müssen heute noch nach Amber's Joy zurück. Es wird früh dunkel.«

»Selbstverständlich. Selbstverständlich.« Tante Constance überschlug sich beinahe, um Richard Chandler eine Tasse Tee und Gebäck – »Nehmen Sie ruhig ordentlich!« – zu reichen.

Schneller, als Catherine es sich wünschte, nahte der Abschied vom Verwalter. Und damit auch der Abschied von Amber's Joy und ihrer Vergangenheit. Zartfühlender, als Catherine es von ihr erwartet hatte, zog Tante Constance sich ins Haus zurück und ließ Catherine und Richard allein.

»Soll ich deiner Schwester etwas von dir ausrichten?« Der

Verwalter schaute Catherine forschend an. »Oder willst du ihr schreiben?«

»Wünsch ihr Glück von mir.« Catherine bemühte sich um ein Lächeln. »Danke für alles.«

Richard nickte, drehte sich um und kletterte auf den Kutschbock. Grüßend legte er zwei Finger an den Hut, bevor er Granger wendete und davonfuhr. Catherine schaute ihm nach, bis er hinter einer Straßenbiegung verschwunden war. Bevor das Gefühl von Einsamkeit Catherine überwältigen konnte, ging sie zurück ins Haus. Erschrocken stieß sie einen Schrei aus, als etwas Graues, Pelziges an ihren Beinen vorbei ins Haus huschte.

»Liebes, was ist denn?« Tante Constance stand sofort auf dem Flur.

»Ein Tier. Eine Ratte.« Catherine schluckte. »Sie ist im Haus.«

»Ach, das ist sicher nur Old Possum, ein Kater, der ab und zu hier vorbeischaut.« Tante Constance zwinkerte ihr zu. »Ich hätte nicht gedacht, dass du dich vor Tieren graust. Komm, ich zeige dir dein Zimmer.«

Catherine griff nach ihrer Reisetasche, auf der sich eine graue Schicht Straßenstaub abgelagert hatte, und folgte ihrer Tante eine Treppe hinauf.

»Bitte schön.« Tante Constance stieß die angelehnte Tür auf und präsentierte Catherine mit einer ausholenden Armbewegung das Zimmer. »Dein kleines Reich.«

»Unglaublich!« Catherine schüttelte den Kopf. Mitten auf dem hübschgemusterten Quilt, der als Tagesdecke diente, thronte ein zerzauster graugetigerter Kater, der sie mit seinen grünen Augen anfunkelte, als wäre sie in sein Revier eingedrungen. »Ist das der, der eben an mir vorbei gerannt ist? Auf *meinem* Bett?«

»Nun ja«, antwortete Tante Constance, die ein wenig zerknirscht wirkte. »Old Possum glaubt wohl, dass es sein Zimmer ist. Sonst schläft er immer hier. Ich bin sicher, ihr werdet euch einigen.«

Mit diesen Worten tätschelte ihre Tante Catherines Wange, drehte sich um und ließ ihre Nichte mit dem Kater allein, der nicht so aussah, als wollte er seinen Schlafplatz hergeben.

»Also gut«, sagte Catherine und starrte den Grauen mit zusammengekniffenen Augen an. Der starrte zurück. Mussten Katzen nie blinzeln? »Wir können uns friedlich einigen oder ich hole einen Besen.«

Als hätte er sie verstanden, sprang der Kater mit elegantem Satz vom Bett und stolzierte mit hocherhobenem Schwanz an Catherine vorbei aus dem Zimmer, ohne sie eines weiteren Blickes zu würdigen.

»Das ging ja einfacher, als ich dachte«, sagte Catherine zu sich, während sie die Reisetasche auf das Bett hievte. Sie schüttelte die Kleidungsstücke kurz aus, bevor sie sie in Schrank und Kommode verstaute. Dann nahm sie sich die Zeit, ihr Zimmer zu betrachten. Obwohl es nicht sehr groß war, wirkte es hell und freundlich. Weiße Vorhänge, die mit blauen Blumen bedruckt waren, bauschten sich in einem Windhauch, der durch das geöffnete Fenster hereinkam. An der Wand hing ein großes Gemälde, das den heiligen Felsen der Aborigines zeigte. Leuchtendrot vor blauem Himmel und gelbem Wüstensand. Sobald sie etwas Geld verdient hätte, würde sie sich noch ein paar Bilder kaufen und Bücher, aber dann war es das perfekte Zimmer für einen Neubeginn.

Nun musste sie nur noch Tante Constance die Wahrheit erzählen – oder einen Teil der Wahrheit – und hoffen, dass ihre Tante sie hier bleiben ließ. Hier an diesem Ort, der ihr ein Heim werden könnte. Das spürte Catherine. Mit Wohlgefallen sah sie sich in ihrem neuen Domizil um. Ja, für sie begann nun eine gute Zeit – das spürte sie. Ganz leise stellte sie sich die Frage, wie es ihrer Schwester wohl ginge.

KAPITEL 15

Amber's Joy, Australien 1898

Wann wohl Richard zurückkehrte und Nachrichten von Catherine brachte, fragte sich Victoria, während sie die Feier – ihre Hochzeitsfeier – beobachtete, als wäre sie nur ein Zaungast. Drei Tage hatten die Arbeiter daran gewerkelt, einen Tanzboden zu zimmern und ein Zelt aufzubauen, in dem Essen und Getränke bereitstanden.

Nach dem üppigen Mahl, das die Gäste mitgebracht hatten, hatte ihr Vater Rum, Wein und Bier ausschenken lassen und die Stimmung ging hoch her. Vor allem, seit die drei Fiedler, die Joseph extra für die Hochzeitsfeier hatte anreisen lassen, aufzuspielen begannen. Der erste Tanz hatte Victoria und ihrem Ehemann gehört. Noch immer fiel es ihr schwer, an Luke als ihren Ehemann zu denken. Sie hatte nur kurz gezögert, bevor sie auf die Frage, ob sie ihn heiraten wollte, mit Ja geantwortet hatte. Lukes Kuss war kurz und spröde gewesen, seine Lippen hart und trocken – irgendwie hatte sich Victoria ihren ersten Kuss romantischer und sanfter vorgestellt.

Wenn sie ehrlich war, hatte sie sich die ganze Ehe romantischer vorgestellt. Sie hatte nicht erwartet, dass sie am Tag ihrer Hochzeit wie ein Mauerblümchen am Tisch sitzen würde, während ihr frisch angetrauter Ehemann es sich anscheinend zum Ziel gesetzt hatte, mit jeder anderen Frau zu tanzen – jedenfalls, sofern sie jung und hübsch war. Victoria griff nach dem Wein und trank einen großen Schluck. Vielleicht gelang es dem Alkohol, ihren Schmerz zu betäuben.

»Eine schöne Feier.« Mildred Wade, deren Nase glänzte und deren Wangen vom Rumgenuss tiefrot angelaufen waren, ließ sich schwer auf den Stuhl neben Victoria fallen. »Isch hab ja imma gedacht, dasch die kleine Cat als Erste heiraten wird. Wo ischt sie denn?«

Victoria bemühte sich krampfhaft um ein Lächeln. Der größten Klatschtante Queenslands würde sie ihre Geschichte wohl kaum auf die Nase binden.

»Leider ist Vaters Schwester, die in Brisbane lebt, schwer erkrankt.« Victoria schluckte trocken. Zu lügen fiel ihr stets schwer. »Die gute Cat hat sich bereit erklärt, die liebe Constance zu pflegen. Daher können beide heute leider, leider nicht mit feiern. Aber Familie geht vor.«

Hatte sie zu dick aufgetragen oder glaubte Mildred Wade ihr jedes Wort?

»So, so«, murmelte die Nachbarin. »Einen schönen Mann hascht du dir da eingefangen. Und wie wunnerbar er tanschen kann.«

Ja, nur nicht mit mir, dachte Victoria, aber sie sagte: »Ja, und ein guter Arbeiter ist er auch. Vater schätzt ihn sehr.«

»Wo ischt Joseph denn?« Suchend irrte Mildred Wades Blick über die Feiernden. Eins musste man der Frau lassen. Selbst, wenn sie betrunken war, entging ihr nicht das kleinste Bisschen. »Ach, da hinten. Er wird wohl wieder ein Spielchen wagen.«

Nicht einmal auf ihrer Hochzeitsfeier konnte ihr Vater die Karten ruhen lassen. Victoria kämpfte gegen Tränen an, die dieser verpfuschte Tag in ihr auslöste. Ein Ehemann, den sie nicht interessierte. Ein Karten spielender Vater und nun noch Mildred Wade, die auf der Fährte von Klatsch war wie ein Jagdhund. Konnte es noch schlimmer werden?

»Da bin ich ja noch rechtzeitig zurück, um mit der schönsten Braut zu tanzen, die wir seit Jahren gesehen haben.«

Dankbar lächelte Victoria Richard an, der ihr seine Hand entgegenstreckte. Straßenstaub lag auf seiner Kleidung und hatte sich in den Lachfältchen um seine Augen festgesetzt, was ihm ein verwegenes Aussehen gab.

»Entschuldige mich. Die Pflichten einer Braut.« Das Lächeln, das sie Mildred schenkte, wirkte beinahe ehrlich.

»Danke für die Rettung«, flüsterte Victoria Richard zu, während er sie geschickt über den Holzboden, der als Tanzfläche diente, schob. »Noch eine Minute und ich hätte Mildreds Kopf in die Punschschale getaucht. Ist … ist Catherine gut angekommen?«

»Ich soll dir Glück von ihr wünschen«, antwortete Richard, ohne Victoria anzusehen. »Tante Constance hat mir ein Geschenk für dich mitgegeben. Sie lässt dich herzlich grüßen. Eine patente Frau.«

»Vielleicht sollte ich sie einmal besuchen«, überlegte Victoria laut. Es würde sicher Spaß machen, mit Catherine und Tante Constance durch Brisbane zu flanieren – wenn, ja, wenn Catherine ihr erst einmal verziehen hätte. Die Glückwünsche waren ein erster Schritt auf dem Weg dorthin. Vielleicht würde doch noch alles gut.

»Danke, dass du mit meiner Frau getanzt hast.« Luke hielt Richard an der Schulter fest und stoppte ihren Tanz. So abrupt, dass Victoria ins Stolpern geriet.

»Gern geschehen.« Richards Augen blickten Victorias Ehemann kühl an. Mit festem Griff hielt er Victoria am Ellenbogen, damit sie nicht stürzte. »Jemand sollte mit der Braut am Tag ihrer Hochzeit tanzen.«

»Wahr gesprochen, mein Freund.« Luke lachte lauthals und griff nach Victorias Arm. »Doch nun genug gefeiert. Es wird Zeit, dass meine Frau und ich unsere ehelichen Pflichten erfüllen.«

Victoria spürte, wie Röte ihren Hals und ihre Wangen erhitzte. Beschämt senkte sie den Blick zu Boden. Willenlos trippelte sie hinter ihrem Ehemann her, dessen Hand sich schmerzhaft in das Fleisch ihres Oberarms krallte. Pfiffe und Sprüche folgten ihnen, als sie den Tanzboden verließen und auf das Haus zugingen. Aus dem Augenwinkel hatte Victoria sehen können, wie der Verwalter die Hände zu Fäusten ballte und ihr kopfschüttelnd nachsah.

»Bitte, du tust mir weh«, wagte sie schließlich zu sagen. Victoria erschrak, wie klein und ängstlich ihre Stimme klang. Sollte eine Braut am Tag ihrer Hochzeit nicht fröhlich und glücklich sein?

»Weh getan? Ich kann dir beibringen, was Schmerzen sind.« Mit diesen Worten verstärkte Luke seinen Griff, bis Victoria vor Qual aufstöhnte. Erst dann ließ er ihren Arm frei, ein Lächeln auf seinen Lippen. »Los, beeil dich. Bereite das Bett vor. Oder willst du mich wütend machen?«

Victoria stolperte ins Haus, wo Cookie sie schwanzwedelnd erwartete. Der liebevolle Ausdruck auf dem Gesicht ihres Hundes rief erneut Tränen hervor, die Victoria mühsam hinunterschluckte. Eilig tätschelte sie der Hündin über den Kopf und befahl ihr, auf ihren Platz zu gehen. Sie fürchtete, dass ihr Ehemann sonst noch schlechtere Laune bekäme, als er bereits hatte. Mit eingezogenem Schwanz und gequältem Blick folgte die Hündin Victorias Befehlen. Plötzlich knurrte sie leise.

»Dämlicher Köter. Ich trink noch ein Bier.« Luke betrat die Küche. »Du sei besser nachtfertig, wenn ich ins Zimmer komme.«

In ihrer Kammer schlug Victoria die Tagesdecke zurück und schüttelte die Kissen auf. Wäre Catherine noch hier, hätte sie sicher einen Blumenstrauß in das Zimmer gestellt, damit es etwas feierlicher wirkte. So jedoch sah es aus wie an jedem anderen Tag auch. Für Blumen und Feierlichkeit blieb jetzt keine Zeit. Eilig löste Victoria den Knoten und ließ ihr Haar lang herabfallen. Ungeschickt nestelte sie an ihrem Hochzeitskleid, um es auszuziehen, doch es waren zu viele Haken und Ösen, als dass sie es mit ihren zitternden Fingern bewerkstelligen konnte. So hatte sie sich ihre Hochzeitsnacht nicht vorgestellt. In den Romanen, die Tante Constance ihr geschenkt hatte, waren es stets die liebenden Ehemänner, die ihre Frauen mit geschickten Fingern sanft entkleideten. Erneut spürte Victoria Traurigkeit wie einen Kloß im Hals. Doch ihr blieb keine Zeit dafür, denn hinter ihr stolperte ihr Ehemann in die Kammer und warf sich schwer aufs Bett.

»Komm her!« Lukes Stimme klang schleppend. Seine Aussprache war verwaschen, was Victoria auf den Rum zurückführte, dem ihr frisch angetrauter Ehemann reichlich zugesprochen hatte. »Los, zier dich nicht.«

»Aber«, flüsterte Victoria. Bedauernd dachte sie an das

elegante Nachthemd, zu dem die Schneiderin in Marburg sie überredet hatte und das nun unbenutzt im Schrank hing.

»Schließlich soll es eine besondere Nacht für Sie und Ihren Ehemann werden«, hatte die Schneiderin gesagt, Victoria zugezwinkert und ihr zugelächelt. Victoria hatte nur auf die Stecknadeln schauen können, die die Schneiderin im Mundwinkel hielt, und befürchtet, dass die Frau sich verschlucken würde.

Eine besondere Nacht. Warum hatten die Worte ihr damals schon Sorge bereitet? Während der Feier waren Victorias Ängste eher gewachsen. Mit jedem Glas Rum, das Luke in sich hineingeschüttet hatte wie Wasser, hatte ihre Furcht vor der Hochzeitsnacht zugenommen. Und jetzt war der Augenblick gekommen. Sie und ihr Ehemann allein in ihrem Zimmer, das nun nicht mehr ihr allein gehörte, sondern dem Ehepaar als Schlafraum dienen würde.

Luke hatte sich schwer auf das Bett fallen lassen, die Stiefel von den Füßen geschleudert und saß jetzt, leicht schwankend, auf dem Rand des Bettes und musterte Victoria mit abschätzigem Blick.

»Komm her«, wiederholte er. Jetzt klang seine Stimme drohend. Mit einem Mal wirkte er nicht mehr verwegen und attraktiv auf Victoria, sondern roh und gemein. Sie wich zurück, bis sie mit dem Rücken an die Lehne des Stuhls stieß, der vor ihrer Frisierkommode stand. Dem Geschenk ihres Vaters.

»Muss ich dich holen?« Luke stieß ein amüsiertes Lachen aus. Er stand auf, schwankte ein wenig, aber näherte sich mit großen Schritten Victoria, die ihn aus aufgerissenen Augen ansah. »Willst wohl Spielchen spielen?«

Noch immer war sie nicht in der Lage zu antworten. Was hätte sie auch sagen sollen?

Lukes Finger krallten sich in den zarten Stoff ihres Kleides. Mit einem kräftigen Ruck zerrte er Victoria zu sich heran. Das Geräusch, mit dem das schöne Gewebe riss, drang ihr durch Mark und Bein. So viel Arbeit hatte die Schneiderin in ihr Hochzeitskleid gesteckt, damit man es später noch als Taufkleid für ein Kind nutzen könnte, konnte Victoria nur denken. Mit einer Handbewegung hatte ihr Ehemann diese Möglichkeit zerstört.

Aber noch hatte Luke nicht genug. Er riss weiter an dem Stoff, bis Victoria die Abendkühle auf ihrer Haut spürte. Hastig hob sie die Arme hoch, um ihre Blöße zu bedecken, doch Luke schlug ihre Hände weg. Mit einer schnellen Handbewegung warf er Victoria aufs Bett, als ob sie ein widerspenstiges Schaf wäre. In ihrer Angst trat sie nach ihm, was ihren Ehemann nur aufstachelte. Luke presste Victoria auf die bunte Tagesdecke. Sie bekam kaum Luft und schmeckte die Baumwolle in ihrem Mund.

»Du magst es also härter. Soll mir recht sein«, keuchte Luke in Victorias Ohr. Schwer lastete sein Körper auf ihr. Zu ihrem Entsetzen spürte sie seine tastende Hand unter ihrem Unterrock. »Das gefällt mir. Ich mag widerspenstige Frauen.«

Victoria stöhnte vor Angst und Grauen auf, als sie spürte, wie Luke ihre Unterhose mit einem Ruck zerfetzte. Erneut spürte sie seine Hand. Roh und schmerzhaft. Sie betete, dass sie ihr Bewusstsein verlieren würde, aber das Schicksal wollte ihr diese Gnade nicht gewähren.

Nachdem das schreckliche Erlebnis endlich vorbei war und ihr Ehemann sich von ihr heruntergerollt hatte, rang Victoria nach Atem und biss sich in die Fingerknöchel ihrer Hand, die sie zur Faust geballt hatte. Sie würde Luke die Genugtuung nicht gönnen, sie weinen zu sehen. Auch wenn ihr danach zumute war. Was Catherine nur an diesem Akt gefunden haben könnte, fragte sich Victoria, während sie sich vorsichtig von ihrem Ehemann wegdrehte und zusammenkrümmte.

Doch ihre Vorsicht war nicht von Nöten, wie sie an Lukes lautem Schnarchen erkannte. Victoria fühlte sich noch beschämter. Nicht nur, dass Luke sich ihr aufgezwungen hatte. Schlimmer noch, ihm schien das Ganze so wenig zu bedeuten, dass er danach sofort in den Schlaf der Gerechten verfallen war. Würden alle ihre Nächte jetzt so aussehen?

Leise, um ihren Ehemann nicht zu wecken, stand Victoria auf und streifte das zerrissene Kleid ab. Die zurückgehaltenen Tränen strömten ihr nun über die Wangen. Wie sehr hatte sie sich darauf gefreut, das Hochzeitskleid zu einem Taufkleid umarbeiten zu lassen. Doch diesen zerstörten Fetzen Stoff konnte sie nur noch verbrennen. Dieses Zeugnis ihrer Schande wollte sie niemals wiedersehen. Schniefend und leise schluchzend wusch sich Victoria und zuckte zusammen, als das kalte Wasser ihren schmerzenden Körper traf.

Endlich fühlte sie sich etwas sauberer. Nicht mehr benutzt und dreckig. In ihrer Kleidertruhe suchte Victoria nach einem Nachthemd. Einem schlichten, stabilen, ihren Körper vollständig verhüllenden Baumwollnachtgewand.

KAPITEL 16

Brisbane, Australien, heute

Hier sind Bilder von mir als Kind.« Ella legte ein in dunkelroten Stoff gebundenes Album auf die weiße Baumwolldecke, die den Tisch bedeckte. Vorsichtig schlug sie es auf. »Das ist Kate auf ihrem Pony Grover.«

»Deine Schwester?«, fragte Franziska. Insgeheim wunderte sie sich ein wenig, als Ella mit sanften Fingern über das Bild strich, so als ob sie damit ihre Erinnerungen festhalten könnte. »Du hast nicht viel von ihr erzählt.«

Ella antwortete nicht, sondern schaute an Franziska vorbei. Auf ihrem Gesicht lag so viel Traurigkeit, dass Franziska ihre Frage am liebsten zurückgenommen hätte. Sie hatte nicht ahnen können, dass Ella noch so sehr um ihre Schwester trauerte. Wie auch? Bisher wusste Franziska ja nur, dass Kate vor vier Jahren gestorben war.

»Kate hat mich gehasst«, sagte Ella schließlich und durchbrach das unbehagliche Schweigen, das zwischen ihnen hing. »Selbst, als sie im Sterben lag, war sie nicht bereit, mir zu vergeben.«

Franziska schluckte. Obwohl sie immer noch unglaublich sauer auf Alina war, würde sie zu ihrer Schwester fahren, wenn es ihr schlecht ginge. Dafür hatte man doch Familie, oder?

»Das tut mir leid«, war die einzige Antwort, die Franziska einfiel. Obwohl es sie sehr interessierte, warum zwei Schwestern sich dermaßen streiten konnten, wagte sie nicht, die Frage zu stellen. So gut kannte sie Ella noch nicht.

»Kate hat in Brisbane studiert und dort Cameron kennengelernt. An den Wochenenden hat sie uns so viel von ihm erzählt, dass wir gar nicht erwarten konnten, diesen Wunderknaben zu sehen. Sie war unglaublich verliebt in ihn.« Ein Lächeln zog über Ellas Gesicht, als sie sich erinnerte. »Vor allem unser Vater hat sie mit ihm aufgezogen. Er hat solange Witze darüber gemacht, dass wir fürchteten, den wundervollen Cameron wohl nie zu Gesicht zu bekommen, bis Kate ihn an einem Wochenende nach Amber's Joy mitbrachte. Hätte sie es bloß nicht getan.«

Als ob sie Ellas Aufgewühltsein spürte, kam Ebony herbei und sprang ihr auf den Schoß. Franziskas Großtante schaute mit einem Lächeln auf die Katze herab.

»Man sagt, die Liebe sei eine Himmelsmacht.« Ellas Gesicht wurde weicher, so dass Franziska die junge und abenteuerlustige Frau erahnen konnte, die ihre Großtante einmal gewesen war. »Bis ich Cameron traf, habe ich über solche Kalenderweisheiten nur gelacht. Aber …«

Nur Ebonys Schnurren durchbrach das Schweigen, das nach Ellas Worten entstand. Die dreifarbige Katze namens Peach schlug mit ihrer Pfote nach dem Schwanz der schwarzen Katze, bis Ebony die Augen öffnete und sie anfunkelte.

»Auch die beiden sind Schwestern. Vielleicht muss das so sein«, sagte Ella mit einem bittersüßen Lächeln. Sie seufzte. Tränen glitzerten in ihren Augen. »Schlimm genug, dass die

Liebe mich so unvermutet traf. Damit hätte ich noch leben können.«

Ella legte eine Hand an ihre Wange und schüttelte den Kopf. Franziska beugte sich vor und strich ihr mit zwei Fingern über die Hand.

»Cameron ging es nicht anders als mir. Du musst mir glauben, wir beide haben mit aller Kraft dagegen angekämpft, aber unsere Gefühle waren stärker als wir.« Ella seufzte. »Kate konnte mir nie verzeihen, dass ich ihr den Mann ausgespannt hatte. Nicht einmal, nachdem sie Hugh kennengelernt und geheiratet hatte.«

»Aber …«, begann Franziska und suchte nach einer Formulierung, die freundlich klang, obwohl ihr das schwer fiel. Zu stark erinnerte Ellas Erzählung sie an die vermaledeite Geschichte mit Alina und Julian. »Du hast dich doch nicht absichtlich in Cameron verliebt, oder?«

»Wenn man Kate glaubt, doch.« Ella schüttelte sich. Sie war sichtlich bewegt und den Tränen nahe. »Sie hat mir unterstellt, ich wollte ihn nur, weil er ihr Verlobter war. Als ob Cameron ein Spielzeug gewesen wäre …«

Erneut hing sie schweigend ihren Gedanken nach. Auch Franziska kam ins Grübeln. Hatte sie nicht Ähnliches gedacht, als sie Alina und Julian miteinander erwischt hatte? Wenn Julian wirklich Alinas große Liebe war und ihr mehr geben konnte, als Franziska es für möglich hielt?

»Dass die Geschichte sich immer wiederholt …«, sagte Ella halblaut und blätterte weiter durch das alte Fotoalbum. Vorsichtig fasste sie mit den Fingerspitzen das knisternde Seidenpapier an und schlug es um. Die schwarzweißen Bilder wirkten beinahe durchscheinend, so als ob die Zeit ihnen alle Kraft genommen hätte. »Hier, schau. Meine Schwester und ich. Bevor …«

Sie beendete den Satz nicht, sondern starrte auf das Foto von zwei Mädchen, die einander an den Händen hielten und etwas verunsichert in die Kamera schauten. Trotzdem konnte man erkennen, wie viel sie einander bedeutet hatten.

»Was meinst du?«, fragte Franziska. »Welche Geschichte wiederholt sich?«

»Guck nicht so, als ob du mich für eine verrückte Alte hältst.« Ella zog einen Mundwinkel hoch und schüttelte den Kopf. Sie deutete auf das Foto. »Nenn es meinetwegen Schicksal oder Koinzidenz, aber findest du es nicht auch auffallend?«

»Was bitte?« Franziska verstand kein Wort. Wie kam Ella nur von dem uralten Foto auf einen Fluch oder Schicksal oder Koinzidenz, was immer das auch bedeuten sollte? »Was meinst du?«

»Na ja, Kate und ich haben uns wegen eines Manns gestritten und …« Ella schien nach Worten zu suchen. Sie schloss die Augen und strich sich mit beiden Händen durchs Gesicht. »Nach allem, was ich weiß, hat sich meine Urgroßmutter Victoria auch aus dem gleichen Grund mit ihrer Schwester Catherine zerstritten.«

Das war jetzt wirklich unheimlich, dachte Franziska. Sie und Alina, Ella und Kate und nun noch eine Victoria und eine Catherine … Schwestern, die sich wegen eines Mannes entzweiten. Was war nur los mit ihrer Familie?

»Warum sind Victoria und Catherine für dich so wichtig?«, sprach Franziska das Erste aus, was ihr in den Sinn kam. Nur nicht weiter über Alina und Julian nachdenken. »Ist doch vor ewigen Zeiten passiert, oder?«

Die Geschichte musste sich vor mehr als hundert Jahren ereignet haben, rechnete Franziska im Kopf aus. Aber wenn sie Ella wichtig war, war das Franziska nur recht. Sie hatte Ella erzählt, dass sie nach einem Streit mit ihrer Schwester nach Australien geflüchtet war. Ganz vage hatte sie hinzugesetzt: »Wegen eines Jungen«, ohne ins Detail zu gehen. Dazu schmerzte Alinas Verrat immer noch zu sehr. Da wollte Franziska lieber über die Vergangenheit reden. Nicht über Ellas und Kates Geschichte, die ihrer so erschreckend ähnlich war. Sie überlegte einen Augenblick und spann die Frage weiter. »Was ist mit deiner Mutter und deiner Großmutter? Haben sie sich auch zerstritten?«

»Meine Mutter hatte nur Brüder, aber Großmutter …« Ella runzelte die Stirn. Peach nutzte den Augenblick und sprang auf den Tisch, mitten auf das Fotoalbum. Die Katze schnupperte an den Keksen, die auf einem hellblauen Porzellanteller lagen. »Ksch, runter mit dir. Du hast recht, Großmutter und ihre Schwestern haben sich gut verstanden. Soweit das unter Schwestern möglich ist.«

Ella lächelte. Franziska lächelte zurück. Selbst vor Alinas Verrat hatten sie beide sich oft in den Haaren gelegen, über Kleinigkeiten stundenlang fetzen können, nur um dann wieder zusammenzuhalten wie Pech und Schwefel.

»Victoria und Catherine?«, fragte Franziska nach, da Ella die Namen schon öfter erwähnt hatte. »Was war mit ihnen?

»Ende des 19. Jahrhunderts. Die erste Australien-Generation unserer Familie.« Ella nickte. »Man kann sie Pionierinnen nennen. Victoria hat die Pferdezucht begründet, mit der meine Familie zu Geld kam. Und Catherine …«

Ella lächelte gedankenverloren. Catherine schien ihr viel zu bedeuten. Franziska rechnete im Kopf nach. Konnte es sein, dass Ella die beiden Frauen noch kennengelernt hatte? Ja, das kam hin.

»Victoria war die Älteste und hat die Farm geerbt.« Ella nickte nachdenklich mit dem Kopf. »Catherine ging nach Brisbane. Sie war eine Frauenrechtlerin und hat als Journalistin gearbeitet. Eine mutige Frau.«

»Na ja, eine Pferdezucht hier aufzubauen. Als Frau. Das war bestimmt auch nicht einfach.« Warum fühlte Franziska sich veranlasst, für Victoria in die Bresche zu springen? Vielleicht weil die ebenfalls die ältere Schwester war. Nur zu gut kannte Franziska das Gefühl, als Ältere nicht genug Anerkennung zu erhalten, alle Erfolge als selbstverständlich angesehen zu bekommen. »Victoria musste bestimmt ganz schön kämpfen, um sich durchzusetzen und erfolgreich zu sein.«

»Hättest du Lust, dem nachzugehen?« Ella sah Franziska fragend an. Sie hatte die Finger ineinander verschlungen und schien gespannt auf Franziskas Antwort zu warten. »Kate hat immer ein Buch über unsere Familie schreiben wollen. Deutsche Einwanderer in schwerer Zeit …«

»Hmmhmm«, antwortete Franziska, um Zeit zu gewinnen.

»Familie ist wichtig«, wiederholte Ella. »Und es ist gut, die eigene Geschichte zu kennen. Deshalb habe ich eine Bitte an dich.«

»Ja?« Jetzt fühlte Franziska sich ein wenig unbehaglich. So gut kannte sie ihre Großtante nicht, und sie hatte Ella nicht aufgesucht, weil sie so viel von Familienbindungen hielt, sondern weil sie sich einsam gefühlt hatte. Hoffentlich erwartete Ella nicht zu viel von ihr.

»Ich habe euch damals geschrieben, weil ich wissen wollte, wo meine Familie herkommt, was uns aus Deutschland nach

Brisbane gebracht hat ...« Ella stieß ein kleines, nervöses Lachen aus, das so gar nicht zu ihr passen wollte. »Aber wie es so ist ..., nach den Anfängen bin ich nicht weitergekommen. Oben auf dem Dachboden gibt es Unmengen an Unterlagen ...«

Sie schwieg und schaute Franziska an. Auffordernd, wie ihr schien. Aber was sollte sie sagen? Daher lächelte Franziska nur und nickte ihrer Großtante zu.

»Allein komm ich damit nie zurecht.« Ella stockte einen Augenblick, so als ob sie überlegte, was sie als Nächstes sagen wollte, als ob sie etwas Bedeutsames zu sagen hatte, aber noch nicht wusste, ob es der richtige Zeitpunkt dafür war. Dann hob sie die Schultern und sprach mit fester Stimme weiter. »Ich bräuchte Hilfe. Zum Ordnen und hinterher zum Auswerten.«

Oh nein. Franziska sah sich schon ihre gesamte Zeit in Australien auf einem staubigen Dachboden verbringen, umzingelt von Spinnen in diversen Größen und Farben. Staub würde sich auf ihre Haare legen und sie würde bleich wie der Tod von ihrer Flucht in den Sonnenscheinstaat nach Deutschland zurückkehren. Wie konnte sie eine Ablehnung freundlich verpacken, um ihre Großtante nicht vor den Kopf zu stoßen? Musste sie überhaupt freundlich sein, bei so einem Ansinnen?

»Meinst du denn, Victorias und Catherines Leben bieten genug Stoff für ein Buch?« Franziska versuchte, die Worte sorgfältig zu wählen, um Ella nicht allzusehr vor den Kopf zu stoßen. »Sie haben bestimmt viel geleistet, aber gibt es etwas Besonderes?«

»In der Familienbibel sind ihre Namen durchgestrichen, als hätte jemand sie und ihr Leben ausradieren wollen.« Es kam Franziska vor, als beobachtete Ella sie genau. »Und so langweilig wie du meinst, war die Gegend auch nicht. Kate hat einen Zeitungsausschnitt von 1899 über den Black Snake Creek-Mord gefunden. Das klingt doch nach etwas, oder?«

Franziska fühlte sich überrumpelt. Sicher, sie hatte die Initiative ergriffen und Ella Murdoch aufgesucht. Aber das bedeutete doch nicht, dass sie ein Riesenprojekt über deren Familiengeschichte bearbeiten wollte. Andererseits hatte Franziskas Mutter sich auch immer für Familiengeschichte begeistern können und sogar einen Stammbaum erstellt. Franziska erinnerte sich daran, wie glücklich ihre Mutter über Ellas Brief gewesen war, der sie auf einen weiteren Zweig der Familie hatte stoßen lassen. Noch immer schmerzte Franziska das Wissen, dass sie nie wieder mit Hannah reden konnte. Nie wieder Kakao trinken würde, den ihre Mutter gekocht hatte. Franziska schluckte.

»Sicher. Aber … ich muss arbeiten und Geld verdienen.« Sie hob die Hände. So gern sie Ella helfen würde, ein bisschen mehr von Australien als Ellas Wohnung und alte Fotoalben wollte sie schon sehen. »Und ich wollte gern an der Küste entlang reisen, wenn ich Zeit und Geld habe. Vielleicht auch mal ins *Outback*. Mir den großen roten Stein angucken. Also, wenn ich schon mal hier bin.«

»Keine Sorge.« Ella zwinkerte ihr zu. »Ich erwarte nicht, dass du hier Vollzeit-Familienforscherin wirst oder dass du mir umsonst hilfst.« Ihre Großtante zwinkerte Franziska zu. »Mir ist schon klar, dass du Geld brauchst, um hier zu leben. Aber bevor du Fast Food verkaufst, könntest du mir bei meinem Buch helfen, oder?«

»Ja … also … ähem.« Hektisch spielte Franziska die Möglichkeiten im Kopf durch. Sicher, die Vorstellung, Burger zu braten, behagte ihr als Vegetarierin überhaupt nicht. Aber konnte sie sich ausmalen, gemeinsam mit ihrer Großtante an einem Buch zu arbeiten? Was, wenn Ella Murdoch sich als Tyrannin entpuppte, die viel für wenig Geld verlangte? Durfte man von Verwandten überhaupt Geld nehmen? Und falls ja, wie viel? Ach, was sollte es. Franziska schmiss alle Bedenken über Bord. »Doch ja, das fände ich spannend. Was für ein Buch?«

»Ich habe mir immer gewünscht, eine Geschichte zu schreiben.« Ella lächelte und wirkte etwas verlegen. »Über meine Familie. Über die starken Frauen, die unsere Farm mit aufgebaut haben. Für einen richtigen Roman reicht meine Fantasie wohl nicht.«

»Wie viel Material hast du? Was überhaupt?«

»Eine wilde Sammlung. Kate« – ein Schatten zog über Ellas Gesicht, als sie den Namen aussprach – »war eine große Horterin. Ich habe nach ihrem Tod alles in Koffer und Kisten gepackt und es seitdem nicht mehr angesehen.«

»Wie viele Koffer? Was für Papiere?« Langsam gewann die Neugier in Franziska die Oberhand. Ihr Wunsch war es gewesen, Geschichte zu studieren, wenn nicht … Sie hat es immer gemocht, Unterlagen zu sammeln, in Archiven zu suchen und etwas zu finden, das eine Frage beantwortete, die lange Zeit offen geblieben war. Franziska war sich wie eine Detektivin vorgekommen, die ein Geheimnis lüftete, das auf seine Enthüllung gewartet hatte. »Hast du sie dokumentensicher aufbewahrt?«

»Oh, du kennst dich aus.« Ella nickte Franziska zu. »Briefe, Tagebücher, Zeitungen … das ganze Programm. Allerdings fürchte ich, dass die Materialien in einem eher mäßigen Zustand sind.«

»Warum gucken wir sie uns nicht einfach an?«

Franziska sprang auf. Jetzt, wo sie eine Entscheidung getroffen hatte, fühlte sie sich voller Energie und konnte es kaum erwarten, mit der Arbeit anzufangen.

»Willst du nicht wissen, wie viel ich dir zahlen werde?«

»Ich bin sicher, dass du mir einen fairen Lohn gibst. Also, wo ist der Dachboden?«

Ella stand auf und führte Franziska durchs Haus bis hin zu einer Tür. Dahinter verbarg sich eine Treppe, die nach oben führte. Der Dachboden erwies sich als weniger staubig und zugestellt, als Franziska erwartet hatte. Eher im Gegenteil. Das Sonnenlicht, das durch zwei große Oberlichter fiel, tauchte zwei Holzschränke und fünf oder sechs Regale, auf denen Bücher und Zeitschriften ordentlich gestapelt waren, in ein sanftes Licht. Neben den Regalen standen drei große Lederkoffer, deren dunkelbrauner Bezug Spuren des Alters trug und Falten und Abriebspuren aufwies.

»Sind das alle?« Franziska deutete mit der Hand auf die Koffer, nachdem sie sich gründlich umgesehen und nach Spinnennetzen Ausschau gehalten hatte. Aber der Raum wirkte, als ob vor Kurzem jemand gründlich saubergemacht hätte. Nur der allgegenwärtige Staub, der wohl zu jedem Dachboden dazugehörte, tanzte in der Sonne. Mit Staub konnte Franziska leben. Spinnen waren was anderes.

»Alle Koffer, ja.« Ella ging an Franziska vorbei und verschwand hinter den Regalwänden. »Hier sind die Umzugskisten, die ich damals gepackt habe.«

»Ach du je.« Franziska war ihrer Großtante gefolgt und zog scharf die Luft ein. Sie zählte die Kisten mit dem Zeigefinger durch. »Das … das sind ja sechzehn Stück.«

»Ich denke, nicht alles wird wichtig sein, aber man muss jedes Stück in die Hand nehmen.«

»Na ja, dann haben wir einiges an Arbeit vor uns. Wann wollen wir anfangen?«

»Sobald wie möglich.« Wieder schien Ella etwas sagen zu wollen, aber sprach es dann doch nicht aus. »Du weißt doch, Rentner haben nie Zeit. »Sag mal …«

Wieder eine Pause und ein Stirnrunzeln.

»Ja?«

»Das Haus ist groß genug, die Katzen mögen dich«, sagte Ella so betont leichthin, dass Franziska sie aufmerksam musterte. »Du könntest hier wohnen. Da sparst du dir die Miete …«

»Ich denk drüber nach.« Das ging Franziska jetzt eindeutig zu schnell. »Außerdem habe ich gestern bei den Shaws für eine weitere Woche bezahlt.«

»Kein Problem«, antwortete Ella so eilig, dass Franziska ein schlechtes Gewissen verspürte. »Aber vielleicht hast du Lust, irgendwann einmal mit mir am Wochenende nach Amber's Joy zu fahren?«

»Ich denk drüber nach«, antwortete Franziska wieder. Ein Wochenende in der Stadt eintauschen gegen die Pampa? Richtig attraktiv klang das nicht. Andererseits könnte es spannend sein, die Farm zu sehen, von der Ella so viel erzählt hatte. Und schließlich war es nur ein Wochenende.

Später sollte Franziska sich oft fragen, wie ihr Leben wohl verlaufen wäre, wenn sie ihrem ersten Impuls gefolgt wäre und Ellas Einladung freundlich abgelehnt hätte. Wenn sie Amber's Joy nie besucht hätte. Wenn sie nicht den Job als Familiengeschichteforscherin angenommen hätte.

KAPITEL 17

Brisbane, Australien 1898

Gefällt dir deine Stelle?« Tante Constance sah Catherine fragend an. Ihr rundes Gesicht unter den braunen Locken wirkte besorgt, als könnte sie sich nicht vorstellen, dass jemand Spaß an Arbeit finden könnte. »Oder soll ich mich nach etwas anderem umsehen? Du könntest für mich arbeiten.«

»Danke, aber mir gefällt es sehr gut.« Catherine lächelte. Sie war ihrer Patentante sehr dankbar dafür, dass sie bei ihr wohnen durfte und dass Constance ihr die Stelle im Kaufladen vermittelt hatte, aber die Vorstellung, als Hausmädchen für Constance zu arbeiten … »Ich lerne viel von Mr Banks und mag die meisten Kunden.«

»Ja, aber ich weiß nicht.« Constance schüttelte den Kopf. Ihre braunen Augen blickten besorgt und sie legte den Kopf etwas schief. Wenn ihre Patentante sie so anschaute, erinnerte sie Catherine immer an einen Hundewelpen. Einen gut gefütterten und liebevoll gepflegten Welpen, dem nur

Gutes in seinem Leben widerfahren war. »Schickt es sich wirklich für ein Mädchen, für *Geld* zu arbeiten?«

»Ach, Tante Constance. Manchmal bist du so, so altmodisch … In zwei Jahren haben wir ein neues Jahrhundert!« Catherine sprang auf. Sie küsste ihre Tante auf die Wange. »Ich muss los. Sonst komme ich zu spät.«

»Pass auf dich auf, Liebes«, rief Constance ihr nach. »Es ist eine große Stadt dort draußen.«

Catherine schnappte sich ihren Umhang von der Flurgarderobe und lächelte. Jeden Morgen sagte ihre Patentante das Gleiche. Aber mit einem hat Constance recht, dachte Catherine, als sie aus dem Haus auf die Veranda trat. Brisbane war eine große Stadt. Obwohl sie bereits acht Wochen hier lebte, hatte Catherine sich noch nicht an die vielen Menschen auf den Straßen, die Pferde und Kutschen, die ihren Platz beanspruchten, und die gewaltige Ansammlung von Häusern gewöhnt. Marburg erschien ihr winzig im Vergleich zu der Stadt.

Sie öffnete vorsichtig die Tür und spähte hinaus. Die Luft schien rein zu sein. Doch kaum hatte sie das Fliegengitter aufgestoßen, tauchte ein grauer Schemen aus dem Nichts auf und stürmte an Catherine vorbei ins Haus.

»Nicht schon wieder, du Biest!«, schimpfte sie lauthals, aber konnte sich eines Lächelns nicht erwehren. Seitdem sie hier wohnte, spielten sie jeden Morgen das gleiche Spiel. Der graue Kater versuchte, an Catherine vorbeizukommen und sie versuchte, ihn nicht hineinzulassen. Meistens gewann der Kater.

Aber es reichte ihm nicht, ins Haus einzubrechen. Im ersten Stock lag Catherines Schlafzimmer, vor dem es einen schmalen Balkon gab, auf dem der graue Kater gern in der

Sonne lag. Was bedeutete, dass er bei der ersten sich bietenden Gelegenheit an Catherine vorbeihuschte und sich in ihr Schlafzimmer schlich. Jedes Mal erschreckte sie sich und schimpfte mit dem Tier. Er reagierte jedes Mal damit, sie großzügig zu ignorieren. Da Tante Constance sich auf die Seite des Katers gestellt hatte, blieb Catherine nichts anderes übrig, als darauf zu achten, ihre Zimmertür stets geschlossen zu halten. Trotzdem gelang es dem Grautiger immer wieder, sie zu überlisten. Catherine hatte ihre Patentante im Verdacht, dass sie heimlich dem Kater die Tür öffnete. Aber bisher konnte sie Tante Constance nichts nachweisen.

»Morgen früh passe ich besonders gut auf«, rief sie dem Kater nach, bevor sie sich auf den Weg zur Tram machte. »Da hast du keine Chance.«

Dann schlug sie die Hand vor den Mund. Hoffentlich hatte keiner der Nachbarn gehört, wie sie sich mit einem Tier unterhielt. Lachend schüttelte sie den Kopf über sich selbst und trat durch das Gartentor auf den Fußweg, der die breite Straße säumte.

Ein Meckern ertönte hinter ihr, woraufhin Catherine einen erschreckten Hüpfer tat. Kindliches Kichern begleitete das Meckern, und das von einem Ziegenbock gezogene Kutschwägelchen der Nachbarsfamilie trabte an Catherine vorbei. Sie schüttelte den Kopf. Noch etwas, an das sie sich erst gewöhnen musste. Ziegen, die Kutschen zogen.

Wie hatte die Familie den Ziegenbock wohl dazu bekommen, sich in ein Geschirr und vor einen Wagen spannen zu lassen. Der Bock, dessen schmalen Kopf gewaltige Hörner krönten, trug ein ledernes Geschirr und Zaumzeug, das aussah wie das eines Kutschpferdes in Miniatur. Ohne zu trotzen ging der Ziegenbock brav geradeaus und verfiel sogar in einen zockelnden Trab, wenn der kindliche Kutscher mit der Zunge schnalzte.

Catherine hatte einen Heidenrespekt vor Ziegen, seitdem der alte Ziegenbock auf Amber's Joy Victoria und sie einmal gejagt hatte. Victoria war damals zehn Jahre alt gewesen. Mühsam hatten die Mädchen sich auf eine Futterkiste gerettet, wo sie ausharren mussten, bis einer der Arbeiter in den Stall kam und den Bock verscheuchte. Vielleicht sollte sie diese Geschichte den beiden Jungen einmal erzählen, die jeden Morgen so stolz an ihr vorbeifuhren.

»Guten Tag.«

Erstaunt schaute Catherine auf, wer sich noch so früh bereits auf der Straße befand. Es war eine der streng aussehenden Damen in schwarz, der Raben, wie sie die Lehrerinnen der Privatschule getauft hatte. Bisher konnte Catherine beim besten Willen nicht sagen, wie viele Frauen an der Schule beschäftigt waren, da diese in ihren Augen alle gleich aussahen. Dunkle, hochgeschlossene Blusen, ebenso dunkle Röcke und die Haare zu züchtigen Knoten hochgesteckt. Tante Constance hatte gesagt, dass einige von ihnen sich für das Frauenwahlrecht engagierten, was Catherine sich gut vorstellen konnte, weil die Damen verbissen und zielstrebig aussahen. Höflich erwiderte sie den Gruß.

Wenn sie weiter so trödelte, würde sie noch zu spät kommen. Catherine hob ihren Rock und beeilte sich, um die Tram noch zu erreichen. Bis vor zwei Jahren war die Tram noch von Pferden gezogen worden, hatte Tante Constance erzählt und Catherine meinte sich zu erinnern, dass sie als Kind mit ihrer Mutter in Brisbane gewesen war und wie sehr ihr die armen Pferde leid getan hatten, die die schweren Wagen bewegen mussten. Jetzt fuhr die Tram elektrisch und verband das Stadtzentrum mit allen Vororten. Für Catherine war die Nähe von Tante Constances Haus zu ihrem Arbeitsplatz in Fortitude Valley sehr praktisch. Der Weg nach Fortitude Valley war gleichzeitig der Weg in die Innenstadt. Die Halbinsel New Farm lag in einer Biegung des Brisbane River und war vom Fluss umgeben.

Gerade noch rechtzeitig erreichte Catherine die Haltestelle und hüpfte mit einem undamenhaften Satz hinein. Der Fahrer nickte ihr lächelnd zu; sie nickte zum Gruß, bevor sie sich einen Platz suchte.

Wie gern wäre sie mit dem Fahrrad gefahren wie ihre Kollegin Eliza und hätte die Unabhängigkeit genossen. Aber Tante Constance hätte einen Schlaganfall bekommen, wenn ihr Mündel – wie sie Catherine zu nennen pflegte – ein derart unstatthaftes Transportmittel gewählt hätte. Dabei stellte Catherine sich geschickt mit dem Fahrrad an. Eliza hatte ihr das Fahrradfahren in den Pausen beigebracht und Catherine hatte jede Minute davon genossen. Sie fühlte sich frei wie ein Vogel, wenn sie auf Elizas Fahrrad die Straße entlangflog, selbst wenn die Schlaglöcher sie durchrüttelten. Zu Catherines Überraschung waren die breiten Wege, die durch Brisbane führten, in schlechtem Zustand. Bei Trockenheit zeigten sie sich rau und furchtbar schmutzig; bedeckt mit einem feinen hellen Staub, der sich auf Gesicht und Kleidung legte und in alle Poren drang und zum Husten reizte. Schlimmer noch war es nach den Regenfällen. Dann entwickelten sich die Straßen zu Schlammpfützen, in denen Fußgänger einsanken oder gar stecken blieben.

Gedankenverloren schaute Catherine aus dem Fenster und wartete auf das Gebäude der Queensland National Bank, das sie jedes Mal aufs Neue beeindruckte. Die Fassade mit den vielen Säulen, die den Eingang säumten, wirkte wie ein griechischer Tempel. Alles an dem großen Bauwerk strahlte Gediegenheit und Reichtum aus. Hier zu arbeiten, musste sich anfühlen, wie in einem Königspalast zu dienen.

Überhaupt war die Stadt voller Bauten, die sich Catherine in der Abgeschiedenheit von Amber's Joy niemals hatte vorstellen können. Wie die Victoria Bridge. Unfreiwillig musste sie immer an ihre Schwester denken, die den Namen mit der britischen Königin teilte. Ein echtes Wunderwerk hatte Catherine gedacht, als sie die Brücke das erste Mal gesehen hatte. Sicher eine der modernsten Brücken der Welt. Gewaltig spannten sich ihre Bögen über den Fluss. Am Ende der Brücke ragten zwei steinerne Tore empor, Triumphbögen der Baukunst, und trennten die Wege der Fußgänger von denen der Reiter und Kutschen. Selbst die Tram fuhr über die Brücke, die nach South Brisbane führte.

Catherine hatte gestaunt wie ein kleines Kind, als sie entdeckte, dass ein mittlerer Bogen die Pfade derjenigen, die in die Stadt hineinritten oder fuhren, von denen trennte, die die Innenstadt von Brisbane verließen.

Tante Constance hatte Catherine erklärt, dass die Brisbaner die Brücke die zweite Victoria-Brücke nannten, da die erste, eine aus Holz, während der großen Flut 1893 zerstört worden war. Aber nicht nur die Victoria-Brücke, nein, alle Brücken über den Brisbane River hatten den Naturgewalten nicht standhalten können. Tante Constance wurde nicht müde, Catherine von der katastrophalen Flut zu erzählen, die die Stadt im Februar vor fünf Jahren heimgesucht hatte.

»Ich fürchte jedes Jahr im Februar, dass die Wasser wiederkehren«, sagte Tante Constance und schauderte. »Ich habe schon überlegt, Brisbane zu verlassen, aber ich liebe die Stadt so sehr.«

»Das geht mir auch so«, antwortete Catherine. »Gemeinsam werden wir uns der Flut stellen, meinst du nicht?«

»Du kannst es dir nicht ausmalen, Liebes.« Tante Constance schüttelte sich bei der Erinnerung. »Hüfthoch stand das Wasser in den Straßen. Männer ruderten in Booten durch die Stadt, um von einem Ort zum anderen zu kommen.«

»Mr Banks hat erzählt, dass es für die Kinder ein großer Spaß gewesen ist«, brachte Catherine ihr neuerworbenes Wissen ein.

»Ja, für die Jungen.« Tante Constance nickte. »Sie sind in Bottichen und Fässern durch die Straßen gerudert. Aber für alle anderen war es eine Katastrophe. Die Häuser …«

Zum Glück hatte jemand an der Vordertür geklopft und Catherine vor einer weiteren Schreckensgeschichte bewahrt.

Sie war so sehr in ihren Gedanken versunken, dass sie beinahe ihre Haltestelle verpasst hätte. Was war nur heute mit ihr los? Mit gerafften Röcken eilte Catherine die Albert Street entlang, damit sie rechtzeitig an Mr Banks' Laden ankam, der an der Kreuzung Albert und Ann Street lag, mitten im Herzen des Geschäftsbezirks von Brisbane. Hier pulsierte das Leben. Catherine konnte sich nicht mehr vorstellen, wie sie es ohne die vielen Menschen, den Lärm der Kutschen und der Tram je aushalten konnte. Die Ruhe auf Amber's Joy, die sie in ihren ersten Tagen in Brisbane so vermisst hatte, erschien ihr inzwischen als Abbild tödlicher Langeweile. Niemals wieder wollte sie zurück in den Busch, wie manche ihrer Kunden lächelnd sagten, wenn Catherine ihnen erzählte, woher sie kam.

Wie jeden Morgen, wenn sie die Straßen bis zu Mr Banks' Geschäft entlangeilte, fühlte Catherine so etwas wie Stolz darauf, dass sie in einem der größten und schönsten Kaufläden der Straße arbeitete. Das Geschäft erstreckte sich über zwei Stockwerke. Unten war der eigentliche Laden, in dem es von Stoffen über Stiefel bis hin zu Tee und Konserven alles zu kaufen gab. Oben hatte Mr Banks seine Wohnung, auf die Catherine sehr neugierig war, obwohl es sich natürlich für eine Dame nicht schickte, allein in die Wohnung eines Herrn zu gehen. Hinten im Hof gab es zwei riesige Lagerhallen, in denen Mr Banks die Waren lagerte, die er aus Gründen, die nur er kannte, noch nicht in den Verkaufsraum bringen wollte.

»Warte auf mich!«

Catherine drehte sich um und sah Eliza auf ihrem Fahrrad elegant eine Kutsche umrunden. Wieder verspürte sie einen Stich des Neids darüber, dass Tante Constance ihr kein Fahrrad zugestehen wollte, selbst wenn Catherine es von ihrem eigenen Geld bezahlen wollte. Eliza zog viele Blicke auf sich, wie sie kerzengerade im Sattel saß. Niemals würde Catherine die Eleganz erreichen, die ihre Kollegin auszeichnete. Der dunkle weite Rock, die schlichte weiße Bluse – so kleidete sich auch Catherine, aber sie brachte nicht den Mut auf, so einen pfiffigen kleinen Strohhut mit breitem Band und schmaler Krempe zu tragen wie Eliza. Ach, manchmal fühlte sie sich immer noch wie eine Landpomeranze.

»Schau nur. Die schon wieder.« Eliza deutete mit einer Hand auf eine Gruppe von Frauen, die Schilder trugen und den Verkehr aufhielten.

Die Frauen wirkten wie gutsituierte Damen der Gesellschaft, die überwiegende Anzahl von ihnen hatte die Jugend bereits überschritten, schien es Catherine. Unbeirrt zogen sie ihren Kreis, selbst als Polizisten zu Pferde und zu Fuß antrabten, um diese Versammlung zu zerstreuen. Catherine konnte nur einen kurzen Blick auf die Schilder werfen, da sie sich sputen musste, wenn sie noch pünktlich ihre Arbeitsstelle erreichen wollte.

»Wahlrecht!«, lautete die Forderung, die sie las. Sollten das die *Suffragetten* sein, von denen Tante Constance ihr erzählt hatte? So rückständig und altmodisch die Tante ihr in vielen Dingen erschien, wenn es um Frauenrechte ging, konnte Constance sich ereifern und Forderungen stellen, die selbst Catherine überraschten.

»In Südaustralien haben Frauen schon 1895 das Wahlrecht erhalten«, echauffierte sich Tante Constance. »Nur wir in Queensland hängen hinterher. Und das, wo wir nach der Königin benannt sind. Eine Frau an der Spitze unseres geliebten Landes, aber sie dürfte hier nicht wählen.«

Cathrine schlüpfte durch die Tür in den Laden, nicht ohne einen Blick über die Schulter zu werfen. Es sah so aus, als ob die Damen sich mit den Polizisten rangelten. Obwohl Ladies so etwas ja eigentlich nicht taten.

»Wer sind diese Frauen?«, fragte Catherine Eliza und schaute kopfschüttelnd auf die gutgekleideten Damen, die mehr Krach schlugen, als man es von Ladies erwarten konnte. Aber vielleicht waren Frauen in den Städten eben anders als bei ihnen auf dem Land.

»Frauenrechtlerinnen«, antwortete Eliza mit einem Schulterzucken. »Und auch Gewerkschafterinnen, glaube ich. Komische Frauen.«

»Sie sollten sich eher freuen, dass diese Damen sich für Sie einsetzen«, mischte sich Lawrence Banks ein. Catherine wunderte sich über den Tadel, den sie aus seiner Stimme hörte. »Das Wahlrecht ist eines der wichtigsten Bürgerrechte.«

»Ach, ich brauche es nicht.« Eliza wandte sich um und ging mit strahlendem Lächeln auf die erste Kundin zu. Über die Schulter rief sie: »Solange es Samt und Seide und Juwelen gibt, brauche ich kein Wahlrecht. Das kann man nicht tragen.«

»Wie sehen Sie das, Catherine?« Da keine weitere Kundin in den Laden kam, hatte Lawrence Banks Zeit für ein Gespräch. Seine hellgrauen Augen musterten Catherine durchdringend, als ob er wirklich an ihrer Meinung interessiert war. »Was denken Sie über das Wahlrecht?«

Wie jedes Mal, wenn sie ihn sah, fühlte sie sich versucht, die vorwitzige Locke seines dunklen Haares zurückzustreichen, die ihm immer wieder in die Stirn fiel. Aber natürlich gehörte sich das nicht. Schließlich war Mr Banks ihr Chef. Mr Banks war ein unglaublich freundlicher Mann, aber leider ebenso unglaublich unattraktiv – jedenfalls in Catherines Augen. Sie mochte schlanke, sonnengebräunte Männer wie Luke. Lawrence Banks hingegen sah man an, dass er ein Händler war. Ihm fehlten die Ecken und Kanten, die das Leben auf einer Farm mit sich brachten. Der Händler war nicht dick, aber er wirkte ruhig und weich. Besonders seine Hände sahen beinahe fraulich zart aus. Sein Gesicht war unauffällig – wäre sie ihm auf der Straße begegnet, hätte Catherine ihm sicher keinen zweiten Blick geschenkt.

Obwohl er – ihrer Meinung nach – eher langweilig und durchschnittlich aussah, hatte Catherine einige Kundinnen im Verdacht, dass sie nur seinetwegen in das Geschäft kamen. Diese Frauen waren gewiss auf einen guten Fang aus –

und als Ladenbesitzer war Lawrence Banks einer. Allerdings hatte Catherine noch nicht bemerkt, dass er sich für eine dieser Damen interessierte.

Aber es freute Catherine, dass sie trotz ihrer tiefen Enttäuschung über Luke noch in der Lage war, einem Mann freundlich zu begegnen. In den acht Wochen in Brisbane war ihr Kummer geschrumpft und manchmal kam es ihr vor, als ob sie bereits ein Jahr in der Stadt weilte, so viel hatte sie gesehen und erlebt.

»Ms Wagner?« Lawrence Banks schaute sie fragend an.

»Entschuldigung. Ich musste nachdenken«, flüchtete Catherine in eine Notlüge. »Ich bin mir nicht sicher, was ich von den Forderungen der *Suffragetten* halte. Ich weiß zu wenig.«

Klugerweise verschwieg sie Lawrence Banks, dass sich das bald ändern würde. Tante Constance hatte ihr versprochen, sie zu einem *Suffragetten*-Treffen mitzunehmen.

Bevor ihr Chef antworten konnte, gab die Türglocke ein melodisches Klingeln von sich. Eine Kundin. Dem teuren Stoff ihres Kleides nach zu urteilen eine betuchte Dame. Lawrence Banks nickte Catherine zu und ging zur Kundin. Catherine drehte sich um und sortierte die Stoffe, die gestern angekommen waren, nach Farben. Dabei ließ sie ihre Gedanken zu den *Suffragetten* wandern. Würde sie sich überhaupt auf einem Treffen der Frauenrechtlerinnen wohlfühlen können oder wäre sie dort völlig fehl am Platz? Es war die reine Neugier, die sie dorthin trieb, denn das Wahlrecht sah sie – ähnlich wie Eliza – nicht als wirklich bedeutsam für ihr Leben an.

KAPITEL 18

Brisbane, Australien 1898

Bereits drei Tage später sollte Catherine ihre Neugier endlich befriedigen können. Ein Karton mit dem Besteck, den sie gerade einräumen wollte, glitt ihr vor Aufregung aus der Hand, als sie an den Abend dachte. Glücklicherweise ging nichts kaputt, aber der Krach schepperte gewaltig durch den Laden.

»Catherine, ist Ihnen etwas passiert?« Lawrence Banks eilte sofort herbei, sein Gesichtsausdruck so besorgt, dass die ganze Angelegenheit Catherine noch peinlicher war.

»Nein. Entschuldigung«, antwortete sie kleinlaut und senkte den Kopf. »Meine Schuld. Ich war mit den Gedanken woanders.«

»Das kann schon mal passieren. Wir sind doch alle nur Menschen.« Ihr Chef nickte Catherine zu. »Ist es etwas Schlimmes, das Sie beschäftigt?«

»Nein, nein«, wehrte sie ab, damit er sich keine Sorgen machte. »Eher Neugierde. Sie erinnern sich, dass Sie mich nach meiner Einschätzung zu den *Suffragetten* fragten.«

»Ja?«

»Nun, ich habe beschlossen, mir eine Meinung zu bilden und werde heute an deren Versammlung teilnehmen.«

»Oh.« Ein Augenblick des Schweigens. »Passen Sie auf sich auf. Ich bin gespannt, wie es Ihnen gefällt.«

»Danke.« Zu ihrer Überraschung freute Catherine sich, dass Mr Banks etwas an ihrer Meinung gelegen war.

Bevor sie ihr Gespräch vertiefen konnten, schellte die Ladenglocke und die Nachmittagskühle spülte drei Frauen in das Geschäft, die sich suchend umschauten.

»Viel Vergnügen«, wünschte Mr Banks, nachdem er die Tür hinter der letzten Kundin, die sich nicht zwischen zwei Stoffen entscheiden hatte können, geschlossen hatte. »Sie können ruhig schon gehen, Catherine.«

»Danke.«

Von Elizas neugierigem Blick begleitet, schlüpfte Catherine aus der Hintertür. Die wenigen Schritte zum Versammlungsort konnte sie laufen. Sie genoss die abendliche Abkühlung und fragte sich, was sie wohl erwartete.

Catherine rümpfte die Nase. Der Wind stand ungünstig und brachte den eigentümlichen Geruch der West End Brauerei mit sich. Süß und faulig lagerte er über der Straße. Einer ihrer Ausflüge mit Tante Constance hatte sie zu dem imposanten Gebäude gebracht, das Catherine an eine Burg erinnerte. Nur der hohe Schornstein, aus dem der Gestank in den Himmel stieg, ließ erkennen, dass sich hinter den vielen Fenstern und dem Türmchen keine Prinzessin verbarg, sondern hart arbeitende Menschen.

»Liebes, lass uns lieber den Tag im Park verbringen«, hatte Tante Constance angeregt, aber Catherine war einfach zu neugierig. Sie wollte wissen, was das für ein Ort war, der beinahe so intensiv roch wie die Zuckerfabriken.

Genau wie vor der Zuckerfabrik hatten auch vor der Brauerei Pferdewagen gewartet und Catherine hatte einen Stich des Heimwehs verspürt, das sie eigentlich überwunden glaubte. Vielleicht lag es daran, dass Victoria ihr wieder geschrieben hatte. Catherine hatte den Brief ungeöffnet in die Schreibtischschublade zu den anderen Briefen geworfen. Sie fragte sich, wann ihre Schwester wohl aufgeben würde. *Ob* Victoria wohl aufgeben würde, sie um Verzeihung zu bitten?

Nein, darüber wollte sie nicht nachdenken. Ihre Schwester und Luke Faulkner gehörten zu einem anderen Leben. Einem Leben, das Catherine hinter sich gelassen hatte, so wie die Erinnerung daran langsam verblasste und durch Eindrücke von Brisbane überlagert wurde. Eindrücke wie die der *Suffragetten*, die sie heute kennenlernen sollte.

Als Catherine die etwa zwanzig Frauen sah, die vor dem Versammlungsort warteten, verhielt sie ihren Schritt. Die Damen waren alle modisch gekleidet und keine von ihnen sah aus, als ob sie für ihren Lebensunterhalt arbeiten musste. Passte Catherine da überhaupt hin? Würde sie nicht auffallen wie ein weißer Rabe? Verlegen schaute sie auf ihre Hände, denen man die Farmarbeit immer noch ansah. Ihr Kleid, das Catherine heute Morgen noch als ihr bestes angesehen hatte, wirkte auf einmal fadenscheinig und vollkommen aus der Mode gekommen.

»Catherine, Liebes, da bist du ja endlich.« Tante Constance löste sich aus der Frauengruppe und eilte auf Catherine zu, die Hände weit ausgestreckt. »Ich hatte schon Sorge, dass dein Chef dich nicht gehen lässt. Du hättest etwas verpasst.«

»Guten Abend, Tante Constance.« Catherine beugte sich vor und gab ihrer Patentante einen Kuss auf die Wange. »Was erwartet mich?«

»Etwas Besonderes.« Die Aufregung hatte Constances Wangen gerötet, so dass sie wirkte wie ein junges Mädchen vor dem ersten Rendezvous. »Frederick Moore wird heute zu uns sprechen.«

Nur kurz durchzuckte Catherine die Frage, ob es passend war, dass ein Mann eine Rede zum Frauenwahlrecht halten sollte und dass ihre Tante darüber in Begeisterung ausbrach.

»Wer ist das?«, fragte sie stattdessen. Nicht, dass es Catherine besonders interessierte, aber sie wollte den Augenblick hinauszögern, wo sie sich den vielen Frauen stellen musste.

»Ein wunderbarer Redner. Ein Gewerkschafter und Sozialist. Aber so ein wunderbarer Redner.« Constance sprach sich in Rage. Sie blinzelte mit den Augen und befeuchtete sich immer wieder mit der Zungenspitze die Lippen. »Leider wohnt er jetzt in Sydney.«

»Und er kommt nur für eine Rede nach Brisbane?«

»Nein, Liebes, seine Eltern leben noch hier und so bleibt Frederick uns erhalten. Aber er besucht sie viel zu selten.« Constance sprach von dem Mann, als ob er ihr gehören würde. Langsam wuchs in Catherine die Neugierde auf den Menschen, der ihre ruhige Tante außer Fassung bringen konnte. »Komm, komm mit, damit wir einen guten Platz bekommen.«

Constance zog Catherine mit so viel Energie hinter sich her, dass dieser nichts anderes übrig blieb, als ihrer Tante zu folgen, ohne die anderen Frauen angemessen begrüßen zu können. Zielstrebig steuerte ihre Tante auf zwei Stühle zu, die ihnen einen guten Blick auf das Rednerpult gewährten. Constance zog Catherine auf den Stuhl neben sich. Dann schaute sie sich im Raum um.

»Das dort ist Emma Miller«, flüsterte ihre Tante Catherine ins Ohr. So laut, dass sich einige Frauen nach ihnen umdrehten, um sie vorwurfsvoll anzublicken. »Sie ist Präsidentin der WEFA. Der Woman's Equal Franchise Association.«

»Aha«, antwortete Catherine, der bereits der Kopf schwirrte. Sie war davon ausgegangen, dass es eine Frauenwahlrechtsbewegung gab, aber die Frauen auf der Versammlung warfen sich die unterschiedlichsten Abkürzungen an den Kopf und jede – außer Catherine – schien mindestens drei unterschiedlichen Organisationen anzugehören.

»Was fordert die WEFA?«, fragte Catherine schließlich, um Tante Constance zu signalisieren, dass sie sich wirklich für das Thema interessierte. Außerdem wollte sie in den Gesprächen nachher keinen zu dummen Eindruck hinterlassen, wenn es Häppchen und Getränke gab. »Doch auch das Wahlrecht, oder?

»Eine Frau, eine Stimme.« Tante Constance nickte bedeutungsschwer, während Catherine sich fragte, was so besonders an dieser Forderung wäre.

»Wer ist das?« Catherine deutete verstohlen auf eine Frau, die Emma Miller beobachtete und sie so gar nicht zu mögen schien.

»Oh, das ist Eleanor Trundle. Von der Queensland Woman's Christian Temperance Union.« Tante Constance winkte fröhlich, als Mrs Trundle sich zu ihnen umdrehte. »Konservativ, aber sympathisch.«

»Hallo Leontine!« Tante Constance hüpfte auf ihrem Stuhl auf und ab, was in den umliegenden Stuhlreihen zu lautem Zischen führte. »Hier sind wir. Wir haben dir einen Platz frei gehalten.«

Die Frau nickte und kam auf sie zu. Catherine erinnerte sich, dass sie diese beeindruckende Dame bereits zweimal bei Tante Constance zum Tee getroffen hatte.

»Was führt dich hierher?«, flüsterte Tante Constance lautstark. »Ich dachte, deine Queensland Woman's Suffrage League gehört nicht mehr zur WEFA?«

»Stimmt, *wir* wollen ein breiteres Bündnis.« Leontine Cooper nickte. »Ich bin heute hier, weil ich unbedingt mit Frederick Moore sprechen will.«

Na, das musste ja ein toller Mann sein, wenn sich selbst die unterschiedlichen Wahlrechtsgruppen seinetwegen verbündeten, dachte Catherine. Bestimmt so ein weiser Greis, der stundenlang in monotonem Tonfall über Politik salbadern würde. Das versprach ein schrecklicher Abend zu werden.

»Meine Damen, liebe Mitstreiterinnen!« Die Stimme der Rednerin namens Elisabeth Brentnall überschlug sich beinahe vor Begeisterung. Catherine musste sich das Lachen verkneifen. Eine gestandene Lady, die begeistert klang wie eine Fünfzehnjährige. »Unseren heutigen Gastredner muss ich wohl kaum vorstellen. Herzlich willkommen, Frederick Moore.«

Catherine blieb vor Erstaunen der Mund offenstehen, als ein dunkelhaariger Mann, der höchstens Mitte zwanzig war, zu der weißhaarigen Lady trat. Etwas an ihm zog alle Blicke auf sich. Beinahe wäre Catherine ein Kichern entkommen, weil Frederick Moore so gar nicht ihren Vorstellungen eines Gewerkschafters entsprach. Er war weder ein

Greis noch weißhaarig, sondern attraktiv und überaus lebenssprühend. Als er zu sprechen begann, fühlte Catherine sich so, als ob er sich direkt an sie wandte. Seine Rede trug er derart engagiert vor, dass sie ihren Blick nicht von ihm wenden konnte. Ihr Herz schlug schneller und sie hätte ihm stundenlang zuhören können. Sie verfolgte jede Geste seiner langen, eleganten Hände. Wenn er sich mit ihnen durch die dunklen Haare strich, durchfuhr Catherine ein Schauder und sie wünschte sich, dass es ihre Haare wären, die Frederick Moore berührte. Wenn er den Blick seiner braunen Augen über die Zuhörerinnen wandern ließ, erschien es ihr, als schaute er sie ein wenig länger an als die anderen Frauen.

Allen Rednerinnen und Rednern, die nach Frederick Moore folgten, gelang es nicht, Catherines Aufmerksamkeit auch nur annähernd zu gewinnen. Verstohlen schaute sie sich nach dem interessanten Mann um, doch er schien die Versammlung bereits wieder verlassen zu haben.

Gerade, als Catherine sich ein Sandwich munden ließ, tauchte Frederick Moore unvermittelt vor ihr auf und betrachtete sie mit einem durchdringenden Blick. Catherine lächelte ihn an, weil sie fürchtete, dass ihre Stimme versagen würde.

»Ich habe Sie hier noch nie vorher gesehen.« Er kam auf sie zu, als ob sie der einzige Mensch im Raum wäre. Er streckte ihr die Hand entgegen. »Frederick Moore.«

»Ich … ich weiß. Ich habe Ihre Rede gehört.« Catherine lächelte und schluckte. Der intensive Blick, mit dem Frederick Moore sie betrachtete, ließ ihr Herz und ihre Hände flattern. Wie gelang es ihm nur, so präsent zu wirken, dass sie niemanden außer ihm wahrnahm? »Catherine Wagner.«

»Hat meine Rede Ihnen gefallen, Catherine Wagner?«

»Nun«, antwortete sie, um etwas Zeit zu gewinnen. Sie wollte diesem beeindruckenden Mann eine kluge Antwort geben, damit er nicht sofort zur nächsten Frau weiterging. »Ich muss zugeben, dass Sie Ihre Worte gut gewählt haben, aber …«

»Aber?« Ein Lachen zog über sein Gesicht. »Ich höre selten ein Aber.«

Catherines Herz schlug schneller. Neben diesem Mann verblasste die Erinnerung an Luke wie eine alte Schürze, die oft gewaschen und in der Sonne getrocknet war. Nicht nur, dass Frederick Moore wunderbare Reden schwingen konnte, nein, er besaß auch noch Humor und Charme.

»Vielleicht sollten Sie öfter Frauen nach ihrer Meinung fragen«, antwortete Catherine leichthin und merkte, wie sehr ihr das Geplänkel gefiel. »Allerdings müssen Sie dann Manns genug sein, ein Aber zu vertragen.«

»Verraten Sie mir denn auch noch den Grund für Ihr Aber?« Frederick Moore beugte sich soweit zu Catherine, dass er in ihr Ohr flüstern konnte. Sie erschauerte, als sein warmer Atem über ihren Hals strich. »Sonst könnte ich heute nicht ruhig einschlafen.«

Bevor Catherine antworten konnte, zog ein junger Mann Frederick Moore am Arm, um dessen Aufmerksamkeit zu erlangen. Äußerst hartnäckig, wie Catherine zu ihrem Missvergnügen bemerken musste.

»Fred, bitte komm mit. Dort hinten ist Archibald Meston, der *Queensland Southern Protector of Aborigines.*« Der junge Mann zerrte an Frederick Moores Arm, als ob er ihn ausrupfen wollte. »Bitte. Meston will gleich gehen.«

»Ich sehe schon. Die Pflicht ruft.« Catherine neigte den Kopf zum Abschied.

»Leider. Aber unser Gespräch über Ihr ,Aber' möchte ich noch fortsetzen.« Frederick Moore zwinkerte ihr zu und eilte durch den Raum, auf den *Protector of Aborigines* zu.

Catherine beobachtete, wie er nach rechts und links grüßte, kurz nach einer Hand griff und sie schüttelte, den Kopf neigte oder lächelte. Viele Menschen schienen sich in seiner Aufmerksamkeit zu sonnen oder mit ihm reden zu wollen. Gleich würde sie Tante Constance nach dem geheimnisvollen und so unglaublich charmanten Mr Moore fragen. Aber ihre Tante hatte andere Pläne.

»Leontine ist Autorin, Journalistin und gibt den *Star* heraus.« Tante Constance platzte beinahe vor Stolz. »Die einzige Frauenzeitschrift in Queensland. Vielleicht kannst du ja mal etwas dafür schreiben?«

»Tante Constance!« Catherine spürte, wie ihre Wangen warm wurden. Wie konnte ihre Patentante sie nur anpreisen wie Sauerbier. »Victoria ist die, die gut schreibt.«

Zu Catherines Erleichterung entschuldigte sich Leontine Cooper und durchquerte den Raum, auf der Spur ihrer Namensvetterin. Lilian Violet Cooper, Brisbanes weiblichem Arzt.

Ein Thema, über das Eliza sich stundenlang auslassen konnte. Nicht nur, dass Lilian Cooper es gewagt hatte, sich ihrem Chef entgegenzustellen und eine eigene Praxis zu eröffnen. Nein, skandalöser noch. Die Ärztin lebte mit einer Frau zusammen, die ihr den Haushalt führte und sie als Kutscherin auf den Fahrten zu den umliegenden Orten begleitete. So freiheitlich Eliza ansonsten dachte: »Bei einer

Ärztin, da hört die Modernität doch auf. Findest du nicht auch, Catherine?«

Catherine hatte sich bisher noch keine Gedanken dazu gemacht und hatte Elizas Aufmerksamkeit daher auf neue Kleiderstoffe gelenkt. Nun, als sie die Ärztin beobachtete, die sich ruhig und freundlich mit Leontine Cooper unterhielt, fragte sich Catherine, warum eine Frau nicht als Doktor praktizieren sollte.

»Ms Wagner.«

Catherine wandte sich um und ihr Herz tat einen kleinen Sprung. Vor ihr stand Frederick Moore und zog seinen Hut. Hitze glitt über ihren Hals und ihre Wangen und sie war bestimmt rot angelaufen. Hektisch blickte Catherine sich um. Was würde Mr Banks wohl dazu sagen, dass sie Herrenbesuch auf ihrer Arbeitsstelle erhielt?

»Mr Moore. Was für ein … unerwartetes Vergnügen, Sie zu sehen.« Catherine lächelte leicht und hoffte, dass er die Aufregung in ihrer Stimme nicht hörte. »Doch leider muss ich arbeiten.«

Mit der Hand deutete sie verstohlen nach hinten, wo Lawrence Banks stand und das Gespräch interessiert beobachtete.

»Oh, das trifft sich gut.« Er zwinkerte ihr zu. »Ich muss mir dringend Hemden schneidern lassen und suche Beratung für einen guten Stoff. Können Sie mir da helfen?«

»Gewiss doch.« Catherines Lächeln wurde breiter. Sie drehte sich um, wobei sie darauf achtete, dass ihr Rock elegant um ihre Beine spielte. »Wenn Sie mir bitte folgen würden.«

»Mit dem größten Vergnügen.«

Catherine schluckte. Sie meinte Frederick Moores Blick zu spüren und versuchte, sich ihre Aufregung nicht anmerken zu lassen. Wieder einmal fühlte sie sich naiv und unerfahren. Eliza würde sicher wissen, wie man mit einem Mann flirtete.

»Hier, unsere Auswahl an Cattun-Stoffen.«

Catherine breitete die Ballen vor Frederick Moore aus, als Lawrence Banks hinzutrat. Er musterte den Kunden von oben bis unten und lächelte schmallippig. So abweisend kannte Catherine ihren Chef gar nicht. Mr Banks war stets freundlich und bemüht, alle Menschen höflich zu behandeln.

»Sie müssen sich nicht mit den schweren Ballen plagen, Catherine.« Lawrence Banks nahm ihr den Stoff aus der Hand und legte ihn auf dem Tisch ab. »Ich kann mich um den Herrn kümmern.«

Frederick Moore runzelte die Stirn. Er nickte dem Ladeninhaber zu und beide Männer maßen sich mit ihren Blicken. Catherine erinnerte die Szene an zwei Hähne, die sich um die Vorherrschaft auf dem Hühnerhof stritten, und sie konnte sich nur mühsam ein Lächeln verbeißen.

»Vielen Dank«, sagte Frederick Moore. »Aber ich wünsche mir die fachkundige Meinung einer Dame. Frauen haben einfach einen besseren Blick für Stoffe. Denken Sie nicht auch?«

»Selbstverständlich. Ich wünsche Ihnen einen schönen Tag.« Lawrence Banks drehte sich um und begab sich auf die Suche nach einem weiteren Kunden.

»Um diesen steifen Gesellen sind Sie nicht zu beneiden«, flüsterte Frederick Moore Catherine zu. Wieder strich sein

Atem sanft über ihren Hals und die Härchen in ihrem Nacken stellten sich auf. »Ist das etwa der Ladeninhaber?«

Catherine nickte. Sie fühlte sich nicht in der Lage zu antworten.

»Was für eine ansprechende Farbe«, sagte Frederick Moore so laut, dass es jeder im Laden hören konnte. Verschwörerisch leise flüsterte er Catherine zu: »Können Sie nicht eine Pause machen? Ich lade Sie ein.«

»Eine gute Wahl«, sagte sie laut und hauchte: »In einer Viertelstunde habe ich Pause.«

»Dann hätte ich gern hiervon für ein Hemd, bitte.« Wieder zwinkerte Frederick Moore ihr zu und beugte sich nach vorn. »Ich werde warten. Auf Sie würde ich stundenlang warten. Tagelang!«

KAPITEL 19

Brisbane, Australien 1898

Ihr ganzes Leben passte in drei Koffer, dachte Catherine. Das machte es leicht, den Ort zu wechseln, aber trotzdem fühlte sich ihr Herz schwer an. Sollte ein Mensch nicht mehr besitzen, als sich in drei Gepäckstücken unterbringen ließ?

Wahrscheinlich war es das schlechte Gewissen, das ihr diese trübsinnigen Gedanken eingab. Catherine schüttelte sie ab, griff nach dem leichten Koffer und schloss die Tür zu ihrem Zimmer hinter sich.

Unten an der Treppe erwartete sie ihre Tante. Wie stets hielt sie den Kopf ein wenig schief, ihr Gesicht war in sorgenvolle Falten gelegt. Catherine meinte Tränen in den dunkelbraunen Augen schimmern zu sehen. Sie hatte erwartet, dass Constance nicht erfreut sein würde, aber wie schwer ihre Tante Catherines Entscheidung nahm, überraschte sie.

»Catherine, Liebes, du kannst hier doch für immer wohnen bleiben«, sagte Tante Constance, die zutiefst unglücklich wirkte. »Meinetwegen musst du wirklich nicht ausziehen. Wir haben es doch so schön hier zu zweit.«

»Ich weiß. Vielen Dank für alles.« Catherine lächelte ihre Tante an, was sie ehrlich und aus vollem Herzen meinte. »Aber ich denke, es ist Zeit, auf eigenen Füßen zu stehen.«

Hier sagte Catherine nicht ganz die Wahrheit, weil sie sich sicher war, dass Constance auf keinen Fall ihre Motive gutheißen würde. Schlimmer noch, Catherine befürchtete, dass ihre Tante sich sofort verpflichtet fühlen würde, Joseph zu informieren, und ihre Nichte zurück nach Amber's Joy schicken würde. Bei der Vorstellung, Brisbane verlassen zu müssen, schnürte sich Catherines Kehle zusammen und es fiel ihr leicht, die Wahrheit etwas zu dehnen.

»Kannst du das nicht auch von hier aus?« Tante Constance sah dermaßen einsam und unglücklich aus, dass Catherine vor lauter schlechtem Gewissen beinahe ihre Pläne aufgeben wollte. Aber eben nur beinahe. Ihre Liebe war stärker als das Pflichtgefühl und die Dankbarkeit, die sie für Constance empfand.

»Ach, Tantchen«, antwortete sie und schämte sich für ihre Lüge. »So wohne ich näher an meiner Arbeitsstelle und du musst dich nicht sorgen, wenn es abends im Geschäft länger dauert und ich erst im Dunkeln nach Hause gehe.«

»Ja, du hast recht, aber …« Tante Constance drückte Catherine fest an ihren ausladenden Busen. »Ich habe gern mit dir zusammengelebt. Du wirst mich doch weiterhin besuchen?«

»Selbstverständlich!«

Catherine erwiderte die Umarmung aus vollem Herzen, weil sie ihre Tante wirklich schätzte. Allerdings auch, um ihr schlechtes Gewissen zu beruhigen. Die Nähe ihrer winzigen Wohnung zu ihrer Arbeitsstelle war nur ein Vorschub. In Wahrheit wollte Catherine den aufmerksamen Augen ihrer Verwandten entgehen. Niemals hätte Tante Constance zugelassen, dass ihre Patentochter sich heimlich mit einem Mann traf, ohne mit diesem verheiratet zu sein.

Frederick Moore.

Ihr Frederick war der wahre Grund, warum Catherine es kaum erwarten konnte, Tante Constances schönes Haus zu verlassen und es gegen ein Zimmerchen in Brisbanes Innenstadt einzutauschen.

Frederick. Wie immer, wenn sie an ihn dachte, fühlte Catherine sich überwältigt von der Liebe, die sie für den Mann empfand. Sie konnte sich kaum noch an Luke Faulkner und ihre Gefühle für ihn erinnern. Die Leidenschaft, die sie für Frederick empfand, hatte alles andere weggespült wie die Flutwellen, die im Frühjahr den Brisbane River durchzogen.

Eine Leidenschaft, die sich auf wenige gestohlene Stunden beschränken musste. Weil Tante Constance auf sie wartete. Weil Frederick in Sydney lebte und nur ein- oder zweimal im Monat seine Eltern besuchte. Beinahe hätte Catherine vor Traurigkeit und Schmerz aufgestöhnt. Gerade noch rechtzeitig konnte sie sich zurückhalten. Sie musste vorsichtig sein, damit Tante Constance nicht ihre wahren Motive ahnte.

»Gut, Liebes. Ich fürchte, du hast recht. In deinem Alter wollte ich auch die Welt allein erkunden«, setzte Tante Constance zu einer ihrer langen Geschichten an, was Catherine nur recht war. So konnte sie ihre Gedanken auf Frederick richten, musste nur ab und zu zustimmend nicken oder lächeln und war sonst frei, sich auf das nächste Rendezvous zu freuen, das in so weiter Ferne lag.

Erst in zwei Wochen würde Frederick wieder nach Brisbane kommen. Zwei Wochen voller Sehnsucht und Träume.

Zwei Wochen voller Bangen und Zweifel, ob ihr wunderbarer Geliebter nicht in Sydney eine Frau kennenlernen würde, die ihm besser gefiele als sie. Wer war sie denn schon? Eine unerfahrene Zuckerrohrfarmerstochter, die nichts von Politik und Gewerkschaften verstand und ihr Glück nicht fassen konnte, dass der weltgewandte Frederick Moore unter allen Frauen Brisbanes sich ausgerechnet für sie entschieden hatte.

»Aber das schätze ich gerade an dir«, versicherte Frederick ihr immer wieder, wenn Catherine ihn fragte, warum er nicht eine der vornehmen *Suffragetten* gewählt hatte. »Du kennst das Leben auf einer Farm. Du hast hart arbeiten müssen. Du bist einfach wunderbar.«

In der Zeit zwischen ihren Treffen wunderte sich Catherine manchmal, warum er ihr keinen Heiratsantrag machte, wenn er sie so wundervoll fand. Aber sie wagte nicht, ihn danach zu fragen. Schließlich war sie eine gefallene Frau gewesen, als sie sich mit ihm eingelassen hatte. Wie konnte sie da erwarten, dass er sie heiratete?

»Catherine, Liebes. Alles in Ordnung?« Tante Constance klang so besorgt, dass Catherine alle Gedanken an Frederick zur Seite schob und ihre Patentante offen anlächelte. »Du schaust so …?«

»Ach, ich habe nur gerade überlegt, was ich für mein Zimmer alles benötige.«

Catherine fühlte sich ertappt. Sie musste vorsichtiger sein. In den sechs Wochen, seitdem Frederick sie überraschend in Mr Banks' Laden besucht hatte, waren ihr mehr Missgeschicke passiert als in der Zeit vorher. Sie ließ Porzellan fallen, verschnitt sich beim Stoffabmessen und verwechselte die Einkäufe wichtiger Kunden. Nur der Geduld und Freundlichkeit des Ladeninhabers war es zu verdanken, dass sie ihre Arbeitsstelle behalten hatte. Eliza hingegen hatte Catherine ausgiebig verspottet und gefragt, wer denn der Glückliche wäre. Nur gut, dass weder Mr Banks noch Tante Constance einen so guten Instinkt besaßen wie Eliza.

»Ich werde dir selbstverständlich zur Hand gehen, Liebes.« Tante Constance nickte bekräftigend. Sie zählte an den Fingern ihrer Hand ab. »Tischleinen, Bettwäsche. Möbel hat das Zimmer, oder?«

Catherine nickte und ließ die Auflistung an sich vorbeiziehen. Wenn es Tante Constance glücklich machte, würde sie gemeinsam mit ihr all die Utensilien einkaufen, die eine junge Dame nach Meinung ihrer Verwandten benötigte.

»Willst du deinen Vater und deine Schwester nicht einmal einladen, wenn du eine eigene Wohnung hast?«

»Nein!« Kaum hatte sie das Wort ausgesprochen, bereute Catherine dessen Schärfe. Das hatte Tante Constance nicht verdient. »Entschuldige. Beide werden kaum Zeit haben. Du weißt ja, auf der Farm ist immer Arbeit. Und … Victoria ist frisch vermählt. Sicher wird sie ein Kind erwarten.«

Noch immer schmerzte sie der Verrat ihrer Schwester, auch wenn sie ohne Lukes und Victorias Ehe niemals nach Brisbane gegangen wäre und niemals Frederick kennengelernt hätte. Eigentlich müsste sie ihrer Schwester also dankbar sein. Doch bei aller Liebe zu Frederick, noch war Catherine weit davon entfernt, ihrer Schwester und deren … deren Ehemann zu verzeihen. Noch war Catherine nicht bereit, über Versöhnung nachzudenken und ihrer Schwester die Hand zu reichen.

»Komm, Tante Constance, zur Feier des Tages lade ich dich zu einem Afternoon Tea zu David Webster ein.«

Catherine stand auf. Sie liebte den Tea Room in der Queen

Street. Hier hatten Frederick und sie sich das erste Mal verabredet, hatten stundenlang miteinander geredet und zum Abschied hatte er sie geküsst. Zwar nur auf die Stirn, aber er hatte gefragt, ob er sie wiedersehen dürfte. Von ihren Gefühlen überwältigt hatte Catherine nur nicken können.

Bereits am nächsten Tag hatte er wieder in Mr Banks' Laden gestanden und erneut vorgegeben, Stoff für ein Hemd kaufen zu wollen. Wieder waren sie in den Tea Room in der Queen Street gegangen, obwohl Catherine sich gefürchtet hatte, dass Eliza oder Mr Banks sie dort entdecken könnten.

Dort hatte Frederick Catherines Hand ergriffen und gesagt: »Wie viele Hemden muss ich noch kaufen, bis Sie mich erlösen?«

Heimlich war sie ihm auf das Zimmer gefolgt, das er im Bellevue Hotel angemietet hatte. Einem imposanten dreistöckigen Gebäude, das an der Ecke George Street und Alice Street stand, direkt gegenüber dem Parlamentsgebäude. Wundervolle, filigrane Eisengitter bildeten die Veranda und zogen die Aufmerksamkeit der Besucher auf sich. Die Form des Hotels erinnerte an ein elegantes Dampfschiff, das nur kurz in der Stadt vor Anker gegangen war und bald wieder seinen Weg auf dem Brisbane River ziehen würde.

Catherine hatte das Bellevue als zu vornehm und teuer abgelehnt, aber Frederick hatte zu ihr gesagt: »Ich sehe dich nur so kurze Zeit …, die möchte ich in einer deiner Schönheit angemessenen Umgebung verbringen.«

Was er nicht aussprach, war, dass das Bellevue bekannt für seine Privatsuiten war, in denen man informell essen konnte. Und nicht nur essen – schließlich war jede Suite mit einem Bett ausgestattet. Nachdem Frederick sie das erste Mal ins Bellevue eingeladen hatte, hatte Catherine den nagenden

Stich des Zweifels gespürt. Wie konnte es sein, dass ihr Geliebter diese Spezialität des Hotels so gut kannte?

Der Luxus des Hotels hatte Catherine sich klein fühlen lassen und sie war einen Augenblick versucht gewesen, umzukehren und sich in die Sicherheit von Tante Constances Haus zu flüchten. Doch zu stark pochte ihr Herz. Zu neugierig war sie auf Frederick Moore, der sie alles um sich herum vergessen ließ. Einen Moment hatte sie gefürchtet, dass er nur an ihrem Körper interessiert wäre, dass er sie dafür verachten würde, dass sie ihm auf ein Zimmer folgte wie eine … wie eine … Catherine hatte es nicht einmal über sich gebracht, das Wort zu denken, dass leichtlebige Frauen bezeichnete.

Doch die Liebe, die sie in seinen Augen sah, überzeugte Catherine davon, dass Frederick es ehrlich mit ihr meinte. Sicher würde er ihr bald einen Heiratsantrag machen. Es war nur eine Frage der Zeit, redete sie sich ein, wenn sie mit hoch erhobenem Haupt durch die Lobby des Bellevue ging und den Blick geradeaus gerichtet die große Treppe hinaufstieg, als gehörte sie in diese Welt.

Nur die Sorge, dass Tante Constance etwas ahnte, hatte Catherine dazu gebracht, sich eine eigene Wohnung zu suchen, in der sie die Abende allein verbringen würde.

»Ich muss langsam weiterpacken«, unterbrach sie den Redeschwall ihrer Tante. »Hilfst du mir?«

»Aber sicher, Liebes.« Constance sprang auf. Sobald ihre Tante eine Aufgabe hatte, lebte sie auf. »Ich suche nach dem großen Koffer.«

Mit Schwung stieß Catherine die Tür zu ihrem Zimmer auf und erwartete den grauen Kater dort zu finden. Aber er blieb verschwunden. Seitdem sie ihre Reisetasche hervorgeholt hatte, ließ sich der Kater nicht mehr sehen. Wahrscheinlich mochte er keine Veränderungen und wartete nur, bis sie ausgezogen wäre, hatte Catherine sich mit einem Schulterzucken eingeredet, aber ein wenig beklemmend fühlte es sich doch an. Wie ein schlechtes Omen, unter dessen Unstern ihr Leben in größerer Freiheit beginnen sollte.

Ach, Quatsch, redete sich Catherine Mut zu. Sie war nur nervös, weil sie endlich eine eigene Wohnung bezog und sah Bedeutungen in alltäglichen Dingen. Schließlich handelte es sich nur um einen streunenden Kater, der bestimmt woanders eine bessere Futterstelle gefunden hatte.

KAPITEL 20

Brisbane, Australien 1898

Den ganzen Morgen verspürte Catherine schon eine Unruhe, die sie sogar eine Kundin anfahren ließ, weil diese sich zwischen zwei Blautönen einfach nicht entscheiden konnte. Sofort entschuldigte sie sich, aber die Unrast blieb.

Catherine wollte nicht im Ladengeschäft stehen und gelangweilten Frauen zur Seite stehen, deren wichtigste Entscheidung im Leben war, welche Farbe ihr Kleid haben sollte. Sie wollte laut jubeln, um der ganzen Welt mitzuteilen, wie glücklich sie war. Dass sie den besten Mann der Welt liebte, dass er sie liebte und dass ihr Glück nun bald vollkommen sein würde.

Catherine lächelte, als sie sich vorstellte, wie sie Frederick heute Nachmittag überraschen würde. Sie sah sein geliebtes Gesicht vor sich, freute sich auf sein strahlendes Lächeln, wenn sie ihm erzählen würde, was sie heute Morgen erkannt hatte. Oh, warum nur wollte die Zeit nicht vergehen, bis sie endlich Feierabend hätte und zu ihrem Geliebten eilen könnte.

»Gestern hat Sie jemand gesucht«, sagte Lawrence Banks mit feinem Lächeln zu Catherine. Er war neben sie getreten, nachdem seine Kundin das Geschäft verlassen hatte. »Also, ich glaube jedenfalls, dass er zu Ihnen wollte. Für Eliza und mich interessierte er sich jedenfalls nicht.«

Frederick! Er war einen Tag eher angereist, als sie ihn erwartet hatte. Catherines Herz schlug schneller. Oh warum nur hatte sie sich gestern freigenommen und so ihren Geliebten verpasst? Warum nur war Frederick nicht zu ihr in ihre kleine Wohnung gekommen, auch wenn er diese lieber mied, weil er Catherines überaus neugierige Nachbarinnen fürchtete, wie er sagte.

»Was … Hat er mir etwas ausrichten lassen?«, fragte sie, bemüht, sich ihre Aufregung nicht anmerken zu lassen. Sie wagte nicht daran zu denken, dass Frederick möglicherweise bereits wieder abgereist war. Zutiefst enttäuscht, weil er sie nicht angetroffen hatte. »Wollte er noch einmal wiederkommen?«

»Leider hat er nichts gesagt, sondern ist auf leisen Pfoten davon geschlichen.« Ihr Chef lächelte, was sie verwirrte. Lawrence Banks war eigentlich niemand, der sich einer derartigen Sprache befleißigte. »Sehr elegant übrigens.«

Langsam dämmerte es Catherine, dass Lawrence Banks wohl nicht von Frederick sprach. Erleichterung durchflutete sie, so dass sie ihren Chef beinahe vor Freude umarmt hätte. Stattdessen sagte sie nur: »Auf leisen Pfoten?«

»Ja, ein grauer Kater ist gestern hier gewesen und wirkte so zielstrebig, dass ich sicher war, dass er zu Ihnen wollte.« Der Ladeninhaber zwinkerte Catherine zu. »Da erinnerte ich mich, dass Sie mir von dem Kater erzählt hatten, der immer in Ihr Zimmer einbricht.«

Erstaunlich, dass sich Mr Banks das behalten hatte. Schließlich bekam er als Geschäftsinhaber jeden Tag eine Vielzahl von Geschichten zu hören. Manchmal dachte Catherine, dass die Kunden, vor allem die *Kundinnen*, nicht zum Einkaufen hierher kamen, sondern um Klatsch- und Tratschgeschichten auszutauschen. Nur über Frederick redete zu Catherines Bedauern so gut wie niemand.

»Das wäre aber schon sehr ungewöhnlich, nicht wahr?« Beim besten Willen konnte Catherine sich nicht vorstellen, dass eine Katze schlau genug war, ihre Spur zu finden. »Graue Katzen gibt es wie Sand am Flussufer, oder nicht?«

Das Bimmeln der Türglocke unterbrach ihr Gespräch. Bevor Lawrence Banks antworten konnte, winkte ihn eine der Stammkundinnen heran, die gerade hereingekommen war.

Mit einem Schulterzucken verabschiedete er sich von Catherine, die sich freute, wieder mit ihren Gedanken allein zu sein. Heute endlich erwartete Frederick sie wieder. Ein Telegramm hatte er ihr gesandt. An ihre neue Adresse. Was für eine Verschwendung, hatte die sparsame Farmerstochter in ihr gedacht. Was für ein Liebesbeweis, hatte die liebende Frau in ihr jubiliert. Das erste Telegramm, das sie jemals erhalten hatte.

All ihre Gedanken und Wünsche drehten sich nur um den Augenblick, in dem er sie in seine Arme schließen würde und sie das furchtbare Warten und die einsamen Nächte vergessen ließ. Seltsam, dass niemand bemerkte, wie es ihr ging. Weder Eliza noch Mr Banks, geschweige denn die Kunden, schienen etwas von Catherines Liebe und deren Folgen zu ahnen.

Das Geschäft lief wie immer; zum Monatsanfang fanden sich stets viele Menschen ein, die einkaufen und Tratsch und Klatsch tauschen wollten. Nichts schien die Fröhlichkeit und das geschäftige Treiben unterbrechen zu können, dachte Catherine. Wie unendlich viel ruhiger war es auf Amber's Joy, wenn nicht gerade Zuckerrohrernte war. Mit jedem Tag, den sie in Brisbane lebte, verblasste die Erinnerung an ihre Heimat. Selbst Lukes und Victorias Verrat schmerzte nur noch wie eine alte Narbe, die sich bei Wetterwechseln meldete.

Plötzlich verstummte das Geplauder im Laden. Wie auf Kommando eilten alle Kunden zum Fenster und schauten hinaus. Neugierig geworden, folgte Catherine ihnen. Was konnte die Damen, die sich so gern im Laden trafen, um die neuesten Gerüchte auszutauschen, zum Schweigen bringen? Als sie die Ursache entdeckte, schlug ihr Herz schneller und sie musste trocken schlucken. Draußen fuhr der von schwarzen Pferden gezogene Wagen des Bestatters vorbei. Hinten im Aufbau schien er einen Sarg mit sich zu führen. Die wenigen Männer im Laden nahmen ihre Hüte ab. Die Frauen senkten die Blicke, bis der dunkle Wagen vorbeigefahren war.

Nach einigen Minuten des Schweigens setzte das bekannte Geplauder wieder ein und auch Catherine ging zurück an ihre Arbeit. Allerdings spürte sie immer noch einen Schauder, als ob der Bestatter ein dunkles Omen mit sich brachte. Hoffentlich war Frederick nichts passiert. Sie zuckte mit den Schultern. Nein, sie war wahrscheinlich nur etwas nervös wegen des Geheimnisses, das sie ihrem Geliebten bald beichten wollte. Wenn es nur schon Abend wäre.

Catherine wusste am Abend nicht mehr, wie sie die Zeit

überstanden hatte, bis der Laden endlich seine Tore schloss und sie mit gerafftem Rock in unschicklichem Lauf durch die Straßen Brisbanes eilte, nur um keine der kostbaren Minuten zu verlieren. Minuten von der wenigen Zeit, die ein grausames Schicksal ihr mit dem geliebten Mann gönnte. Eine Straße von dem Bellevue entfernt wurde Catherine langsamer, strich ihr Haar zurecht und wartete, bis sie wieder zu Atem gekommen war. Schließlich wollte sie ihrem Geliebten so schön wie möglich gegenübertreten. Und sie wollte ihn nicht merken lassen, wie sehr ihr Leben nur um ihn kreiste, wie wichtig er ihr war, dass ein Tag ohne ihn war wie ein Tag ohne Sonne. Auch wenn Frederick sie sicher niemals so verraten würde wie Luke Faulkner, riet eine innere Stimme Catherine, sich ein wenig Distanz zu bewahren, auch um sich für ihn interessanter zu machen.

So vieles in ihrem Leben war anders geworden, seitdem Frederick in ihr Leben getreten war. Nicht nur, dass sie sich Hals über Kopf in ihn verliebt hatte, nein, durch ihn und die Gespräche mit ihm hatte Catherine begonnen, sich für das Frauenwahlrecht zu interessieren. Zuerst hatte sie sich nur mit diesen Fragen beschäftigt, um ihm zu gefallen. Dann jedoch hatte es sie gepackt und sie begann, sich eine eigene Meinung zu bilden, die nicht immer mit Fredericks konform ging. Erstaunlicherweise gefiel es ihm, wenn sie ihm widersprach.

»Du solltest deine Augen blitzen sehen, Kätzchen«, hatte Frederick gesagt und sie geküsst. »Du solltest in die Politik gehen. Einer Frau wie dir kann niemand widerstehen.«

Catherines Herz schlug schneller, als wollte es zerspringen. Das Einzige, was sie interessierte, das Einzige, was sie wieder und wieder dachte, war: Frederick. Mein Frederick. Wie kann man einen Menschen nur derart stark lieben?

Kurz bevor sie das Bellevue betrat, holte sie tief Atem. Auch wenn es sie nicht interessierte, was die Welt von ihr dachte, so wollte sie nicht mehr Verdacht als unbedingt notwendig erregen. Mochte das Personal denken, was es wollte, Catherine bemühte sich, wie eine Dame auszusehen, auch wenn sie etwas überhaupt nichts Damenhaftes plante. Bei dem Gedanken an den Abend, der vor ihr lag, spürte sie Röte in ihre Wangen steigen. Genug, sie sollte nicht länger zögern. Frederick erwartete sie sicher bereits.

Gemessenen Schritts ging Catherine in die Hotellobby und nickte dem Portier, der sie inzwischen kannte, freundlich zu. Nur einen winzigen Augenblick gab sie der Angst nach, dass jeder hier erkennen würde, was sie in das Hotel brachte. Dass man ihrem Gesicht ablesen konnte, was Catherine plante und dass jeder Mensch in der Lobby ihr Herz laut pochen hörte. Wie jedes Mal erwartete sie, dass die Stimme des Portiers sie aufhalten würde. Wie jedes Mal konnte sie unbehelligt die breite Marmortreppe hinauf schreiten.

Das wäre etwas, für das sich Frederick und auch die *Suffragetten* einsetzen sollten, dachte Catherine. Das Recht von Frauen zu lieben, wen sie wollten. Das Recht von Frauen, ihre Liebe zu leben, ohne dass sie den Bund fürs Leben schließen mussten. Dieses Recht erschien ihr viel bedeutender als das Wahlrecht. Was würde es für Catherine ändern, wenn sie wählen dürfte? Aber wie viel leichter wäre ihr Leben, wenn sie Frederick offen lieben könnte. Wenn sie sich nicht mit ihm verstohlen in einem Hotel treffen müsste.

Nein, jetzt war nicht der Augenblick für düstere Gedanken. Für ihn, für ihren geliebten Mann wollte sie schön aussehen und fröhlich sein und jeden Augenblick des Glücks mit ihm genießen.

»Frederick«, hauchte Catherine, nachdem sie die Tür geöffnet hatte, und flog in die Arme des sehnsüchtig erwarteten Geliebten. »Ich habe dich so vermisst.«

»Cathy«, murmelte er in ihre Haare und hielt sie fest, als wollte er sie nie wieder loslassen. »Ich habe jedes Mal Angst, dass du nicht kommst.«

Wie konnte Frederick nur an ihrer Liebe zu ihm zweifeln? Wie konnte er nur annehmen, dass es jemals einen anderen Mann für sie geben würde. Niemals, das hatte Catherine sich in den einsamen Nächten in ihrer kleinen Wohnung überlegt, niemals würde sie je wieder einen anderen lieben können.

Die Gefühle, die sie für Luke empfunden hatte, waren die Flamme einer Kerze, während ihre Liebe zu Frederick ein Buschfeuer war. Eine Naturgewalt, der man sich nicht entgegenstellen konnte, sondern sich ihr ergeben musste. Manchmal, wenn sie ihn so entsetzlich vermisste, wenn die Einsamkeit sie quälte, als wollte sie nie vergehen, dann betete Catherine, dass die Gewalt ihrer Liebe sie nicht zerstören würde. Die Intensität ihrer Gefühle raubte ihr in diesen düsteren Nächten den Schlaf. Allzu oft fürchtete sie, dass ihr Geliebter eine bessere Frau als sie fände. Eine mit mehr Bildung; eine, die seine Leidenschaft für die Gewerkschaften teilte. In diesen Nächten weinte sie das Kissen nass und war froh, dass sie nicht mehr bei Tante Constance wohnte, der sie ihr Leid sicher nicht hätte verheimlichen können.

Dass ihr Geliebter ebenfalls fürchtete, sie zu verlieren, beruhigte Catherine ein wenig.

»Warum sollte ich nicht kommen?«, fragte sie leichthin, aber aus halbgeschlossenen Augen musterte sie ihn voller Spannung. Was würde er sagen? Fürchtete er genauso sehr wie sie, dass ihre Liebe erlosch?

»Weil du einen anderen findest.« Frederick schob sie ein Stück von sich und strich mit zwei Fingern die Konturen ihres Gesichts nach. In seinem Blick lag so viel Liebe, dass Catherine vor Wonne vergehen wollte. »Einen, der dich nicht nur einmal im Monat für ein paar gestohlene Stunden sieht.«

Catherine erschauerte. Das Gefühl seiner warmen Finger. Die Liebe in seinen Augen. Seine Worte, die gleichzeitig traurig und wunderschön waren. Niemals hätte sie geahnt, dass Liebe sich so anfühlte.

»Lieber wenige Stunden mit dir als einen Tag mit jemand, den ich nicht liebe«, flüsterte sie. Dann stieß sie ein nervöses Lachen aus, um die traurige Stimmung zu vertreiben. »Lass uns die wenige Zeit, die uns bleibt, gut nutzen.«

Catherine zwinkerte Frederick zu und zog ihn sanft zu dem großen Bett, das den Raum dominierte. Sie genoss es, dass Frederick sie mit hungrigem Blick beobachtete, während sie betont langsam ihre Bluse auszog. Ob er ihr ansehen konnte, was sie ihm bisher noch nicht gebeichtet hatte? Nein, jetzt war nicht der Augenblick, an etwas anderes als an ihre Liebe zu denken. Catherine streckte den Arm aus und winkte ihren Geliebten mit dem Zeigefinger zu sich heran. Später wäre immer noch Zeit, ihn mit der wunderbaren Neuigkeit zu überraschen. Heute Morgen hatte Catherine die Gewissheit erlangt, dass sie sich nicht geirrt hatte. Sie konnte es kaum erwarten, ihre Freude mit Frederick zu teilen.

KAPITEL 21

Brisbane und Amber's Joy, Australien, heute

Sieh mal.« Die Freude über ihre unverhoffte Entdeckung vertrieb Franziskas Müdigkeit. »Ein Zeitungsartikel über den Black Snake Creek-Mord.«

»Aha.« Ella wirkte nicht so ganz bei der Sache. Ihre Tante sah erschöpft aus und müde, als zehrte die Dachbodensuche an ihren Kräften.

Dann eben nicht, dachte Franziska und legte das Papier auf den Stapel, auf dem sie alles Interessante sammelte.

»Gehörte das alles deiner Schwester?« Sie gähnte und streckte sich. Ihr Rücken schmerzte vom unbequemen Sitzen auf den Dielen des Dachbodens. Aber die Alternative, alle alten Koffer nach unten zu schleppen und dort zu durchsuchen, erschien ihr noch rückenschädlicher, so dass sie lieber auf dem Boden arbeitete. »Meine Güte, Kate war eine unglaubliche Sammlerin.«

Ella schaute von den Briefen auf, die sie um sich herum ausgebreitet hatte wie einen Fächer.

»Kate wollte eine Familienchronik schreiben. Ein Buch,

um berühmt zu werden.« Traurigkeit legte sich als Schatten über ihr Gesicht. »Irgendwie fühle ich mich in der Pflicht, das jetzt zu übernehmen.«

»Ach so«, sagte Franziska, um etwas zu sagen. Obwohl sie jetzt schon über eine Woche gemeinsam mit Ella hier arbeitete, hatte sie immer noch das Gefühl, dass Kate mehr oder weniger ein Tabu-Thema war, was Franziska akzeptieren konnte. Schließlich zog sie es auch vor, so gut wie nie über Alina zu reden.

»Warum hast du uns eigentlich damals geschrieben?«, wechselte Franziska das Thema. Die Frage hatte sie beschäftigt, seitdem sie in Australien angekommen war. Nein, eigentlich schon seit dem Tag, an dem ihre Mutter ihr den Brief aus Australien gezeigt hatte. Normalerweise liefen solche Kontakte doch andersherum. Menschen aus eher langweiligen Ländern wie Deutschland suchten nach Verwandten in spannenden Orten der Welt, um diese im Urlaub zu besuchen.

»Nun …« Ella setzte sich auf und rieb sich mit dem Handrücken den Schweiß von der Stirn. Ihre Hand hinterließ einen grauen Staubstreifen, was Franziska zum Lachen brachte. Ella in dunkelblauer Hose und beigefarbener Seidenbluse passte so gar nicht auf den staubigen Dachboden. »Kate war gestorben und hatte mir die alten Truhen hinterlassen. Mein Mann lag im Krankenhaus …«

Ellas Stimme brach und Franziska bereute es, ihrer Großtante diese auf den ersten Blick harmlose Frage gestellt zu haben, die so vieles aufrührte. Sie hatte eine einfache Antwort erwartet. So etwas wie in Rente gegangen zu sein und sich mit Familiengeschichte zu beschäftigen. Dass Tod und Krankheit der Auslöser gewesen waren, ließ Franziska schlucken. Das wenige, was Ella bisher über ihre Schwester erzählt hatte, war Franziska noch gut im Gedächtnis. Die Schwestern hatten sich zerstritten und Kate war gestorben, bevor Ella und sie sich versöhnen konnten.

»Um mich abzulenken, habe ich eine der Truhen geöffnet«, fuhr Ella fort. »Da bin ich auf eine alte Familienbibel gestoßen, die auf Deutsch geschrieben war.«

»Sprichst du deutsch?«

»Nur ein bisschen. Meine Mutter hielt es für besser, dass wir englisch sprechen, so dass ich nur ein paar Brocken deutsch kann.« Ella lächelte. »Das Übliche. *Guten Tag. Auf Wiedersehen. Das Wetter ist scheen. Einen Bier, bitte.*«

»Damit kommst du auf jeden Fall schon weiter«, antwortete Franziska mit einem Lächeln. Ihr erschien es schon seltsam, dass Ellas Mutter sich so vehement gegen die Zweisprachigkeit entschieden hatte. »Die Bibel?«

»Hinten war ein Familienstammbaum eingezeichnet, mit dem ich erst nichts anfangen konnte.« Ellas Blick richtete sich in die Ferne, als ob sie sich an den Tag erinnern wollte. »Erst kam mir keiner der Namen bekannt vor, bis ich Joseph Wagner entdeckte.«

»Den Vater von Victoria und Catherine?«

»Ja, von da aus habe ich dann auch die beiden entdecken können. Victorias Ehemann war verzeichnet, aber ihre Kinder fehlten.« Ella runzelte die Stirn. »Was mich erstmals mehr überraschte, war, dass Joseph mit einer Auguste verheiratet gewesen war.«

»Auguste?« Den Namen hatte Franziska bisher noch nicht gehört. Langsam empfand sie ihre Familiengeschichte wie ein Puzzle, bei dem die Verpackung und die Vorlage fehlten, dafür aber nach und nach immer neue Teile auftauchten, die das Bild veränderten. Und man konnte nicht sicher sein, ob nicht ein paar Teile fehlten oder aus einem anderen Puzzle hereingeschmuggelt worden waren. »Wer war das?«

»Meine Ururgroßmutter.«

»Wie bitte? Ich dachte, deine Urur-was-auch-immer-Großmutter hieß Amber?«

»Amber hat sie sich genannt, nachdem sie in Australien angekommen war.« Ella stieß lautstark die Luft aus. Während sie redete, nahm sie den Packen Briefe, den sie sich angeschaut hatte, und legte ihn in die Kiste, die mit »bearbeitet« beschriftet war. »Amber wollte wohl alle Brücken hinter sich abbrechen und hat nicht einmal mehr ihren Namen behalten.«

»Amber klingt auch deutlich hübscher als Auguste, oder?« Wenn Franziska die Wahl hätte, würde sie sich auch für Amber entscheiden. »Hast du herausgefunden, warum die Kinder von Victoria und Catherine nicht verzeichnet sind? Catherine hatte doch Kinder?«

»Ja. Noch habe ich nichts entdeckt.« Ella lächelte. »Ich hoffe, dass wir beide etwas finden.«

»Das hoffe ich auch«, antwortete Franziska aus vollem Herzen. Es wäre zu ärgerlich, wenn die Tage auf dem Dachboden zu nichts führten.

»Hast du Lust, am Wochenende mit mir auf die Farm zu fahren?« Ellas Frage klang gespielt beiläufig, aber Franziska kannte ihre Großtante inzwischen gut genug, um zu erkennen, wie gespannt Ella auf die Antwort wartete. »Ich … ich dachte, es könnte langsam ganz interessant für dich sein, mal mit eigenen Augen zu sehen, wo Victoria und Catherine gelebt haben. Oder hast du schon was vor?«

Franziska grinste. Was meinte Ella wohl, wie sie ihre Wochenenden verbrachte? Bisher hatte Franziska immer noch nicht das Gefühl, wirklich in Brisbane angekommen zu sein, und außer ihrer Vermieterfamilie und Ella kannte sie keinen Menschen in der Stadt. Seitdem ihre Freundinnen abgereist waren, fühlte sie sich einsam, obwohl die Australier sehr gastfreundlich und kontaktfreudig waren. Aber Franziska fehlte eine Einbindung, so wie die Sprachschule es gewesen war. Es wurde wirklich Zeit, dass sie mehr unter Leute kam. Aber das hatte auf jeden Fall noch ein Wochenende Zeit. Nachdem Ella so viel von Catherine und Victoria und vor allem von Amber's Joy erzählt hatte, war Franziska neugierig geworden, obwohl sie sich sagte, dass die Farm inzwischen sicher anders aussah als vor mehr als hundert Jahren.

»Klar komme ich mit. Gerne.« Franziska zögerte einen Moment und überlegte, ob sie Ella inzwischen gut genug kannte, um ihr eine derart persönliche Frage zu stellen. »Warum wohnst du nicht dort?«

Ein Schatten zog über Ellas Gesicht und sie wirkte einen Augenblick lang älter als sonst. Älter und traurig. Aber sofort hatte sie sich wieder im Griff und lächelte Franziska an.

»Ich bin eine alte Frau«, sagte Ella leichthin. So leichthin, dass man die Geschichte dahinter förmlich mit den Händen greifen konnte. Aber wenn Ella sie nicht erzählen wollte, würde Franziska nicht weiter fragen. »Und ich weiß die Annehmlichkeiten einer Großstadt zu schätzen. Amber's Joy liegt ziemlich weit vom nächsten Starbucks entfernt. Viel Landschaft, wenn du verstehst, was ich meine.«

»Auf jeden Fall.« Franziska nickte und lächelte. »Ich bin auch ein Stadtkind. Ein Leben ohne Fast Food und Einkaufstempel kann ich mir beim besten Willen nicht vorstellen. Hast du inzwischen etwas Interessantes gefunden?«

»Ja, hier, eine Zeitungsnotiz mit einem Foto von Catherine auf einer *Suffragettenversammlung.*«

»Wer ist der Mann? Durften Männer da überhaupt mitmachen?« Franziska kniff die Augen zusammen, um das Bild näher zu betrachten. Furchtbar ernst und seriös sahen die Menschen aus, die sich für den Fotografen in Positur gestellt hatten. »Frederick Moore. Sagt dir der Name was?«

»Warte mal. Ich habe in einem der Briefe von ihm gelesen.« Ella suchte in dem Stapel vor sich. »Hier. Catherine schrieb an Victoria, dass Frederick jetzt endgültig nach Sydney gegangen ist. Was das wohl zu bedeuten hat?«

Obwohl Franziska und Ella intensiv suchten, konnten sie keinen weiteren Hinweis auf den attraktiven Mr Moore finden.

»Vielleicht war er ja nicht so wichtig.« Franziska zuckte die Achseln. »Wohl nur ein Politiker, der Wahlkampf gemacht hat. *Das* jedenfalls hat sich seit damals nicht geändert.«

Zwei Tage später stand Franziska wartend mit ihrer Reisetasche vor dem Haus ihrer Gastfamilie und machte drei Kreuze, dass ihr dieses Wochenende im Kreis der Shaws erspart blieb. Egal, wie einsam und abgelegen Amber's Joy gelegen war, sie würde die Ruhe genießen. Endlich keine kleinen Shaws, die sich schon um sieben Uhr am Samstagmorgen lautstark über das Fernsehprogramm stritten oder über die letzte Erdnussbutter oder über das Ausflugsziel für Sonntag. Und kein Toby, der kläffend zu dem Lärm beitrug. Vielleicht sollte sie noch einmal über Ellas Angebot nachdenken und bei ihrer Großtante wohnen? Nein, das war Franziska dann doch zu viel Nähe. Amber's Joy für ein Wochenende und die Tage auf dem Dachboden reichten ihr bereits an verwandtschaftlichem Kontakt.

Eine Farm mitten im Nirgendwo. Franziska grinste breit, als sie an die himmlische Ruhe dachte, die mit Amber's Joy einhergehen würde. Obwohl: vielleicht wäre es zu ruhig und sie würde deshalb nicht schlafen können? Und was war eigentlich mit Schlangen und Spinnen? Von Ratten und Mäusen ganz zu schweigen, die es sich im Heu einer Farm gemütlich machen würden. Franziska schluckte. An diese Begleiterscheinungen des Lebens auf dem Lande hatte sie nicht gedacht, als sie zugesagt hatte. Ach was, no risk no fun. Zwei Tage würde sie das schon durchstehen, oder?

Der Anblick von Ellas kleinem roten Wagen, der in die Straße einbog, zog Franziska aus ihren Sorgen. Sie hob den Arm und winkte. Noch immer irritierte es sie, dass die Autos hier auf der falschen Seite fuhren und sie war froh, dass sie den Wagen nicht steuern musste. Franziska fuhr nicht sehr gern Auto und die Vorstellung, auf der anderen Seite fahren und genügend Platz auf beiden Seiten lassen zu müssen, versetzte sie in leichte Panik.

Als der Wagen vor ihr hielt, spürte Franziska, wie ihr Gesicht rot anlief. Sie musste das Auto verwechselt haben. Am Steuer des Wagens saß ein Mann, den sie noch nie vorher gesehen hatte und der ihrem freundlichen Winken gemäß angehalten hatte. Bevor sie eine Entschuldigung stottern konnte, öffnete sich die Beifahrertür und Ella stieg aus.

»Hallo. Nur einen Rucksack?« Ihre Großtante lächelte Franziska an. »Mehr brauchst du nicht fürs Wochenende?«

»Ich reise gern mit leichtem Gepäck.« Franziska nickte

dem Mann zu, der ebenfalls ausgestiegen war und den Kofferraum öffnete. Das Erste, was Franziska an ihm auffiel, war der Hut. Gute Güte, ging es ihr durch den Kopf, ich dachte, so was trägt nur Crocodile Dundee. Als der Mann den Kopf hob, um ihr zur Begrüßung zuzunicken, erlebte sie gleich die zweite Überraschung. Er war nicht alt, also um die vierzig, wie sie gedacht hatte, sondern höchstens drei, vier Jahre älter als sie. Vielleicht galt unter jungen Aussies so ein Hut ja als cool.

»G'day«, sagte sie. »Ich bin Franziska.«

»Das konnte ich mir denken.« Er griff nach Franziskas Rucksack und legte ihn neben Ellas schwarzen Koffer, der so riesig war, dass Franziska darin Klamotten für vier Wochen hätte verstauen können.

Grobian, dachte Franziska. Allerdings ein attraktiver Grobian. Er trug die Ärmel seines hellblauen Baumwollhemdes hochgerempelt, so dass sie seine Muskeln sehen konnte, als er scheinbar mühelos ihren Rucksack hochhob. Andererseits war ihr Gepäck auch nicht sehr schwer. Das schmale Gesicht des unfreundlichen Kerls war braungebrannt wie bei so vielen Australiern, die sie kennengelernt hatte. Auch seine hellbraunen Haare wirkten ausgeblichen, als verbrächte er viel Zeit an der frischen Luft. Neugierig starrte Franziska ihm ins Gesicht, erwartete blassblaue Augen, doch die waren von einem warmen Blau. Ein Grübchen in seinem Kinn milderte die Kanten seines Gesichts.

»Ach entschuldige. Ihr kennt euch ja noch nicht«, sagte Ella. »Das ist Riley Chandler. Sein Vater verwaltet Amber's Joy und Riley ist so nett, uns zu fahren.«

»G'day.« Riley schien kein Mann vieler Worte zu sein. »Freut mich.«

Das klang vollkommen unglaubwürdig. Er behandelte sie eher so, als wäre sie ihm absolut lästig. Franziska konnte sich nicht erklären, warum der Kerl so feindselig war, aber sie wollte sich von ihm nicht das Wochenende verderben lassen. Daher wandte sie sich Ella zu.

»Wie lange willst du bleiben?«, fragte Franziska ihre Großtante und deutete auf den gewaltigen Koffer. »Ich bin davon ausgegangen, dass Jeans, stabile Stiefel, T-Shirts und Unterwäsche zum Wechseln ausreichen. Oder erwartet mich eine Dinnerparty, für die ich mein kleines Schwarzes einpacken müsste?«

»Natürlich nicht. Aber abends kann es kühl werden.« Ella legte den Kopf schief. »Auf dem Land sind die Temperaturen extremer als in der Stadt.«

»Keine Sorge, ich habe einen dicken Pulli eingepackt.« Franziska klopfte auf den Rucksack.

»In dem kleinen Ding?«, fragte Ella mit deutlichem Unglauben. »Bist du wirklich sicher, alles für ein Wochenende dabei zu haben?«

»Jawohl.« Franziska grinste. Noch nie hatte sie verstanden, warum man unnötig viel Zeug für eine Reise mitschleppen sollte. »Wechselwäsche, Zahnbürste, Zahnpasta, Shampoo – alles dabei.«

»Wollen wir hoffen. Bis zum nächsten Kaufladen ist es von Amber's Joy ein ganz schönes Stück zu fahren.«

»Bei dem Riesenkoffer, den du dabei hast, gehe ich davon aus, dass ich mir alles, was ich vergessen habe, bei dir leihen kann.«

»Wir sollten los.« Aha, Riley Chandler konnte also doch sprechen, wenn er wollte. »Holly wartet bestimmt mit dem Essen.«

Ella wandte sich Franziska zu und lächelte sie an. »Dann wollen wir unsere Köchin lieber nicht warten lassen.«

Na hoffentlich kann Holly auch vegetarisch kochen, dachte Franziska, sagte aber lieber nichts. Sie schaute während der Fahrt aus dem Fenster, da Ella sich mit Riley über dessen Studium unterhielt. Meeresbiologie. Franziska gab vor, sich ausschließlich für die Landschaft zu interessieren, aber sie lauschte, wie der unfreundliche Riley Ella gegenüber plötzlich auftaute. Vielleicht war er ja immer so und konnte nur sie nicht leiden.

Ach, das konnte ihr auch egal sein. Ein Wochenende mit ihm würde sie schon überstehen. Während seine angenehm dunkle Stimme über das Great Barrier Reef dozierte, schaute sie weiter aus dem Fenster. Zu ihrer Überraschung war das Hinterland von Brisbane grün und fruchtbar, überhaupt nicht die Wüste, die sie sich vorgestellt hatte. Allerdings gab es auch keine rote Erde, die in Franziskas Vorstellung zu Australien einfach dazu gehörte.

Auch die Straße war viel besser ausgebaut, als Franziska es erwartet hatte. Lächelnd musste sie den Kopf über sich schütteln. Ihr Australienbild war wohl zu stark von den Pioniertagen und Filmen wie »Australia« geprägt und musste dringend modernisiert werden. Nach etwas mehr als einer Stunde erreichten sie das Städtchen Marburg, von dem aus es nur noch wenige Meilen bis zu Amber's Joy waren, wie Ella erklärte.

»Unsere Farm liegt bei Lark Hill«, sagte Ella und klang stolz. »Wenn du Glück hast, kannst du Lerchen hören. Amber's Joy ist ein wunderbarer Flecken Land.«

Riley nickte zu Ellas Worten, so dass Franziska sich erwartungsvoll aufsetzte.

»Amber's Joy.« Riley hielt an. Er drehte die Scheibe herunter und zeigte nach links vorne.

Auch Franziska öffnete die Fensterscheibe und steckte den Kopf heraus, um etwas besser sehen zu können. Wieder musste sie ihre Erwartungen völlig über den Haufen werfen.

»Wow. Das ist es also.« Franziska blieb vor Staunen der Mund offen stehen. Sie hatte sich die Farm eher so wie eine Ranch vorgestellt, wie man sie aus *Bonanza* oder *Unsere kleine Farm* kannte. Wenn sie etwas nachgedacht hätte, hätte sie selbst darauf kommen können, dass australische Farmen eher den Südstaatenanwesen aus *Vom Winde verweht* ähneln mussten, da die Farmer reich waren. Aber hatte Ella nicht erzählt, dass die Zuckerrohrfarm beinahe pleite gegangen wäre? »Ich … ich habe es mir nicht so groß und … schön vorgestellt.«

Vor ihr erstreckte sich ein Farmhaus, das in Weiß erstrahlte, als ob es frisch gestrichen wäre. Etwas abseits davon standen weitere weiße Häuser, wohl die Pferdeställe und Arbeiterwohnungen. Soweit das Auge reichte, sah Franziska Koppeln, eingezäunt von ebenfalls weißen Brettern. Grüne Koppeln, weiße Zäune und ein strahlendblauer Himmel, dazu noch edle Pferde – ein Bild wie auf einer Postkarte.

Riley fuhr wieder an, bis er schließlich vor dem Farmhaus parkte. Auf der großen Veranda standen ein braungebrannter Mann und eine Aborigine-Frau, die ihnen erwartungsvoll entgegensahen. Die Frau winkte, während der Mann nur mit zwei Fingern an seinen Hut tippte. Seine sonnengebräunte Haut und der Hut, den er trug, ließen Franziska erneut an Crocodile Dundee denken. Gut, dass sie nicht *alle* Vorstellungen von Australien über den Haufen werfen musste.

»Wer ist das?«, fragte Franziska, obwohl sie die Antwort bereits ahnte.

»Das sind Andrew, Rileys Vater und Verwalter der Farm, und Holly, die beste Köchin im Umkreis.« Ella drehte sich zu Franziska um. »Sie sind bestimmt ganz gespannt darauf, dich kennenzulernen.«

»Na ja, allzu viel Besuch wird es hier wohl nicht geben«, antwortete Franziska leichthin, aber schnitt eine Grimasse, die Ella nicht sehen sollte. Sie hatte keine Lust, als neue Attraktion für Menschen im australischen Hinterland zu dienen. Vor allem, wenn die so muffelig und maulfaul waren wie ihr Fahrer Riley Chandler. Nur gut, dass sie ihn nach diesem Wochenende nicht wieder sehen musste.

KAPITEL 22

Amber's Joy, Australien, heute

Wer ist das?« Franziska zuckte zusammen, als ein Aborigine plötzlich am anderen Ende der Koppel auftauchte. Sie war so in den Anblick der prachtvollen Pferdeherde versunken gewesen, dass sie nicht bemerkt hatte, dass der Eingeborene sich Riley und ihr genähert hatte. Nun stand der dunkle Mann mit den hellgrauen Haaren ihnen gegenüber und musterte Franziska. So intensiv, dass sie sich unbehaglich fühlte.

»Das ist Sam.« Riley hob eine Hand zum Gruß und der Aborigine antwortete mit einem Kopfnicken. Doch sein Blick blieb weiter auf Franziska gerichtet. Forschend, beinahe schon unverschämt, wie sie fand. »Er gehört zu einer Familie, die immer schon auf Amber's Joy gewohnt hat.«

Franziska kramte in ihrem Gedächtnis. Was hatte sie über die Aborigines in Australien gelesen? Opfer der ersten Siedler waren sie gewesen, weil die weißen Männer und wohl auch die weißen Frauen die Ureinwohner als Wilde betrachtet hatten, die sie davon abhielten, das Land für sich in

Besitz zu nehmen. Alkohol, Krankheiten und Morde hatten die Zahl der Aborigines stark dezimiert, und man hatte sie in bestimmte Gegenden verbannt, ähnlich wie die Indianer in Nordamerika. Im zwanzigsten Jahrhundert hatte die australische Regierung Mischlingskinder aus ihren Familien gerissen, um sie zu »guten Weißen« zu erziehen. Erst vor wenigen Jahren hatte es für diese schreckliche Tat eine offizielle Entschuldigung gegeben. Franziska schauderte. Warum musste die »Entdeckung« eines neuen Kontinents immer mit Blut und Tod einhergehen?

»Arbeitet er auf der Farm?«, fragte sie, um ihre Gedanken abzulenken. »Ich … ich würde mich gerne mit ihm unterhalten. Die Religion der Aborigines finde ich spannend.«

»Da bist du nicht die Einzige.« Riley stieß ein amüsiertes Lachen aus, das Franziska ärgerte. Schlimm genug, dass Ella ihr diesen ungehobelten Klotz als Begleiter für einen Farmrundgang aufs Auge gedrückt hatte. »Alle Europäer schwärmen für die Traumzeit.«

Warum behandelte er sie wie eine dumme Touristin? Es konnte ja nicht jeder auf einer Farm in Australien geboren worden sein. Ella hatte sie beide mit den fröhlichen Worten losgeschickt: »Ihr jungen Leute könnt euch die Farm angucken. Riley kann dir alles zeigen.« Bisher – das musste Franziska zugeben – hatte Riley sich von seiner besten Seite gezeigt. Nachdem sie ihr Zimmer bezogen hatte, das größer und vor allem moderner war, als sie gedacht hatte, hatte er sie zu den Ställen geführt und ihr viel über Pferdezucht und Amber's Joy erzählt. Mit so viel Liebe zur Farm und den Tieren, dass er Franziska beinahe sympathisch wurde. Typisch, dass er den guten Eindruck jetzt wieder zerstören musste.

Die Vorstellung, zwei Tage mit diesem arroganten Pinsel hier festzusitzen, gefiel Franziska überhaupt nicht.

»Was soll das heißen?«, muffelte sie und ärgerte sich, dass ihr nichts Schlagfertigeres eingefallen war. Etwas richtig Cooles, was ihm den Mund stopfen würde. »Alle Europäer?«

»Seit ein paar Jahren ist es trendy, sich für die Traumzeit und die Regenbogenschlange zu interessieren.« Riley zuckte die Achseln. »Jeder möchte einen *Walkabout* unternehmen und die spirituelle Erfahrung machen.« Mit den Fingern malte er Anführungszeichen in die Luft.

Na toll. Jetzt bezeichnete er sie nicht nur als ahnungslos, sondern als eine Frau, die dem Trend hinterherrannte. Sie würde ihn eh nicht vom Gegenteil überzeugen können, also musste sie sich keine große Mühe mehr geben, nett zu sein.

»Nur weil sich viele Menschen dafür interessieren, muss das ja nicht schlecht sein«, antwortete Franziska mürrisch und wünschte sich, dass sie allein zur Koppel gegangen wäre. Dieser muffelige Aussie konnte einem alles verderben. »Besser etwas Esoterik als die Einstellung, dass Aborigines nur Wilde sind, die man ruhig abschießen darf.«

Zu ihrer Überraschung reagierte Riley auf diesen Angriff nicht patzig, sondern lachte lauthals los.

»Oh, du kannst ja beißen«, sagte er, nachdem er sich von seinem Lachanfall erholt hatte. »Und du hast recht. Ich hab mich blöd benommen. Entschuldige.«

»Äh … schon okay.« Franziska senkte den Kopf, weil sie bestimmt knallrot angelaufen war wie der Apfel, den die böse Stiefmutter Schneewittchen geschenkt hatte. Wenn Riley sie nicht arrogant und von oben herab behandelte, konnte sie überhaupt nicht vernünftig reagieren. Wahrscheinlich hatte er recht. So, wie sie sich benahm, musste er sie ja für leicht dämlich halten. Außerdem war der Aborigine eben genauso schnell und geräuschlos verschwunden, wie er vorher aufgetaucht war.

»Kannst du reiten?« Zu Franziskas Freude wechselte Riley das Thema. Er grinste sie breit an. »Oder *interessierst*« – auf das Wort legte er eine besondere Betonung – »du dich für Pferde auch nur theoretisch?«

»Ich habe reiten gelernt, aber leider nie ein eigenes Pferd gehabt.« Wieder schaute Franziska sich die schönen Tiere an, die dort friedlich auf der Koppel grasten. Nur ab und zu hob eines von ihnen den Kopf und schaute zu den Menschen hin. Leider war keines Franziskas Lockrufen gefolgt. »Das letzte Mal habe ich vor vier Jahren auf einem Pferd gesessen.«

Auch etwas, das sie nach dem Unfall ihrer Eltern aufgegeben hatte. Irgendwie war es Franziska damals unpassend erschienen, ihr geliebtes Hobby weiterzuverfolgen. Sie hatte den Gedanken nicht ertragen können, fröhlich auf ihrem Fuchswallach Lausbub durch den Wald zu galoppieren, nachdem ihre Eltern nicht mehr lebten. Also war sie ein letztes Mal zum Stall gefahren, hatte Lausbub umarmt und Tränen in das weiche Fell geweint, bevor sie sich von ihm verabschiedet hatte. Alina hatte sie für verrückt erklärt. Franziska hatte ihrer Schwester nie verständlich machen können, warum sie das Reiten aufgegeben hatte. Für Alina waren Pferde nur eine Phase gewesen, die sie bald zugunsten von Ballettunterricht aufgegeben hatte. Den sie zugunsten von Gitarrenstunden hinter sich gelassen hatte. Die wiederum waren Tennis und später Snowboarding zum Opfer gefallen.

»Man verlernt es nicht.« Riley tippte Franziska auf den Arm. Sie war so sehr in ihren Gedanken versunken gewesen, dass sie seine Worte erst wahrnahm, als er sie wiederholte. »Man verlernt das Reiten nie. Hast du Lust?«

Bilder jagten durch Franziskas Kopf. Ein Pferd, das strauchelte und seine Reiterin abwarf. Gebrochene Beine, Rückgratverletzungen, Muskelrisse. Andererseits hatte sie schon überlegt, ob sie Ella bitten konnte, sich ein Pferd auszuleihen.

»Warum nicht?«, antwortete sie zu ihrer Überraschung. »Ich ziehe mir nur andere Schuhe an. Hast du einen Reithelm für mich?«

»Alles in der Sattelkammer.« Riley lächelte. »Dort gibt es auch Stiefel in deiner Größe.«

»Kommst du klar?« Riley zügelte seinen Rappen und schaute Franziska fragend an. »Oder sollen wir umkehren?«

»Auf keinen Fall«, antwortete Franziska, nachdem sie zu Atem gekommen war. Nach der ersten Angst, als ihre Fuchsstute losgaloppiert war, hatte ihr Körper sich an die Bewegungen des Pferdes angepasst und Franziska hatte das scharfe Tempo genossen. Der Wind hatte ihr Tränen in die Augen getrieben, die sie weggeblinzelt hatte. Nun zügelte auch sie ihr Pferd und fühlte sich so lebendig wie lange nicht mehr. »Wenn du Zeit hast, würde ich gern noch ein bisschen reiten. Auch wenn ich morgen einen furchtbaren Muskelkater haben werde.«

»Da sei dir sicher.« Diesen Spott, der in Rileys Stimme aufklang, konnte Franziska ertragen. Er war freundschaftlich, nicht mehr so von oben herab wie noch vorhin. Riley zwinkerte ihr zu. »Ein Wettrennen bis zu dem *Billabong* da vorne?«

»Dem Billa-was?«, fragte Franziska, aber da hatte Riley den Rappen auch schon in einen schnellen Galopp getrieben und ihr blieb nichts anderes, als ihm zu folgen. »Männer!«

Franziska ließ der Stute die Zügel locker und genoss die Geschwindigkeit, auch wenn ihr von Anfang an klar war, dass sie Riley und seinen Rappen nicht einholen würde. Riley wirkte wie verbunden mit dem Pferd, wie jemand, der schon in frühester Kindheit reiten gelernt hatte. Es war eine Freude, ihm zuzusehen, wie er mit leichter Hand den Rappen dirigierte und wie mit dem Pferd verwachsen aussah.

Als Franziska das Wasserloch erreichte, war Riley bereits von seinem Pferd gestiegen, hatte den Sattelgurt gelockert und ließ den Rappen trinken.

»Kommst du auch schon?«, spottete Riley und grinste breit. Allerdings eher gutmütig als spöttisch. »Ihr Europäer seid ganz schön lahm.«

»Du hast geschummelt und bist zu früh losgeritten«, antwortete Franziska und ließ sich vom Rücken ihrer Stute gleiten. Als ihre Füße den Boden berührten, knickten ihre Knie ein und sie wäre sicher gestolpert, wenn Riley nicht herbeigesprungen wäre und sie gehalten hätte. Er hielt sie fest und Franziska nahm seinen Geruch wahr. Eine Mischung aus Leder, Pferd und einem würzigen Hauch Aftershave. Sie schluckte. »Danke.«

»Gern geschehen.« Intensiv musterte er sie. Warum war ihr nicht schon vorher aufgefallen, dass seine Augen die Farbe des weiten Himmels widerspiegelten. Franziskas Herz schlug bis zum Hals und sie fürchtete, dass Riley es hören oder spüren und sich erneut über sie lustig machen würde. Doch er schaute sie nur an und schwieg.

»Ich ... ich denke, ich schaff's jetzt allein. Danke«, flüsterte Franziska, nachdem sie sich sicher war, dass ihre Stimme nicht versagen würde. Sie kicherte, um ihre Unsicherheit zu überspielen, was sich in ihren Ohren leicht hysterisch anhörte. »Ich hab mich wohl überschätzt.«

»Ich kann dich gern noch etwas halten.« Rileys Stimme klang rau und zu ihrer Überraschung spürte Franziska, dass sein Herzschlag sich beschleunigt hatte. »Es macht mir nichts aus. Im Gegenteil.«

Bevor Franziska sich einen Reim auf seine Worte machen konnte, beugte er sich vor und küsste sie. So sanft, dass sie die Berührung kaum spürte und schon befürchtete, sich alles eingebildet zu haben. Sie stand wie erstarrt. Der Gedanke an den letzten Mann, den sie geküsst hatte, fühlte sich an wie ein Schwall kalten Wassers ins Gesicht. Julian. Julian und Alina. Franziska erstarrte.

»Entschuldige.« Riley ließ sie los und trat einen Schritt zurück. »Ich ... ich hab da wohl was falsch verstanden.«

Franziska schüttelte den Kopf. Nein, das durfte sie nicht zulassen. Julians und Alinas Verrat sollte nicht dazu führen, dass sie jedes Gefühl abwehrte. Entschlossen trat sie auf Riley zu, ging auf die Zehenspitzen und küsste ihn. Nach einem Moment des Erstaunens erwiderte Riley ihren Kuss. Nicht mehr sanft und kaum spürbar, sondern fordernd und trotzdem zärtlich. Franziska schloss die Augen und ergab sich ganz dem Gefühl. Rileys kräftige Arme, die sie festhielten. Seine festen, aber weichen Lippen auf ihren. Nicht mehr an die Vergangenheit denken, sondern sich einfach treiben lassen. Franziska zitterte. Zu ungewohnt schien es ihr, einmal nicht zu planen und alles zu durchdenken.

»Ist dir kalt? Wollen wir zurückreiten?« Riley schob Franziska sanft ein wenig zurück und musterte sie prüfend. »Möchtest du meine Jacke haben?«

»Alles okay. Vielleicht ein bisschen viel auf einmal.« Sie lächelte ihn an. Sollte er doch versuchen, aus ihren Worten schlau zu werden. Sie konnte selbst nicht einmal beschreiben, was sie fühlte und was sie wollte. Ein schreckliches Durcheinander herrschte in ihrem Kopf, das sich erstaunlicherweise gut anfühlte. »Ich brauch ne Pause, glaub ich.«

»Komm, setz dich.« Riley holte eine Decke und einen Beutel aus der Satteltasche. Er zwinkerte Franziska zu. »Ich habe vorhin die Zeit genutzt, die du zum Umziehen gebraucht hast.«

Er breitete die Decke aus und packte Sandwiches und eine Thermoskanne sowie zwei Becher aus. Als Franziska den Duft von Brot und Käse roch, knurrte ihr Magen lautstark. Sie lachte. Eben noch war ihr alles kompliziert und schwierig erschienen, nun jedoch erinnerte sie sich an den australischen Way of Life. *To have a go* – probieren wir es einfach aus. Warum nicht das Wochenende mit Riley genießen, der angenehmer war, als es der erste Eindruck vermuten hatte lassen.

»Hier bitte, garantiert fleischfreie Sandwiches.« Riley reichte ihr ein Brot. Franziska sah ihn erstaunt an. Woher wusste er, dass sie kein Fleisch aß? Wahrscheinlich hatte Ella ihm das gesagt. »Möchtest du Tee?«

»Gerne. Danke. Für die Sandwiches auch.« Herzhaft biss Franziska in das Brot. Salat und ein Tomatenstück krümelten an der Seite heraus. Hastig griff Franziska danach. Zu spät. Sie lagen bereits auf der Decke und auf Rileys Jeans. »Ups. Entschuldigung.«

»Kein Problem.« Riley zuckte mit den Schultern. Er reichte Franziska ein weiteres Brot, das sie langsam und mit sichtlichem Genuss aß.

Normalerweise hätte das Schweigen eines Mannes sie kribbelig gemacht, aber erstaunlicherweise fühlte es sich richtig an, hier mit Riley zu sitzen. Am Rand eines Wasserlochs Sandwiches zu essen, die er für sie zubereitet hatte. Wann war Julian das letzte Mal so romantisch gewesen?

»Woran denkst du?«, fragte Riley und Franziska fühlte sich ertappt.

»An nichts. An niemand wichtigen«, antwortete sie hastig und senkte den Kopf über den Teebecher, damit Riley nicht merkte, dass sie ihn anlog. »Ist lange vorbei.«

»Deine Familie hat immer schon auf Amber's Joy gelebt?«, fragte sie, weil sie sich von Julian diesen wunderschönen Tag nicht verderben lassen wollte. »Weißt du etwas über Catherine und Victoria?«

Er überlegte einen Moment, was Franziska gut gefiel. Sie mochte es, wenn Männer nicht sofort auf alles eine Antwort hatten.

»Wahrscheinlich genauso viel wie du«, antwortete Riley schließlich. »Victoria und ihr Mann haben Amber's Joy aus der Pleite geholt und die Pferdezucht begonnen.«

»Und deine Familie?«, wiederholte Franziska, weil es sie wirklich interessierte. »Waren sie hier immer Verwalter? Willst du auf Amber's Joy bleiben?«

Schließlich hatte Ella ihn nach dem Studium gefragt. Meeresbiologie – wie das mit einem Verwalterjob zusammenpassen sollte, konnte Franziska sich nicht vorstellen.

»Ich dachte immer, meine Vorfahren wären Stockmen. Cowboys.« Riley grinste schief, was Franziskas Herz ein wenig schneller schlagen ließ. Er streckte sich auf der Decke aus und legte ganz selbstverständlich seinen Kopf auf ihre Beine. »Aber sie waren ganz unromantisch Verwalter. Die Arbeit mit den Pferden haben sie meist den Aborigines überlassen. Mein Ururgroßvater Richard war der erste, der auf Amber's Joy gearbeitet hat.«

»Habt ihr Briefe von ihm?« Franziska, die bisher mit ihrer Hand durch Rileys Haare gestrichen hatte, richtete sich auf. Eine neue Spur. »Oder Tagebücher?«

Rileys Antwort bestand aus lautem Lachen. »Richard war ein Cowboy-Typ. Groß, stark, wenige Worte. So wie ich.«

»Ach schade«, antwortete Franziska. Seine letzten Worte ließ sie unkommentiert. Als Riley sie fragend ansah, erzählte sie ihm in Kurzfassung von Ellas Suche nach dem Familiengeheimnis. »Irgendwie kommen wir nicht weiter. Selbst der Black Snake Creek-Mord hat sich als Flop erwiesen.«

Sie seufzte, weil die Nachforschungen so ergebnislos verlaufen waren. Ihre Hoffnungen hatten bei der Toowoomba Times gelegen, die sicher über einen spektakulären Mordfall berichtet hatte. Leider war deren Archiv in einer der vielen Überschwemmungen zerstört worden, so dass ihre Suche in eine Sackgasse geführt hatte.

»Hmm«, sagte Riley und schloss die Augen. »Richard hat ziemlich spät geheiratet. Eine junge Frau aus Brisbane. Vielleicht hat die ihrer Familie geschrieben. Ich kann meinen Dad fragen.«

»Das wäre toll.« Franziska schöpfte ein wenig Hoffnung. »Das würdest du machen?«

»Kommt auf die Belohnung an«, sagte Riley. Er öffnete

die Augen und lächelte sie an. Sanft zog er ihren Kopf zu sich herunter, um sie zu küssen.

War sie wirklich schon bereit für eine Affäre, fragte sich Franziska, doch dann schob sie den Gedanken zur Seite und genoss Rileys Kuss. Und den nächsten. Und die vielen danach. Sie hatte beinahe vergessen, wie gut sich das anfühlte.

KAPITEL 23

Amber's Joy, Australien 1898

Ob sie jemals glücklich sein würde, fragte sich Victoria, als sie Wäsche im Gärtchen aufhängte. Eigentlich fragte sie sich das immer, aber heute drückte ihr Unglück sie besonders schwer. Vielleicht weil die Sonne so verlockend vom Himmel strahlte, vielleicht weil sie immer noch keine Antwort von Cat erhalten hatte.

»Victoria.« Richard Chandler sprach sie leise an. Der hochgewachsene Verwalter stand vor ihr und drehte seinen Hut in den Händen. »Ich muss mit dir sprechen.«

»Lass mich nur die Wäsche aufhängen.« Sie nickte ihm zu und bemühte sich, den Gedanken zu verschieben, was Richard wohl von ihr wünschte. So nervös hatte sie den Mann, den sie schon ihr Leben lang kannte, noch nie gesehen.

Der Verwalter nickte und trat einen Schritt zur Seite. Victoria musterte ihn aus dem Augenwinkel. Groß und schlank war er. Ein Mann, dem man ansah, dass er viel Zeit in der Sonne zubrachte. Deren Licht hatte sein hellbraunes Haar ausgeblichen und ließ seine blauen Augen verwaschen wirken. Seltsam, dachte Victoria, dass so ein attraktiver Mann noch keine Frau gefunden hatte. Sie lächelte ein wenig. Immer wieder hatte sie Gerüchte gehört, dass einige Mädchen der Nachbarfarmen oder aus Marburg versucht hatten, Richard einzufangen, aber wie ein unzähmbarer *Brumby* war er ihnen entkommen.

Vielleicht besser für ihn, dachte Victoria. Eine Heirat war nicht unbedingt etwas Gutes. Hatte sie anfangs noch die leise Hoffnung gehegt, dass der schreckliche Beginn ihrer Ehe nur auf den übermäßigen Rumkonsum ihres Ehemanns auf der Hochzeitsfeier zurückzuführen war, so hatte sie in den vergangenen Monaten erkennen müssen, dass ihre Ehe nicht besser werden würde. Luke liebte sie nicht. Das hatte Victoria auch nicht erwartet. Für sie war die Heirat ein Vertrag, den sie beide einzuhalten hatten. Er bekam Amber's Joy und sie bekam ein Kind. Jemand, den sie lieben, für den sie sorgen konnte.

Bisher jedoch war sie nicht schwanger geworden, obwohl Luke sich beinahe jede Nacht ihres Körpers bemächtigte. »Wenn du dich nicht so anstellst, wird es dir irgendwann gefallen«, hatte er Victoria eines Nachts angeschnauzt, als sie leise weinend neben ihm gelegen hatte.

Gerne hätte sie ihm ihren Zorn, ihre Verletztheit, ihre Enttäuschung mit passenden Worten entgegengeschleudert, aber sie wagte es nicht. Schließlich trug sie selbst Schuld an ihrem Unglück. Sie hätte eben nicht den Mann heiraten sollen, den ihre kleine Schwester liebte. Victoria hatte all den Kummer, den ihre Ehe mit sich brachte, verdient, weil sie Catherine verraten hatte. Sie stieß einen Seufzer aus.

»Victoria?«

»Schon gut. Einen Augenblick noch.«

Mit heißen Wangen beugte sich Victoria über den Korb, der ihre Wäsche enthielt und hängte das letzte Laken auf. Sie atmete tief durch und wandte sich zu dem Verwalter um.

»Möchtest du etwas Limonade? Oder ein Bier?«

»Für Bier ist es noch etwas früh.« Richard Chandler lächelte, wobei sich feine Fältchen um seine Augen bildeten. »Limonade wäre gut.«

»Auf der Veranda?«

Richard nickte. Wie alt war er? Ende Dreißig, vielleicht. Warum hatte sie nicht ihn geheiratet? Einen freundlichen Mann, dem Amber's Joy genauso viel bedeutete wie ihr. Zu spät. Victoria schüttelte den Kopf über ihre wandernden Gedanken. Was nützte es sich zu fragen, was gewesen wäre, wenn? Sie hatte eine falsche Entscheidung getroffen und musste mit den Konsequenzen leben.

Mit zwei Gläsern selbstgemachter Limonade trat Victoria auf die Veranda. Richard saß auf der Bank, die Joseph vor Jahren für seine Ehefrau gekauft hatte und die er besser pflegte als manches andere auf Amber's Joy. Victoria stellte die Gläser auf dem Tischchen ab und setzte sich selbst auf den Holzstuhl, den Billy geschreinert hatte. Billy. Nein, sie durfte nicht zulassen, dass ihre Gedanken wieder zu ihm wanderten.

»Was möchtest du?«, fragte sie Richard. Da sie den Verwalter so lange kannte, erschien es ihr nur natürlich ihn zu duzen, auch wenn sie wusste, dass ihr Vater das nicht gern hörte. »Warum willst du mit mir sprechen?«

»Victoria.« Richard hatte sich auf der Bank angelehnt, die langen Beine ausgestreckt, den Hut so tief in die Stirn gezogen, dass die Krempe seine Augen umschattete und Victoria sein Gesicht kaum erkennen konnte. Die Stimme des

Verwalters klang besorgt. »Ich habe versucht, mit deinem … Mann zu reden, aber er wollte nicht zuhören.«

»Worüber?« Victoria spürte, wie Angst nach ihrem Herz griff und es schmerzvoll presste. Sie trank einen Schluck Limonade, um sich zu beruhigen. »Worüber? Bitte, Richard.«

»Amber's Joy geht es nicht gut.« Der Verwalter seufzte. »Schon lange. Der Boden hier ist nicht richtig für Zuckerrohr.«

»Ich weiß.« Victoria nickte.

Die meisten ihrer Nachbarn hatten den Zuckerrohranbau schon vor Jahren aufgegeben. Zuckerrohr brachte zwar gutes Geld, aber es brauchte viel Wasser. Wasser, das es an der Gold Coast im Überfluss gab, während es hier, in der Nähe der Darling Downs, nicht in jedem Jahr ausreichend regnete. Dazu kamen Probleme, Arbeiter für die Ernte zu finden und die Gefahren, die jede Ernte mit sich brachte.

Viele Farmer waren vom Zuckerrohr zum Weizenanbau gewechselt oder hatten begonnen, Schafe zu züchten. Nur ihr Vater hielt beharrlich am Zuckerrohr fest, als ob er damit Amber's Joy so halten konnte, wie es einmal gewesen war. Schon öfter hatte Victoria einen Streit zwischen Richard und ihrem Vater belauschen müssen, in dem es um die Zukunft der Farm ging. Dass es allerdings so schlecht um Amber's Joy stand, dass Richard sich sogar an Luke wandte, den er offensichtlich nicht mochte, traf Victoria unvermittelt.

»Wie schlimm ist es?«, flüsterte sie und fürchtete die Antwort. Richard war niemand, der viel redete und die Pferde scheu machte.

»Wenn dein Vater so weitermacht, werdet ihr die Farm verlieren.« Ganz flach klang die Stimme des Verwalters. Richard setzte sich auf. Victoria konnte sein gequältes Gesicht sehen. »Ein Jahr noch. Vielleicht zwei. Victoria …«

»Ja?«

»Amber's Joy ist auch meine Heimat. Du musst mit deinem Vater reden.«

»Auf mich hört er nicht. Das weißt du.«

»Dann sprich mit deinem Mann. Luke soll mit deinem Vater reden.«

Victoria überlegte einen Augenblick. Ja, das konnte funktionieren. Joseph mochte seinen Schwiegersohn und würde auf das hören, was Luke sagte. Aber würde Luke auf etwas hören, was Victoria ihm sagte? Blieb ihr eine Wahl? Das Schicksal ihrer Heimat, der einzigen Heimat, die sie kannte, stand auf dem Spiel.

»Ich werde es versuchen. Was rätst du uns?«

»Weizen. Und Schafe.« Richard Chandler nahm den Hut ab und drehte ihn wieder nervös in den Händen. »Oder Rinder. Pferde wären auch eine Möglichkeit, wenn wir gute Zureiter finden.«

»Wird es reichen, Amber's Joy zu retten? Oder ist es zu spät?«

»Es wird hart, aber wir können es schaffen. Aber wir müssen bald handeln.«

»Danke. Ich spreche mit meinem Mann.«

Victoria stand auf und lächelte Richard an, obwohl ihr eher zum Weinen zumute war. Warum nur beharrte ihr Vater so stur auf seiner Meinung? Warum nur ließ er dem Verwalter, der schon so viele Jahre bei ihnen arbeitete, nicht freie Hand, das zu tun, was er für richtig hielt?

»Luke, bitte. Wir müssen …« Victoria schwieg, als sie sein spöttisches Grinsen sah. Sie hatte an den Ställen gewartet, bis ihr Mann zurückkehrte. Sie wollte ihn nicht im Haus sprechen, weil die Gefahr zu groß war, dass ihr Vater sie dort hören konnte. »Ich möchte mit dir reden.«

»Worüber? Bist du endlich schwanger?«

»Nein.« Warum nur fühlte sie sich schuldig? Weil sie sich als Versagerin in der Ehe erwiesen hatte und nicht einmal in der Lage war, ein Kind zu empfangen. »Es geht um die Farm.«

»Ach, der Verwalter. Als ich nichts hören wollte, hat er also dich bequatscht.« Luke spuckte auf den Boden. »Vielleicht sollte ich ihn rausschmeißen.«

»Luke, bitte.« Victoria schluckte. Speichel sammelte sich in ihrem Mund. »Richard kennt sich wirklich aus. Wir könnten Amber's Joy verlieren.«

»Na und.« Er zuckte mit den Schultern und musterte sie. Von oben bis unten. Auf ihren Brüsten verweilte sein Blick etwas länger. Victoria spürte, wie ihre Wangen heiß wurden. »Dann suche ich eben Opale.«

»Viel Glück.« Sie drehte sich um und ging zur Tür. »Warum machst du dich nicht gleich auf den Weg?«

»Oh, das sind ja ganz neue Töne.« Schneller, als sie es erwartet hatte, verstellte er ihr jetzt den Weg. »Du willst doch nicht frech werden?«

»Nein.« Victoria ballte die Hände zu Fäusten, aber sie wollte sich nicht mit ihrem Ehemann streiten. Schlimm genug, dass sie gleich ihrem Vater die Stirn würde bieten müssen. »Bitte lass mich durch. Ich muss mit meinem Vater reden.«

»Da begleite ich dich natürlich, *Darling*.«

Der deutliche Spott in seiner Stimme schmerzte Victoria, aber sie hoffte, dass er sich vielleicht auf ihre Seite schlagen würde. Luke trat zur Seite und ging schweigend neben Victoria zum Farmhaus.

Wie erwartet saß ihr Vater in der Küche, am Küchentisch, ein Bulimba-Bier vor sich. Joseph schien in dumpfem Brüten versunken zu sein. Victoria schluckte. Vielleicht sollte sie einen besseren Tag abwarten. Einen Tag, an dem ihr Vater weniger zornig wirkte. Da erhielt sie einen Stoß in den Rücken und stolperte nach vorn. Hart prallte ihre Hüfte gegen den Tisch. Ihr Vater sah auf. Zorn zog über sein Gesicht.

»Du? Was willst du?«

»Vater.« Victoria wagte es nicht, sich einen Stuhl heranzuziehen, so wie ihr Ehemann, der sich ein Bier geholt hatte und sich selbstverständlich neben Joseph Wagner setzte. »Amber's Joy ist in Gefahr.«

»Glaubst du, das weiß ich nicht?«, fuhr Joseph auf und starrte Victoria an. Sein Gesicht war zornesrot und seine Stimme bebte. »Denkst du, ich lese die Briefe der Bank nicht?«

Victoria wusste keine Antwort und verharrte im Schweigen. Luke trank sein Bier und sein Blick ging von Joseph zu Victoria. Sie bemerkte ein Glitzern in seinen Augen, als ob er die Situation genösse.

»Was hast du dir ausgedacht?« Victoria zuckte zusammen, als ihr Vater sie ansprach. Seine Stimme klang so kalt, dass sie trotz des warmen Abends fröstelte. »Sag schon.«

»Ich … ich …«, begann Victoria, aber dann hatte sie einfach genug davon, sich stets für alles zu entschuldigen und zu rechtfertigen. Sie reckte sich, streckte den Rücken durch und sprach mit klarer Stimme. »Wir müssen das Zuckerrohr aufgeben und Weizen anpflanzen.«

»So, müssen wir?« Das bellende Lachen ihres Vaters erschreckte Victoria, so dass sie zwei Schritte zurücktrat. »Was bildest du dir ein? Du … du Unglücksbringer!«

Joseph hustete und verschluckte sich. Hastig trank er einen Schluck Bier, aber sein Husten blieb. Das Gesicht ihres Vaters lief rot an. Luke schlug ihm auf den Rücken und das Husten endete. Aber nur, um durch einen weiteren Wutausbruch abgelöst zu werden.

»Erst tötest du deine Mutter. Dann verjagst du deine Schwester.«

Ihr Vater spie Victoria die Worte entgegen. So voller Hass, dass Victoria am liebsten aus dem Haus gelaufen und niemals zurückgekehrt wäre. Sie wusste nicht, was sie mehr erschütterte. Der Hass ihres Vaters oder das sichtliche Vergnügen, das ihr Ehemann daran hatte, dass ihr Vater sie beschimpfte. Sie taumelte, aber dann wallte Zorn in ihr auf. Ein Zorn, der sich aus zu vielen Erniedrigungen speiste und aus der Einsamkeit, die sie ertragen musste.

»Ich habe Mutter nicht getötet. Es war ein Unfall. Ein furchtbarer, ein tragischer Unfall, an dem niemand die Schuld trägt. Das weißt du«, hielt sie ihrem Vater entgegen. »Und ja, Catherine habe ich vertrieben, weil ich so einsam war und unbedingt ein Kind wollte und dafür auch diesen Mann in Kauf genommen habe.«

»Oho, jetzt zeigst du mal deine Krallen.« Luke schien sich immer noch köstlich zu amüsieren. »Wenn es um diese Drecksfarm geht, kannst du plötzlich kämpfen.«

Victoria ignorierte ihren Ehemann. Sie und ihr Vater duellierten sich mit ihren Blicken, bis Joseph zur Seite sah. Aber noch war ihr Vater nicht geschlagen.

»Bevor ich Weizen anbaue und Schafe züchte, gebe ich Amber's Joy lieber auf.«

»Wie kannst du das nur denken?«, brachen sich all die einsamen Stunden Bahn. Hier und heute fand Victoria endlich den Mut, sich ihrem Vater entgegenzustellen und ihm zu sagen, was zu sagen war. »Mutter hat diesen Ort geliebt und du – «

»Sprich nicht von ihr!« Joseph sprang auf. Er stieß die Bierflasche um. Der Stuhl landete mit einem lauten Knall auf dem Boden. Schwer stützte sich Victorias Vater auf den Tisch. Sein Gesicht lief rot an und er brüllte sie nieder: »Du bist es nicht einmal wert, den Namen deiner Mutter in den Mund zu nehmen. Wie kannst du es wagen? Wie …«

Er griff sich an sein Herz, schwankte und fiel zu Boden. Joseph verdrehte die Augen und rang nach Luft.

»Vater!« Victoria stürzte an seine Seite. »Vater, hörst du mich?«

Joseph reagierte nicht. Er schien Victoria nicht einmal zu hören. Angst griff mit kalten Fingern nach ihr. Auch wenn er meist nur böse Worte für sie übrig hatte, so war er doch ihr Vater und sie konnte sich noch an den freundlichen Mann erinnern, der er einmal gewesen war. Vor seinem Unfall. Vor dem Tod ihrer Mutter.

»Vater. Bitte«, flüsterte Victoria. Dann wandte sie sich zu Luke. »Steh nicht herum. Hol den Arzt aus Marburg. Beeil dich. Mein Vater stirbt.«

KAPITEL 24

Amber's Joy, Australien 1898

In dem Augenblick, als Victoria ihren Fuß in den Garten setzen wollte, begann Cookie wie wild zu bellen. Die Hündin stürmte an ihr vorbei, das Fell gesträubt, die Augen weit aufgerissen. Erschrocken blieb Victoria stehen. Vor lauter Sorge um ihren Vater hatte sie die Hündin wohl vernachlässigt, so dass diese jetzt um ihre Aufmerksamkeit bettelte.

»Cookie. Aus!«, befahl sie der Hündin, doch Cookie sprang wild auf und ab. Sie knurrte grollend, wie Victoria den Cattle Dog noch nie hatte knurren hören. Sollte die Hündin bösartig geworden sein, wie es ihr Vorbesitzer prophezeit hatte? »Cookie. Gut jetzt!«

Victoria schüttelte zornig den Kopf und wollte sich an der Hündin vorbei in den Garten drängen. In dem Moment erhob sich ein Schlangenkopf aus dem dichten Gras und zischte sie an. Cookie sprang zur Seite und kläffte die Schlange lauthals an. Die Braunschlange richtete sich noch etwas auf, riss ihr Maul auf und spreizte sich. Cookie blieb stehen und knurrte grollend. Das beinahe zwei Meter lange Reptil schlängelte langsam davon.

Victoria ließ sich schwer auf die Treppenstufen fallen, die in den Garten führten. Sie griff sich an die Brust und atmete mit offenem Mund. Ihre Hand zitterte und die Handflächen fühlten sich feucht an. Ohne etwas zu sehen, starrte Victoria in den Garten. An die Stelle, wo eben die Braunschlange gelauert hatte.

Als etwas ihre Hüfte berührte, schrie Victoria in Panik auf. Doch es war nur Cookie, die sich beruhigt und neben ihre Herrin gesetzt hatte. Sanft stupste die Hündin Victoria an.

»Danke«, flüsterte Victoria mit schwacher Stimme. »Danke. Du hast mir das Leben gerettet.«

Nichts fürchtete sie so sehr wie Braunschlangen, seit jenem verhängnisvollen Tag, an dem ihre Mutter gestorben war. Nur zu gut erinnerte sich Victoria daran, wie sie mit Catherine um die Wette gelaufen war, um als Erste bei den frischen Erdbeeren im Garten zu sein. Victoria hatte das Wettrennen gewonnen und bückte sich zu den Pflanzen, als sie die Stimme ihrer Mutter hörte. Panisch rufen hörte. »Vici, nein!«

Bevor das Mädchen reagieren konnte, kam Amber Wagner angelaufen und stieß ihre Tochter zur Seite. Die überraschte Victoria sah einen Schatten, einen braun-orangefarbenen Schemen, der sich auf die Hand ihrer Mutter stürzte. Amber hatte aufgeschrien, ihre Tochter hochgezerrt und war aus dem Garten geflohen, die weinende Catherine im Schlepptau. Auf den Stufen der Veranda, an nahezu der gleichen Stelle, an der Victoria jetzt saß, hatte ihre Mutter sich hingesetzt und ihre Hand betrachtet.

»Mama«, hatte Victoria mit schlechtem Gewissen gesagt und war in Tränen ausgebrochen. »Es tut mir leid.«

»Schon gut, Liebes.« Amber hatte ihre Tochter an sich gedrückt, bevor sie Victoria ihre Hand zeigte. »Es ist nichts passiert. Nur ein Kratzer. Wir beide waren schneller als die Braunschlange.«

Bald darauf jedoch war der Kratzer angeschwollen und Amber hatte über Übelkeit und Kopfschmerzen geklagt. Da waren Victoria und Catherine losgelaufen, um die Heilerin der Aborigines um Hilfe zu bitten.

Sie zitterte so sehr, dass sie es heute nicht mehr wagen würde, einen Fuß in den Garten zu setzen. Mit weichen Knien schleppte sich Victoria in die Küche und goss sich mit flatternden Händen einen Tee ein. Das Klopfen an der Tür bemerkte sie erst, als Cookie aufsprang und sich fröhlich wedelnd vor die Tür stellte.

»Herein«, flüsterte Victoria. Sie räusperte sich und wiederholte mit kräftiger Stimme. »Herein.«

Wer mochte wohl so früh am Tag kommen? Die Männer waren alle auf den Feldern; die Nachbarn hatten zurzeit auch genug mit ihren Farmen zu tun. Neugierig schaute Victoria zur Tür, die sich langsam öffnete. Ihr Mund öffnete sich, ohne dass sie etwas sagen konnte. Mit vielen Menschen hatte sie gerechnet, aber nicht mit diesem. Dem einen, den sie so lange versuchte zu vergessen. Die Aufregung war zu viel für sie. Mit einem leisen Seufzer rutschte Victoria vom Stuhl in eine gnädige Ohnmacht.

Als sie wieder zu sich kam, hielt er sie im Arm. Besorgnis zeichnete sich so deutlich auf seinem Gesicht ab, dass Victoria es am liebsten gestreichelt hätte. Aber das durfte sie nicht. Sie war jetzt eine verheiratete Frau.

»Billy!« Victorias Stimme drohte zu brechen und ihre Hände flatterten wie Wellensittiche. Ängstlich schaute sie sich um. Hoffentlich war ihr Ehemann nicht in der Nähe. Obwohl sie Luke nichts bedeutete, konnte er stets erkennen, was Victoria fühlte, und nutzte das, um sie zu demütigen. »Billy. Du bist zurück.«

Sie musste alle Kraft, die sie noch in sich trug, aufbringen, um den Aboriginemischling nicht zu küssen. Victoria hatte befürchtet, Billy nie wieder zu sehen, nachdem ihr Vater ihn mit harschen Worten und wüsten Beschimpfungen vom Hof gejagt hatte. Erst nachdem Billy seine Sachen gepackt hatte und gegangen war, hatte Victoria sich eingestanden, wie viel er ihr bedeutete. Sie hatte ihn vermisst, jede Stunde, jede Minute ihrer unglücklichen Tage, die sie gefesselt an Luke auf Amber's Joy verbrachte.

Billys dunkle und sanfte Stimme, seine ruhige Selbstsicherheit, die Freundlichkeit, mit der er ihr zur Seite gestanden hatte. Als Catherine nach Brisbane gegangen war, hatte Victoria sich endgültig alleingelassen gefühlt. Wie in der Falle, eingesperrt von ihrem Vater und ihrem Ehemann. Ohne einen Menschen, den sie liebte oder dem sie vertrauen konnte, an ihrer Seite.

Mit Schaudern erinnerte sie sich an die dunklen Nächte, in denen sie wach im Bett gelegen hatte, die Wärme des schweren Körpers ihrer Ehemanns neben sich gespürt hatte, sein Schnarchen gehört hatte und leise Tränen geweint hatte. Wie sehr hatte sie ihre Feigheit und ihr Pflichtgefühl verflucht, die sie davon abhielten, Catherines Beispiel zu folgen und die Farm zu verlassen, die ihr von Tag zu Tag mehr wie ein Käfig als wie ein Zuhause erschien.

Die Schwere ihrer Einsamkeit wurde ihr erst jetzt bewusst. Jetzt, wo Billy sie im Arm hielt und sie fragend anschaute. Obwohl Victoria sich bemühte, die Fassung zu bewahren, liefen ihr Tränen die Wangen hinunter und sie schluchzte laut auf.

»Tori. Alles wird gut.« Billy drückte sie an sich. »Jetzt bin ich ja wieder hier.«

Victoria schloss die Augen und schmiegte ihren Kopf an seine Schulter. Mit einem tiefen Atemzug roch sie den vertrauten Duft nach Leder, Pferd und sonnenwarmer Haut und fühlte sich das erste Mal seit langer Zeit wieder zu Hause.

»Tori, was ist geschehen?« Billys Stimme klang drängend und er hielt sie fest im Arm. »Soll … soll ich wieder gehen?«

»Nein! Bitte verlass mich nicht«, flüsterte sie und erschrak selbst über die Hoffnungslosigkeit in ihrer Stimme. Sie zitterte und klammerte sich mit aller Kraft an Billy. »Verlass mich nicht wieder. Nie wieder.«

»Ich dachte, es wäre das Beste. Für dich.« So viel Schmerz klang aus Billys Stimme, dass Victoria die Augen öffnete und ihn ansah. Wie hatte sie nur so eigensüchtig und gedankenlos sein können? Sie hatte nur an ihre eigene Einsamkeit gedacht und sich nicht gefragt, was ihre Trennung für Billy bedeutet hatte. »Dein Vater hatte recht. Ich bin ein Mischling. Es hätte nie ein - «

»Sag das nicht«, unterbrach sie ihn. Sie wollte die Worte nicht hören, die sie sich selbst immer wieder gesagt hatte, um ihre Fehlentscheidung zu rechtfertigen. Worte, die hohler klangen als der Klangkörper eines *Didgeridoos*. »Ich … ich war so dumm. Ich hätte nicht nachgeben sollen. Luke …«

Als sie den Namen ihres Ehemanns aussprach, erschauerte Victoria und machte sich aus Billys Armen frei. Sie trat zwei Schritte zurück. Nicht auszudenken, was Luke tun würde, wenn er sie in den Armen eines anderen Mannes sähe. Hier in ihrer Küche.

»Bitte, so sehr ich es mir auch wünsche …«, flüsterte sie und spürte erneut Tränen und Einsamkeit. Aber sie durfte jetzt nicht nur an sich denken, sondern musste Billys Schicksal einbeziehen. »Mein Ehemann, mein Vater …«

»Ich weiß.« Billy lächelte leicht. Voller Liebe und Verständnis, was die Traurigkeit in Victorias Herz nur wachsen ließ. Wenn er wenigstens wütend würde oder Enttäuschung zeigte, dann könnte sie ihn schneller vergessen. »Ich will dich nicht kompromittieren. Ich wollte dir nur sagen, dass ich wieder hier bin.«

»Auf Amber's Joy?« Victoria taumelte zurück und ließ sich auf einen Stuhl fallen. Ihre Gefühle überwältigten sie. Freude über Billys Rückkehr. Angst davor, wie Luke und ihr Vater reagieren würden. Sorge um den geliebten Mann. Traurigkeit bei der Vorstellung, ihn täglich zu sehen, ohne ihn umarmen zu können. »Du willst hier arbeiten?«

»Nein.« Billy schüttelte den Kopf. Ein Schatten zog über sein Gesicht, so als ob seine Gedanken sich mit dunklen Fragen beschäftigten. »Ich könnte es nicht ertragen, dich und … ihn … zu sehen.«

»Also wirst du wieder gehen?« Hoffnungslosigkeit verdrängte alle anderen Gefühle. Victoria senkte den Blick zu Boden und versuchte, nicht zu weinen. »Wann? Wie … wie lange bleibst du?«

»Ich bleibe in deiner Nähe.« Billy war herangetreten und legte ihr seine Hand an die Wange. Sanft wischte er die Tränen weg. »Der Vorarbeiter der Wade-Ranch hat mir einen Job angeboten. Ich soll helfen, die Wildpferde zu zähmen.«

»Die Wade-Ranch?« Victoria schaute zu ihm auf und Freude durchzog sie. Mit einem guten Pferd konnte er in zwei Stunden auf Amber's Joy sein. Es fühlte sich so wunderbar an, Billy in ihrer Nähe zu wissen. »Werden wir uns sehen?«

»Willst du es wagen?« Er musterte sie aufmerksam, wirkte äußerlich ruhig, aber Victoria meinte die Anspannung zu spüren, mit der er auf ihre Antwort wartete. »Würdest du dich heimlich mit mir treffen?«

Sie überlegte einen Augenblick. Ihr Mund fühlte sich trocken an und sie benetzte die Lippen mit der Zungenspitze. Brächte sie den Mut auf oder war ihre Liebe zu kläglich? Bevor Victoria antworten konnte, erklang lautes Bellen vor der Tür. Cookie. Die Hündin klang wütend. Das konnte nur eins bedeuten. Victoria sprang auf.

»Mein Vater.« Ihre Hände flatterten und nach einem Ausweg suchend wendete sie den Kopf von links nach rechts. Billy blieb ruhig stehen. »Versteck dich … oder nein …«

»Ich bin nur ein alter Freund, der seinen Antrittsbesuch macht.« Billy klang so gelassen und selbstsicher, dass Victorias Angst verging wie die Blüten der Akazie im Wind. »Mach dir keine Sorgen.«

Schwere Schritte klapperten über die Veranda, gefolgt vom Klopfen, mit dem die Krücke auftrat. Trotz Billys Worten spürte Victoria die alte Angst in sich aufsteigen. Sie verschränkte die Hände und schaute zu Boden.

»Gib mir ein Bier«, fuhr Joseph sie an, noch bevor er in den Raum getreten war. Seit seinem Schlaganfall konnte er sich nur noch schleppend bewegen und seine Laune war noch übler geworden. Plötzlich stoppten seine Schritte. Victoria schaute ihren Vater an. Mit höhnisch heraufgezogenem Mundwinkel musterte Joseph Billy. »Ich dachte, ich hätte mich klar ausgedrückt, *Abo*.«

Obwohl seine Sprache verschwommen klang, konnte Victoria den Zorn ihres Vaters beinahe körperlich spüren. Die schwere Krankheit und die damit verbundenen Einschränkungen hatten Joseph nur noch härter und bösartiger gemacht.

»Guten Tag.« Billy blieb höflich und ließ sich nicht anmerken, ob ihn die Beschimpfung getroffen hatte. »Ich bin auf dem Weg zur Wade-Farm und wollte nur Guten Tag sagen.«

»Zu Wade also. Der stellt auch jeden ein, was.« Joseph setzte sich an den Tisch und starrte Billy an. »Wo bleibt mein Bier? Und du, *Abo*, hast jetzt genug Guten Tag gesagt, oder?«

»Vater!« Zum ersten Mal seit langer Zeit begehrte Victoria auf. Sie hatte lange genug hingenommen, dass ihr Vater und ihr Ehemann sie schlechter behandelten als das Vieh in den Ställen. Aber heute war Schluss. Jetzt, wo ihr endlich klar geworden war, was sie aus Angst und Kleinmut verloren hatte, würde sie lernen, sich zu wehren. »Billy ist unser Gast und ich erwarte, dass du ihn so behandelst.«

»Seit wann kann ein *Abo* ein Gast sein?« Ihr Vater schnaubte und schüttelte den Kopf. »Soll ich etwa mit ihm an einem Tisch sitzen und Bier trinken?«

»Danke, aber das möchte ich auch nicht.« Billy antwortete ruhig und gelassen, aber Victoria sah, dass er die Hände zu Fäusten geballt hatte und die Kiefer zusammenbiss, damit ihm keine wütende Antwort entkam. »Victoria.«

Billy nickte ihr zu und drehte sich um. Victoria rannte ihm nach und ignorierte den wütenden Ausruf ihres Vaters. Sollte er sich sein Bier doch selber holen.

»Warte.« Sie berührte Billy am Arm. »Ich … ich möchte dich wiedersehen. Wir werden einen Weg finden. Ich … ich …«

»Ich weiß«, ersparte er es ihr, die Worte auszusprechen, die sie noch nicht zu sagen wagte. »Ich lasse dir eine Nachricht zukommen. Aber jetzt geh besser hinein.«

Victoria strich ihm über den Oberarm und legte alle Liebe, alle Gefühle, die sie ihm offen nicht zeigen konnte, in diese winzige Geste. Er lächelte. Sie drehte sich um und ging die Treppenstufen zurück zur Tür. Auf der Veranda blieb sie stehen und wandte sich um. Billy saß auf dem Rücken seines dunkelbraunen Pferdes und hob als Abschiedsgruß zwei Finger an die Hutkrempe. Victoria lächelte. Nun konnte ihr nichts mehr geschehen. Billy war wieder da. In ihrer Nähe. Mehr noch. Er liebte sie immer noch, obwohl sie ihn verraten und Luke geheiratet hatte. Zum ersten Mal seit langer Zeit sah Victoria einen Hoffnungsschimmer in ihrer Zukunft.

Sie reckte den Rücken und öffnete die Tür zur Küche. Ihr Vater saß – so wie sie es erwartet hatte – am Tisch und starrte sie aus zusammengekniffenen Augen an. Sie erwiderte seinen Blick, ohne ein Wort zu sagen. Heute würde es ihm nicht gelingen, sie in die Knie zu zwingen.

»Bekomme ich endlich ein Bier?«, fragte er schließlich und wandte den Blick ab. »Luke kommt heute nicht nach Hause.«

Victoria bemühte sich, sich ihre Erleichterung nicht anmerken zu lassen. Schon lange traf es sie nicht mehr, dass ihr Ehemann seine Abende lieber in einem Pub mit seinen Saufkumpanen und billigen Frauen zubrachte als mit ihr. Vielleicht konnte sie ihren Vater überzeugen, dass er einer Scheidung zustimmte?

»Wir können gleich essen.« Victoria holte ein Bier aus der Vorratskammer und stellte es vor ihrem Vater auf den Tisch. »Es wäre freundlich, wenn du dich vorher frisch machst.«

»Lass mich nur das Bier trinken«, antwortete Joseph erstaunlich friedfertig. Seine Hand, mit der er die Bierflasche festhielt, zitterte leicht. Mitgefühl überwältigte Victoria und sie hätte ihm gern eine Geste der Zuneigung geschenkt, fürchtete aber, dass er sie zurückstoßen würde.

»Es gibt Meat Pie«, sagte sie daher nur und drehte ihm den Rücken zu, damit ihr Vater nicht sah, dass sie mit den Tränen kämpfte.

KAPITEL 25

Amber's Joy, Australien 1898

Folgte ihr jemand? Victoria blieb stehen, hielt den Atem an und lauschte. Nein, in ihrer Angst musste sie sich die Schritte eingebildet haben. Sie strich sich mit zitternden Fingern über die Haare und zögerte. Was, wenn ihr doch jemand nachgegangen war? War es das Risiko wert?

Ja. Victoria holte tief Luft und schritt eilig voran. Tiefer in das Wäldchen hinein. Für Farbtupfer im satten Grün des Waldbodens sorgten die *Telopea* mit ihren purpurnen Blüten, die *Banksie* in rot-gold und natürlich die rotstrahlenden *Feuerrad*-Bäume. Wie schön es hier war. Schön und friedlich. Es konnte nicht sein, dass jemand von der Farm ihr hierher gefolgt war, oder?

Noch einmal blieb sie stehen, verbarg sich hinter einem Baumstamm und zählte langsam bis einhundert. Nein, ihre Angst hatte ihr nur etwas vorgegaukelt. Weder ihr Ehemann noch ihr Vater schienen bemerkt zu haben, dass Victoria sich von Amber's Joy davongestohlen und in den Wald gelaufen war. Wie auch, dachte sie mit einem bitteren Beigeschmack. Wenn sich keiner von beiden für ihr Geschick interessierte, wie sollten sie da Notiz von ihrem Verschwinden nehmen.

Immerhin gab die fehlende Liebe der beiden Männer ihr die Freiheit, sich heute mit dem zu treffen, der sie liebte und den sie von ganzem Herzen liebte.

»Billy!«, rief Victoria und lief auf die Lichtung, auf der der Aborigine ihr erwartungsvoll entgegensah. Er wartete im Schatten einer goldenen Akazie, deren Blüten im Sonnenlicht leuchteten. »Billy!«

Er breitete die Arme aus und sie warf sich an seine Brust, roch seinen Duft nach Leder und Pferden und Feuer. Warum nur hatte sie zu spät erkannt, wem ihr Herz gehörte? Warum hatte sie ihrem Vater gehorcht und den falschen Mann geheiratet und damit auch noch ihre Schwester, ihre einzige Verbündete, von Amber's Joy vertrieben? Nein, heute wollte Victoria nicht über die Fehler der Vergangenheit nachdenken, heute wollte sie die wenigen gestohlenen Momente mit ihrem geliebten Mann genießen.

Bevor Billy etwas sagen konnte, brach jemand durch die Büsche, die am Rand der Lichtung standen. Victoria schrak zusammen und drehte sich hastig um. Sie hatte sich also nicht geirrt. Jemand war ihr von Amber's Joy hierher gefolgt.

»Cookie!«, rief Victoria und ein Stein fiel ihr vom Herzen. »Böser Hund.«

Doch der Klang ihrer Stimme sagte der Hündin wohl, dass Victoria ihre Worte nicht ernst meinte. Schwanzwedelnd umkreiste Cookie Victoria und Billy mit fröhlichem Bellen. Der *Blue Heeler* sprang an dem Paar hoch, als ob er Freude darüber ausdrücken wollte, dass Victoria und Billy endlich zueinander gefunden hatten.

»Gutes Mädchen. Sitz.« Billy hob kurz die Hand und die wohlerzogene Hündin ließ sich vor ihm nieder. Sie ließ den Aborigine nicht aus den Augen. Anscheinend hatte Cookie Billy genauso schmerzlich vermisst wie Victoria.

»Ich hatte Sorge, du würdest nicht kommen.« Billy streichelte Cookie und wandte sich Victoria zu. »Oder dass dein … Mann … dich nicht gehen lässt.«

»Ich … Nichts hätte mich aufhalten können. Oh Billy.« Victoria kämpfte verzweifelt gegen die Tränen an, die so lange ungeweint geblieben waren. Sie schluchzte auf und Billy zog sie wieder in seine Arme.

»Victoria.«

Sie spürte seinen Herzschlag und hielt ihn fest umschlungen. Sie beide benötigten keine Worte, um das auszudrücken, was sie füreinander empfanden. Jedes Wort hätte den Zauber dieses Augenblicks nur zerstört. Warum konnte sie die Zeit nicht einfach anhalten und diesen Moment für immer festhalten?«

»Komm«, sagte Billy schließlich und zog Victoria hinter sich her an den Rand der Lichtung.

Er führte sie an den Fluss, der sich leise murmelnd durch das Grün des Wäldchens schlängelte. Der Black Snake Creek wirkte im Sommer lieblich und friedlich, so dass man kaum glauben konnte, was für Gewalten der Fluss in der Regenzeit entwickelte. Victoria schüttelte den Kopf über sich. Was war sie nur für eine Frau. Hier war sie mit dem Mann, den sie liebte, und anstatt die Romantik des Ortes zu genießen, dachte sie nur an Gefahren, die hier lauerten. Sie schloss die Augen und atmete tief durch, um ihre Gedanken von aller Düsternis zu befreien.

Als sie die Augen wieder öffnete, nahm sie die Schönheit

des Ortes in sich auf. Das tiefe Grün der Bäume, das dunkle Gelb der Blüten der goldenen Akazie und dazwischen verstreut einzelne roten Blüten der Kängurupfoten.

Nur das leise Schnauben des dunkelbraunen Hengstes, den Billy an einem Busch angebunden hatte, unterbrach die Stille des Ortes.

Auf der Lichtung am Fluss hatte Billy eine Decke ausgebreitet. Victoria schluckte. Was erwartete Billy von ihr? Sie fühlte sich nicht bereit, ihm mehr als nur Küsse zu schenken. Sie hatten einander doch gerade erst wiedergefunden. Waren alle Männer nur an der körperlichen Seite der Liebe interessiert? Victoria spürte Enttäuschung wie einen bitteren Geschmack im Mund. Vielleicht hatte sie in der langen Zeit, die sie Billy nicht gesehen hatte, vergessen, dass auch er nur ein Mann war.

»Ich habe Mangos und Sandwiches und Tee.« Billy deutete auf die Satteltasche, die auf der Decke lag. »Ich wusste nicht, ob du hungrig bist.«

Sie schämte sich für ihre Gedanken. Billy hatte sich bemüht, ihr eine Freude zu machen, und sie hatte ihm unterstellt, sie verführen zu wollen. Victoria biss sich auf die Unterlippe. Hatte ihre Ehe mit Luke sie derartig verrohen lassen, dass sie von jedem Mann nur Schlimmes annahm?

»Danke.« Victoria nahm auf der Decke Platz und wartete, bis Billy ihr den Blechbecher mit Tee reichte. Das heiße, süße Getränk wärmte sie. Ruhe überkam sie und sie lauschte dem Rascheln der Blätter, durch die ein Windstoß gefahren war.

»Hörst du?«, fragte Billy, als ob er ihre Gedanken gespürt hätte. »Der Wind erzählt von seiner Reise.«

Erst wollte Victoria lachend abwehren, aber dann legte sie

den Kopf etwas schräg und lauschte. Ja, wenn man genau lauschte, klang es wirklich, als ob der Wind den Eukalyptusbäumen ein Lied sang. Einzelne Vogelstimmen ertönten. Victoria meinte, Kakadus zu erkennen und auch *Kookaburras*. Heute wirkte es nicht, als ob der Vogel sie auslachte, sondern als ob er gemeinsam mit ihr lachte und sich an diesem wunderschönen Tag erfreute. Die Luft war klar und roch süß von der Blütenpracht.

»Ich möchte nicht wieder zurück«, flüsterte sie und Billy nahm sie in die Arme. Sie schmiegte sich an ihn und wünschte, dass der Augenblick nie endete.

»Ich … ich weiß nicht, was ich sagen soll.« Sie versuchte ein Lächeln, obwohl sie bereits Tränen aufsteigen spürte. Sie erkannte Billys Gesicht wie durch einen Schleier. »Ich habe so viel falsch gemacht.«

Er rückte näher und nahm sie sanft in seine Arme.

»Nein. Es ist gut. Alles wird gut.«

»Wie denn?«, klagte sie verzweifelt. »Ich bin verheiratet. Unglücklich. Und du?«

»Ich liebe dich.«

Billy sprach die Worte mit einer derart ruhigen Gewissheit aus, dass Victorias Zweifel vergingen wie Wolken unter der Sonne. Sie lächelte ihn an. Ohne Tränen. Ohne Fragen. Und küsste ihn, als ob es für sie beide kein Morgen gäbe. Wer wusste schon zu sagen, ob es ihr erneut gelingen würde, sich von Amber's Joy davonzuschleichen. Billy erwiderte ihren Kuss. Sanft und fragend. Victoria versteifte sich, als seine Hand ihren Rücken entlangstrich. Zu sehr erinnerte die Wärme seiner Hand sie an Lukes raue und lieblose Avancen.

»Entschuldige.« Billy rückte etwas von Victoria ab und musterte sie fragend.

»Nein. Bitte.« Sie versuchte ein Lächeln. »Gib mir etwas Zeit.«

»Du hast alle Zeit, die du brauchst.«

Billy legte sich auf den Rücken, den Kopf auf den angewinkelten Arm gestützt und schloss die Augen. Victoria bewunderte seine Ruhe und Gelassenheit. Da war nichts von der nervösen und bösen Energie, die ihren Ehemann umtrieb.

Vorsichtig legte sie sich neben ihn und fuhr mit zwei Fingern der linken Hand, der Herzenshand, über die Konturen seines Gesichts. Er lächelte, aber hielt die Augen geschlossen. Mutiger geworden küsste sie ihn. Billy erwiderte ihren Kuss, aber blieb weiterhin ruhig liegen. Victoria ließ ihre Finger wandern. Billys Hals entlang, an seinem Hemdkragen vorbei über seine Brust. Zurück zu seinem Hals. Mutig geworden küsste sie ihn intensiv und ausgiebig. Wieder und wieder, bis er sie umarmte und ihren Kuss mit aller Kraft erwiderte. Ein tiefes Gefühl von Zuneigung und Vertrauen trug Victoria und gab ihr den Mut, sich Billys Küssen zu öffnen und seine Hand zu nehmen und ihr den Weg zu weisen.

»Willst du es wirklich?« Er musterte sie aus vor Leidenschaft dunklen Augen.

Sie nickte und küsste ihn mit aller Lust, die sie in sich fühlte. Billy stutzte einen Augenblick, wohl genauso überrascht wie Victoria von der Kraft ihres Begehrens, dann erwiderte er ihren Kuss.

So also konnte die Liebe sich anfühlen, dachte Victoria und schaute in den weiten Himmel, der zwischen den dunkelgrünen Baumwipfeln durchschimmerte. Niemals hätte sie erwartet, dass ihr die körperliche Liebe Freude bereiten könnte. Mit ihrem Ehemann war jedes Zusammensein ein kurzer, schmerzhafter Akt, den sie möglichst schnell vergessen wollte. Jedes Mal hoffte sie, dass eine Weile bis zum nächsten Mal verstreichen würde. Sie wusste, dass Luke sich in Marburg mit anderen Frauen vergnügte, aber das störte Victoria überhaupt nicht. Eher im Gegenteil. Es erleichterte ihren Alltag und sie hatte sich damit abgefunden, dass ihr Leben lieblos verlaufen würde. Bis Billy zurückgekehrt war. Und heute nun hatte sie erstmals das Wunder des Zusammenseins erlebt. Victoria lächelte leise. Was immer auch geschehen würde, sie würde sich nicht davon abhalten lassen, Billy wiederzusehen und in seinen Armen zu liegen.

»Schau nur.« Billy setzte sich auf. Mit der linken Hand deutete er auf ein Paar schwarzer Schwäne, das majestätisch nebeneinander in Ruhe über den Fluss glitt. »Weißt du, dass Schwäne sich für ein Leben lang verbinden. Wenn sie einmal lieben, …«

Obwohl er seine Worte sicher nicht böse gemeint hatte, überfiel Victoria das schlechte Gewissen. Sie hatte ihre Liebe gekannt und ihn verraten. Nein, sie wollte nicht daran denken.

»Woher hast du diese Narben?«, fragte sie ihren Geliebten, während sie ihm mit der Hand über die Brust strich, auf der mehrere längliche Schnitte zu sehen und zu spüren waren. »Hattest du einen Unfall?«

»Nein.« Billy schaute sie forschend an, als überlegte er, ob er ihr die Wahrheit sagen könnte. »Ein Ritual meines Volks. Zum Erwachsenwerden.«

Etwas in seinem Tonfall und seinem Blick sagte Victoria, dass sie besser nicht weiterfragen sollte, dass sie einen Bereich berührt hatte, der ihr verschlossen bleiben würde. Doch ihre Neugier war geweckt.

»Erklär mir die Traumzeit«, bat sie Billy träumerisch. Sie wollte den geliebten Mann besser kennenlernen. »Stimmt es, dass … dass dein Volk die Welt erträumt hat?«

Billy schwieg. Verwundert richtete Victoria sich auf und schaute ihn an. Sein Gesicht wirkte wie eine undurchdringliche Maske, nicht wie das des Mannes, dem sie eben noch ihr Leben anvertraut hätte.

»Habe ich etwas Falsches gesagt?«, flüsterte sie und bedauerte, dass eine unbedachte Frage den Zauber des Nachmittags zerstören sollte. »Es … es tut mir leid.«

»Nein.« Billy beugte sich vor und küsste sie. »Ich bin es nur nicht gewöhnt, von meinem Aborigine-Erbe zu reden. Die meisten … Weißen halten es für einen Makel.«

Victoria nahm seine Hand und drückte sie. Was hätte sie sagen können? Nur zu gut wusste sie, wie wenig die meisten Weißen von den Ureinwohnern hielten. Selbst ihr Vater verachtete die Aborigines, obwohl er Billys Familie auf dem Land von Amber's Joy leben ließ.

»Die Traumzeit …« Victoria hörte das Lächeln in Billys Stimme. Er küsste sie erneut. »*Altjiranga.* Wir nennen es *das, was von Anfang an und in alle Ewigkeit vorhanden sein wird.* Man kann es nicht erklären, nur erzählen. Es sind viele, viele Geschichten. Über die Erschaffung der Tiere, der Menschen, der Pflanzen, des Landes … alles, selbst der Götter und Geister.«

Wieder antwortete sie nicht mit Worten, sondern strich mit ihrer Hand sanft über sein Gesicht. Billy seufzte.

»Ich kenne nicht alle Geschichten«, sagte er nach einer Pause. »Ich habe mich erst spät zur Familie meiner Mutter bekannt – «

»Aber«, unterbrach ihn Victoria. »Ich erinnere mich an den Tag, als … als meine Mutter starb. Da haben Cat und ich dich bei Burilda gesehen. Ich dachte, du lebtest mit ihr?«

»Ja, Burilda und ihre Familie haben mich aufgenommen, aber …« Billy stieß die Luft aus. Etwas in seiner Stimme ließ Victoria sich aufsetzen. Sein Gesicht wirkte gequält und in Gedanken versunken. Er seufzte und stieß schließlich hervor: »Richard Chandler ist mein Vater.«

»Richard?«, fragte Victoria ungläubig. Nicht Richard, ihr Verwalter, der Mann, der stets unabhängig bleiben wollte. »Wie … wie kam das? Hat er deiner Mutter …« – sie musste bei dem Gedanken schlucken – »Gewalt angetan?«

»Nein, Richard ist ein guter Mann. Ein guter Vater.« Billy lächelte. »Er hat meine Mutter geliebt und hätte sie geheiratet. Aber sie starb kurz nach meiner Geburt.«

Er sprang auf und ging zum Fluss, schöpfte Wasser in seine Hände und kühlte sein Gesicht.

»Richard nahm mich mit nach Amber's Joy und bat Burilda, sich um mich zu kümmern.«

Victoria schwieg und schaute Billy mit großen Augen an. Niemals hätte sie erwartet, dass Richard und Billy mehr als Respekt verband. Sie wirkten nicht wie Vater und Sohn, eher wie Freunde.

»Richard wollte dich nicht anerkennen?«, fragte sie schließlich und hoffte, dass sie Billy mit der Frage nicht verletzte.

»Doch, aber … er war ein Mann, musste arbeiten. Ich war ein Kind. Ein Mischling, noch dazu.« Billy zuckte mit den Schultern. Victoria fand es erstaunlich, wie gelassen er über sein Leben sprach. »Ich hatte ein gutes Leben in Burildas Familie. Aber …«

Er wandte sich erneut von Victoria ab und ließ Wasser durch seine Finger laufen. Sie stand auf und lehnte sich an ihn, schmiegte sich eng an seinen Rücken und hoffte, dass er sie verstand.

»Als dein Vater mich von Amber's Joy verjagte, nannte Burilda mir den Namen des Clans meiner Mutter.« Billy atmete so tief ein und aus, dass Victoria jeden Atemzug spürte. »Ich bin eine Weile mit ihnen gewandert. Sie wollten, dass ich bleibe und mir eine Frau nehme.«

Victoria stieß einen kleinen Laut des Erschreckens aus. Niemals war es ihr in den Sinn gekommen, dass Billy sie ebenso verraten könnte, wie sie ihn verraten hatte.

»Ich wollte nur zurück zu dir«, antwortete Billy. Seine Hand tastete nach ihrer Hand und drückte sie. »Verlass deinen Mann. Komm mit mir.«

»Wohin?«, fragte Victoria schließlich. Ihr Herz rief ihr zu, Ja zu sagen und gemeinsam mit Billy ein neues Leben zu beginnen. Australien war groß genug, um einen Platz für sie beide zu finden. Aber schnell setzte ihr Verstand ein. Sie trug Verantwortung für ihren Vater, auch wenn der sie nicht liebte. Und – so schwer es ihr fiel, sich das einzugestehen – Amber's Joy gehörte ihr Herz. Die Farm war ihr Zuhause, mit dem sie nicht nur Dunkelheit und Traurigkeit verband, sondern auch Erinnerungen an eine gute Zeit. An Lachen und Singen mit ihrer Mutter. Wenn sie Amber's Joy verließe, würde sie ihre Mutter verlieren.

»Ich … ich werde darüber nachdenken. Cookie, komm.« Victoria pfiff nach der Hündin, die in dem Dunkel des Wäldchens verschwunden war. »Wir müssen zurück.«

Victoria beugte sich zu Billy, der sie anlächelte, und küsste ihn zart.

»Ich … ich muss gehen.« Sanft legte sie ihm zwei Finger auf die Lippen. »Wann sehen wir uns wieder? Besuch uns auf Amber's Joy. Du bist doch ein alter Freund.«

»Ich weiß nicht.« Billys Gesicht verdunkelte sich. »Dich und … ihn zu sehen …«

»Es tut mir leid.« Ihren Geliebten leiden zu sehen, schmerzte Victoria, aber der Gedanke, dass wieder lange Zeit vergehen sollte, bis sie Billy wiedersehen würde, schmerzte mehr. »Komm in ein paar Tagen. Wenn die Ernte endet. Bitte.«

»Ja. Für dich.« Er küsste sie mit so großer Leidenschaft, dass es Victoria schier den Atem nahm. »Ich werde die Minuten zählen.«

»Ich auch.«

Hätte sie geahnt, was ihre Bitte nach sich ziehen würde, hätte Victoria Billy sicher nicht gedrängt, noch einmal nach Amber's Joy zu kommen.

KAPITEL 26

Brisbane, Australien 1898

Ungeduldig schaute Catherine immer wieder auf das Zifferblatt der großen Uhr, die über der Tür des Kaufladens hing. Die Minuten krochen dahin, als litten sie unter hitzbedingter Mattigkeit. Noch zwei Stunden, bis sie endlich Pause machen könnte und Frederick wiedersehen würde. Heute, heute wollte sie ihm endlich ihre große Neuigkeit erzählen. Bei ihrem letzten Treffen hatte ihr Geliebter nur wenig Zeit gehabt, so dass Catherine lieber noch etwas warten wollte. Vielleicht lag es auch am Aberglauben – sie fürchtete, ein Unglück zu beschwören, sollte sie sich zu sehr über ihr Glück freuen.

Die Türglocke klingelte und zeigte, dass ein Kunde das Geschäft betreten hatte. Catherine wandte ihren Blick von der Uhr, setzte ein Lächeln auf und ging zur Tür.

»Ms Wagner?« Die müde aussehende Frau, die Catherine ansprach, hatte diese vorher noch nicht gesehen. Warum also musterte die Fremde sie von oben bis unten, als ob sie sich jedes Detail einprägen wollte? Hinter ihrem Rücken verbargen sich ein vielleicht sechsjähriger Junge und ein vierjähriges Mädchen, die ab und zu neugierig hinter dem einfachen Baumwollkleid hervorblinzelten. »Sind Sie Catherine Wagner?«

»Ja. Guten Tag. Kann ich Ihnen helfen?« Catherine nickte der Frau zu und streckte den schmerzenden Rücken. Inzwischen konnte sie ihre Schwangerschaft zwar noch nach außen verbergen, aber sie fühlte sich täglich schwerer und unförmiger. »Wer sind Sie?«

»Mein Name ist Henrietta Moore.« Die Frau kniff die Augen zusammen und schien auf eine Reaktion von Catherine zu warten. Diese überlegte. Frederick hatte ihr nie von einer Schwester erzählt, aber er pflegte überhaupt nicht viel über sich zu reden, sondern sprach lieber von ihrem gemeinsamen Kampf und den Fortschritten, die sie erzielen würden. Henrietta Moore schüttelte den Kopf. »Sagt Ihnen der Name nichts?«

»Sind Sie mit Frederick verwandt?«

»Verwandt?« Henrietta Moore stieß ein Schnauben aus, das eines wütenden Pferdes würdig gewesen wäre. Die Kinder, die sich etwas hervorgewagt und Catherine neugierig beäugt hatten, verschwanden wieder hinter ihrem Rücken. »Frederick ist mein Ehemann. Und das hier sind Brian und Marjory. Fredericks Kinder.«

Catherine taumelte, als ob die Frau ihr ins Gesicht geschlagen hätte. Sie ruderte mit den Händen, bis sie hinter sich das Holz des Verkaufstisches spürte, um sich dort aufzustützen. Sauer stieg ihr Mageninhalt in ihrer Kehle auf und sie musste würgen. Sie hob die Hand vor den Mund und schluckte schwer. Ihr Herz schrie ihr zu, wegzulaufen und sich zu verstecken. Die Frau musste eine Lügnerin sein.

Niemals würde Frederick sie betrügen. Nicht ihr Frederick. Er war der ehrlichste und vertrauenswürdigste Mann, den sie je getroffen hatte.

Und dennoch. Catherine schloss die Augen. Vor ihrem inneren Auge zogen all die Abende vorbei, die sie einsam in ihrem Zimmer verbracht hatte, weil Frederick in Sydney gewesen war oder durchs Land reiste, um Menschen zu finden, die sich seiner Sache anschlossen. Sie hatte ihm geglaubt, weil es keinen Anlass gab, ihm nicht zu glauben. Aber … jetzt ergab das alles einen Sinn. Einen furchtbaren, sie ins Unglück stürzenden Sinn.

»Nein, nein, nein«, flüsterte Catherine und lehnte sich schwer gegen den Tisch. Ohne zu überlegen, legte sie eine Hand vor ihren Bauch. »Nein, Sie müssen sich irren.«

Henrietta Moore hatte die Hand vor den Mund gehoben und starrte Catherine großäugig an. Auf dem Gesicht von Fredericks Ehefrau malte sich der Schrecken ab, den auch Catherine empfand.

»Kinder, holt euch etwas Süßes. Lauft nicht zu weit weg.« Henrietta Moore drückte dem Jungen eine Münze in die Hand und wartete, bis er freudestrahlend davongerannt war, wobei er seine kleine Schwester hinter sich her zog. Erneut erklang das fröhliche Gebimmel der Türglocke. Dann wandte sie sich Catherine zu. »Sie … Sie wussten es nicht?«

Catherine konnte nur nicken. Kein Wort wollte ihrer trockenen Kehle entkommen. Sie wollte die Augen verschließen wie ein kleines Kind. Wenn sie die Gefahr nicht sehen konnte, war sie nicht da. Aber sie wusste es besser. Henrietta Moore würde nicht gehen.

»Catherine, ist alles in Ordnung?« Lawrence Banks verließ die Kundin, mit der er ein längeres Gespräch geführt hatte, und eilte an Catherines Seite. Sanft berührte er ihren Arm. »Brauchen Sie Hilfe?«

»Nein, nein, danke.« Catherine sandte ihm einen dankbaren Blick zu. »Entschuldigung. Könnte ich ausnahmsweise jetzt meine Pause nehmen, bitte?«

»Selbstverständlich.« Immer noch zeichnete sich Lawrence Banks' Miene durch Besorgnis aus, aber der Kaufmann war zu höflich, um Catherine mit weiteren Fragen zu bedrängen. »Lassen Sie sich ruhig Zeit. Es ist im Augenblick nicht viel los.«

»Vielen Dank.« Catherine nickte ihm zu. Mit einem kleinen Seufzer wandte sie sich zu … Fredericks Ehefrau um. Die Wahrheit schmerzte und ließ sie erneut seufzen. »Bitte, lassen Sie uns in eine Teestube gehen. Ich … ich möchte nicht hier über alles sprechen.«

»Lassen Sie uns zu David Webster's Tea Room gehen. Das hat man mir empfohlen.« Henrietta Moore schaute Catherine auffordernd an. »Dort ist es privat genug für … für unser Gespräch.«

Erst wollte Catherine abwehren, einen anderen Vorschlag machen. Schließlich hatten sie und Frederick sich in Webster's Tea Room näher kennengelernt. Dann siegte ein bitterer Sinn für Ironie – wie passend, dass Catherine die Wahrheit über ihren Geliebten, über den Vater ihres Kindes an diesem Ort erfahren sollte.

»Es tut mir leid.« Auf Henrietta Moores Gesicht konnte Catherine deutlich das schlechte Gewissen erkennen. Sie hatte wohl erkannt, dass Catherine nicht ihre Feindin war, sondern genau wie sie ein Opfer eines betrügerischen Manns. Obwohl sie Henrietta Moore und deren Kinder vor sich sah, fiel es Catherine immer noch schwer, ihren geliebten Frederick als Betrüger zu sehen.

»Es ist ja nicht Ihre Schuld«, antwortete Catherine mit trockenem Mund. Sie musste träumen. Das konnte nicht wahr sein. Nein, das durfte nicht wahr sein. Bestimmt würde sich alles noch aufklären. Bestimmt handelte es sich um einen anderen Frederick Moore, nicht um ihren Geliebten. Aber – hatte sie ihn je nach seinem Leben in Sydney gefragt?

»Kinder, kommt.« Mit zuckerzeugverschmierten Mündern liefen das Mädchen und der Junge heran und gingen brav neben ihrer Mutter.

Wohlerzogene Kinder, dachte Catherine, während sie schweigend neben Henrietta Moore die staubige Straße überquerte, den Kopf gesenkt hielt und sich fragte, wie sie nur in eine derartige Situation hatte kommen können. Männern konnte man einfach nicht trauen. Erst Luke, der sie für Amber's Joy verlassen hatte, und nun Frederick, der sie verführt hatte, obwohl er gebunden war. Nicht nur gebunden, sondern auch Vater.

Der Gedanke an ihr ungeborenes Kind ließ Catherine erneut taumeln und nur ein schneller Griff von Henrietta Moore bewahrte sie davor, in den Staub der Straße zu stürzen. Vielleicht wäre das ja besser. Vielleicht verlöre sie bei einem Sturz ihr Kind. Ihr Kind, das nun als vaterloser Bastard aufwachsen musste. Nein, so etwas durfte sie nicht einmal denken. Mit der Hand strich sie über den Bauch. Auch wenn sein Vater ein Betrüger war, so würde sie das Kind lieben und schützen. Mit aller Kraft, die sie hatte.

Henrietta Moore geleitete Catherine zur Teestube und wartete, bis sie sich hingesetzt hatte.

»Ich schaue nach meinen Kindern.« Sie nickte Catherine zu und ließ ihr einen Augenblick, um zu Atem zu kommen.

Als Henrietta Moore mit Brian und Marjory zurückkehrte, hatte Catherine sich soweit sammeln können, dass sie die Kinder anlächelte. Henrietta Moore platzierte Brian und Marjory am Nebentisch, sicher, damit sie in Ruhe mit Catherine reden konnte. Catherine bestellte Tee für sich und Fredericks Ehefrau und ein paar Kekse für die Kinder. Die Frauen warteten schweigend, bis die Kellnerin ihnen den Tee gebracht hatte.

»Ich muss mich entschuldigen«, sagte Henrietta Moore schließlich. Sie streute Zucker in ihren Tee, und an der Heftigkeit, mit der sie mit dem Löffel in der Tasse rührte, konnte Catherine ihre Gemütsbewegung ablesen. »Ich hielt Sie für ein Flittchen, das sich meinen Ehemann ausgesucht hatte, ohne Rücksicht auf seine Familie. Ich … ich ahnte nicht …«

»Woher sollten Sie auch?«, antwortete Catherine mit einem kleinen Lächeln. Sie trank einen Schluck Tee, der wie Asche schmeckte. »Ich … ich kann Ihnen versichern, dass ich nichts mutmaßte. Niemals hätte ich mich mit einem verheirateten Mann eingelassen.«

»Fred ist kein böser Kerl, aber …« Henrietta Moore schaute Catherine direkt an und diese verstand, was ihr Gegenüber ihr sagen wollte. »Das viele Reisen. Die Einsamkeit …«

»Ich … ich bin nicht die Erste«, flüsterte Catherine und fühlte sich, als ob in ihrem Inneren etwas zerbrach. Schlimm genug, dass Frederick verheiratet und Vater war. Aber sie hatte gehofft, dass er nur aus einer einzigartigen, überwältigenden Liebe zu ihr seiner Ehefrau untreu geworden war. »Hat er … hat er noch mehr Kinder?«

»Nein. Nicht, dass ich wüsste.« Henrietta Moore hob die Schultern in einer Geste zwischen Akzeptanz und Verzweiflung. Wie musste es sich anfühlen, an einen untreuen Mann gebunden zu sein? »Was wollen Sie jetzt tun?«

»Warum verlassen Sie ihn nicht?« Catherine konnte die Frau beim besten Willen nicht verstehen. Wieso blieb sie bei einem Mann, der fremdgegangen war? Hatte Henrietta Moore überhaupt keine Ehre im Leib? »Er ist es nicht wert.«

»Wegen der Kinder.« Wieder das Schulterheben. Mit der linken Hand strich sich Henrietta Moore über die Stirn, als ob sie ihre Sorgenfalten glätten wollte. »Und Fred ist wirklich kein schlechter Kerl. Nur den Frauen etwas zu sehr zugetan. Und sie ihm.«

»Weiß er, dass Sie mit mir reden?« Catherine musste die Frage stellen, obwohl sie die Antwort fürchtete.

»Wir besuchen seine Eltern. Seine Mutter hat Geburtstag.« Ihr Gegenüber schaute auf. Das Mitleid, das Catherine in Henrietta Mores Augen sah, schmerzte. »Frederick ahnt nicht, dass ich von Ihnen weiß.«

Catherine nickte. Sie wandte den Blick ab und starrte in ihre Teetasse. So wie Henrietta Moore in ihre. Schweigend rührten sie in ihrem Tee. Jede von ihnen hing ihren Gedanken nach.

»Was werden Sie tun?« Es fiel Henrietta Moore sichtlich schwer, diese Frage zu stellen. Sie schien die Antwort zu fürchten. »Wollen Sie, dass Fred mich und die Kinder verlässt, um mit Ihnen zu leben?«

»Auf keinen Fall«, platzte Catherine heraus. Erst als sie sah, wie sehr ihre Worte Henrietta Moore verletzt hatten, bereute sie deren Schärfe. Aber nun konnte sie nicht mehr zurück. Spontan sagte sie das Erste, was ihr in den Sinn gekommen war. Es gab nur einen Ort, wo sie hingehen konnte. »Ich werde nach Hause zurückkehren. Eine Bitte habe ich an Sie.«

»Ja?« Furcht zog über Henrietta Moores Gesicht. Die Frau schien ihren Mann mehr zu lieben oder zu brauchen, als Catherine es sich vorstellen konnte. »Was … was kann ich für Sie tun?«

»Bitte sorgen Sie dafür, dass ich ihn nicht mehr sehen muss.« Catherine konnte nicht einmal seinen Namen aussprechen. Zu tief war sie verletzt worden. Zu sehr verachtete sie den Mann, der sie geschwängert hatte. »Ich benötige zwei Tage, um meine Angelegenheiten in Ordnung zu bringen und zu packen. Bitte halten Sie Ihren Mann so lange von mir fern.«

»Ja, das werde ich.« Henrietta Moore schaute kurz in Catherines Augen und blickte dann angelegentlich auf den Tisch. »Ich … ich danke Ihnen.«

»Ich wünschte, es gäbe keinen Grund, dass Sie mir danken müssten.« Catherine erhob sich. Ihr Bauch fühlte sich schwerer an, jetzt wo sie das Kind allein aufziehen musste. Obwohl sie Mitgefühl mit Henrietta Moore empfand, konnte sie keine Minute länger mit der Ehefrau ihres Geliebten hier sitzen. »Ich … ich wünsche Ihnen ehrlich alles Gute.«

»Danke«, lautete die geflüsterte Antwort.

Catherine zahlte und ging mit hocherhobenem Haupt und durchgestrecktem Rücken hinaus. Erst nachdem sie die Veranda der Teestube betreten hatte, ließ sie ihren Gefühlen freien Lauf und weinte bittere Tränen. Nahezu blind ging sie über die Straße und in den Kaufladen.

»Catherine!« Lawrence Banks eilte ihr mit ausgestreckten

Händen entgegen. Sein schmales Gesicht wirkte umschattet von Sorge. »Was ist geschehen? Kann ich Ihnen helfen?«

»Schlechte Nachrichten.« Sie schluchzte auf, suchte nach ihrem Taschentuch und trocknete die Tränen. »Es … es tut mir sehr leid, Mr Banks, aber ich muss nach Hause zurückkehren. So schnell wie möglich.«

»Selbstverständlich.« Er strich ihr liebevoll über den Arm, was Catherine einen Augenblick verwunderte, aber dann überwältigte sie die Trauer wieder und verdrängte alle anderen Gedanken. »Ich verliere Sie ungern, das wissen Sie, aber die Familie geht vor.«

Catherine schaute ihn an, erkannte das Mitgefühl in seinen braunen Augen und spürte ein schlechtes Gewissen, weil sie ihm nicht die Wahrheit sagte. Aber nein, Mr Banks musste nicht wissen, wie töricht sie gewesen war.

»Ich danke Ihnen vielmals.« Sie nickte ihm zu. »Entschuldigen Sie, aber könnte ich bitte meinen ausstehenden Lohn bekommen?«

»Aber gewiss.« Noch immer schaute er sie voller Mitgefühl an und Catherine spürte ein Gefühl von Wärme aufsteigen. »Bitte, kommen Sie mit nach hinten.«

Nachdem er ihr das Geld übergeben hatte, sah Lawrence Banks sie direkt an.

»Ich werde Ihnen die Stelle freihalten, das wissen Sie.«

»Vielen Dank. Auf … auf Wiedersehen.« Catherine nickte ihm zu. Sie konnte nichts sagen, weil sie nicht wusste, ob sie jemals nach Brisbane zurückkehren würde. Noch weniger konnte sie sagen, ob ihre Familie sie auf Amber's Joy willkommen heißen würde.

KAPITEL 27

Brisbane und Amber's Joy, Australien, heute

Zur ihrer Überraschung konnte Franziska es kaum erwarten, nach Amber's Joy zurückzukehren. Obwohl sie die Farm erst wenige Male besucht hatte, fühlte sie sich dort geborgen, beinahe zu Hause. Was sicher auch an Riley lag.

Gedankenverloren schaute Franziska aus dem Autofenster. Sie konnte sich an der Weite der Landschaft einfach nicht satt sehen. Unglaublich, wie viel Platz es hier gab. Wie wenige Menschen auf diesem Kontinent lebten. Sonst war zu ihrer Enttäuschung die Gegend zwischen Brisbane und Lark Hill nicht sehr spektakulär. Felder, Wälder und Straßen. Hätten nicht ab und zu Palmen am Straßenrand gestanden, hätte sie sich auch in Deutschland wähnen können. Nur das schwüle Wetter war typisch australisch.

»Obwohl ich jetzt schon zehn Wochen in *Down Under* lebe, habe ich mich immer noch nicht daran gewöhnen können, dass die Jahreszeiten genau entgegengesetzt sind.« Franziska lächelte Riley an. »Ich glaube, wenn ich im Dezember noch hier wäre, wäre ich vollkommen durcheinander. Weihnachten im Sommer – das geht gar nicht.«

»Du willst auf jeden Fall wieder zurück?« Riley versuchte, die Frage nebensächlich klingen zu lassen, aber er musterte Franziska, wie es ihr schien, sehr aufmerksam. »Wann denn?«

»Noch nicht«, antwortete sie, nahm seine Hand und küsste die Fingerspitzen.

Dem ersten Kuss auf Amber's Joy waren noch viele gefolgt. Riley und Franziska hatten sich inzwischen auch in Brisbane getroffen, aber noch immer konnte Franziska nicht sagen, wie viel sie für ihn empfand. Sie mochte ihn – mehr, als sie am Anfang je vermutet hätte. Aber ob sie in ihn verliebt war oder ihn gar liebte? Nach der üblen Sache mit Alina und Julian war sie sich ihrer Gefühle nicht sicher und sie hielt Riley etwas auf Distanz. Aber – wenn sie es ganz genau nahm – er hatte ihr bisher auch keine großen Liebeserklärungen gemacht. Es ist eben für uns beide ein Ferienflirt, sagte sich Franziska, um ihr Gewissen zu beruhigen.

»Was wollen wir heute machen?« Riley steuerte Ellas Wagen mit sicherer Hand. »Ich habe mir etwas überlegt. Aber nur, wenn du Lust hast.«

»Erwartet Ella uns nicht?«

Ihre Großtante war zu Franziskas Überraschung auf Amber's Joy geblieben, um dort nach den Spuren ihrer Vorfahrinnen zu suchen, so dass Franziska und Riley allein nach Brisbane zurückgekehrt waren. Franziska hatte die Woche über viele Kisten geöffnet, sortiert und wieder verschlossen, ohne jedoch Neues über Victoria und Catherine erfahren zu können. Daher war sie gespannt, ob ihre Großtante fündig geworden war.

»Schon, aber wenn wir ein oder zwei Stunden später kommen, stört sie das bestimmt nicht.«

»Was hast du dir ausgedacht?« Franziska bemühte sich, nicht allzu neugierig zu klingen, aber sie wollte schon gern wissen, was Riley geplant hatte. Was meinte er wohl, wie sie ihre Zeit gern verbrächte? Wahrscheinlich hatte er so tolle Ideen wie Julian, der Franziska mit zum Fußball geschleppt hatte. Der langweiligste Nachmittag ihres Lebens. Vor lauter falschem Grinsen und Begeisterung heucheln hatten ihr die Kiefermuskeln geschmerzt. Aber gut, immerhin hatte sie Übung darin. Da würde sie zwei Stunden beim Rugby sicher auch überstehen.

»Hättest du Lust, einen Koala zu streicheln?«, fragte Riley.

»Wie bitte?« Franziska hatte seine eleganten Hände bewundert, die er so sicher am Lenkrad hielt. Und sein klassisch zu nennendes Profil. Sein Vorschlag überraschte sie. »Das ist möglich? Klar. Ähem, ich meine, wenn es nicht zu total peinlich touristisch ist?«

»Dann hätte ich es nicht vorgeschlagen.« Riley wandte einen Augenblick den Blick von der Straße, um sie anzusehen. Er lächelte. »Ich wollte mit dir nach Lone Pine fahren.«

»Was ist das?« Franziska war sich sicher, die Worte schon einmal gelesen oder gehört zu haben, aber sie konnte sich beim besten Willen nicht erinnern, wann und in welchem Zusammenhang. »Ist es weit von Brisbane?«

»Etwa elf Kilometer.« Riley schaute nun wieder konzentriert auf die Straße, was Franziska bedauerte. »Es heißt *Sanctuary* und ist eine Aufzuchtstation für Koalas. Außerdem gibt's dort Kängurus, Opossums, Wombats – also alle niedlichen Beuteltiere, die das Land zu bieten hat. Sogar zum Streicheln.«

»Oh klasse. Super.« Franziska hoffte, dass sie nicht zu sehr wie eine begeisterte Zehnjährige klang, aber einen Koala hatte sie immer schon mal streicheln wollen. Von einem Wombat ganz zu schweigen. Auch wenn die ganz schön lange Krallen hatten. »Man darf die einfach so anfassen? Mögen die das überhaupt?«

»Kannst sie ja mal fragen«, antwortete Riley und setzte die spöttische Miene auf, die Franziska zu Beginn so ärgerlich gefunden hatte. »Nein, im Ernst, es gibt dort klare Regeln. Die Koalas müssen sich nur dreißig Minuten pro Tag knuddeln lassen und haben jeden dritten Tag frei. Klasse Arbeitszeiten, oder?«

»Hmmm«, antwortete Franziska, aber war mit den Gedanken bereits bei der Frage, ob sie die Koalas wirklich anfassen durfte. Von wollen konnte gar nicht die Rede sein, aber sie hätte ein megaschlechtes Gewissen, wenn das Tierquälerei wäre. »Und Kängurus kann man auch streicheln.«

»Eher andersrum.« Wieder wandte sich Riley ihr kurz zu und zwinkerte Franziska zu. »Du musst aufpassen, dass dich die Kängurus nicht knuddeln.«

»Wie bitte?« Franziska beschlich immer mehr das Gefühl, dass er sich über sie lustig machte. »Willst du mich verklapsen?«

»Nein, ehrlich nicht. Die Kängurus darf man füttern und daher sind die zutraulich. Manchmal sogar mehr als das. Fast schon aufdringlich.«

»Ach so, wie bei uns die Ziegen im Streichelzoo. Da muss man auch Acht geben, dass sie einem nicht in die Jackentasche klettern.«

»Genau. Und Kängurus sind größer und kräftiger als Ziegen.«

»Gibt es auch Schnabeltiere?« Erst wenn sie mit eigenen Augen dieses seltsame Wesen gesehen hätte, würde Franziska glauben, dass es so ein Tier wirklich gab. Sie hatte irgendwo gelesen, dass die ersten Siedler das Schnabeltier grausam gejagt hatten, weil sie es für das Produkt der Liebe zweier unterschiedlicher Arten hielten. In ihrer Weltsicht galt das als höchst verwerflich. Schon schräg, was die Menschen damals geglaubt hatten.

»Lass dich überraschen.« Mehr konnte sie selbst mit gespieltem Bitten und Betteln nicht aus Riley herausbekommen.

»Das war … das war … das war … « Franziska fand einfach keine passenden Worte, um ihren Gefühlen Ausdruck zu verleihen. Noch immer meinte sie das kratzig-puschelige Gefühl des Koala-Fells zu spüren. »Danke. Das war einfach toll.«

Obwohl sie sich sicher war, dass sie ziemlich blöde grinste, konnte Franziska einfach nicht anders. Riley hatte ihr nicht die ganze Wahrheit gesagt. Er hatte ihr verschwiegen, dass er einen Freund in Lone Pine hatte, so dass Franziska einen Blick hinter die Kulissen der Auffangstation werfen konnte und viel mehr zu sehen bekam als die anderen Besucher. Ein winziges Känguru, das gerade Fell bekam, hatte sie in einem Tragbeutel tragen und füttern dürfen. Koalas und Wombats durfte sie etwas zu fressen geben und dabei helfen, die Kleinen zu wiegen. Die Stunden im *Sanctuary* waren viel zu schnell vergangen. Kurzentschlossen hatte Franziska gefragt, ob sie dort noch Freiwillige bräuchten, aber hatte sich vertrösten lassen müssen. Die Liste derer, die sich um Beuteltiere kümmern wollten, war lang.

Habe Baby-Beutler auf dem Arm gehabt und Koala gestreichelt. Fühlen sich eher kratzig an, tippte Franziska als SMS in ihr Handy. Caro wäre bestimmt so begeistert wie sie, und Alina erst. Alina. Zum ersten Mal seit Langem dachte sie nicht mit Wut an ihre Schwester, sondern so wie früher. War das ein gutes Zeichen oder nur der Überschwang wegen der niedlichen Tiere?

Franziska speicherte die SMS an ihre Schwester als Entwurf ab. Nein, so gut ging es ihr noch nicht, dass sie Alina schon verzeihen konnte. Aber es kam ihr vor, als ob mehr als zehn Wochen vergangen wären, seitdem sie in Alinas Zimmer geplatzt war und das gesehen hatte, was sie niemals erwartet hätte.

»Kannst du dir vorstellen, wie das früher war. Ohne Handys? Ohne Autos?«, fragte sie Riley, nachdem sie die SMS an Caro geschickt hatte. »Nur Briefe oder Telegramme und maximal Reisen in die nächste Kleinstadt.«

»Ganz so schlimm war es nicht.« Riley lächelte. »Um 1900 gab es bereits einen Automobilclub in Brisbane. Da war sogar eine Frau Mitglied, eine Doktor Cooper.«

»Woher weißt du das?«

»Ich interessiere mich für die Geschichte von uns *Banana Benders*.«

»Den was?« Franziska musste sich verhört haben.

»Ja, stimmt schon. Bananenbieger nennt man uns Queensländer in den anderen australischen Bundesstaaten.« Wieder lächelte er und zwinkerte Franziska zu. »Die sind nur neidisch, weil wir hier so grandioses Obst anbauen.«

»Aber warum interessierst du dich dafür?« Ohne Ellas

Wunsch, mehr über Catherine und Victoria zu erfahren, hätte Franziska sich wahrscheinlich nicht mit ihren Vorfahren beschäftigt. »Du studierst doch was anderes.«

»Vielleicht habe ich als Kind zu viel mit den Aborigine-Kindern gespielt«, antwortete Riley mit schiefem Lächeln. »Ich fand ihre Geschichten immer spannend und habe so angefangen, mich für unsere zu interessieren.«

»Warum studierst du nicht Geschichte? Oder Archäologie?«

»Weil mich das Meer immer schon fasziniert hat.« Leichthin zuckte er mit den Schultern, aber Franziska wurde das Gefühl nicht los, dass es ihm ernster war, als er zugeben wollte. Aber sie kannte ihn nicht gut genug, um danach zu fragen. »Außerdem sollte ein Hobby ein Hobby bleiben, nicht wahr?«

»Hmm, habe ich mir – ehrlich gesagt – noch nie Gedanken drüber gemacht.«

Bevor Riley antworten konnte, musste er scharf bremsen, weil vor ihnen plötzlich eine Gestalt am Straßenrand aufgetaucht war. Sam, der Aborigine, dessen Lieblingsbeschäftigung es anscheinend war, überall und unverhofft aufzutauchen.

»Hallo Sam.« Riley hatte die Scheibe heruntergedreht und nickte dem Mann zu. »Sollen wir dich mitnehmen?«

»Danke. Ich laufe gern.« Der alte Aborigine, gekleidet wie ein Farmarbeiter, musterte Franziska so durchdringend, dass ihr ein Schauder den Rücken herunterlief. »Es ist gut, wieder eine junge Frau auf Amber's Joy zu sehen. Boss Ella besucht die Farm viel zu selten.«

»Danke«, antwortete Franziska und fragte sich, ob das die richtige Antwort war. Der forschende Blick des grauhaarigen Aborigines machte sie so nervös, dass sie drauflos plapperte. »Ich komme aus Deutschland und hätte nie erwartet, dass die Farm so groß ist und dass das Land hier so grün ist. Ich dachte immer, Australien wäre eine Wüste mit roter Erde …«

Hier stoppte sie den Redefluss, nachdem sie aus dem Augenwinkel sah, dass Riley fragend eine Augenbraue hob. Was hatte der Aborigine nur an sich, dass er Franziska so nervös machte? Vielleicht, weil er so ruhig wirkte. So, als ob er seinen Platz in der Welt gefunden hatte und nirgendwo anders sein wollte.

»Franziska und Boss Ella schreiben die Geschichte der Familie und von Amber's Joy auf«, sagte Riley zu Franziskas Überraschung. »Weiß deine Familie etwas? Sprechen eure Geschichten von Amber's Joy?«

»Warum aufschreiben?« Obwohl er die Schultern zuckte, schien es Franziska, dass der Aborigine sie zweifelnd ansah. »Wir erzählen unsere Geschichten in Liedern. Von Song-Man zu Song-Man. Von Beginn der Traumzeit bis heute.«

Franziska musste an sich halten, um nicht mit Fragen herauszuplatzen. Möglicherweise wusste der ruhige alte Mann die Antworten auf alle offenen Fragen zu Victoria und Catherine. Aber sie ahnte, dass Sam ihr nur dann Rede und Antwort stehen würde, wenn er es wollte. Vielleicht konnte Riley ihr helfen und sagen, wie sie es am geschicktesten anstellte, die gewünschten Auskünfte zu bekommen.

»Gibt es auch Lieder über die Geschichte der Farm?« Sie musste das einfach fragen. Zu sehr frustrierte es Franziska, dass Ella und sie in einer Sackgasse gelandet waren. Keine Tagebücher, keine Briefe, keine Notizen. Nichts, was erklären konnte, was 1898 bis 1900 auf Amber's Joy geschehen war. Nur ein paar Zeitungsausschnitte, die mehr Fragen aufwarfen als Antworten gaben. »Über Catherine und Victoria und deren Kinder?«

»Es gibt Lieder über alles.« Jetzt lächelte Sam sie an und Franziska meinte zu erkennen, dass er sie gutmütig verspottete. »Wir kennen viele Geschichten über Boss Wagner, seine Töchter und die Männer.«

»Ähem. Würden Sie … wären Sie …« Bloß jetzt nicht das Falsche sagen. Franziska wollte Ella nicht enttäuschen. Und – wenn sie ehrlich war – inzwischen hatte das Schicksal von Catherine und Victoria sie ebenfalls gepackt und sie würde nicht ruhen, bis sie deren Geheimnisse gelüftet hatte. »Würden Sie mir etwas erzählen? Bitte.«

»Ja.« Mehr sagte er nicht und Franziska fühlte sich überwältigt von dem einen Wort.

»Danke.« Mehr fiel ihr nicht ein. Sie wollte Sam nicht drängen und wollte es ihm überlassen, den nächsten Schritt zu gehen. Außerdem war jetzt und hier wohl nicht der passende Ort, um die Geschichten zu vertiefen.

»Nicht heute.« Der Aborigine nickte ihr zu, als hätte er ihre Gedanken gelesen. »Die Zeit kommt.«

Nach diesen kryptischen Worten wandte er sich ab und ging davon. Franziska und Riley schauten sich an.

»Hast du eine Idee, was er damit gemeint hat? War ich zu fordernd? Habe ich Sam irgendwie verärgert?«, platzte Franziska heraus. »Was habe ich Falsches gesagt?«

»Hey, bleib cool!« Riley hob scherzhaft abwehrend die Hände, beugte sich über den Sitz und zog Franziska dann in seine Arme. Seine Nähe, der vertraute Geruch nach Pferd und Leder beruhigten sie, und Franziska lächelte. Über sich und ihre Ungeduld. Über seine Ruhe. Darüber, dass sie Riley kennengelernt hatte. »Du hast nichts Falsches gesagt. Sam ist, wie Sam ist. Wenn er meint, dass jetzt nicht der richtige Zeitpunkt ist, musst du dich gedulden.«

»Aber wann wird der richtige Zeitpunkt sein?«, begehrte Franziska auf. Schließlich würde sie in zwei Tagen wieder nach Brisbane zurückkehren und eigentlich hatten Ella und sie keinen weiteren Besuch auf Amber's Joy geplant. »Was ist, wenn Sam meint, jetzt möchte er mit mir reden und ich bin in Brisbane. Wie soll er mich erreichen?«

»Telefon?« Riley klang wieder etwas spöttisch. Aber er milderte seine Worte durch einen Kuss, so dass Franziska ihm nicht böse sein konnte. »Oder glaubst du, Sam würde dir einen Traum senden?«

»Aber Sam hat doch meine Nummer gar nicht.« Sie wand sich aus Rileys Armen und ging unruhig auf und ab. Mit dem Zeigefinger rieb sie sich über die Nasenwurzel. Sollte sie dem Aborigine nachgehen und ihm ihre Telefonnummer geben? Oder würde er das falsch verstehen oder sich von ihr bedrängt fühlen, so dass er ihr nichts mehr sagen würde? »Wie will er mich erreichen? Ich kann doch nicht hierbleiben und darauf warten, dass Sam sich meldet?«

»Sam kann mich jederzeit über meinen Vater erreichen. Mach dich nicht verrückt.«

»Du hast wahrscheinlich recht«, gab Franziska nach, aber das Verhalten des Aborigines erschien ihr schon etwas seltsam. Aber vielleicht dachte Sam das ja auch von ihr.

KAPITEL 28

Amber's Joy, Australien, heute

Wo ist Ella?«, fragte Franziska enttäuscht. Sie hatte sich darauf gefreut, sich mit ihrer Großtante darüber auszutauschen, ob es Neuigkeiten über Victoria und Catherine gab. Inzwischen wollte sie unbedingt wissen, warum die Bibel mit Victoria und Catherine endete. »Ich … ich dachte, sie erwartet uns.«

»Sie hat sich kurz hingelegt.« Andrew Chandler lächelte Franziska so offensichtlich beruhigend an, dass ihr Misstrauen erst recht geweckt wurde. »Wir haben gestern Abend wohl etwas zu lange auf der Veranda gesessen und über alte Zeiten erzählt. Zum Abendessen wird Ella bestimmt aufstehen.«

»Okay, dann packe ich mal aus«, antwortete Franziska und bemühte sich, sich ihre Besorgnis nicht anmerken zu lassen. Alle Alarmglocken läuteten. Sie nannte es ihren Alina-Sinn, da sich die Fähigkeit, Ausreden zu erkennen, ausgebildet hatte, nachdem Franziska die Verantwortung für ihre jüngere Schwester hatte übernehmen müssen. Allerdings hatte sie der Alina-Sinn an entscheidender Stelle im Stich gelassen, wie Franziska zugeben musste.

»Darf ich dir meinen Sohn entführen?« Wieder fragte Andrew Chandler so betont leichthin, dass Franziskas Alina-Sinn wie verrückt klingelte. »Riley muss mir im Stall helfen. In der Küche habe ich ein paar Aufzeichnungen von früher für dich hingelegt.«

»Klar, warum nicht.« Franziska lächelte so künstlich, dass ihre Kiefermuskeln sich zu verkrampfen drohten. »Aber danke, dass du fragst. Und danke für die Unterlagen.«

Sie tat so, als ob sie den Blick nicht bemerkte, den Vater und Sohn miteinander wechselten, und gab Riley einen Kuss auf die Wange.

»Bis später. Wenn ihr noch eine helfende Hand braucht, sagt Bescheid.«

Nachdem sie ihren Rucksack in ihrem Zimmer verstaut hatte, ging Fanziska in die Küche, um die Aufzeichnungen zu sichten, die Andrew Chandler für sie bereitgelegt hatte. Überwiegend Geschäftspapiere. Rechnungen über Lebensmittel oder ärztliche Behandlungen. Später dann Rechnungen für Pferde. *Kiah* hieß die Pferdezucht. Was das wohl bedeutete? Woher dieser ungewöhnliche Name kam, wunderte sich Franziska. Das würde sie Ella fragen, sobald sie ihre Großtante sah.

Als hätte diese ihre Gedanken gelesen, kam Ella in die Küche. »Franziska, wie schön, dass du hier bist.«

»Hallo, Ella.« Franziska schaute auf und erschrak. Ihre Großtante schlurfte mit kleinen Schritten, als wäre sie sehr müde. Schwer ließ Ella sich auf einen Stuhl fallen. »Geht es dir besser?«

Obwohl Franziska sich bemühte, nicht allzu besorgt zu

klingen, erschreckte sie Ellas Anblick zutiefst. Ihre Großtante saß zusammengesunken auf dem Stuhl und wirkte erschöpft, als hätte sie den ganzen Tag hart körperlich arbeiten müssen.

»Ich bin wohl mehr ein Stadtmensch, als ich dachte.« Ella bemühte sich um ein Lächeln, das allerdings eher wie eine Grimasse aussah. »Das Landleben bekommt mir nicht so gut, wie ich hoffte.«

Bevor Franziska antworten konnte, kam Holly in die Küche. Die Köchin musterte Ella ebenfalls mit besorgtem Blick, begrüßte Franziska mit einem Nicken und begann dann mit ihrer Arbeit. Franziska half beim Gemüseschnippeln, während Ella mit geschlossenen Augen auf dem Stuhl saß. Keine von ihnen sagte etwas, was Franziskas Besorgnis steigerte.

Pünktlich um 18:00 Uhr kamen Riley und sein Vater zum Essen herein. Auch Riley bemerkte sofort, dass es Ella nicht gut ging, aber er strich ihr sanft über die Hand, ohne etwas zu sagen.

»Bist du fündig geworden?«, fragte Andrew Chandler, nachdem Holly und Franziska das Essen aufgetragen hatten. »In den Aufzeichnungen?«

»Leider nicht.« Sie hob die Hände. »Alles nur Geschäftsunterlagen.«

»Möglicherweise sollten wir aufgeben«, platzte Ella unerwartet heraus. »Es hat eh keinen Sinn.«

Mehr sagte sie nicht, sondern stocherte in ihrem Essen herum und entschuldigte sich bald darauf. Riley und sein Vater blickten Ella besorgt nach, als sie langsam in Richtung ihres Zimmers ging. Als ihre Großtante stolperte, sprang Andrew Chandler sofort auf, aber eine Handbewegung von Ella ließ ihn sich wieder setzen. Franziska konnte jedoch erkennen, dass er weiterhin auf dem Sprung saß, was ihr eine Heidenangst einjagte. Holly hielt den Kopf gesenkt, als wollte sie Franziskas Fragen ausweichen. Riley und sein Vater sprachen betont über alles andere außer Ellas Gesundheit, so dass Franziska sich zurückhielt und ebenfalls früh zu Bett ging.

Am Morgen wurde sie durch das grelle Heulen einer Ambulanzsirene geweckt und sprang hastig aus dem Bett. Sie zog sich eilig eine Jeans über und lief aus ihrem Zimmer auf die Veranda. Alle Befürchtungen, die sie so schlecht hatten schlafen lassen, schienen sich zu bewahrheiten.

»Wie geht es ihr?«, fragte sie Andrew Chandler, der mit aschgrauem Gesicht neben dem Ambulanzwagen stand. »Bitte, sag doch, wie geht es Ella?«

»Ein … ein Schwächeanfall.« Andrew drückte Franziskas Hand. Er schien nach Worten zu ringen. »Es wird wieder. Ich … ich begleite sie ins Krankenhaus.«

»Ich auch. Bitte.«

»Tut mir leid. Ella möchte nicht, dass du sie so siehst.«

Obwohl Andrew Chandler sich bemühte, die Worte abzumildern, spürte Franziska sie wie einen Schlag ins Gesicht. Ihre Großtante wollte sie nicht im Krankenhaus sehen.

»Okay. Bitte, bitte grüß sie von mir und wünsch ihr alles Gute.«

»Danke.« Unbeholfen strich er ihr über die Schulter. »Es wird nicht so schlimm sein.«

Bevor Franziska etwas sagen konnte, stieg er in den Ambulanzwagen und winkte ihr zum Abschied zu. In dem Moment kam Riley aus dem Haus, Ellas Reisetasche in der Hand. Franziska verspürte einen Stich – warum war niemand auf die Idee gekommen, dass *sie* das Notwendige für Ella einpackte? Wäre es nicht besser, wenn eine Frau Ellas Unterwäsche und Kosmetikartikel zusammensuchte?

»Das … das hätte ich machen können«, sagte sie daher anklagend zu Riley, nachdem der seinem Vater die Tasche überreicht hatte. »Du hättest mich wecken können.«

»Ella hatte die Tasche bereits gepackt.« Riley wollte sie in seine Arme ziehen, aber Franziska sträubte sich. »Ich hätte dir Bescheid gesagt. Möchtest du einen Kaffee?«

Ich will keinen Kaffee, ich will wissen, was hier los ist, wollte Franziska antworten, aber sie stieß nur einen leisen Seufzer aus. Inzwischen kannte sie Riley gut genug, um zu ahnen, dass er nur dann etwas sagen würde, wenn sie ihn nicht drängte.

»Ja, gerne.«

Der Duft des Kaffees weckte ihre Lebensgeister. Sie versuchte, sich einzureden, dass es vielleicht wirklich nicht so schlimm war. Die ganze Woche über war es sehr schwül gewesen. Kreislaufwetter, hatte es in den Nachrichten geheißen.

»Hatte Ella das schon öfter? Kreislaufprobleme?«, fragte Franziska, nachdem sie zwei Tassen Kaffee getrunken hatte. Essen konnte sie beim besten Willen noch nichts. Nicht so früh am Morgen und nicht, wenn sie sich Sorgen um ihre Großtante machte. »Weißt du etwas darüber?«

Wenn sie ihn nicht so gut gekannt hätte, wäre Franziska Rileys Zögern vielleicht entgangen. Er schaute sie nicht an, als er die Hände hob.

»Ich … also …« Auf einmal wirkte Riley ernsthaft und verschlossen.

Als er tief Luft holte, erwartete sie eine ehrliche Antwort. Aber er schwieg, obwohl Franziska den Verdacht hegte, dass er ihr etwas sagen wollte. Hatte es möglicherweise damit zu tun, dass Ella kein Auto mehr fuhr, nicht mehr fahren durfte? War ihre Großtante kränker, als sie es Franziska gegenüber zugegeben hatte? Oder machte Franziska sich nur wieder unnötig Sorgen? Sie würde es nicht ertragen, Ella zu verlieren. Nicht wieder einen Menschen zu verlieren, der ihr viel bedeutete. Erst der furchtbare Unfall, der ihr die Eltern genommen hatte. dann der Verrat ihrer Schwester und ihres Freundes …

»Ist Ella sehr krank?«, fragte sie Riley und schaute ihn an. Er wich ihrem Blick aus, was Franziska noch nervöser werden ließ. »Bitte, sag es mir.«

»Das … das kann ich nicht.« Er stand vom Tisch auf, kam auf Franziska zu, aber sie hob abwehrend die Hände. »Bitte, versteh doch.«

»Ich verstehe nur zu gut.« Franziska drehte sich um. Riley sollte ihre Tränen nicht sehen. »Wir sehen uns später. Ich … ich will mich erst einmal duschen.«

»Franziska, bitte.« Sie bemerkte die Traurigkeit in seiner Stimme, aber seine Weigerung, ihr etwas zu sagen, hatte sie so tief getroffen, dass sie nicht mehr mit ihm reden wollte. »Warte.«

Franziska gab vor, ihn nicht zu hören und ging mit großen Schritten zurück in ihr Zimmer. Den Rücken durchgestreckt, die Hände zu Fäusten geballt. Kurz vor der Zimmertür hob sie die Faust und biss in die Handknöchel, um einen anderen Schmerz zu spüren. Einen körperlichen

Schmerz, der vergehen würde. Nicht wie das Gefühl der Enttäuschung, das Rileys Worten gefolgt war. Auch er verriet sie und sagte ihr nicht die Wahrheit, genau wie Ella. Sie konnte niemandem vertrauen. Wie dumm war sie gewesen zu glauben, dass ihre Großtante sie mochte. Oder dass sie für Riley mehr war als ein Urlaubsflirt.

Franziska rang nach Luft. Sie konnte hier keine Nacht mehr verbringen. Keinen Tag mehr. Gut, dass Andrew Chandler mit Ella nach Toowoomba ins Krankenhaus gefahren war. So musste sie sich niemandem gegenüber verantworten. Sollte Riley doch nach einer Erklärung für ihr Verschwinden suchen, so wie sie vergeblich nach einer Antwort gesucht hatte.

Mit tränenblinden Augen warf Franziska ihre Klamotten in den Rucksack. Nur alles schnell zusammenpacken und weg. Sie wischte sich kurz die Tränen ab und schüttete sich mit den Händen kaltes Wasser ins Gesicht, damit man die Tränenspuren nicht sah. Wie nur sollte sie an Riley vorbeikommen?

Ausnahmsweise meinte es das Schicksal gut mit ihr. Riley ging an ihrem Fenster vorbei. Wahrscheinlich war er auf dem Weg zu den Ställen, um sich um die Pferde zu kümmern. Wieder kamen Franziska die Tränen, als sie sich an ihren gemeinsamen Ausritt erinnerte. Nein, jetzt nicht heulen, sondern die Chance nutzen, die sich ihr unerwartet geboten hatte.

»Entschuldigung.« Franziska zwang sich zu einem Lächeln, das hoffentlich nicht zu künstlich ausfiel. Scott, der Vorarbeiter, schaute von der Zeitung auf, die er gelesen hatte. »Ich … ich muss leider heute schon nach Brisbane.

Könnten Sie mich bitte nach Minden fahren, damit ich den Greyhound erreiche?«

»Sicher.« Scott griff nach seinem Hut, setzte ihn auf und ging zum Auto.

Franziska folgte ihm und gab vor, Riley nicht zu bemerken, der sich ihnen von den Koppeln her näherte. Sie lächelte Scott an und sagte: »Sorry, ich bin etwas spät. Können wir uns beeilen, bitte?«

»Klar.« Scott stieg ein und startete den Motor. »Dort hinten ist Riley und winkt.«

»Schon okay. Wir haben alles geklärt.« Franziska sprang ins Auto und starrte stur geradeaus. »Können wir bitte fahren?«

Sie starrte aus dem Fenster, kämpfte mit den Tränen und verfluchte Riley, Ella und ihre eigene Dummheit. Familie ist wichtig, hatte Ella gesagt. Aber anscheinend nicht so wichtig, dass man ihr die Wahrheit sagte. Und Riley? Warum nur war sie so enttäuscht? Er hatte seine Entscheidung getroffen. Ella, die Frau, die er sein Leben lang kannte und deren Farm er einmal verwalten sollte, war ihm natürlich näher als Franziska, sein Urlaubsflirt. Schließlich bedeutete auch er ihr nicht sehr viel. Aber warum tat es dann so weh, dass er sich gegen sie entschieden hatte?

KAPITEL 29

Amber's Joy, Australien 1898

So konnte es nicht weitergehen. Sie musste endlich eine Entscheidung treffen, dachte Victoria. Mit verbissener Wut hackte sie auf das Unkraut ein, das ihren Garten zu überwuchern drohte. Ein *Skink* huschte an Victoria vorbei durchs Gras und sie sprang erschreckt zur Seite, was die kleine Eidechse zu einem Hüpfer veranlasste. Noch immer fürchtete Victoria die Rückkehr der Braunschlange. Manchmal argwöhnte sie, dass sie niemals wieder unbefangen in den Garten gehen könnte, den ihre Mutter so geliebt hatte. Zu tief hatten sich Furcht und Schuldgefühle in ihr Herz gegraben.

Nein! Das durfte nicht sein. Es war nicht die Schuld des Gartens, dass er so unordentlich war. Wenn das Gras kürzer wäre, würden die Schlangen sich dort nicht aufhalten. Durch ihre Ehe hatte sie all das vernachlässigt, was ihr früher wichtig und von Bedeutung gewesen war. Den Garten ließ sie verwildern. Ihr Kochbuch hatte sie seit Wochen nicht mehr angerührt, sondern begnügte sich mit schlichten Mahlzeiten, da sie von ihrem Ehemann ohnehin nie Anerkennung bekam.

Sollte ihr Leben ewig so weitergehen? Victoria sah eine bittere Zukunft vor sich, in der Haus und Garten dem Verfall preisgegeben waren und sie inmitten dieses Durcheinanders leben würde, verbittert und hart. So wie ihr Vater. So wie sie nie hatte werden wollen. Die einzigen Lichtblicke blieben die gestohlenen Stunden mit Billy. Doch wie lange wäre er noch bereit, das hinzunehmen? Victoria wusste, wie sehr ihr Geliebter sich eine Familie, Kinder, wünschte. Sie musste endlich eine Entscheidung treffen.

Jemand stupste sie sanft an. Victoria schaute nach unten. Cookie saß neben ihr, den buntgemusterten Kopf etwas schief gelegt, als wollte sie ihre Herrin dazu auffordern, endlich tätig zu werden.

»Du hast ja recht.« Sie strich der Hündin über den Kopf und erhob sich. »Ein bisschen Gartenarbeit wird mich von allem ablenken.«

Als wollte die Hündin ihr zustimmen, legte Cookie sich auf die Veranda, die Vorderpfoten ausgestreckt, die Nase im Wind. Ob wohl Cookie mit ihrem Leben zufrieden war? Ob ihr Hund Träume und Wünsche hegte? Oder war sie damit glücklich, Ratten zu jagen und genügend zu fressen zu bekommen?

Victoria krempelte die Ärmel ihrer Bluse hoch und suchte die Sense. Wenn ihr Vater nicht dafür sorgte, dass die Arbeiter sich um den Garten kümmerten, dann musste sie eben die Aufgabe übernehmen. Sie band sich mit einem Tuch die Haare zusammen. Mit kräftigen, weitausholenden Bewegungen mähte sie das hohe Gras, aufmerksam beobachtet von Cookie, die es vorzog, weiterhin auf der

Veranda zu liegen, den Kopf auf die ausgestreckten Pfoten gelegt.

Als die Hündin jäh aufsprang und ins Haus lief, ließ Victoria vor Schreck die Sense fallen. Sie folgte der Hündin, stutzig, was deren seltsames Verhalten zu bedeuten hatte. Mit gespitzten Ohren beobachtete Cookie die Tür, so wie Victoria sie noch nie gesehen hatte. Normalerweise konnte sie am Verhalten der Hündin bereits ablesen, wer sie besuchte.

Billy wurde mit fröhlichem Schwanzwedeln begrüßt, Joseph erhielt ein tiefes Grollen und Luke ein zorniges Knurren. Bei Fremden stellte sich Cookie vor die Tür, eine Vorderpfote erhoben, ganz gespannte Aufmerksamkeit. Wer also konnte es sein, dem die Hündin mit dieser ungewöhnlichen Mischung aus Freundlichkeit und Interesse entgegensah.

Mit großen Schritten eilte Victoria zur Tür. Durch das Fliegengitter erkannte sie die Gestalt einer Frau. Ihr Herz schlug einen Augenblick schneller, aber nein, das konnte nicht sein, oder? So eilig stieß sie die Fliegentür auf, dass sie der Frau einen Schubs versetzte. Als die Fremde zurücktaumelte, fing sich ein Sonnenstrahl in ihrem Haar und ließ es rot glitzern. Nun gab es keinen Zweifel mehr.

Ihre Schwester stand vor der Tür, bedeckt vom Staub der Reise, und blickte sie schweigend an. Erst auf den zweiten Blick erkannte Victoria, dass Catherine schwanger war.

»Cat.« Victoria breitete die Arme aus, um ihre Schwester in die Arme zu nehmen. »Cat. Wie … wie schön.«

Catherine sagte nichts. Sie kam auch nicht auf Victoria zu, sondern stand ihr gegenüber, als wüsste sie nicht, was sie tun sollte, als müsste Victoria als die Ältere die Entscheidung übernehmen.

Ohne weiter nachzudenken, machte Victoria einen Schritt auf ihre Schwester zu und zog sie in ihre Arme, in eine Umarmung voller Liebe und Freude. Anfangs blieb Catherine steif und ablehnend stehen, als verharrte sie immer noch in dem Groll, der sie nach Brisbane getrieben hatte. Dann schluchzte sie auf, ließ sich in die Umarmung sinken und klammerte sich an Victoria fest wie eine Ertrinkende.

»Wie geht es dir? Wie lange kannst du bleiben? Kommt dein Mann auch noch?« Vor Aufregung, ihre Schwester unverhofft in den Armen halten zu können, ließ Victoria einen Schwall von Fragen auf Catherine los. Alle Fragen, die ihr durch den Kopf schossen. »Warum hast du nicht geschrieben? Möchtest du einen Tee?«

»Ist Luke hier?« Catherine löste sich von ihrer Schwester und sah sich um. Victoria konnte nicht erkennen, ob Catherine sich fürchtete oder freute, ihren ehemaligen Geliebten zu sehen. »Ein Tee wäre wunderbar. Bitte.«

Victoria ergriff Catherines Reisetasche, die staubig von der Fahrt und erstaunlich leicht war. Ihre Schwester schien nur Kleidung für einen kurzen Aufenthalt eingepackt zu haben. Mit der Tasche in der Hand ging Victoria in die Küche und hoffte, dass ihre Schwester ihr folgte.

»Luke ist für ein paar Tage mit Vater in Marburg. Etwas wegen der Zuckermühle«, sagte sie über ihre Schulter. »Komm ins Haus. Da ist es angenehm kühl.«

»Da habe ich ja Glück gehabt.« Catherine seufzte auf. Mit schweren Schritten trat sie in die Küche, ging zum Tisch, zog sich einen Stuhl heran und ließ sich darauf fallen. »Vic.

Ich … ich … ich brauche deine Hilfe. Ich wusste nicht, wo ich sonst hätte hingehen können.«

Victoria erschrak. Es konnte nur einen Grund geben, warum ihre Schwester unverhofft zu ihr zurückgekehrt war. Catherine hatte sich gewiss in Schwierigkeiten gebracht. Es gab keinen Ehemann zu dem Kind.

Mit zitternden Händen setzte Victoria Wasser für den Tee auf. So sehr sie sich freute, ihre Schwester zu sehen, so sehr fürchtete sie, was ihr Vater und ihr Ehemann zu Catherines Besuch sagen würden. Ganz zu schweigen davon, wie sie wohl damit umgehen würden, dass ihre Schwester schwanger war, ohne einen Ehemann zu präsentieren. In einer so kleinen Gemeinde wie hier würde es bald jeder wissen.

Nichts hasste ihr Vater mehr als Klatsch, und Catherines Zustand würde den Klatschbasen in der Nachbarschaft für Monate, wenn nicht gar Jahre etwas zum Tratschen bieten.

Endlich kochte das Wasser und Victoria goss es über die Teeblätter. Sie spürte Catherines Blick, aber gab vor, sich ganz auf das Teekochen zu konzentrieren. Schließlich konnte sie den Augenblick der Wahrheit nicht länger hinauszögern. Sie schenkte den Tee in zwei Tassen, stellte diese mit Zucker auf ein Tablett und ging zum Tisch.

»Möchtest du etwas essen?«

»Nein, danke.« Catherine rührte in ihrem Tee. Plötzlich stieß sie ein bitteres Lachen aus. »Genauso habe ich vor drei Tagen in Brisbane gesessen. An dem Tag, an dem meine Zukunft in Trümmer gefallen ist.«

»Was ist geschehen?« Victoria griff nach der Hand ihrer Schwester und drückte sie. Auch wenn sie ihr zum Abschied bittere Vorwürfe gemacht und sie tief verletzt hatte, blieb Catherine ihre jüngere Schwester und würde es immer bleiben. »Du weißt, dass du mir alles erzählen kannst.«

»Ich habe kein Glück mit Männern.« Wieder das bittere Lachen. Catherine entzog Victoria ihre Hand und legte sie auf den Bauch. »Er heißt Frederick. Ich liebte ihn mehr als Luke und dachte, er liebt mich auch. Vielleicht hat er das auch, aber …«

Sie schwieg und Victoria ahnte, wie die Geschichte ausgehen würde. Ein junges Mädchen vom Land, tief enttäuscht von einem Mann, war in der Stadt sicher eine leichte Beute für jeden Frauenhelden.

»Frederick ist verheiratet und hat bereits zwei Kinder.« Wieder strich sich Catherine über ihren Bauch. Ihr Blick ließ Victoria schaudern, so verloren wirkte er. »Mein Kind wird keinen Vater haben. Ich … ich kann es nicht behalten.«

»Was … was meinst du?« Victoria holte tief Luft. Sie wollte nicht darüber nachdenken, was Catherine vorschlug. »Es wird sich sicher ein Weg finden lassen. In der Stadt tratschen die Menschen nicht so viel wie hier, oder?«

»Ach, Vic. Menschen bleiben Menschen. Ob hier oder in Brisbane.« Catherine wirkte deutlich erwachsener als bei ihrem Weggang von Amber's Joy. »Ich habe einen guten Job als Verkäuferin und kämpfe für das Frauenwahlrecht. Wo soll da ein Kind seinen Platz finden. Ich … ich dachte, dass du …«

»Ich?« Victoria verschlug Catherines Vorschlag die Sprache. Wie oft hatte sie die Fehler ihrer Schwester beheben müssen, die Schuld auf sich genommen und versucht zu beheben, was Catherine unbedacht zerstört hatte. Aber ein Kind aufziehen … das war etwas ganz anderes. »Wie stellst du dir das vor? Was würden Vater und Luke sagen? Ich … ich muss mich um alles auf Amber's Joy kümmern.«

»Du willst mir ernsthaft weismachen, dass du mit Luke keine Kinder willst?« Als Catherine den Namen ihres ehemaligen Liebhabers aussprach, stolperte ihre Stimme und ein Schatten zog über ihr Gesicht. »Vic, bitte. Um unserer Mutter willen, bitte. Du musst mein Kind nehmen.«

»Ich würde dir gern helfen, aber … ich … ich wage es nicht.« Victoria fühlte sich klein und schämte sich für ihre Ängste, aber sie wusste, dass sie nicht den Mut fände, ihrem Vater und ihrem Ehemann gegenüberzutreten. »Du kennst sie beide.«

»Willst du, dass ich es in ein Waisenhaus gebe. Zu den frommen Schwestern?« Catherine griff nach Victorias Hand und drückte sie. »Du bist unsere einzige Hoffnung. Bitte.«

Victoria drückte die Hand ihrer Schwester. Sie überlegte fieberhaft hin und her, ob es nicht eine andere Lösung für Catherines Dilemma gäbe. Aber ihr wollte nichts einfallen. Ein Kind hier auf Amber's Joy. Nicht ihr Kind, aber jemand, dem sie ihre Liebe schenken konnte und der ihre Liebe erwidern würde.

Nach dem ersten Schrecken begann Victoria, sich langsam für Catherines Vorschlag zu erwärmen. Sie hatte bisher nur wenig von ihrem Vater und ihrem Ehemann verlangt. Vielleicht würde sie sich gegen die beiden durchsetzen können. Und wer konnte es wissen, vielleicht würde ihr Vater sich freuen, das Kind seiner Lieblingstochter bei sich aufzunehmen. Sie stieß die Luft aus und schaute Catherine an.

»Gut. Ich werde dir helfen. Aber du musst mit Vater reden.« Einen Augenblick lang überlegte sie. »Hast du meine

Briefe gelesen? Vater hatte einen Schlaganfall. Er ist ... immer noch geschwächt.«

»Und Luke?« Catherine fuhr sich nervös mit der Zungenspitze über die Lippen. »Glaubst du ...?«

»Er wird nicht begeistert sein, aber ...« Victoria schwieg einen Augenblick. Was würde ihr Mann wohl sagen? Würde es ihn überhaupt interessieren? »Luke geht seiner Wege. Was ich tue, ist für ihn nicht wichtig.«

»Du Arme. Es tut mir leid.« Catherine stand auf, zog ihre Schwester hoch und umarmte sie. »Wäre er nur nie nach Amber's Joy gekommen.«

KAPITEL 30

Amber's Joy, Australien 1898

Cat!« Victoria konnte die unglückliche Miene ihrer Schwester nicht mehr ertragen. Seitdem Luke sie mit Hohn und Spott überschüttet hatte und Joseph seine Tochter mit harschen Worten der Ablehnung verletzt hatte, wirkte Catherine nur noch wie ein Schatten ihrer selbst. Sie verbrachte die Tage in der kleinen Kammer und weigerte sich, zum Essen in die Küche zu kommen. Heute nun hatte Victoria beschlossen, dass es genug wäre, und war in das Zimmer ihrer Schwester gegangen. Catherine lag im Bett und starrte vor sich hin. Ihre Kleidungsstücke lagen unordentlich auf dem Boden verteilt. Einige wenige hingen ordentlich im Schrank, dessen Tür offen stand. »Catherine Ann Wagner. Es ist genug. Wenn ich es ertragen kann, mit *dem* Mann verheiratet zu sein, wirst du ihm wohl hocherhobenen Hauptes gegenübertreten können.«

»Ich … ich kann nicht. Ich bin nicht stark genug.« Catherine schaute Victoria nicht einmal an. Sie richtete den leeren Blick weiterhin auf die gekalkte Wand, als ob sie dort etwas erkennen konnte, das nur ihr zugänglich war. »Luke hat recht. Mit allem, was er gesagt hat.«

»So kenne ich dich gar nicht. Sieh mich an, wenn ich mit dir rede!« Victoria stemmte die Hände in die Hüften und hoffte, dass sie Widerstand hervorrufen würde, wenn sie ihre Schwester nur genug provozierte. Lieber eine wütende Catherine als eine still duldende. »Früher hättest du dir das nicht bieten lassen.«

»Aber ich bin gescheitert.« Immerhin schaute Catherine Victoria jetzt an. Die Traurigkeit auf ihrem Gesicht schmerzte Victoria, und sie hätte ihren Ehemann dafür schlagen können. »Wie Luke sagte. Ich bin mit hochfliegenden Plänen in die Stadt gegangen und als entehrte Frau zurückgekommen.«

»Du hast auf dein Herz gehört und einen Fehler gemacht«, sagte Victoria sanft. Was konnte sie nur tun, um ihrer Schwester den Lebensmut wieder zu geben? »Das kann Luke nicht verstehen. Er liebt niemanden außer sich selbst.«

»Ich wusste nicht, wie unglücklich du bist.« Catherine setzte sich auf. Ihr schönes rotes Haar wirkte verfilzt und stumpf. »Vic, es tut mir leid. Was haben wir getan, dass wir es beide verdienen, so büßen zu müssen?«

Victoria konnte nicht antworten, weil ihr Tränen in die Augen traten. Sie setzte sich zu Catherine aufs Bett und nahm ihre Schwester in die Arme. Gemeinsam weinten sie über die Wege, die ihre Leben eingeschlagen hatten. Nie zuvor hatte Victoria sich ihrer Schwester näher gefühlt und die bösen Worte, die Catherine ihr zum Abschied gesagt hatte, waren vergangen und vergessen.

»So, jetzt ist es genug.« Victoria setzte sich auf, holte zwei Taschentücher aus ihrer Schürze. Eines gab sie ihrer Schwester, das andere nutzte sie. »Ich möchte, dass du aufstehst. Wir bekommen heute Besuch.«

»Ich will niemanden sehen.« Catherines Miene verschloss

sich und sie wirkte unnahbar. »Bitte nicht, Vic, ich kann die Blicke nicht ertragen, mit der sie meinen Bauch mustern. Die Fragen nach dem Vater des Kindes. Nein.«

»Glaub mir. Über diesen Besuch wirst du dich freuen.« Victoria strich ihrer Schwester über die Haare und lächelte ihr ermutigend zu. »Es ist nicht gut für dein Kind, wenn du nur dunkle Gedanken hegst.«

»Es ist nicht gut für mein Kind, dass sein Vater ein elender Lügner ist.« Catherine klang dermaßen bitter, dass Victoria fürchtete, dass ihre Schwester niemals Liebe für das winzige Wesen entwickeln würde, das in ihr heranwuchs. »Aber du hast recht. Es sollte nicht für die Fehler seiner Eltern leiden müssen.«

Etwas beruhigter verließ Victoria ihre Schwester und bereitete die Küche für den Besuch vor. Glücklicherweise weilten Luke und Joseph wieder in Marburg und würden erst spät zurückkehren. Ob Daisy davon gewusst hatte? Billy hatte ihr Nachricht von der Aborigine gebracht, die Victoria und Catherine nach dem Tod ihrer Mutter aufgezogen hatte, bis Joseph die Frau in einer seiner Launen davongejagt hatte. Victoria hatte Daisy mit Billys Hilfe wiedergefunden und gebeten, sie zu besuchen.

Victoria holte eines der weißen Leinen-Tischtücher aus der Truhe und breitete sie über dem Tisch aus. In heimlichem Triumph, wie sehr ihr Vater sich darüber ärgern würde, dass sie eine Aborigine mit den guten Sachen bewirtete. Aber er würde es niemals erfahren.

Der süße Duft des Kuchens erfüllte die Küche und Victorias Magen knurrte. Vor Freude über den Besuch, den ihr ein Aborigine-Junge heute Morgen angekündigt hatte, hatte sie vergessen, etwas zu essen. Hastig bestrich sie ein

Brot mit Butter und schlang es nebenbei herunter, während sie den Tisch deckte und Blumen in eine Vase stellte. Nur ein Stich der Traurigkeit blieb, da sie gehofft hatte, der Junge brächte eine Nachricht von Billy. Zu lange hatte sie nichts von dem geliebten Mann gehört, aber wagte nicht, unter einem Vorwand zu den Wades zu reiten. Drei Tage noch, sagte sich Victoria, dann werde ich Billy suchen.

»Wen erwarten wir?«, hörte sie Catherines Stimme hinter sich. Victoria drehte sich um und lächelte. Ihre Schwester hatte die Haare gekämmt und zu einer einfachen Frisur hochgesteckt. Sie trug ein schlichtes grünes Kleid, das die Farbe ihrer Augen betonte. Langsam sah Catherine etwas besser aus, obwohl sich immer noch dunkle Schatten unter ihren Augen abzeichneten. »Ich kann mich nicht erinnern, wann wir das letzte Mal das Leinen genutzt haben.«

Am Tag meiner Hochzeit, hätte Victoria antworten können, aber sie wollte ihre Schwester nicht an den Tag erinnern. Und auch sie selbst dachte nicht gern daran.

»Lass dich überraschen«, antwortete sie stattdessen und lächelte, als Catherine die Stirn runzelte. Das war so typisch für ihre kleine Schwester, deren Neugier sie immer dazu getrieben hatte, jedes Geheimnis herauszufinden. Manche Dinge änderten sich wohl nie.

Das laute Klopfen, mit dem Cookies Schwanz an die Holzbank stieß, zeigte an, dass ihr Besuch bald an die Tür pochen würde.

»Setz dich.« Victoria strich Catherine über die Wange. Seitdem ihre Schwester so in Traurigkeit versunken war, achtete Victoria darauf, dass Catherine sich schonte. »Schließ die Augen.«

Victoria wischte sich die Hände an der Schürze ab, bevor

sie diese abband und an einen Nagel hängte. Mit breitem Lächeln trat sie zur Tür. Wie lange war es her, dass sie Daisy gesehen hatte? Hätte ihr Vater nur die Köchin nicht vertrieben, wäre ihr Leben sicher glücklicher gewesen.

»Daisy!«, hörte sie Catherine hinter sich jubeln. Natürlich hatte ihre Schwester die Augen nicht geschlossen halten wollen. »Daisy! Wie wunderbar!«

Trotz ihres unübersehbaren Bauchs, der sie immer mehr einschränkte, sprang Catherine wieselflink auf und eilte neben Victoria.

»Ich habe noch einen Gast mitgebracht.« Daisy trat zur Tür herein. Ihr Lächeln ließ die Küche freundlicher wirken. Victoria schluckte, als ihr klar wurde, wie sehr sie Daisys Freundlichkeit vermisst hatte. Warum hatte ihr Vater die Aborigine nur aus dem Haus getrieben? »Wenn es euch recht ist.«

Die Aborigine breitete die Arme aus und wie damals als Kinder flogen Victoria und Catherine in die kräftigen Arme ihrer Ersatzmutter. Daisy drückte sie beide an sich und murmelte beruhigende Worte in ihrer Sprache.

»Darf ich eintreten?«, erklang eine dunkle Stimme hinter Daisys Rücken und Victoria und Catherine lösten sich aus deren Armen. »Bin ich willkommen?«

Burilda stand im Türrahmen und wirkte keinen Tag älter als an dem Tag, an dem Victoria und Catherine sie aufgesucht hatten, um ihre Mutter zu retten. Nur die nahezu weißen Haare und Falten, die sich wie ein Netz in den Augenwinkeln zogen, verrieten, dass sie eine alte Frau war. Bei der Erinnerung an diesen verhängnisvollen Tag zog sich Victorias Herz zusammen. Obwohl viel Zeit vergangen war, erinnerte sie sich nur zu gut an die Hoffnung, mit der Catherine und sie aufgebrochen waren, nur, um so bitter enttäuscht zu werden. Bald danach waren Burilda und ihre Familie verschwunden. Seitdem hatte Victoria sie nicht mehr gesehen und war davon ausgegangen, dass die alte Aborigine gestorben war. Aber sie hatte sich getäuscht. Burilda hielt sich sehr gerade und wirkte … hoheitsvoll.

»Selbstverständlich.« Victoria machte eine einladende Handbewegung. »Bitte kommt rein.«

Kaum waren die beiden Frauen eingetreten, sprang Cookie mit lautem Bellen um sie herum und forderte vehement Streicheleinheiten ein. Mit einer kleinen Geste brachte Burilda die Hündin dazu, ruhig zu sein und sich auf ihrem Platz am Herd niederzulegen.

Nachdem sie Kaffee getrunken hatten und sich die Kuchen schmecken ließen und einander über die Begebenheiten der letzten Jahre auf den neuesten Stand gebracht hatten, musterte Burilda Catherine mit forschendem Blick.

»Es dauert nicht mehr lange.« Burilda legte ihre Hand auf Catherines Bauch. »Sie drängen an das Licht der Welt.«

»Sie?« Catherine klang verwundert und auch Victoria konnte sich nicht erklären, was die alte Aborigine wohl meinte. »Was … was soll das bedeuten?«

»Du bekommst zwei.« Burilda musterte Catherine mit hochgezogenen Brauen. »Hast du das nicht gespürt?«

»Nein …« Catherine schien vollkommen überrascht zu sein. Ihre Augen wirkten riesig in ihrem bleichen Gesicht. »Das … das kann nicht sein. Niemals. Du … du musst dich irren.«

»Nein.« Burilda wirkte so selbstsicher, dass Victoria sie nur beneiden konnte. »Ich spüre das. Zwei Kinder, die bald ihr Recht fordern werden.«

»Zwillinge?« Ein Schatten huschte über Daisys Gesicht. »Das bringt Unglück.«

»In *unserer* Welt kann eine Frau sich nicht um zwei Kinder kümmern«, sagte Burilda gelassen, aber Victoria meinte zu erkennen, dass sie nicht mehr dazu sagen wollte. Die Heilerin wandte sich mit einem Lächeln an Catherine. »Hast du schon ihre Namen gewählt?«

»Namen?« Catherine hob die Hände. »Ich dachte, ich bekomme eine Tochter.«

»Zwillinge«, flüsterte Victoria. Sollte Burilda recht behalten, dann ... dann änderte sich alles. Den Haushalt führen, sich um ihren Vater zu kümmern und die Farm am laufen zu halten und ein Kind großzuziehen – das traute Victoria sich zu. Aber zwei Kinder zu hüten – daran wagte Victoria nicht einmal zu denken. Angst hielt ihr Herz in ihren eisernen Klammern. Zwei Kinder, Luke und ihr Vater. Allein würde sie das nicht schaffen.

Hilfesuchend griff sie nach Catherines Hand. »Du ... du musst bleiben. Gemeinsam werden wir alles bewältigen. Allein ...«

»Ich weiß. Aber ich kann nicht.« Catherine drückte Victorias Hand. Sie schloss einen Augenblick lang die Augen. Als sie sie wieder öffnete, konnte Victoria Tränen erkennen. »Daisy, könntest du ...?«

»Für euch würde ich alles tun«, antwortete die Aborigine mit dunkler Stimme. Auch sie schien den Tränen nah. »Das weißt du, mein Liebes, aber dein Vater ... er hat mich davongejagt. Er wird mich nicht wieder aufnehmen. Ich kann nur zu Besuch kommen.«

KAPITEL 31

Brisbane, Australien, heute

Besuch für dich!« Talia Rose war in Franziskas Zimmer gestürmt, wie üblich ohne anzuklopfen. Ihre blonden Locken hatten sich aus der niedlichen Frisur gelöst, die Lily ihr jeden Morgen mühevoll legte, weil die Kleine es so wollte. »Mama sagt, du musst ins Wohnzimmer kommen. Sie will nicht, dass er in dein Zimmer kommt.«

»Er?« Franziska ersparte es sich, der Kleinen zum x-ten Mal zu erklären, dass es unhöflich war, einfach in die Zimmer anderer Menschen hereinzuplatzen. »Wer ist da?«

»Ein Junge.« Talia Rose stemmte die Arme in die Hüften, eine perfekte Kopie ihrer Mutter, und imitierte die Stimme von Lily. »Sag Franziska, sie soll hierherkommen. In unserem Haus gibt es keine Unzucht.«

Franziska verdrehte die Augen und seufzte. Die Vorstellungen ihrer Gastfamilie davon, was sich gehörte und was nicht, überraschten sie immer wieder. Aber wichtiger war die Frage, wer sie wohl besuchte? Ob Ella jemanden geschickt hatte, weil Franziska Amber's Joy so überraschend verlassen hatte? Wieder wallte das schlechte Gewissen in Franziska auf, weil sie sich nicht einmal am Telefon nach dem Gesundheitszustand ihrer Tante erkundigt hatte. Aber zu tief und schmerzhaft war, dass Ella nicht wollte, dass Franziska sie im Krankenhaus besuchte.

»Franziska, was ist Unzucht?«, unterbrach Talia Roses nölige Stimme Franziskas Überlegungen. Die Kleine hatte sich aufs Bett gesetzt und blätterte mit marmeladeverklebten Fingern in dem Buch, das Franziska dort dummerweise hatte liegen lassen.

»Das soll dir mal besser deine Mutter erklären.« Franziska grinste, stand auf und rettete ihr Buch. Vielleicht sollte sie noch einmal nachrechnen, ob sie sich nicht doch ein billiges Hotel leisten konnte. Die Vorstellung, endlich wieder über Privatsphäre zu verfügen und ausschlafen zu können, war einfach zu verführerisch. Zu Ella zu flüchten war jetzt ja nicht mehr möglich. »Komm, Talia. Wir wollen mal sehen, wer uns besucht.«

»Kann ich nicht hierbleiben und dein Buch weiterlesen?«

»Sorry. Aber ich …« Franziska überlegte, wie sie höflich ausdrücken konnte, dass sie keine kleine Schnüfflerin allein in ihrem Zimmer lassen wollte. Schlimm genug, dass sie fürchtete, dass die neugierige Familie ihre Abwesenheit nutzte, um Franziskas Sachen zu durchwühlen. Warum also höflich sein. »Tut mir leid. Ich schließe mein Zimmer immer ab.«

»Warum?«

»Das machen wir in Deutschland so.« Franziska log, ohne rot zu werden. Es hätte keinen Sinn, mit der Sechsjährigen zu diskutieren.

»Warum?«

Verdammt. Franziska hatte nicht bedacht, dass Talia Rose das Warum-Spiel über Stunden verfolgen konnte. Sie fühlte sich versucht, nachzugeben und die Kleine in ihrem Zimmer allein zu lassen. Aber erst, nachdem Talia Rose sich die Finger gewaschen hatte.

»Weil wir das schon immer so gemacht haben.« Autsch, dachte Franziska. Solche Sprüche hatte sie als Kind immer gehasst. Mit einer Handbewegung scheute sie Talia Rose auf und aus dem Zimmer.

»Warum?«

»Weil unsere Eltern und deren Eltern und deren Eltern es auch immer schon so gemacht haben.«

»Warum?«

»Wenn du jetzt ruhig bist, bringe ich dir morgen *Tim Tams* mit. Aber du darfst deiner Mutter nichts davon sagen.«

»Warum nicht?«

»Willst du *Tim Tams* oder nicht?«

»Aber nur Choco Strawberry.« Talia Rose schob schmollend die Unterlippe vor, aber hielt den Mund. Franziska wollte lieber nicht darüber nachdenken, was es über ihre Fähigkeiten im Umgang mit Kindern sagte, dass sie sich Talia Rose nur durch Drohungen oder mit Bestechungen erwehren konnte.

Als Franziska hinter Talia Rose ins Wohnzimmer trat, konnte sie nicht sagen, ob sie auflachen oder aufschreien sollte. Eingeklemmt zwischen Bailey John und Tom saß Riley auf dem Sofa, wirkte wie ein Häufchen Elend und stand Franziskas Gastfamilie Rede und Antwort. Selbst Toby, der Familenhund, schien den Besucher argwöhnisch zu beäugen.

»So, so, Sie arbeiten also auf einer Farm.« Tom musterte

Riley kritisch. »Ist das überhaupt ein Job, mit dem man eine Familie ernähren kann?«

Franziska musste schwer an sich halten, um nicht zu kichern. Als sie sich für eine Wohnung mit Familienanschluss entschieden hatte, hatte sie beim besten Willen nicht ahnen können, wie eng der Familienanschluss werden würde. Ihre Gasteltern examinierten Riley, als ob sie einen Schwiegersohn in spe vor sich hätten. Diese Erfahrung hätte Franziska Riley gerne noch etwas länger gegönnt, aber sie entschied sich dafür, ihn zu erlösen. Außerdem wollte sie erfahren, warum er hierhergekommen war.

»Hallo, Riley«, sagte sie daher und enthob ihn einer Antwort auf Toms Frage. Franziska legte genug Kühle in ihre Stimme, damit Riley deutlich spürte, dass zwischen ihnen nichts zum Guten stand. »Wie kommt es zu dem überraschenden Besuch?«

»Franziska!« Riley sprang auf und wirkte sichtlich erleichtert. »Wir müssen …, ich möchte mit dir reden. Allein! Bitte.«

Franziska sah, wie sich Enttäuschung auf den Gesichtern ihrer Gastfamilie abzeichnete. Die Shaws hatten sich sicher schon darauf gefreut zu erfahren, was Riley und Franziska verband.

»Ich hole nur meine Jacke.« Sie winkte der Familie zu. »Bis später.«

Franziska meinte zu erkennen, dass Tom sich mühsam eine Ermahnung an Riley verkniff, dass er Franziska pünktlich nach Hause zu bringen hatte. Der Mann würde sicher eine Freude für jeden Freund von Talia Rose werden, wenn die erst mal in die Pubertät kommen würde.

»Sind die immer so?«, fragte Riley, sobald sich die Haustür hinter ihnen geschlossen hatte. Er schüttelte sich wie ein Hund, der aus dem Wasser kam. »Oder haben sie nur etwas gegen Männerbesuch für dich?«

»Nur gegen bestimmte Männer«, konnte Franziska sich nicht verkneifen. Rileys Lächeln verschwand wie die Sonne hinter den Wolken. »Wir können zum Woolloongabba Park oder zum Fluss gehen. Der Weg zum Fluss ist länger.«

»Wäre okay. Ich habe einiges zu sagen.« Er klang so ernst, dass Franziska ihn überrascht musterte. Sonst war Riley doch eher der lockere Alles-wird-gut-Typ.

Nebeneinander gingen sie die Straße in Richtung des Brisbane Rivers entlang. Riley hob die Hand, als ob er sie berühren wollte. Franziska blickte stur geradeaus, nahm aber Rileys Bewegung aus dem Augenwinkel wahr.

»Was willst du?« Sie war immer noch wütend und enttäuscht. »Ich dachte, es war deutlich genug, dass ich abgereist bin.«

»Ella hat sich furchtbare Sorgen gemacht.« Riley blieb stehen und hielt Franziska fest. Er stellte sich vor sie, so dass sie ihm ins Gesicht sehen musste. »Du … du kannst nicht einfach weglaufen, wenn dir etwas nicht passt. Vor allem nicht, wo Ella im Krankenhaus ist.«

»Wer sagt das?«, giftete Franziska zurück. Wieder stieg das Schuldgefühl in ihr auf. Sie hatte Ella zwar einen Zettel hinterlassen, aber sie hätte ihre Großtante wenigstens anrufen können. Andererseits hatte Ella ausdrücklich gesagt, dass sie Franziska nicht sehen wollte. »Mein Leben. Meine Entscheidung.«

»Verflucht, Franziska.« Riley wühlte sich mit der Hand in den Haaren, bis diese wild von seinem Kopf abstanden.

Er hob die Hände und ließ sie wieder sinken. »Was ist nur passiert, dass du so misstrauisch bist?«

»Das geht dich gar nichts an.« Hatte Ella Riley etwa die Sache mit Alina und Julian erzählt? Würde ihre Großtante sie so hintergehen? Franziska wollte sich umdrehen und weglaufen, aber da legte Riley ihr seine Hände auf die Schultern, als ob er ihre Absicht geahnt hätte.

»Bitte, Franziska.« Dieser Blick aus seinen blauen Augen – wie sollte sie da ihre Wut aufrechterhalten?

Rileys Blick ließ Franziskas Herz schneller schlagen und sie wollte ihre Hand ausstrecken und auf seine Wange legen, aber brachte es nicht über sich. Zu sehr fürchtete sie sich davor, erneut verraten und verletzt zu werden.

»Bitte, Franziska«, wiederholte Riley. »Ich … ich verstehe nicht, warum du abgereist bist. Ich kann dir Ellas Geheimnis nicht verraten. Das ist ihre Sache, meinst du nicht?«

Nein, wollte Franziska antworten. Nein, wenn du es ernst mit mir meinst, haben wir keine Geheimnisse voreinander. Aber sie schwieg und überlegte. Sollte Riley recht haben? Hätte er Ella verraten, wenn er Franziskas Frage beantwortet hätte? Aber hätte Riley nicht wenigstens sehen müssen, dass Franziska darunter litt, nichts zu wissen, und sich ausgeschlossen gefühlt hatte? Verdammt, warum musste das alles so kompliziert sein?

»Ich weiß es nicht«, sagte Franziska. »Ich weiß es wirklich nicht. Ich … also … ich hätte nicht gedacht, dass Ella mir etwas verschweigt. Aber …«

Ihr fehlten einfach die richtigen Worte. Noch konnte sie nicht über ihren Schatten springen und zugeben, dass sie übereilt gehandelt hatte. Dass sie Riley dafür büßen lassen hatte, was Alina und Julian ihr angetan hatten. Aber Riley hatte die Wahrheit verdient. Und wenn es nur als Entschuldigung war. Franziska holte tief Luft.

»Mein Fehler.« Franziska versuchte ein Lächeln, aber es verhungerte in ihren Mundwinkeln. »Ich kann Menschen zurzeit nur schwer vertrauen.«

Riley sagte nichts, sondern schaute sie nur fragend an. Franziska trat zwei Schritte auf ihn zu und umarmte ihn. Sie schloss die Augen und genoss das Gefühl, als er ihre Umarmung erwiderte. Sehr sanft spürte sie seinen Kuss auf ihren Haaren.

»Meine Schwester und mein Freund … mein Ex-Freund«, begann Franziska und musste schlucken. Den Verrat der beiden Menschen, die ihr am meisten bedeutet hatten, auszusprechen, fiel ihr immer noch schwer. »Sie hatten hinter meinem Rücken eine Affäre begonnen. Deshalb bin ich hier. Ich wollte möglichst weit weg.«

Sie war Riley dankbar dafür, dass er nichts sagte, sondern nur seine Umarmung verstärkte.

»Als du mir nichts über Ellas Krankheit sagen wolltest, habe ich mich wieder verraten gefühlt. Ella wollte mich nicht sehen. Und ich … ich hatte gedacht, dass ich ihr etwas bedeute.« Jetzt, wo sie die Worte endlich ausgesprochen hatte, fühlte Franziska sich besser. »Dabei kennt sie mich kaum. Ziemlich blöd, oder?«

»Finde ich nicht. Ella und ich, wir … wir wollten dich nicht verletzen.« Riley küsste sie erneut. »Aber du hast dich von zwei Menschen verraten gefühlt, denen du vertraut hast.«

»Ja, schon, aber jedes Mal wegzulaufen, ist auch keine Lösung.« Jetzt gelang Franziska ein Lächeln. »Immerhin bringt es mir eine Menge Flugmeilen.«

»Du solltest mit Ella reden.« Riley beugte sich zu Franziska und küsste sie. Vorsichtig. Fragend. »Sie macht sich Sorgen und Vorwürfe. Sie wollte dich nur schützen.«

»Ich bin kein Kind mehr. Ich kann selbst entscheiden, wie viel ich ertragen kann«, begehrte Franziska auf. Allerdings hatte sie jetzt Ella und Riley gegenüber wohl deutlich genug ihren Standpunkt klar gemacht. »Morgen fahre ich bei ihr vorbei.«

»Was wird mit uns? Gibt es noch ein uns?« Riley begleitete seine Fragen mit sanften Küssen. »Gibst du mir noch eine Chance?«

»Gibst du mir noch eine?« Franziska erwiderte seinen Kuss. Es fühlte sich richtig an. Und besser als mit Julian, wie sie sich eingestand. »Oder haben die Shaws dich abgeschreckt? Wahrscheinlich musst du ihnen demnächst ein Führungszeugnis zeigen, damit sie dich ins Haus lassen.«

KAPITEL 32

Brisbane, Australien, heute

Erneut stand sie vor der Tür von Ellas Haus und wagte nicht zu klingeln. Das schlechte Gewissen gegenüber ihrer Großtante war seit Rileys Besuch noch gewachsen, so dass Franziska Zeit brauchte, bis sie den Mut fand, Ella aufzusuchen. Von Riley hatte sie erfahren, dass ihre Großtante wieder in Brisbane war. Endlich drückte Franziska den Klingelknopf. Es dauerte ein wenig, bis Ella die Tür öffnete. Erstaunt schaute sie Franziska an. Dann lächelte sie.

»Es tut mir leid. Dass ich abgehauen bin. Dass ich mich nicht vorher gemeldet habe.« Franziska hielt ihrer Großtante den bunten Blumenstrauß und die Dosen Nobel-Katzenfutter entgegen, die sie als Zeichen der Entschuldigung gekauft hatte. »Ich … habe überreagiert.«

»Franziska, wie schön, dich zu sehen. Komm rein.« Ella freute sich so offensichtlich über ihren Besuch, dass Franziskas schlechtes Gewissen gleich noch ein bisschen wuchs. »Geh schon mal in die Küche. Ich suche nur schnell eine Vase.«

Dankbar für diesen Moment des Aufatmens, bevor sie Ella erklären musste, warum sie einfach ohne ein Wort von Amber's Joy verschwunden war, betrat Franziska die Küche. Wie hell und freundlich der Raum wirkte. Franziska schaute sich um und überlegte, wie es wohl gewesen sein musste, als die Familie um den Tisch gesessen und gemeinsam gegessen hatte. Wie lange war das wohl her? Noch immer hielt ihre Großtante sich bedeckt, wenn es um ihre Vergangenheit ging. Warum auch nicht.

Mit einem Schulterzucken legte Franziska die Blumen auf das Spülbecken, bevor sie sich an den runden Holztisch setzte. Als ein dunkler Schatten an ihr vorbei auf den Tisch sprang, stieß Franziska einen leisen Schrei aus, was Ebony zu amüsieren schien. Die schwarze Katze setzte sich direkt vor Franziska und starrte sie aus unergründlichen grünen Augen an. Vorsichtig streckte Franziska die Hand aus, um Ebony zu streicheln, doch die Katze stand auf und setzte sich knapp außer Franziskas Reichweite wieder hin.

»Womit habe ich dich denn beleidigt?«

»Sie spürt dein schlechtes Gewissen.«

Franziska drehte sich zu Ella um, die mit einer gewaltigen Vase in der Hand in die Küche getreten war. Das Lächeln ihrer Großtante sollte die Worte wohl abmildern, aber dennoch setzte Franziska gleich zu ihrer Verteidigungsrede an, die sie mehrfach auf dem Weg hierher geübt hatte. Das hatte ihr einige erstaunte Blicke eingebracht.

»Es war blöd von mir, ohne Abschied einfach abzuhauen.« Franziska hob entschuldigend die Hände. »Ich hätte wenigstens mit dir reden sollen. Sonst bin ich wirklich nicht so, aber …«

Ella sagte nichts, sondern schaute Franziska nur an, während sie die Blumen kunstvoll in der Vase arrangierte. Vorwürfe oder ein Wutausbruch wären Franziska deutlich lieber gewesen als diese ruhige Freundlichkeit, vor der ihr ihre Flucht noch gedankenloser vorkam.

»Ich … also ich hatte ja gesagt, dass ich wegen Stress mit meiner Schwester aus Deutschland abgehauen bin. Das war nur die halbe Wahrheit. Meine Schwester und mein Freund haben eine Affäre miteinander angefangen. Seitdem reagiere ich wohl allergisch, sobald ich fürchte, dass jemand ein Geheimnis vor mir hat.« Die Worte purzelten aus ihrem Mund, beinahe schneller, als Franziska denken konnte. »Ich weiß, ich habe kein Recht … Also, deine Geheimnisse gehen mich nichts an …, ich kann mich nur entschuldigen.«

»Ich hätte es dir sagen können.« Ella schaute Franziska nicht an, sondern strich Ebony mit den Fingern über den Kopf. »Aber irgendwie habe ich den richtigen Zeitpunkt verpasst.«

Franziska schwieg und hoffte, so die Informationen zu erhalten, an denen sie interessiert war.

»Möchtest du Tee oder Kaffee?«, fragte Ella und sah sie immer noch nicht an. »Oder lieber etwas Kaltes?«

»Danke. Im Moment noch nicht.«

»Franziska, Liebes«, begann Ella und erbleichte. Von einem Moment auf den nächsten wirkte ihr Gesicht grau und hager.

Franziska hob erschrocken die Hand zum Mund. Wenn sie geahnt hätte, dass ihr Geheimnis ihre Großtante derart aufregte, hätte sie sicher nicht danach gefragt. Doch sie kam nicht mehr dazu, diese Worte zu sagen, weil ihre Großtante in sich zusammensackte. Mit letzter Kraft, so sah es für Franziska aus, tastete Ella nach einem Stuhl und sank darauf nieder.

»Ella! Ella! Was ist mit dir?«, schrie Franziska in Panik auf, als ihre Großtante sich an die Brust griff und aufstöhnte. Mit einem Satz sprang Franziska zu ihrer Großtante, die flach atmete und totenbleich aussah. Schweißperlen sammelten sich auf der Stirn der alten Frau. »Ella! Ella! Hörst du mich?«

Fieberhaft überlegte Franziska hin und her. Ihr Ersthelfer-Kurs war so lange her, dass sie fürchtete, Ella eher zu schaden als zu nützen, wenn sie etwas unternahm. Sicherheitshalber tastete sie nach dem Puls ihrer Großtante. Kaum spürbar, aber schnell, viel zu schnell.

»Ella. Möchtest du ein Glas Wasser?«

»Es geht gleich wieder«, flüsterte ihre Großtante. »Ich brauche nur ein bisschen Ruhe. Hilf mir bitte.«

Franziska zog Ella hoch und umfasste ihre Großtante um die Taille. Erstaunlich, wie schwer Ella sich anfühlte, als sie sich auf Franziska stützte. Der kurze Weg bis ins Wohnzimmer kam Franziska elend lang vor. Vorsichtig half Franziska ihrer Großtante, sich auf dem Sofa auszustrecken. Ella hielt die Augen geschlossen; Schweißtropfen standen auf ihrer Stirn und sie atmete flach. Auch wenn sie keine Fachfrau war, war Franziska sich sicher, dass ihre Großtante an etwas litt, das man nicht mit ein wenig Ruhe kurieren konnte. Suchend tastete sie ihre Hosentaschen ab. Verflixt.

»Ich bin gleich wieder da.« Nach einem letzten besorgten Blick zu Ella eilte Franziska zurück in die Küche. Ebony sprang vom Tisch und strich um Franziskas Beine. Geistesabwesend kraulte Franziska die Katze, während sie mit bebenden Fingern die Nummer des Notrufs tippte. Vor

Aufregung fielen ihr die englischen Worte nicht ein, als sich endlich jemand am anderen Ende meldete.

»Kann ich Ihnen helfen?«, wiederholte die Stimme ungeduldig, während Franziska verzweifelt nach Worten suchte. »Hallo?«

Ein tiefes Stöhnen, das aus dem Wohnzimmer drang, ließ Franziska wieder zur Besinnung kommen.

»Entschuldigung. Meine Großtante. Sie ist zusammengebrochen«, stammelte Franziska und nannte die Adresse. »Können Sie mir sagen, was ich tun soll?«

»Lagern Sie die Frau. Die Beine hochlegen und geben Sie ihr etwas zu trinken. Am besten Wasser.« Ruhig und professionell klang die Stimme am anderen Ende der Leitung, so dass Franziska sich langsam beruhigte. »Wir sind gleich da.«

»Danke«, flüsterte Franziska und legte auf. Sie goss ein Glas Wasser ein und ging zurück ins Wohnzimmer, gefolgt von Ebony. Peach hatte unter einem Sessel Zuflucht gefunden. Ihre grünen Augen funkelten Franziska an, als trüge diese die Schuld an Ellas Krankheit. Du musst ruhig bleiben, sprach Franziska sich Mut zu. Es hilft Ella nichts, wenn du hier durchdrehst. Franziska atmete tief ein und aus, bevor sie sich ihrer Großtante zuwandte. Inzwischen hatte Ella sich aufgesetzt. Sie bemühte sich um ein Lächeln, was jedoch erschreckend wirkte, da Ellas Gesicht aussah, als ob es alles Blut verloren hätte.

»Der Notruf sagte, dass du dich hinlegen sollst.« Franziska trat neben ihre Großtante und bettete Ella vorsichtig auf das Sofa. Sie legte ihr ein Kissen unter die Füße und half ihr, einen Schluck Wasser zu trinken. Ihre Großtante nickte ihr dankbar zu. Franziska suchte nach Ellas Hand und drückte sie beruhigend.

»Die Ambulanz ist unterwegs«, sagte Franziska und versuchte, sich ihre Sorge nicht anmerken zu lassen. »Sie haben gesagt, es dauert nicht lange.«

»Könnte ich noch etwas Wasser haben?«, flüsterte Ella mit so schwacher Stimme, dass Franziska gegen Tränen ankämpfen musste. »Bitte mit Sprudel.«

Franziska griff nach dem Glas und stand auf. » Ich … ich bin gleich wieder da.«

Mit schnellen Schritten ging sie in die Küche und suchte nach einer Flasche Wasser. Ihre Finger zitterten so sehr, dass sie den Verschluss nicht aufdrehen konnte. Sie schloss die Augen und biss sich auf die Unterlippe. Auf keinen Fall durfte sie weinen und Ella so zeigen, wie viel Angst sie hatte. Nach dreimaligem tiefen Durchatmen gelang es Franziska, die widerspenstige Flasche zu öffnen. Sie kehrte zu ihrer Großtante zurück und half Ella, sich so weit aufzusetzen, dass sie erneut etwas Wasser trinken konnte.

»Danke«, flüsterte Ella und ließ sich wieder auf die Sofakissen zurücksinken. Sie atmete so flach, dass die Angst um sie Franziska zu lähmen drohte.

Wo blieb nur der Notarzt? Wie viel Zeit war vergangen, seitdem sie dort angerufen hatte? Mit einem leisen Mauzen sprang Ebony leichtfüßig aufs Sofa und legte sich neben Ella. Die streckte ihre Hand aus und legte sie der Katze auf den Rücken. Ebony schloss die Augen und schnurrte leise. Franziska meinte sich zu erinnern, dass Schnurren eine heilende Wirkung hatte. Das konnte sie jetzt auf jeden Fall brauchen.

»Du hast mir einen ganz schönen Schrecken eingejagt«, plapperte Franziska drauflos, um ihre Angst zu überspielen und um irgendetwas zu sagen, damit Ella sich nicht allein fühlte. »Und Ebony und Peach bestimmt auch.«

Ella antwortete nicht. Ihre Hand löste sich von Ebonys Rücken und fiel am Sofarand herunter. Die Katze schreckte auf und sprang leise fauchend davon. In dem Moment klingelte es an der Tür. Franziska sprang auf und stolperte. Mühsam hielt sie ihr Gleichgewicht.

»Guten Tag. Bitte kommen Sie schnell. Hier liegt meine Großtante.«

Ein Mann und eine Frau in Ambulanz-Uniform, die beruhigend professionell wirkten, folgten Franziska ins Wohnzimmer. Der Mann kniete sich neben das Sofa und fühlte Ellas Puls, während die Frau einen Koffer auf den Tisch stellte und ein Blutdruckmessgerät sowie ein paar weitere Sachen herausholte. Warum fuhren sie Ella nicht gleich ins Krankenhaus? Es kam doch sicher auf jede Minute an, oder?

»Hallo Ms Murdoch«, sagte der Mann mit ruhiger Stimme. »Wir müssen aufhören, uns so zu treffen. Sonst beginnen die Leute noch zu reden.«

Franziska horchte auf. War das nur ein Spruch, den der Sanitäter bei allen Menschen anbrachte, oder kannte er ihre Großtante wirklich so gut?

»Blutdruck ist zu niedrig«, sagte seine Kollegin, die konzentriert auf das Messgerät blickte. »Liebe Ms Murdoch, uns bleibt keine Wahl.«

Franziska schluckte. Hilfesuchend schaute sie die Sanitäter an. Der Mann nickte der Frau zu. Sie stand auf und winkte Franziska, ihr zu folgen.

»Sie sind eine Verwandte von Ms Murdoch?« Die Sanitäterin schaute Franziska fragend an. »Können Sie Entscheidungen für Sie treffen?«

»Nein, ja, nein.« Franziska hob die Hände. »Entschuldigung. Ich bin so etwas wie eine Großnichte. Ob ich deshalb für Ella Entscheidungen treffen kann, weiß ich nicht. Tut mir leid.«

»Ihre Tante wird wieder nicht ins Krankenhaus wollen, daher – «

»Wieder?« Franziska schluckte. »Ist … ist das schon öfter vorgekommen?«

»Ihre Tante ist schwerkrank.« Nun wirkte die Sanitäterin etwas überrascht, ähnlich wie Franziska. »Hat sie Ihnen das nicht gesagt?«

»Was … was hat sie?«, brachte Franziska nur mühsam hervor. War das Ellas Geheimnis, das Riley kannte und ihr nicht hatte verraten wollen. »Ist es sehr schlimm?«

»Tut mir leid.« Die Sanitäterin sah Franziska mitfühlend an. »Ich kann Ihnen keine weiteren Auskünfte geben. Das muss Ihnen Ms Murdoch selbst sagen. Aber jetzt sollten wir sie erst einmal ins Krankenhaus bringen.«

»Ich komme mit«, antwortete Franziska mechanisch. »Wenn ich darf. Wenn meine Tante, wenn Ms Murdoch es erlaubt.« Sie trat an die Trage heran, auf der Ella inzwischen lag und drückte deren Hand.

»Ja, bitte komm mit«, flüsterte ihre Großtante. »Holst du bitte die Tasche aus meinem Schlafzimmer.«

Also hatte Ella damit gerechnet, dass sie wieder ins Krankenhaus musste, ging Franziska durch den Kopf, während sie die Reisetasche suchte. Hoffentlich war es nichts Schlimmes. Ach, Blödsinn! Wem wollte sie hier etwas vormachen? Hätten die Sanitäter ihre Tante mit Namen gekannt, wenn Ella nichts Schwerwiegendes hätte? Die Ungewissheit konnte Franziska kaum aushalten.

KAPITEL 33

Amber's Joy, Australien 1899

Von Tag zu Tag wurde es schlimmer für sie. Catherine konnte es auf Amber's Joy nicht mehr aushalten. Nur ihre Kinder und Victoria hielten sie noch auf der Farm.

»Meinetwegen kannst du gern hierbleiben. Endlich mal eine Frau, deren Anblick nicht in den Augen schmerzt.«

Catherine drehte sich erschrocken um. Sie hatte sich bemüht, so wenig Lärm wie möglich zu machen, während sie Milch für ihre Zwillinge auf dem Herd erhitzte. Obwohl sie ihre Kinder stillte, waren die beiden so hungrig, dass sie bereits jetzt zufüttern musste. Sie war so müde und konzentriert in ihrer Arbeit versunken, dass sie die Worte überraschten. Mit Luke hatte sie beim besten Willen nicht gerechnet.

»Da … danke«, stotterte sie und atmete tief ein, um sich zu beruhigen. Schließlich war ihre Liebelei mit Luke schon eine Weile her. Trotzdem schlug ihr Herz lauthals. Seine Worte klangen freundlich, aber mit einem bösartigen Beigeschmack. »Ich wollte dich nicht wecken.«

Er zog einen Mundwinkel hoch zu dem für ihn typischen Lächeln. Catherine verstand nicht mehr, dass sie diesen Mann einmal geliebt hatte. Wie naiv musste sie gewesen sein, um nicht zu erkennen, dass sich hinter der attraktiven Fassade ein egoistischer Mensch verbarg, der nur seinen Spaß wollte und auf niemanden Rücksicht nahm. So bitter es für Victoria war, inzwischen war Catherine froh, dass ihre Schwester Luke geheiratet hatte und sie dadurch vor einer unglücklichen Ehe bewahrt hatte. Obwohl man nicht sagen konnte, dass Catherine bei der Wahl ihrer Männer ein besseres Händchen gehabt hatte. Wie es Frederick wohl ging? Ob er sie gesucht hatte? Ob er von den Kindern erfahren hatte?

»Es wird dich kaum etwas kosten, hierzubleiben.«

Während sie ihren Gedanken freien Lauf gelassen hatte, hatte Luke sich ihr genähert und stand nun direkt vor ihr. So nah, dass sie die geplatzten Äderchen in seinen Augen erkennen konnte und seinen Atem roch. Rum und Bier nahm sie wahr und rümpfte die Nase.

»Früher warst du freundlicher, wenn ich dir so nahe war.« Luke lachte und legte ihr eine Hand auf die Brust. Schwer und warm lag sie auf dem dünnen Stoff des Nachthemds, so dass Catherine die Berührung auf ihrer empfindlichen Haut zu spüren meinte. »Erinnerst du dich?«

»Nur zu gut, aber nicht gern«, antwortete Catherine mit kühler Stimme und schob seine Hand weg. »Lass mich in Ruhe.«

»Spiel doch nicht die gekränkte Jungfrau«, spottete Luke und legte seine Hand wieder zurück. »Deine Kinder sind ja wohl nicht vom Himmel gefallen.«

»Lass. Mich. In. Ruhe.« Catherine betonte jedes Wort. Sie ballte ihre Hände zu Fäusten, damit Luke nicht bemerkte, dass ihre Finger zitterten. Nein, niemals würde es ihm gelingen, ihr Angst einzujagen. »Nimm deine Pfoten von mir.«

»Oder was?« Noch immer klang er spöttisch, aber er war zwei Schritte zurückgetreten und behielt seine Hände bei sich. »Willst du mich bei deiner Schwester verpetzen? Was soll meine Ehefrau schon tun?«

Wieder dieses Lachen. Gemein und roh und kalt. Die arme Victoria. Aber jetzt musste Catherine an sich denken. Musste sich und ihre Kinder vor dem Mann schützen.

»Du weißt selbst, dass Victoria nie den Mut haben wird, mich rauszuwerfen.« Luke fletschte die Zähne. »Mach dich mit dem Gedanken vertraut, dass wir uns bald wieder im Heu wälzen werden. Und wer weiß, vielleicht bekomme ich von *dir* endlich einen Stammhalter.«

Mit den Worten drehte er sich um und ging zurück in das Schlafzimmer, das er mit Victoria teilte. Catherine schauderte. Ihre Hände tasteten nach einem Stuhl und sie ließ sich schwer darauf fallen. Sie spürte einen üblen Geschmack im Mund und zitterte. Ihre Gedanken rasten, genau wie ihr Herzschlag. Luke hatte Recht. Victoria wäre nicht mutig genug, Catherine zur Seite zu springen, wenn ihr Ehemann sie bedrohte. Ihr Vater war zu krank, um Catherine zu helfen. Würde sie es ertragen können, Lukes Hände auf ihrem Körper zu spüren, nur damit sie mit ihren Kindern auf Amber's Joy leben durfte? Der Farm, die für sie kein Zuhause mehr war und es wohl nie wieder sein würde, wie Catherine mit jedem verstreichenden Tag deutlicher spürte. Sie vermisste Brisbane und ihr Leben dort, mehr als sie es für möglich gehalten hätte.

Mit bebenden Fingern nahm sie die Milch und füllte sie in Fläschchen. Hatte sie es zuerst zutiefst bedauert, nicht genug Milch für die Zwillinge zu haben, so sah sie auf einmal die Chancen, die sich dadurch ergaben.

Nachdem sie ihre Kinder gefüttert und deren Windeln gewechselt hatte, legte Catherine sich auf ihr Bett. Nach wenigen Augenblicken sprang sie auf und holte einen Stuhl aus der Küche. Sie schob den Stuhl unter die Klinke der Zimmertür, aber konnte dennoch nicht einschlafen. Ruhelos wälzte sie sich von einer Seite zur anderen und ging ihre Handlungsmöglichkeiten im Kopf durch.

»Victoria.« Catherine fühlte sich zerschlagen und wünschte nichts mehr, als sich auf ihrem Bett auszustrecken und stundenlang, nein, tagelang zu schlafen. Aber die Zwillinge hatten bereits lautstark ihr Frühstück verlangt, und nach einer schlaflosen Nacht war Catherine zu einer Entscheidung gekommen. Einer Entscheidung, die schmerzte, die Catherine aber richtig schien. Aber sie fürchtete, dass ihre Zweifel mit jeder Minute, die verstrich, wachsen würden, bis sie irgendwann nicht mehr in der Lage wäre, ihren Entschluss in die Tat umzusetzen. »Wir müssen reden.«

»Cat. Was ist mit dir?« Victoria schaute ihre Schwester voller Besorgnis an. »Geht es dir nicht gut? Soll ich den Arzt kommen lassen?«

»Vic.«

Die Liebe, mit der ihre Schwester sie ansah, führte dazu, dass Catherines Stärke zusammenfiel. Sie stürzte sich in Victorias Arme und schluchzte laut auf. Alle Tränen, die sie bisher nicht um den untreuen Frederick geweint hatte, drängten aus ihr heraus und Catherine konnte nicht anders, als ihnen nachzugeben und zu weinen. Lauthals, wie ein kleines Kind.

Victoria strich Catherine übers Haar und gab kleine, beruhigende Laute von sich. Sie hielt ihre Schwester fest im Arm und wartete ab, bis Catherines Schluchzer leise wurden und sie sich beruhigte.

»Cat. Du … du kannst mir alles sagen.« Victoria hielt sie weiterhin im Arm, aber die Liebe in ihrer Stimme gab Catherine die Kraft, sich aus der Umarmung zu befreien und sich an den Küchentisch zu setzen. »Das weißt du. Ich werde alles versuchen, um dir zu helfen. Ich … ich stehe in deiner Schuld.«

»Nicht mehr.« Catherine lächelte unter Tränen. »Dass ich meine Kinder hier bekomme durfte, das … es hat alles wettgemacht.«

»Ohne meinen Fehler wärst du nie nach Brisbane gegangen, hättest ihn nie kennengelernt …« Es fiel Victoria sichtlich schwer, die Worte auszusprechen. »Vielleicht wärst du mit Luke glücklich geworden.«

Catherine dachte an die gestrige Nacht und schauderte. Sicher nicht. Niemand könnte mit Luke glücklich werden. Weil der Mann niemals mit sich selbst glücklich war, erkannte sie in einem Augenblick in völliger Klarheit. Luke würde immer denken, dass es noch etwas Besseres für ihn zu erjagen gäbe. Aber Luke war ihre kleinste Sorge. Er mochte der Anlass für ihre Entscheidung gewesen sein, aber er war auf keinen Fall die Ursache.

»Könnte ich einen Tee bekommen?«, fragte Catherine, um sich zu beruhigen.

Das vertraute Klappern der Töpfe und des Geschirrs trug

dazu bei, dass ihre Hände nicht mehr zitterten und ihr Herzschlag sich verlangsamte. Sie atmete tief durch.

«Bitte. Mit viel Zucker. Unserem Zucker.« Victoria stellte einen Becher vor Catherine auf den Tisch. Sie nahm eine Tasse und setzte sich ihrer Schwester gegenüber. »Cat. Was ist?«

»Ich musste eine Entscheidung treffen.« Catherine schwieg einen Augenblick und hinterfragte ihren Entschluss erneut. Aber sie sah keinen anderen Weg. »Ich … ich gehe zurück nach Brisbane.«

»Oh. Ich … ich werde euch vermissen.« Obwohl Victoria sich sichtlich bemühte, ruhig zu bleiben, glänzten ihre Augen tränenfeucht. »Dich und … und die Kinder.«

»Ich …« Auch Catherine spürte erneut Tränen, aber dafür waren jetzt weder die Zeit noch der Ort. Wenn sie erst wieder in Brisbane lebte, würde sie sich Zeit zum Trauern nehmen. Sie atmete aus. »Ich wollte allein zurückgehen. Würdest du Maryanna und Cooper großziehen?«

Jetzt, nachdem sie die für sie so schmerzhaften Worte ausgesprochen hatte, begann Catherine leise zu weinen. Sie senkte den Blick. Victoria schwieg. Endlich schaute Catherine auf und sah ihre Schwester aus tränenumflorten Augen an.

»Du … du würdest deine Kinder zurücklassen?«, flüsterte Victoria. »Bricht es dir nicht das Herz?«

»Ich weiß keinen anderen Ausweg«, antwortete Catherine unter Schluchzern. »In Brisbane … als Frau ohne Ehemann … Ich kann nur versuchen, mir ein Leben aufzubauen. Und Maryanna und Cooper später zu mir zu holen. Wenn du das erlaubst.«

»Cat.« Victoria nahm ihre Schwester in die Arme und

hielt sie so fest, dass es beinahe schmerzte. »Du musst nicht gehen. Du kannst bleiben. So lange du willst.«

Catherine erwiderte die Umarmung und löste sich dann von ihrer Schwester. Sie musste Victoria in die Augen sehen.

»Hier ist nicht mehr mein Zuhause.« Catherine bemühte sich um ein Lächeln, aber sie war sicher, dass es misslang. »Ich fühle mich in Brisbane wohl. Dort kann ich ein Leben haben, das es für mich hier nie geben wird.«

Eine neue Idee durchzuckte sie und sie sah eine wunderbare Möglichkeit am Horizont.

»Oder du kommst mit mir.« Dieses Mal kam Catherines Lächeln von Herzen. Sie griff nach der Hand ihrer Schwester und hielt diese fest. »Vic. Komm mit mir. Lass uns gemeinsam ein neues Leben beginnen.«

»Wie gerne würde ich ...«

»Du bist hier nicht glücklich.«

»Aber es ist mein Zuhause.« Victoria wirkte unglücklich und älter. Und so, als ob sie ein Geheimnis verbergen wollte. »Und ...«

»Ich weiß. Jemand muss sich um Vater kümmern. Auch wenn er nie besonders freundlich zu dir war.«

»Ja. Vater. Deshalb muss ich bleiben.«

Etwas in Victorias Gesicht überraschte Catherine. Neben dem Unglück und der Traurigkeit entdeckte sie dort eine neue Stärke und sogar ... Glück. Ein heimliches Glück, das Victoria mit niemandem zu teilen schien.

»Wann willst du abreisen?«

»So schnell wie möglich. Jeden Tag, den ich länger mit Maryanna und Cooper verbringe, liebe ich sie mehr.«

»Das kann ich verstehen. Sie sind wunderbare Kinder.«

Die Sehnsucht in der Stimme ihrer Schwester erinnerte Catherine daran, dass Victoria sich so sehr ein Kind wünschte, aber bisher immer noch nicht schwanger geworden war.

»Ich bin sicher, dass ihr gemeinsam glücklich werdet.«

»Ich weiß nicht, was ich sagen soll. Überleg es dir noch einmal.«

»Ich habe lange nachgedacht, Vic. Ich bin nicht mehr so impulsiv wie früher.«

»Ich weiß, aber …« Victoria strich ihrer Schwester über die Wange. »Es ist eine weitreichende Entscheidung.«

»Fürchtest du, dass dein Mann dagegen sein wird?«

»Selbst wenn. Es ist meine Entscheidung.«

Sollte Catherine sich geirrt haben und Victoria über mehr Stärke verfügen, als sie glaubte? Sie konnte nur hoffen und beten, dass es so wäre, damit es ihren Kindern auf Amber's Joy gut ginge. Der Gedanke daran, Maryanna und Cooper zurückzulassen, schnitt wie ein Messer in Catherines Herz, aber sie sah sonst keinen Ausweg. Und es würde ja nicht für immer sein.

»Ich verabschiede mich von Vater«, sagte sie mit tonloser Stimme und wendete sich ab, damit Victoria ihre Tränen nicht sah. »Glaub mir, es ist besser für uns alle.«

KAPITEL 34

Amber's Joy, Australien 1899

Ein dumpfes Poltern riss Victoria aus dem Schlaf. Mit klopfendem Herzen lag sie im Dunkeln, weil sie fürchtete, dass ihr Ehemann nach Hause gekommen war. Als die Tür zu ihrer Schlafkammer sich nicht öffnete, stand sie auf, um herauszufinden, was den Krach verursacht hatte.

»Vater?« Victoria legte Joseph eine Hand auf die Schulter. Er grunzte und schlug mit der Linken nach ihr, als sei sie eine lästige Fliege. Joseph hob nicht einmal den Kopf, der schwer auf dem alten Holztisch ruhte. Victoria schluckte, aber ihr Anliegen war zu wichtig, als dass sie so schnell aufgeben wollte. »Vater. Wir müssen reden.«

Der ernste Ton ihrer Stimme veranlasste Joseph dazu, den Kopf anzuheben. Aus rotunterlaufenen Augen starrte er sie an. Sein Haar stand wirr um seinen Kopf und er wirkte alt und erschöpft. Obwohl es Victoria schmerzte, zwang sie sich dazu, seinen fragenden Blick kühl zu erwidern.

»Lass mich in Ruhe.« Ihr Vater gähnte und ließ den Kopf wieder auf den Tisch sinken. Sein Geruch, schwer und sauer nach Schweiß, stieg Victoria in die Nase. Wie hatte es nur dazu kommen können, dass er sich so gehen ließ? Selbst nach dem Tod ihrer Mutter und seinem schweren Unfall hatte Joseph großen Wert darauf gelegt, stets sauber und ordentlich gekleidet zu sein, um seinen Töchtern, aber auch den Arbeitern auf der Farm ein Vorbild zu sein. Doch seit Catherines erneuter Flucht von Amber's Joy vor sechs Wochen schien ihr Vater sich endgültig aufgegeben zu haben.

Er interessierte sich kaum noch für die Belange der Farm und verbrachte seine Tage auf der Veranda, wo er vor sich hin starrte. In ihrer Verzweiflung hatte Victoria versucht, mit ihrem Ehemann über ihre Sorgen zu reden, doch Luke hatte nur achselzuckend abgewehrt. »Lass den Alten. Es fällt ihm nur nicht leicht, anzuerkennen, dass er zum alten Eisen gehört.«

Als sie Luke von Billys Ideen erzählte – klugerweise, ohne dessen Namen zu nennen, hatte ihr Ehemann abwehrend die Hände gehoben. »Kümmere dich um den Haushalt und sieh zu, dass du endlich ein Kind bekommst. Die Verwaltung der Farm ist Männeraufgabe.«

Mühsam hatte Victoria ihren Zorn gezügelt und geschwiegen. Nur zu gern hätte sie ihrem Ehemann gesagt, was sie von seiner Art, die Farm zu führen, hielt. Aber sie würde nur den Kürzeren in der Auseinandersetzung ziehen und ihrem Ziel keineswegs näherkommen. Also biss sie in den sauren Apfel, schwieg und schmiedete heimlich Pläne, wie sie Amber's Joy vor dem Ruin retten könnte.

Schließlich sah Victoria keinen anderen Ausweg mehr und beriet sich erneut mit Richard Chandler. Nachdem Billy ihr das Geheimnis seiner Eltern gebeichtet hatte, war Victoria dem Verwalter aus dem Weg gegangen, weil sie fürchtete, sich durch unbedachte Worte zu verraten, aber nun musste sie mit ihm sprechen.

Zu ihrem Erschrecken eröffnete Richard ihr, dass es um die Farm weitaus schlechter gestellt war, als es sich Victoria in ihren dunkelsten Stunden ausgemalt hatte. Der Zuckerrohranbau trug sich einfach nicht, und Lukes ausschweifender Lebenswandel, den er mit dem Geld von Amber's Joy finanzierte, brachte die Farm dem Ruin näher denn je. Gar nicht zu reden von den Kartenspielen ihres Vaters. Nach seinem Schlaganfall hatte er für eine Weile dem Spiel entsagt, jetzt jedoch spielte er wieder, wobei er meistens verlor. Alle Bitten Victorias und Catherines hatten ihn nicht aufhalten können. Auch Richard war nur auf taube Ohren gestoßen. Also hatten er und Victoria alles laufen lassen. Jetzt jedoch, jetzt musste es eine Wendung geben. Für Maryanna und Cooper. Für die Zukunft der Zwillinge. Richard hatte genickt, als Victoria ihm das gesagt hatte.

»Sprich mit deinem Vater. Auf mich hört er nicht«, hatte Richard sie gebeten. So eindringlich, dass Victoria einen Kloß im Hals gespürt hatte. Sie fühlte sich überfordert und wollte die Verantwortung nicht tragen. Noch weniger aber wollte sie ihr Zuhause verlieren. Immer noch erinnerte die Farm Victoria an sonnige Stunden mit ihrer Mutter und ihrer Schwester, auch wenn das Glück Amber's Joy inzwischen verlassen hatte. Sie wollte, dass Maryanna und Cooper glücklicher wurden als Catherine und sie.

»Vater. Wir müssen etwas ändern.« Victoria holte tief Luft. Sie strich sich eine Haarsträhne aus der Stirn und zögerte einen Augenblick. Aber Warten machte es nicht besser. Dass ihr Gespräch auf einen Streit mit ihrem Vater hinauslaufen würde, war sicher. Sie könnte den Konflikt vielleicht noch etwas hinauszögern. Ein oder zwei Tage, möglicherweise, aber irgendwann musste sie sich ihm stellen. Warum nicht heute. Weiterhin zu hoffen, dass ihr Vater die Verantwortung für die Farm übernehmen würde, erschien Victoria von Tag zu Tag sinnloser. »Zuckerrohr hat für uns keine Zukunft mehr. Wenn wir nichts ändern, werden wir Amber's Joy verlieren.«

»Blödsinn«, röhrte Joseph und wuchtete sich aus dem Stuhl hoch. Er schwankte und musste sich schwer auf dem Tisch aufstützen.

In seinem Zorn erinnerte er Victoria an einen tollwütigen *Dingo*. Erschrocken trat sie zwei Schritte zurück. Genau wie bei einem wilden Hund wusste man nicht, was als Nächstes geschehen würde. Leises Tapsen lenkte Victoria ab. Sie spürte, wie Cookie neben sie trat und ihr sanft mit der Schnauze in die Handfläche stupste, als wollte sie Victoria versichern, dass sie ihr stets zur Seite stehen würde. Dankbar strich Victoria der Hündin über den Kopf.

»Vater, bitte«, redete sie ruhig und leise auf ihn ein und hoffte, seine Wut damit besänftigen zu können. »Es lässt sich nicht leugnen. Mit Amber's Joy geht es bergab. Wenn du die Farm für deine Enkel retten willst, dann - «

»Sag so was nicht!« Begleitend schlug Joseph Wagner die flache Hand auf den Holztisch. Mit zusammengekniffenen Augen starrte er Victoria an. »Wer hat dir diesen Blödsinn eingeredet? Dein schöner Ehemann, der Nichtsnutz, etwa?«

Victoria schluckte die bittere Erwiderung herunter, die ihr auf der Zunge lag. Hatte ihr Vater nicht gewollt, dass sie Luke heiratete? Der Gedanke an ihren Mann, der heute Nacht wieder nicht nach Hause gekommen war, stieß ihr sauer auf wie eine unreife Mango. Aber nein, heute wollte sie sich nicht mit der Frage herumschlagen, in wessen Bett ihr Gatte seine Nacht verbracht hatte. Heute ging es um die Zukunft ihrer Farm. Ihres Zuhauses, dachte Victoria mit einem bitteren Lächeln. Des einzigen, das sie je gekannt hatte, auch wenn es in den letzten Jahren nur mit Zorn und Kälte erfüllt gewesen war. Ohne Billys Liebe und Unterstützung wäre Victoria in dieser Kälte sicher verkümmert wie ein Flaschenbaum in einem harten Winter.

»Zuckerrohr wird es immer geben. Weil die Menschen Süßes lieben.« Die schleppende Stimme ihres Vaters holte Victorias Gedanken wieder zurück. Wie konnte der alte Mann nur so stur auf seiner Meinung beharren und sich weigern, den bitteren Tatsachen ins Auge zu sehen? »Wir haben nur ein bisschen Pech gehabt.«

Pech gehabt. Victoria schnaubte. Wie harmlos das klang. So als ob niemand Schuld an dem Unglück trug, das über Amber's Joy hing wie eine dunkle Wolke an einem Gewittertag. Lange, nachdem alle Nachbarn den Zuckerrohranbau aufgegeben hatten und stattdessen in Weizenanbau oder Viehzucht gewechselt waren, hatte ihr Vater stur an seinem Traum festgehalten, eine gedeihende Zuckerfarm zu bewirtschaften. Schlimmer noch, er hatte sich über die Nachbarfarmer lustig gemacht und war aufgetreten, als ob er der Einzige im Umkreis wäre, der wusste, was der Boden hergab.

Dabei war die Erde um Amber's Joy viel zu trocken, um wirklich gute Erträge hervorzubringen. Aber Joseph war nicht bereit, sich den Tatsachen zu stellen, sondern beharrte querköpfig auf seiner Meinung. Vielleicht hätte Amber's Joy überleben können, mit dem, was sie jedes Jahr ernteten, wenn nicht … Victoria knetete ihre Unterlippe mit den

Zähnen und seufzte. Warum sollte sie weiterhin vorgeben, dass das Zuckerrohr ihr einziges Problem war. Richard und ihr wäre es gelungen, die Farm trotz der geringen Erträge zu halten, gäbe es nicht Joseph und Luke.

Ihr Vater verspielte das Geld, das sie mit Zuckerrohr erwirtschafteten. Ihr Mann verhurte es. Warum versuchte sie, alles zusammenzuhalten? Victoria straffte den Rücken und trat wieder an den Tisch heran. Ohne zu blinzeln, schaute sie ihm in die Augen.

»Unsere Farm ist nicht groß genug, um auf Dauer zu bestehen.« Victoria bemühte sich, ihre Stimme ruhig und gelassen klingen zu lassen, obwohl sie wusste, was diese Worte für ihren Vater bedeuteten. Sie sprach ihm mehr oder weniger ab, Amber's Joy vernünftig geleitet zu haben. Aber das musste er auch selbst wissen. Während die Plantagen der Nachbarn gewachsen waren, deren Häuser eleganter und reicher wurden, hatte sich ihre Farm gerade so halten können. Das Haus benötigte einen Anstrich, die Veranda neue Balken und das Dach würde dem nächsten Regen nicht überstehen. All das konnte man sehen, wenn man es sehen wollte. Oder nicht zu betrunken war. »Wenn wir weiter auf Zucker setzen, verlieren wir Amber's Joy irgendwann. Wir müssen wachsen oder etwas Neues finden.«

»Etwas Neues …« Joseph schnaubte. »Hat das Fräulein sich auch schon etwas ausgedacht?«

Erneut klatschte seine Faust auf den Tisch. Victoria zuckte zusammen. Warum nur blieb sie hier? Warum fand sie nicht die Kraft, Amber's Joy zu verlassen und nach Brisbane oder Marburg zu gehen? Ihr Vater würde es ihr nie danken. Und Luke? Luke würde wahrscheinlich nicht einmal bemerken, dass sie ihn verlassen hätte. Aber Billy …

Victorias Herz fühlte sich leichter an, als sie an Billy dachte. Würde er sie in eine der Städte begleiten?

Leise seufzte sie. Nein, niemals. Billy gehörte zu diesem Land. Mehr noch als sie und ihre Familie. Victoria straffte die Schultern und reckte sich. Sie richtete ihren Blick auf Joseph, kampfbereit und gewiss, nicht einen Fußbreit Bodens aufgeben zu wollen.

»Ja, ich habe mir etwas überlegt.« Sie holte tief Luft und schleuderte ihrem Vater ihre Worte entgegen. »Pferde. Wir könnten *Brumbies* fangen und zähmen und eine Zucht beginnen.«

»Wer? Du etwa?« Joseph Rasps Lachen dröhnte in Victorias Ohren, aber sie wandte den Blick nicht ab. Maß sich mit ihrem Vater und gewann das stumme Duell. »Oder dein Ehemann, der Glücksritter. Wo ist er überhaupt?«

»Nicht Luke. Nein«, stieß Victoria zwischen den Zähnen hervor und ballte die Hände zu Fäusten. Jetzt musste sie ihre ganze Kraft sammeln, um ihrem Vater standhalten zu können. »Billy kann die Pferde zureiten. Richard hält es auch für einen guten Plan.«

»Chandler«, spuckte Joseph Wagner aus. »Seitdem der Kerl verheiratet ist, hat er allen Mumm verloren.«

»Du weißt selbst, wie gut Billy mit Pferden umgeht«, versuchte Victoria ihren Vater wieder zurück zur eigentlichen Frage zu bringen. »Gute *Brumbies* sind immer gesucht.«

»Dein *Abo*-Freund.« Joseph hörte sich an wie ein bösartiger *Kookaburra*. Sein Lachen dröhnte in Victorias Ohren und sie hätte es ihm am liebsten aus dem Gesicht geschlagen. Erschrocken über ihren Zorn krallte sie die Fingernägel in die Handflächen, um keine unbedachte Handlung zu begehen. »Das wird Amber's Joy sicher retten. Ein

Abo-Mischling und eine kinderlose Frau. Und der Verwalter, dem ich jahrelang Lohn und Brot gegeben habe, dessen Bastard ich toleriert habe, verrät mich.«

Victorias Ärger machte Überraschung Platz. Ihr Vater wusste also von Billys Herkunft, aber hatte bisher kein Wort darüber verloren. Welche Geheimnisse verbarg der alte Mann noch vor ihr?

Bevor sie ihren Vater fragen konnte, drehte Joseph sich um und humpelte mit unsicheren Schritten auf sein Zimmer zu.

»Nur über meine Leiche verdrängen Gäule meinen Zucker.« Er wirkte so schmerzerfüllt und von der Krankheit gezeichnet, dass Victoria es nicht über das Herz brachte, ihn aufzuhalten. Plötzlich drehte er sich zu ihr um: »Amber und ich haben die Farm aufgebaut. Ich habe als *Cutter* begonnen und mir eine eigene Farm erarbeitet. Du wirst mir das nicht wegnehmen.«

KAPITEL 35

Brisbane, Australien 1899

Liebe Vici,
ich kann kaum glauben, wie schnell die Zeit vergangen ist. Inzwischen habe ich mich wieder in Brisbane eingelebt. Dank Tante Constance, die mich mit offenen Armen aufgenommen hat, obwohl ich ein gefallenes Mädchen bin. Was sie zwar nicht sagt, was ich ihr aber an der Nasenspitze ablesen kann.

Alles hier ist wieder wie vorher. Selbst der graue Kater ist zurückgekehrt und beansprucht den Platz auf meinem Bett, als ob …

Catherine legte den Füllfederhalter zur Seite. Eine Träne tropfte auf den Brief. Schnell tupfte sie die Träne mit dem Ärmel ihrer Bluse auf, bevor sie die Tinte zerfließen ließ. Eilig schrieb sie weiter, um zu verhindern, dass ihre Gefühle sie übermannten.

… als ob ich nie nach Amber's Joy zurückgekehrt wäre. Als ob alles nur ein Traum war. Ich vermisse Dich. Dich und die

Zwillinge. Es freut mich, dass sie friedliche Kinder sind und Dich nicht zu sehr beanspruchen. Sobald ich kann, werde ich Dich besuchen.

Bitte gib Maryanna und Cooper einen Kuss von mir.

Deine Schwester Catherine.

Erneut tropfte eine Träne auf das Papier, die Catherine wieder auftupfte. Sie pustete den Brief trocken und faltete ihn. Mit schnellen Strichen schrieb sie die Adresse auf den Umschlag.

Der sechste Brief in ebenso vielen Wochen. Trotzdem schmerzte es Catherine jedes Mal, wenn sie ihren Kindern einen Gruß sandte. Wie oft hatte sie kurz davor gestanden, ihr Leben in Brisbane hinzuwerfen und zu Maryanna und Cooper zurückzukehren. Nie zuvor hatte sie sich so einsam gefühlt, auch wenn Tante Constance sich alle Mühe gab, Catherine aufzuheitern. Selbst der graue Kater schlich auf Samtpfoten um sie herum, als wollte er sie trösten. Was ihn jedoch nicht davon abhielt, Catherines Bett für sich zu beanspruchen.

Tante Constance hatte Catherine herzlich aufgenommen und ihr das Gefühl gegeben, willkommen zu sein. Constance hatte nicht einmal gefragt, warum Catherine so überstürzt nach Amber's Joy aufgebrochen war und was sie so traurig machte. Zuerst hatte Catherine sich gewundert, ob ihre Tante Bescheid wusste, ob Victoria oder Joseph Constance geschrieben hatten, aber ihre Patentante gab nicht zu erkennen, dass sie von Maryanna und Cooper erfahren hatte. Daher schwieg auch Catherine und schrieb Briefe an ihre Schwester, die eigentlich Briefe an die Zwillinge waren. So konnte sie sich ihren Kindern nahe fühlen.

Sie schrieb über kleine Ereignisse, die sie tagsüber im Geschäft erlebte. Lawrence Banks hatte sich ebenfalls gefreut, dass Catherine zurückgekommen war und hatte ihr ihre alte Arbeitsstelle angeboten. Eliza hatte überraschend geheiratet, einen Goldgräber auf der Durchreise, so dass Mr Banks dringend eine erfahrene Verkaufskraft brauchen konnte. Auch er fragte Catherine nicht, warum sie gekündigt hatte, sondern tat so, als wäre sie nur eine Weile in den Ferien gewesen.

Manchmal konnte Catherine nur staunen, wie gut sich ihr Alltag in Brisbane gefügt hatte, wie bruchlos sie wieder in ihr Leben zurückkehren konnte. Neben der Arbeit im Kaufladen hatte sie auch ihr politisches Engagement wieder aufgenommen. Allerdings mied sie die Versammlungen der *Suffragetten*, fürchtete sie doch, dort Frederick Moore zu treffen. Nein, wenn sie sich die Wahrheit eingestand, blieb sie den Versammlungen fern, weil ein Teil von ihr immer noch *hoffte*, Frederick Moore zu treffen.

Zwei- oder dreimal hatte sie gedacht, den Vater ihrer Kinder auf der Straße gesehen zu haben. Das erste Mal war sie zutiefst erschreckt umgedreht und zurück zu Tante Constances Haus gelaufen. Beim zweiten Mal jedoch hatte ihr Herz schneller geschlagen und der Wunsch, Frederick wiederzusehen, war stärker gewesen als die Vernunft und sie war dem Mann nachgelaufen, nur um zu entdecken, dass sie sich geirrt hatte.

Aber seitdem traute Catherine sich selbst nicht mehr und führte sich gar nicht erst in Versuchung. Bis heute. Heute hatte Constance sie gebeten, sie zur Versammlung zu begleiten, da die Frauen eine große Demonstration für das Frauenwahlrecht planten. Catherine hatte ablehnen wollen, aber nicht die Stärke aufgebracht. Mit zitternder Stimme hatte sie sich bereit erklärt, gemeinsam mit ihrer Tante zum *Suffragetten*-Treffen zu gehen.

Catherine klebte eine Marke auf den Brief und setzte sich vor ihren Ankleidespiegel. Sie musterte ihr Gesicht. Zu ihrem Erstaunen konnte man ihr nicht ansehen, was alles in den vergangenen Monaten geschehen war. Sie wirkte nicht unglücklich, eher … fraulicher und erwachsener. Etwas, das Männern gut gefiel, wie sie in den bewundernden Blicken einiger Kunden erkennen konnte. Doch nach Luke und Frederick würde es keine weiteren Männer mehr in ihrem Leben geben, hatte Catherine sich geschworen. Männer brachten nur Schmerz und Unglück.

Wenn das so war, warum frisierte sie sich so sorgfältig? Warum hatte sie so lange vor dem Kleiderschrank gestanden und überlegt, welches Kleid sie heute zur Versammlung tragen sollte? Warum versetzte sie der Gedanke, heute vielleicht Frederick zu sehen, in Aufregung? Sollte sie es nicht besser wissen?

»Catherine, Liebes. Wir müssen los.« Tante Constance war leise ins Zimmer getreten, kraulte den Nacken des grauen Katers und lächelte Catherine über den Spiegel hinweg an. »Wenn wir zu spät kommen, finden wir nur einen Platz am Rand.«

Nachdem sie endlich am Versammlungsort angekommen waren, musste Catherine ihrer Tante im Stillen Abbitte leisten, weil Constance so vehement darauf bestanden hatte, frühzeitig aufzubrechen. Die Straßen waren überfüllt und es war kaum ein Durchkommen möglich gewesen. Ganz Brisbane schien an diesem 2. September 1899 auf den Beinen zu sein, um sich an dem Referendum zu beteiligen, ob Queensland Teil des Commonwealth sein wollte. Nein, nicht ganz Brisbane, dachte Catherine und schob zornig die Unterlippe vor und hielt das Schild etwas höher. Nur die weiße, männliche Bevölkerung, die Land besaß, durfte diese Entscheidung treffen.

»Den Frauen das Wahlrecht«, skandierte sie und sah über die wütenden Blicke hinweg, die ihr etliche Männer zuwarfen.

»Wahlrecht für alle«, rief Tante Constance und nickte Catherine zu. »Queensland für Frauen und Männer.«

Endlich gab die Vorsitzende das Zeichen, den Marsch abzubrechen, was Catherine freute. Inzwischen schmerzten ihre Arme, mit denen sie das Plakat hochhielt, und ihr Mund fühlte sich von den vielen Rufen trockener an als das *Outback*. Außerdem konnte sie es kaum erwarten, endlich die Rede zu hören und Frederick wiederzusehen. Ja, sie musste es sich eingestehen, selbst wenn es das Dümmste war, das sie tun würde. Sie liebte ihn immer noch und freute sich darauf, in seiner Nähe zu sein.

Gemeinsam mit Constance suchte sich Catherine einen Platz, der ihnen einen guten Blick auf den Redner gewähren würde. Zu Catherines Enttäuschung hielt heute Lilian Violet Cooper die Eröffnungsrede. Suchend schweifte ihr Blick durch den Raum, aber sie konnte Frederick nirgends entdecken. Einerseits fiel Catherine ein Stein vom Herzen, weil sie nicht zu sagen wusste, ob sie Frederick wirklich sehen wollte. Andererseits spürte sie einen Stich von Traurigkeit. Vielleicht bedeutete er ihr ja wirklich nichts mehr.

Vielleicht war ihre Enttäuschung über seinen Betrug so tief und weitreichend, dass sie nichts mehr für ihn empfand außer Bedauern, dass sie auf einen Windhund hereingefallen war. Sie würde es niemals erfahren, solange sie Frederick nicht gegenüberstand.

Ein Schwall kühler Abendluft strömte herein, als ein Nachzügler den Versammlungsraum betrat. Catherine schluckte. Nervös fuhr sie mit der Zunge über ihre trockenen Lippen. Er war es. Da war sie sich sicher. Sie spürte seine Anwesenheit. So, wie sie immer fühlen konnte, wenn er mit ihr in einem Raum war. Catherine schloss die Augen, legte die Handflächen aneinander und hob die Hände vors Gesicht. Sie atmete ein und aus, ein und aus, ein und aus.

Langsam näherte sich der Nachzügler mit festem Schritt, ging an ihr vorbei in die erste Reihe, dorthin, wo die Ehrengäste saßen. Catherine schnupperte, ob sie Fredericks Rasierwasser erkannte, aber die Frau neben ihr war zu stark parfümiert. Endlich hielt sie die Spannung nicht mehr aus und öffnete die Augen. Der Spätankömmling hatte sich direkt vor sie gesetzt. Nur zwei Stuhlreihen trennten Catherine von ihm. Wenn sie sich etwas vorbeugte und den Arm ausstreckte, würde sie seine Schulter berühren können. Catherine sah sich verstohlen um. Bemerkte denn niemand, wie laut ihr Herz pochte? Sah niemand, wie sehr ihre Finger zitterten, wie sehr sie sich zurückhalten musste, um nicht ihren Arm vorzustrecken und den Mann zu berühren?

Die Rede erschien ihr unendlich. Schau dich um!, dachte sie und hoffte, Frederick mit der Kraft ihrer Gedanken dazu zu bewegen, sich endlich nach ihr umzudrehen. Zu gerne wollte sie wissen, wie er wohl auf ihren Anblick reagieren würde. Würde er sich freuen oder würde er erschrecken, ertappt bei einem Betrug, der so gar nicht zu seinen edlen Reden passen wollte.

Der Mann schaute stur geradeaus und Catherine musste ihre ganze Kraft aufwenden, um nicht aufzuspringen und nach vorne zu laufen. Je länger sie wartete, desto sicherer wurde sie. Nein, sie liebte ihn nicht mehr. Sie wollte ihm nur sagen, was sie von ihm hielt. Wollte ihm vor all den ihn anbetenden Frauen die Maske vom Gesicht reißen und ihn als Betrüger entlarven. Aber von Maryanna und Cooper würde er nichts erfahren. Die Zwillinge gehörten nur ihr.

Endlich, endlich endete die Rede. Catherine hätte selbst um den Preis ihres Lebens nicht sagen können, wovon die Rednerin gesprochen hatte. Zu sehr waren ihre Gedanken damit beschäftigt, Worte aneinanderzureihen, die sie Frederick entgegenschleudern wollte. Worte, mit denen er ihre Verachtung spüren sollte. Wohlgesetzte Worte, die ihn als den Mann entlarvten, der er war. Ein großer Vorkämpfer für das Frauenwahlrecht, der Ehefrau und Kinder betrog.

Catherine ballte die Hände zu Fäusten und sprang auf. Unter Einsatz ihrer Ellenbogen drängte sie sich zu Frederick durch, der in ein Gespräch mit einer attraktiven blonden Frau vertieft war.

»Entschuldigung, dass ich störe.« Catherine tippte Frederick auf die Schulter. Ihre Stimme kühl wie ein Frühlingstag in den Bergen. Sie freute sich auf sein erstauntes Gesicht, doch …

»Bitte entschuldigen Sie.« Catherines Wangen fühlten sich heiß an und nie in ihrem Leben hatte sie sich lächerlicher gefühlt. »Ich … ich habe Sie verwechselt.«

»Das macht doch nichts. Einen guten Abend«, antwortete der Fremde höflich und nickte ihr zu.

»Guten Abend«, stammelte sie und wandte sich ab.

Sie musste raus. An die frische Luft. Nur weg von dem Mann und ihrer eigenen Dummheit. Wie hatte sie ihn nur mit Frederick verwechseln können? Sicher, beide Männer waren hochgewachsen und hatten dunkles Haar …, aber … der Fremde war schlanker und jünger als Frederick. Catherine hob die zur Faust geballte Hand an den Mund und biss sich in die Fingerknöchel.

»Catherine, Liebes. Geht es dir nicht gut?«

»Danke, Tante Constance. Ich … ich …« Catherine suchte nach einer Notlüge. »Mir war einfach heiß. Ich …, ein Frauenproblem, du verstehst.«

»Oh.« Constance wirkte etwas konsterniert. »Willst du nach Hause?«

»Nein, es geht schon.«

Untergehakt mit Tante Constance kehrte Catherine in den Versammlungsraum zurück. Sie atmete erleichtert aus. Jetzt, wo sie etwas Abstand hatte, erschien es ihr wie ein Wink des Schicksals, dass es sich nicht um Frederick gehandelt hatte. Wem hätte ihre Szene etwas genützt? Was hätte sie von einem Skandal gehabt? Einen kurzen Augenblick der Befriedigung, aber es hätte ihr Leben zerstört. Sicher, auch Frederick hätte darunter zu leiden gehabt. Aber einem Mann verzieh die Gesellschaft einen Fehltritt. Catherine hingegen wäre abgestempelt als die Frau, mit der Frederick Moore eine Liebelei angefangen hatte.

Erleichtert bewegte sie sich zwischen den Frauen, hielt hier kurz für ein freundliches Geplauder inne, begrüßte dort eine lange nicht mehr gesehene Bekannte und engagierte sich für die geplante Kundgebung.

Da erregte ein Gespräch ihre Aufmerksamkeit. Neugier

und Scham kämpften miteinander und die Neugier siegte. Catherine entschuldigte sich bei ihrer Bekannten und folgte dem Gespräch. Hatte sie eben Fredericks Namen gehört? Oder spielten ihr ihre Ohren einen Streich? Nein, die beiden Frauen, die Catherine vorher noch nie bei den *Suffragetten* gesehen hatte, sprachen wirklich über ihn.

Unauffällig trat Catherine noch näher heran und gab vor, sich für die Erfrischungen zu interessieren.

»Ich habe gehört, dass seine Ehefrau ihm ein Ultimatum gestellt hat.«

»Nein, was du nicht sagst.«

»Oh doch. Der feine Mr Moore ist eher ein Seemann als ein Politiker.«

»Sag an. Wie darf ich das verstehen?«

»In jedem Hafen ein Mädchen.«

Die Frauen brachen in leises Lachen aus und Catherine zog sich zurück. Ihre Wangen brannten und sie wünschte sich an einen anderen Ort. Auch wenn ihr Verstand ihr sagte, dass die Frauen sie nicht kannten und sicher nicht sie meinten, fühlte sie sich schmutzig und wollte nur noch nach Hause.

»Tante Constance.«

»Catherine, Liebes. Du bist ja ganz bleich.« Constance nahm Catherines Arm. »Lass uns nach Hause fahren.«

Catherine nickte. Sie verabschiedeten sich schnell. Draußen winkte Constance eine Kutsche heran. Catherine taumelte, als sie einsteigen wollte.

Ihre Patentante zog sie am Arm in die Kutsche. Nachdem Catherine sich gesetzt hatte, schaute Constance sie fragend an. »Wenn du Frederick Moore wiedersehen willst, kann ich das arrangieren.«

»Du … du wusstest es?« Catherine spürte, wie ihr Gesicht rot anlief. Vor Schuld und Scham. »Es …, du wusstest davon?«

»Meine Liebe, ich mag alt sein, bin aber weder taub noch blind.« Constance tätschelte Catherine die Hand. »Als Liebende ist man sich immer so sicher, dass niemand anders die eigenen Gefühle erkennt …«

»Oh«, konnte Catherine nur antworten.

»Wenn du ihn wiedersehen willst, kann ich dir helfen.« Constance beugte sich vor, um Catherine in die Augen zu schauen. »Nicht, dass ich es für richtig hielte. Aber seit wann fragt Liebe nach richtig und falsch?«

Einen Augenblick lang fühlte Catherine sich versucht, Tante Constances überraschendes Angebot anzunehmen, doch dann erinnerte sie sich an die spottenden Worte der Frauen. Ein Seemann. In jedem Hafen ein Mädchen. Catherine seufzte und schloss die Augen.

»Danke. Aber nein danke. Mr Moore ist für mich Geschichte und ich würde mich freuen, wenn ich ihn nie wieder sehe.«

Genauso wenig, wie ich Luke jemals wiedersehen will, setzte sie in Gedanken hinzu. Auch wenn das bedeutet, dass ich niemals nach Amber's Joy und zu meinen Kindern zurückkehren kann. Ihr Hals schnürte sich zu und Tränen traten in ihre Augen. Sie vermisste die Zwillinge. Nahezu jeden Tag wollte sie eine Kutsche nach Amber's Joy nehmen und Maryanna und Cooper zu sich holen. Jedes Mal fühlte es sich an, als ob sie sich ihr Herz ausriss, wenn sie sich der Vernunft beugte und allein in Brisbane blieb. Erst, wenn sie sich ein Leben hier aufgebaut hätte, könnte sie darüber nachdenken, ihre Kinder zu sich zu holen. Wie lange würde das wohl noch dauern? Immerhin ging es den Zwillingen bei Victoria gewiss gut. Auf Amber's Joy konnten sie in Sicherheit aufwachsen. Bereits wenige Tage später würde Catherine erfahren, wie trügerisch der Frieden auf der Farm war.

KAPITEL 36

Amber's Joy, Australien 1899

Bring mir ein Bier!« Luke schlug mit der flachen Hand auf den Tisch. Seine Stimme klang schleppend, so als ob er bereits etliche Biere getrunken hätte. »Hast du mich nicht verstanden?«

»Hast du nicht schon genug gehabt?«, wagte Victoria zu fragen, obwohl sie ahnte, dass es nur zu einem unnützen Streit führen würde. »Bitte sei leise. Mein Vater und die Kleinen sind gerade eingeschlafen.«

»Immer soll ich Rücksicht nehmen. Und wer nimmt Rücksicht auf mich?«

Jetzt klang Luke weinerlich und Victoria fragte sich wieder einmal, warum sie sich nur auf diese Ehe eingelassen hatte. Aus Einsamkeit und Verzweiflung. Und jetzt? Ihre Schwester hatte sie und die Kinder verlassen und die Ehe entpuppte sich als eine tägliche Hölle. Nie zuvor hatte Victoria sich auf Amber's Joy einsamer gefühlt. Wenn Billy nicht gewesen wäre, dann …

Nein, diesen Gedanken durfte sie nicht einmal zu Ende

führen. Eine Sünde. Es wäre eine Sünde. Genau wie eine Scheidung. Sie war an diesen weinerlichen Säufer gekettet, bis dass der Tod sie von ihm befreite.

»Nicht einmal ein Bier bekommt ein hart arbeitender Mann in seinem eigenen Haus«, greinte Luke weiter. Er ließ sich auf den Stuhl fallen und schlug erneut mit der Hand auf den Tisch. »In jedem Pub wird man besser behandelt.«

»Hier hast du dein Bier.« Victoria stellte ihm eine Flasche und ein Glas auf den Tisch. Ein Blick in seine rotunterlaufenen Augen ließ sie ihre Sorge um den Schlaf der Kinder vergessen. »Es ist nicht dein Haus. Es ist mein Haus.«

Obwohl sie es besser wissen sollte, konnte sie es manchmal einfach nicht mehr ertragen und musste sich gegen Luke wehren, auch wenn es ihre Ehe nur verschlechterte. Aber Victoria hatte genug. Sie wollte nicht mehr schlucken und alles hinnehmen. Nicht von diesem Mann, der ihr das Leben raubte und nicht einmal Kinder geschenkt hatte. Obwohl Luke natürlich Victoria die Schuld gab, dass es keinen Erben für Amber's Joy gegeben hatte. Jetzt endlich gab es einen Erben. Zwei sogar. Catherines Kinder. Nein, ihre Kinder. Bei dem Gedanken an Maryanna und Cooper spürte Victoria ein warmes Gefühl.

»Dein Haus. Deshalb habe ich dich Hexe geheiratet.« Auf Lukes attraktivem, aber rot angelaufenem Gesicht zeichnete sich deutlich Verachtung ab. »Ich hätte deine Schwester nehmen sollen. Mit der hätte ich bestimmt mehr Spaß gehabt. Mit der *hatte* ich mehr Spaß als mit dir.«

In ohnmächtigem Zorn ballte Victoria die Fäuste. Ihr Ehemann wusste nur zu gut, wie er sie treffen konnte. Selbst, wenn er völlig betrunken war.

»Und Kinder kann sie auch bekommen.« Luke trank einen großen Schluck Bier direkt aus der Flasche. Er setzte sie ab und starrte Victoria an. Gemeinheit glitzerte in seinen Augen. »Auch wenn sie ihre Blagen bei dir ablädt. Du bist ja dumm genug, sie zu nehmen.«

Victoria zog die Unterlippe zwischen ihre Zähne und kaute darauf herum. Sie musste sich ablenken oder sie würde so zornig werden, dass sie für nichts garantieren konnte. Doch Luke schien es darauf anzulegen, sie an die Grenze ihrer Beherrschung zu bringen.

»Vielleicht wärst du bei deinem *Abo* ja etwas engagierter.« Er verzog angewidert das Gesicht und spuckte auf den Fußboden. »Oder glaubst du, ich merke nicht, wie du den dreckigen Schwarzen anschmachtest. Wie ein rossige Stute.«

»Halt den Mund!« Ohne nachzudenken holte Victoria aus und schlug ihrem Ehemann mit der flachen Hand ins Gesicht. Das Klatschen hallte laut in der Küche. »Sei endlich ruhig!«

Eine Minute lang starrte Luke sie nur mit aufgerissenem Mund an. Auf seiner Wange zeichneten sich rot ihre Fingerspuren ab. Victoria schluckte. So befreiend sie den Schlag auch empfunden hatte, jetzt graute ihr vor den Konsequenzen.

»Du! Du wagst es!« Luke sprang auf und stolperte. Aber er rappelte sich auf und mit zwei großen Schritten erreichte er die schreckensstarre Victoria und schlug ihr mit der Faust ins Gesicht. »Dich werde ich Mores lehren.«

Wild bellend sprang Cookie auf ihn zu und versuchte, Luke zu beißen. Er trat der Hündin so fest in den Leib, dass sie quer durch die Küche geschleudert wurde. Jaulend prallte sie gegen die Wand. Doch sofort erhob sich Cookie wieder und wollte sich auf Luke stürzen.

»Cookie. Aus!«, befahl Victoria, mehr in Sorge um das Tier als um sich. Ihr Ehemann würde die Hündin ohne Zögern töten. Das durfte sie nicht zulassen. »Auf deinen Platz.«

Beinahe wirkte es, als ob Cookie sie vorwurfsvoll ansah, als die Hündin sich mit eingeklemmtem Schwanz in ihrem Korb niederließ. Bevor Victoria etwas sagen oder tun konnte, hob Luke erneut die Faust. Sie landete in Victorias Magen. Der Schmerz traf sie so unvermutet und mit solcher Wucht, dass sie zusammenbrach und sich sabbernd auf dem Küchenboden krümmte. Neben ihrem Gesicht sah sie den Speichelfleck und ekelte sich. Panisch, unfähig, klar zu denken, krabbelte Victoria vor dem Speichel davon, versuchte, ihrem Ehemann zu entkommen, der mit dem Fuß ausholte und ihr in die Rippen trat. Der Schock des Aufpralls presste Victoria die Luft aus den Lungen und sie stöhnte auf. Sie schaute zu ihrem Ehemann hoch, der sich mit geballten Fäusten über sie beugte.

Angst überwältigte sie. Existenzielle Angst. Luke würde sie totschlagen, erkannte sie mit Gewissheit. Ihr Ehemann war betrunken und voller Hass. Er würde nicht aufhören, auf sie einzuschlagen, bis sie sich nicht mehr regte. Die Todesangst gab Victoria Kraft, etwas zu sagen.

»Bitte. Bitte, hör auf«, flehte sie mit kleiner Stimme. Ihre Rippen schmerzten bei jedem Wort, aber das war ihre einzige Hoffnung, mit dem Leben davonzukommen. Victoria krümmte sich auf dem Boden und versuchte mit letzter Kraft aufzustehen. Sie musste versuchen, der Wut ihres Ehemanns zu entgehen. »Luke. Bitte.«

»Auf einmal kannst du nett sein.«

Luke trat einen Schritt zurück und beobachtete mit kalten Augen Victorias Bemühungen, sich am Spülstein hochzuziehen. Endlich stand sie auf ihren Füßen, taumelte und hielt sich die schmerzenden Rippen. Vorsichtig atmete sie ein und aus. Sein Schlag traf sie ohne Warnung. Hart prallte sie gegen den Stein. Ihr wurde schwarz vor Augen. Victoria schrie auf und spürte, wie ihr Ehemann nach ihrem Handgelenk griff und sie brutal herumriss.

Wie aus weiter Ferne hörte Victoria Cookie knurren, hörte ein dumpfes Klatschen und das Winseln der Hündin.

»Nein!« Victoria kämpfte gegen den Schmerz und die Dunkelheit an. Wenn Luke ihre Hündin tötete, ... nicht auszudenken. Mit letzter Kraft erhob sie die Stimme: »Cookie! Raus! Sofort!«

Hundepfoten, deren Getrappel leiser wurde, zeigten Victoria an, dass ihre Hündin gehorcht hatte und sich retten konnte. Aber was war mit ihr? Würde sie entkommen können? Sie musste überleben. Für Cooper und Maryanna. Wer würde sich um die Kinder kümmern, wenn Luke sie totschlug?

In sich fand sie die Kraft, sich von ihrem Ehemann loszureißen und mit zitternden Beinen davonzustolpern. Sie musste weg, raus aus der Küche. Draußen waren Arbeiter, die ihr helfen konnten. Sie wünschte sich, dass draußen Billy wäre, der sie immer beschützen würde. Tränen strömten Victorias Wangen herab.

»Bleib hier!«, brüllte Luke ihr nach. »Bleib stehen!«

Seine Worte beflügelten Victoria. Sie stürzte mit letzter Kraft zur Tür, zerrte sie auf und stolperte auf die Veranda. Dort brach sie schluchzend zusammen. Als sie Lukes schwere Schritte sich nähern hörte, kroch Victoria auf allen vieren davon und versuchte, ihrem Ehemann und dessen Fäusten zu entkommen. Sie nahm nichts um sich herum mehr wahr, war nur von dem einen Gedanken beseelt, vor den Schlägen und Tritten zu fliehen, die bald wieder auf sie niederprasseln würden. Eine Hand griff nach ihrem Ellenbogen und panisch schlug Victoria sie weg.

»Victoria!« Billys Stimme drang durch den Nebel, der Victorias Gedanken überschwemmte und alles zu ersticken drohte. »Du meine Güte. Tori! Ich bin es.«

Sie öffnete die Augen und sah sein geliebtes Gesicht vor sich. Wie kam er hierher? Hatte ihr verzweifeltes Flehen ihn nach Amber's Joy gerufen? Seine Augen waren dunkel vor Sorge und Zorn. Sehr sanft nahm er ihre Hand und zog Victoria auf die Beine. Sie schwankte und fiel gegen ihn. Er hielt sie fest. Victoria schloss die Augen. In seinen Armen fühlte sie sich geborgen und sicher. Niemand würde ihr etwas antun, solange Billy nur in ihrer Nähe war.

»Lass meine Frau sofort los, du *Abo*-Dreck«, erklang Lukes Stimme voller Hass. »Nimm deine verfluchten Finger von ihr oder ich bring dich um.«

Panisch riss Victoria die Augen auf. Inzwischen waren einige Arbeiter an die Veranda herangetreten. Sie betrachteten die Szene, die sich vor ihren Augen abspielte. Niemand von ihnen schien eingreifen zu wollen. Erneut überwältigte Angst Victoria und sie zitterte.

Behutsam schob Billy sie zur Bank, auf der sie so oft gesessen und in den klaren Himmel gesehen hatte. Kraftlos ließ Victoria sich fallen und zischte leise vor Schmerz, als ihr wunder Körper auf das Holz traf.

»Versuch nicht einzugreifen.«

Bevor Victoria auch nur ansatzweise begreifen konnte, was Billy ihr sagen wollte, trat der Aborigine auf Luke zu.

»Wenn du noch einmal die Hand gegen deine Frau erhebst, wirst du das büßen.«

Victoria erschrak über die Kälte und Härte, die aus Billys Stimme klang. Er hatte ihr den Rücken zugewandt und sie erkannte, dass er vor Zorn bebte. Billy hielt die Hände zu Fäusten geballt und schien kurz davor zu stehen, sich auf ihren Ehemann zu stürzen.

»Was geht meine Frau dich an, *Abo*? Meine Frau, sage ich«, antwortete Luke und spuckte vor Billy auf den Boden. »Noch bin ich hier der Boss. Also verschwinde.«

Murren erklang von den Arbeitern, die sich in einem Halbkreis vor der Veranda versammelt hatten. Victoria konnte nicht erkennen, auf wessen Seite sich die Zuckerrohrschneider stellen würden.

»Ich bleibe.« Billy holte tief Luft und stieß den Atem zischend aus. »Ich bleibe, solange Victoria mich braucht.«

»Meine Frau braucht niemanden außer mir.« Ein höhnisches Lachen begleitete Lukes Worte. »Ich kann ihr alles geben.«

»Prügel vor allem.« Billys Stimme klang flach, aber ruhig. Victoria wusste nicht, was sie davon halten sollte.

»Wenn ich meine, dass sie es verdient, ja, dann schlage ich sie«, antwortete Luke. Die Selbstsicherheit in seiner Stimme erschreckte Victoria zutiefst.

»Niemand hat das Recht, eine Frau zu schlagen«, lautete Billys Antwort, und die Männer vor ihm murmelten zustimmend. »Lass Victoria in Ruhe oder …«

»Oder was, *Abo*-Boy?«, spottete Luke. »Willst du mir drohen?«

Überraschend schnell stürzte er sich auf Billy und sprang ihn so hart an, dass der Aborigine in den Staub vor der Veranda stürzte. Luke trat auf den am Boden liegenden Billy ein und überschüttete ihn mit einer Flut von Beschimpfungen. Victoria sprang auf und sank gleich wieder auf die Bank nieder. Zu sehr schmerzte ihr Körper.

»Tut doch was. Bitte«, flehte Victoria die Arbeiter an, die ein paar Schritte zurückgetreten waren und den ungleichen Kampf beobachteten.

Die Männer schüttelten den Kopf. Da erkannte Victoria, dass sich keiner von ihnen einmischen würde. Die *Cutter* respektierten, dass es ein Kampf zwischen Billy und Luke war. Selbst wenn Victorias Ehemann unfair kämpfte und keinerlei Hemmungen hatte, jemand zu treten, der am Boden lag. Victoria hob die Hände vors Gesicht und schluchzte auf. Sie wollte ins Haus fliehen, wollte nicht mit ansehen, wie ihr Ehemann Billy zusammenschlug, so wie er sie verprügelt hatte.

Da erklang ein Laut der Überraschung von den Arbeitern und Victoria erhob sich wieder, wollte mit eigenen Augen sehen, was sich dort abspielte.

Billy war es gelungen, Lukes Bein zu greifen, als dieser erneut nach ihm treten wollte. Durch eine geschickte Drehung hatte Billy Victorias Ehemann zu Boden gerissen und es war ihm gelungen aufzustehen. Mit einem Schrei stürzte der Aborigine sich auf Luke und schlug ihm die Faust ins Gesicht. Luke wehrte sich und schließlich rollten beide Männer durch den Staub, bearbeiteten sich mit den Fäusten und knurrten wie *Dingos*, die sich um ein Stück Fleisch stritten.

Victoria beobachtete das Grauen mit aufgerissenen Augen und betete, dass jemand sich bereitfände, dem Ganzen ein Ende zu machen. Und doch, ein Teil von ihr wusste, dass die beiden Männer den Kampf austragen mussten. Für eine friedliche Regelung des Streits war es längst zu spät.

So konnte Victoria sich nur auf das Holz sinken lassen, die Hände vor ihr Gesicht ziehen und leise vor sich hin schluchzen. Sie konnte den Anblick nicht ertragen. Sie wollte nicht sehen, wie sich ihr Ehemann und der Mann, den sie wirklich liebte, mit Fäusten traktierten, wie deren Blut floss und sich mit dem Staub des Bodens vermischte.

Endlich hörten die dumpfen Geräusche der Schläge auf, mit denen Fäuste auf weiches Fleisch trafen. Eine Stille trat ein, die Victoria entsetzlicher erschien als die Kampfesgeräusche vorher. Sie öffnete die Augen. Luke lag am Boden und bewegte sich nicht mehr. Billy hatte sich erhoben, aber beugte sich weiter zu ihrem Ehemann herab und hielt die Fäuste geballt. Aus einer Wunde über Billys rechter Augenbraue strömte Blut über sein Gesicht und ließ ihn gefährlich aussehen. Auch seine Hände waren zerschlagen und blutig. Victoria musste schlucken. Hatte Billy ihren Ehemann getötet?

In dem Augenblick stöhnte Luke auf.

»Genug. Es ist … genug«, flehte Victorias Ehemann und hob bittend die Hände. »Ich … ich gebe auf.«

Billy hielt die Faust zum Schlag erhoben und Victoria erschrak über den Zorn und die Wut, die sie in seinem Gesicht erkennen konnte, aber dann trat der Aborigine zurück und ließ die Arme sinken.

»Gut. Aber lass Tori von nun an in Ruhe.« Billy ließ keinen Zweifel daran, dass er es ernst meinte.

Victoria schaute ihn an. Ihre Liebe zu Billy überwältigte sie. Warum nur war sie so dumm gewesen, sich für den falschen Mann zu entscheiden? Aus den falschen Gründen.

Sie würde alles versuchen, um eine Scheidung zu erreichen – diese Entscheidung traf sie voller Klarheit.

Luke rappelte sich auf und starrte von Billy zu Victoria und wieder zu Billy. Victoria prallte zurück, überwältigt von dem Hass in den Augen ihres Ehemanns. In diesem Augenblick begriff sie voller Entsetzen, dass Luke niemals aufgeben würde. Für ihren Mann wäre der Kampf erst vorbei, wenn einer von ihnen beiden tot war. Aber für heute musste Luke sich geschlagen geben. Er humpelte ins Haus.

Die Arbeiter lösten den Halbkreis auf, traten zu Billy und klopften ihm auf die Schulter. Sie nickten Victoria zu, einige zogen die Hüte zum Gruß und dann schlenderten sie in Richtung des Schlafhauses. Victoria und Billy blieben allein zurück. Eine Weile wagte es keiner von ihnen, ein Wort zu sagen.

»Danke«, flüsterte Victoria schließlich. »Du … du hast mir das Leben gerettet. Danke.«

Billy nickte nur, wofür Victoria ihm unendlich dankbar war. Was hätte er auch sagen können?

»Es … es ist noch nicht vorbei«, sagte Victoria mit rauer Stimme. Sie stand auf und trat zwei Schritte auf Billy zu, hob die Hand, um die Wunde an seiner Augenbraue zu berühren. Zu ihrem Schmerz hob Billy abwehrend die Hände und trat einen Schritt zurück.

»Nein. Bitte nicht.« Sein Gesicht wirkte traurig und müde unter dem Staub und Blut. Er wandte sich ab. »Ich … ich kann nicht bleiben. Dein guter Ruf. Deine Ehe.«

Mehr musste er nicht sagen. Sie beide wussten, was es bedeuten würde, wenn er bei ihr bliebe. Victoria wollte sich nicht vorstellen, was für Gerüchte die Zuckerrohrschneider über den heutigen Kampf verbreiten würden. Ein Aborigine-Mischling, der gegen den Boss gekämpft hatte. Wie ein Lauffeuer würde sich das auf den Farmen verbreiten.

»Nein!«, rief Victoria unter Tränen. »Nicht wieder. Bitte. Wenn du gehst, dann …«

»Bitte, sag es nicht.« Billy kam auf sie zu und legte ihr seine Hand an die Wange. Victoria roch Blut und Staub, aber das machte ihr nichts aus. Sie konnte kaum glauben, dass diese sanften Finger vor Kurzem noch Luke geschlagen hatten. »Ich komme wieder. Ich verspreche es.«

»Was für ein schönes Bild!« Polternd öffnete sich die Haustür und Victorias Ehemann taumelte heraus. In der linken Hand hielt er eine Flasche Rum, aus der er einen großen Schluck nahm. In der rechten trug er eine Satteltasche. »Meine Frau und ihr *Abo*-Liebhaber.«

Drohend ging Billy auf Luke zu, der daraufhin ein paar Schritte zur Seite taumelte.

»Schon gut. Schon gut. Ich will ja nicht stören.« Luke spuckte in den Staub und ging an Billy und Victoria vorbei, ohne sie eines Blicks zu würdigen.

»Wo willst du hin?«, fragte Victoria, beinahe gegen ihren Willen. Eigentlich interessierte es sie schon lange nicht mehr, was ihr Ehemann trieb, aber heute fürchtete sie um Billys Sicherheit.

»Nach Marburg. Dort finde ich Frauen, die einen Mann gut zu behandeln wissen. Einen weißen Mann.«

Victoria und Billy wechselten einen Blick.

»Geh ins Haus und schließe dich ein.« Billy nickte ihr zu. »Ich warte, bis er weg ist.«

»Ich … ich lasse dich nicht allein.« Victoria schaute Luke nach, der zu den Stallungen torkelte und immer wieder einen Schluck aus der Flasche nahm. »Ich traue ihm nicht.«

»Schon gut. Geh.« Billys Stimme klang so drängend, dass Victoria gehorchte.

Sie öffnete die Tür. Cookie sprang an ihr hoch und leckte ihr mit der Zunge durchs Gesicht. Obwohl sie jede Bewegung schmerzte, kniete Victoria sich nieder und nahm ihre mutige Hündin in die Arme.

»Braves Mädchen. Tapferes Mädchen. Guter Hund.«

Cookie wedelte mit dem ganzen Körper. Die Hündin jaulte kurz auf, als Victoria ihren Bauch berührte. Hier musste Lukes Stiefel sie getroffen haben. Luke. Victoria schrak auf. Sie musste die Tür verriegeln. Bevor sich die Tür hinter ihr schloss, hörte sie ein Pferd schmerzvoll aufwiehern und ihren Ehemann laut fluchen. Sicher ließ Luke seine Wut wieder an dem armen Tier aus.

»Ich werde ihn verlassen. Selbst wenn Vater mir die Farm nimmt«, flüsterte Victoria ihrer Hündin zu. »Ich lasse nicht zu, dass die Zwillinge unter der Herrschaft eines Luke Faulkner aufwachsen.«

Von ganzem Herzen wünschte sie sich, dass er nie wiederkehrte. Ein Wunsch, den sie später zutiefst bereuen würde.

KAPITEL 37

Brisbane, Australien, heute

Franziska hatte sich gewünscht, dass ihr jemand zur Seite stünde, dass jemand gemeinsam mit ihr um Ellas Gesundheit bangte. Riley war auf Amber's Joy und würde erst in zwei Tagen nach Brisbane kommen. Bis dahin musste sie eben allein an Ellas Seite bleiben. Das jedenfalls hatte Franziska noch heute Morgen gedacht. Nun jedoch änderte sich alles.

»Du?« Franziska starrte mit aufgerissenen Augen in das Krankenzimmer und musterte die wohlbekannte Gestalt. Sie schüttelte den Kopf und zwinkerte mit den Augen. Das musste die Sorge um Ella sein. Litt sie unter Halluzinationen? Nein, Trugbilder würden sie niemals mit dieser Mischung aus schlechtem Gewissen und Freude ansehen. »Was willst du hier? Woher weißt du, dass ich hier bin?«

»Psst. Nicht so laut.« Alina hob den Zeigefinger an die Lippen und stand auf. Sie deckte die schlafende Ella zu und kam auf Franziska zu. »Lass uns einen Kaffee trinken gehen. … Wenn du magst? Bitte!«

Eine Flut von Gefühlen überspülte Franziska, so dass sie nur nickte und ihrer Schwester in die Cafeteria des Krankenhauses folgte. Überraschung über das unverhoffte Wiedersehen wechselte sich ab mit Zorn, der in Franziska geschlummert hatte und nun wieder aufflammte. Und ganz verborgen hinter allem spürte Franziska einen winzigen Funken des Glücks, dass Alina hier war und gemeinsam mit ihr Ella beistehen konnte. Aber schon bald gewann der Zorn wieder die Überhand. Auch wenn Franziska mit Riley glücklich war, so schmerzte die Erinnerung an Alinas und Julian Verrat. Sie konnte einfach dieses Bild nicht vergessen. Sobald sie ihre Schwester ansah, sah sie Alina und Julian, engumschlungen, auf Alinas Futon.

Franziska schloss die Augen, holte tief Luft und zählte bis zehn. Schweigend fuhren sie im Fahrstuhl in die Cafeteria. Alina stellte sich in die Schlange der Wartenden.

»Latte macchiato?«, fragte sie und lächelte Franziska zaghaft an. »Oder hast du ein neues Lieblingsgetränk?«

Alinas verzweifelter Versuch, an alte Erfahrungen anzuknüpfen und etwas Gemeinsames zu finden, rührte Franziska. Sie nickte und suchte einen Platz ein Stück entfernt von den anderen Besuchern. Falls es zwischen Alina und ihr zu einem Streit käme, wollte sie nicht auch noch wütende Blicke von Fremden ernten. Mit gemischten Gefühlen beobachtete Franziska ihre Schwester. Selbst auf die Entfernung konnte sie Alina ansehen, dass diese sich nicht wohl in ihrer Haut fühlte. Alina unglücklich zu sehen, schmerzte Franziska, obwohl sie ihrer Schwester immer noch zürnte. Kein Mitleid, dachte Franziska, das hatte Alina sich selbst zuzuschreiben. Doch so einfach wollte sich die große Schwester in ihr nicht abschütteln lassen. Zu viele Jahre hatte sie

Alina beschützen wollen und sich um ihre kleine Schwester gekümmert. Immer, wenn es Alina schlecht gegangen war, hatte Franziska versucht, sie aufzuheitern oder die Ursache von Alinas Kummer zu beseitigen.

Verdammt! Warum war Alina nicht in Deutschland geblieben, wo sie hingehörte? Warum musste sie sich in Franziskas neues Leben einmischen, gerade, nachdem diese gelernt hatte, anderen Menschen wieder zu vertrauen? Um sich abzulenken, beobachtete Franziska ihre Schwester, die gerade die zweite Tasse Latte macchiato einlaufen ließ. Alina wirkte erwachsener, nicht mehr so »hoppla, jetzt komme ich«, wie Franziska sie in Erinnerung hatte. Ob Julian und sie wohl noch …? Nein, daran wollte Franziska auch nicht denken. Ihr blieb nichts anderes übrig, als zur Ablenkung wieder und wieder die Schilder an den Wänden und die Speisekarte zu lesen.

Endlich kam Alina an den Tisch. Vorsichtig balancierte sie das Tablett mit den beiden Gläsern. Eines stellte sie vor Franziska ab, das zweite ans andere Ende des Tischchens und zog einen Stuhl heran. Möglichst weit von Franziska entfernt.

»Nimmst du immer noch keinen Zucker?«, fragte Alina und setzte sich. So, als ob sie sich erst vor Kurzem gesehen hätten und als ob nichts geschehen wäre, über das sich zu reden lohnte.

»Was willst du hier? Wie kommst du überhaupt hierher? Woher wusstest du, wo ich bin?«, schoss Franziska ihre Fragen wie Pfeile auf ihre Schwester ab. Ihre Gefühle entluden sich in zornerfüllten Worten. »Seit wann bist du in Brisbane? Wo ist Julian?«

»Moment. Moment. Darf ich erst einmal einen Schluck Kaffee trinken?« Alina hob die Hände und wehrte Franziskas Fragen an. Sie senkte den Kopf und griff nach ihrem Getränk. Endlich schaute sie wieder auf. »Erstens, zwischen Julian und mir ist es aus. Zweitens hat unsere Großtante mich eingeladen. Drittens bin ich erst heute angekommen und gleich ins Krankenhaus gefahren. Viertens weiß ich alles über dich durch Ella. Sie hat mir Mails geschrieben.«

»Ella? Hat dir Mails geschrieben?« Ungläubig starrte Franziska ihre Schwester an. Wie hatte Ella sie nur derart hintergehen können? Ihre Großtante kannte doch die Geschichte von Alinas Verrat und wusste von Franziskas Flucht. »Was soll das denn?«

Alina rührte mit dem Löffel in ihrem Latte macchiato und hielt den Blick gesenkt. Sie strich sich mit den Fingern durchs Haar und seufzte. Endlich sah sie auf. Franziska erschrak über die Traurigkeit im Blick ihrer Schwester und fühlte sich versucht, die Hand nach Alina auszustrecken, aber unterdrückte diesen Impuls. Nein, noch nicht. Dafür war es einfach noch zu früh.

»Ella wollte nicht, dass du allein bist, wenn sie stirbt«, sagte Alina schließlich mit tonloser Stimme. »Auch wenn wir … also … auch wenn es zwischen uns nicht zum Besten steht, dachte Ella, dass ich dich trösten könnte. Familie ist wichtig, hat sie geschrieben.«

Franziska starrte sie an. Die Worte ergaben für sie keinen Sinn und doch spürte sie, dass Alina die Wahrheit sagte. Schlimmer noch, Franziska verstand, dass sie die Wahrheit bereits kannte, aber sich geweigert hatte, ihr ins Auge zu sehen. Sie hatte nach Anzeichen für Hoffnung gesucht und nicht akzeptieren wollen, wie schlimm es um ihre Großtante stand. Zu sehr schmerzte der Gedanke, dass sie Ella bald verlieren würde.

»Das darf nicht sein«, flüsterte Franziska. Nein. Nein. Nein. Sie wollte es nicht glauben. Noch nicht. Nicht jetzt. Ella durfte noch nicht sterben. »Nein. Wir … wir haben … wir wissen doch … uns fehlt doch immer noch ein Puzzleteil. Wir wissen zu wenig über Victoria und Catherine.«

Gedankenverloren wischte sich Franziska über die Wange, wunderte sich darüber, dass ihre Hand sich nass anfühlte. Erst, als Alina ihr ein Taschentuch reichte, wurde Franziska bewusst, dass sie weinte. Da hielt sie nichts mehr. Ihre Unterlippe zitterte und ihre Nase begann zu laufen. Franziska schniefte und nutzte das Taschentuch. Endlich gelang es ihr, sich so weit zu fassen, dass sie wieder sprechen konnte.

»Hat Ella dir von ihrem Buch geschrieben?« Was hatte ihre Großtante Alina wohl alles berichtet? Trotz ihrer Traurigkeit spürte Franziska den Verrat wie einen Stachel. Ella hätte sie wenigstens fragen können. »Von unserem Buch?«

»Nein. Sie hat mir nur geschrieben, dass sie krank ist und nicht möchte, dass du allein bist.«

»Ich bin nicht allein.« Franziska erschrak über die Schärfe in ihrer Stimme. »Riley steht mir zur Seite. Du kannst wieder nach Hause fahren. Ich komm schon klar.«

»Franziska.« Alina seufzte. Ihre Hände zitterten, als sie mit dem Löffel spielte. »Ich … es tut mir leid. Ich … ich kann verstehen, dass du sauer bist, aber … jetzt geht es um Ella.«

»Wie kannst du das wissen?« Franziska sprang so schnell auf, dass ihr Latte machiato umkippte und sich über den Tisch ergoss. »Du kennst sie doch überhaupt nicht.«

»Ich will sie dir nicht wegnehmen«, sagte Alina so ruhig, dass Franziska noch wütender wurde. »Ich bin hier, weil Ella mich darum gebeten hat.«

Franziska setzte sich wieder hin, atmete tief durch und zählte im Kopf bis dreißig, bevor sie Alina antwortete.

»Es geht mir nicht ums Wegnehmen oder so was. Ich glaube, es ist gut für uns beide, wenn jede ihr eigenes Leben führt.«

»Aber das muss doch nicht heißen, dass wir überhaupt nicht mehr miteinander reden, oder?«

»So einfach ist das nicht.«

»Glaubst du, ich weiß das nicht?« Alina verdrehte die Augen. »Ich war blöd. Ich hatte einfach Schiss, wie es weitergehen würde, wenn du deine Prüfung hättest und ich mein Abi und …«

»Und da fiel dir nichts Besseres ein, als eine Affäre mit meinem Freund anzufangen!«, brauste Franziska auf, nur um gleich darauf zu verstummen. Trug sie nicht auch ein wenig Schuld an der Misere? Wenn ihr die Prüfung nicht so wichtig gewesen wäre, hätte sich vielleicht niemals etwas zwischen Alina und Julian abgespielt. Nein! Was die beiden getan hatten, war nicht zu entschuldigen. Es war schlicht und ergreifend hinterhältig und gemein gewesen. Vielleicht würde sie Alina einmal vergeben können, aber verzeihen konnte sie ihr diesen Vertrauensbruch sicher nicht. »Ich … ich brauche immer noch Zeit. Was du gemacht hast … Das war nicht einfach wie früher, wenn du mir eine Puppe weggenommen hast.«

In einer hilflosen Geste hob Franziska die Hände. Wie sollte sie Alina erklären, was deren Verhalten für sie bedeutet hatte? Konnte man überhaupt jemand anderem begreiflich machen, wie sehr so ein Betrug schmerzte?

Inzwischen fragte sich Franziska, ob sie das überhaupt noch wollte? Sie war sich sicher, dass die Affäre immer zwischen ihr und Alina stehen würde. Beim besten Willen konnte sie nicht so tun, als ob sie bruchlos weitermachen könnten. Vielleicht gab es die Möglichkeit eines Neuanfangs, aber das würde die Zeit ergeben. Jetzt jedoch wollte Franziska sich nicht mit dieser Frage beschäftigen. Jetzt stand Ella im Vordergrund.

»Wenn du magst, kannst du Riley und mir helfen, das Geheimnis von Victoria und Catherine zu lüften«, sagte Franziska daher. Sie hatte einen Moment gezögert, ob sie Riley Alina vorstellen wollte, aber sie war sich ziemlich sicher, dass sie ihm vertrauen konnte. »Ella ist es wichtig, die Geschichte der beiden zu erfahren, und wir waren schon ziemlich weit gekommen. Aber gestern bin ich auf einen alten Zeitungsartikel gestoßen, der alles in Frage stellt.«

»Worum ging es da?« Neugierig beugte Alina sich vor. Das Faible für Krimis hatten Franziska und sie schon als Kinder geteilt. Immer wieder waren sie in einen Wettbewerb darum getreten, wer als Erste den Täter ausfindig machte, »Uneheliche Kinder? Erbschaftsstreitigkeiten?«

»Um einen Mordprozess, in den Victoria verwickelt war.«

»Sag bloß! Was genau ist da passiert?«

»Das weiß ich eben nicht. Kate, Ellas Schwester, hat nur einen alten Schnipsel aufgehoben, der darüber berichtet, dass der Prozess über den Black Snake Creek-Mord bald beginnen wird. Victoria Faulkner wird als wichtige Zeugin benannt.«

»Und da bist du noch nicht in einer Bibliothek, um mehr herauszufinden?« Alina war ganz gespannte Aufmerksamkeit. »Wer weiß, was du Tolles entdeckst!«

»Erst wollte ich wissen, wie es Ella geht.« Sofort holte die bittere Realität Franziska wieder ein. »War sie vorhin ansprechbar?«

»Ja, sogar gut.« Alina lächelte beruhigend. »Sie hat von dir und der Farm erzählt. Von euren Plänen. Lass uns zu ihr gehen. Auf dem Weg kannst du mir von Catherine und Victoria erzählen.«

KAPITEL 38

Brisbane, Australien, heute

Franziska tigerte über den grauen Flur, als bekäme sie Kilometergeld bezahlt. Der krankenhaustypische Geruch nach Desinfektionsmitteln, Essen und Bohnerwachs schlug ihr auf den Magen. Ihre innere Unruhe war so groß, dass sie nicht ruhig sitzen bleiben konnte. Seitdem sie wusste, wie schlecht es um Ella stand, hatte sie ihre ganze Energie in die Suche nach dem Geheimnis des Mordes gelegt. Ohne Erfolg. Sie hasste das Gefühl der Hilflosigkeit, dem sie nicht entrinnen konnte. Alina hatte sich bereit erklärt, ihnen zu helfen, und den Vormittag in der Bibliothek der Brisbaner Universität verbracht, während Riley und Franziska im Krankenhaus geblieben waren. Vor kurzem war Alina zurückgekehrt – auch sie hatte kein Ergebnis vorzuweisen.

»Kannst du Sam nicht um Hilfe bitten.« Franziska sah Riley flehend an und hielt mühsam die Tränen zurück. Heute hatte Ella wirklich todkrank ausgesehen. Schmal und blass, die Augen riesengroß. Der Arzt hatte Franziska und Alina als nächste Verwandte zu einem Gespräch gebeten und ihnen vorsichtig und sehr freundlich die traurige Wahrheit erklärt. Leukämie. Ihrer Tante blieb nicht mehr viel Zeit.

Franziska hatte sich wie vor den Kopf geschlagen gefühlt. Mühsam hatte sie sich aufrecht halten können und war Riley, der vor der Tür auf sie wartete, dankbar in die Arme gefallen. Er hielt sie beschützend im Arm und strich ihr sanft eine Haarsträhne hinter die Ohren.

»Ich hole Kaffee«, sagte Alina, was Franziska Zeit ließ, die Fassung wieder zu gewinnen.

»Ich … das Geheimnis … es ist Ella so wichtig.« Franziska kämpfte mit den Tränen. »Ich könnte es nicht ertragen, wenn sie stirbt, ohne dass wir das Rätsel lösen.«

Riley nickte und hielt sie ganz fest, ohne ein Wort zu sagen, wofür Franziska ihm sehr dankbar war. Auf keinen Fall wollte sie falschen Trost oder aufmunternde Worte hören. Sie wusste, dass Riley für sie da sein würde, wenn sie ihn brauchte. Dass er sie nie im Stich lassen würde so wie Julian. Der Gedanke an Julian zog einen zweiten Gedanken nach sich. Alina. Wollte sie ihre Schwester mit nach Amber's Joy nehmen?

»Wir können gleich zur Farm fahren«, sagte Riley schließlich. »Ella hat mir das Auto überlassen. Wenn es dir wichtig ist …«

»Fahrt ihr nur«, sagte Alina, als ob sie Franziskas Gedanken gelesen hätte. Sie drückte ihnen Pappbecher mit Kaffee in die Hände und musterte Riley und Franziska. Für Franziska schien es, als ob ihre Schwester sie um Rileys Unterstützung beneidete. »Du hast etwas davon gesagt, dass hier noch zwei Kartons ausstehen. Das könnte ich übernehmen. Wenn du magst. Oder ich kann in eine andere Bibliothek gehen.«

Franziska überlegte einen Moment. Ein Teil in ihr war immer noch wütend auf Alina und hätte ihre Schwester am liebsten in das nächste Flugzeug nach Deutschland gesetzt. Ein anderer Teil war froh um jede Unterstützung. Schließlich siegten Pragmatismus und Vernunft. Die Zeit rannte ihnen davon und Franziska konnte jede Hilfe brauchen.

»Gut. Machen wir das so.« Sie nickte ihrer Schwester zu. »Riley und ich versuchen, auf Amber's Joy weitere Puzzleteile zu finden, und du arbeitest dich durch die Kisten, die noch auf dem Dachboden verblieben sind. Bitte fütter Peach und Ebony. Danke dir.«

»Gern geschehen. Dann los.« Alina wirkte erleichtert.

Franziska hinterließ ihre Handy-Nummer beim Pflegepersonal mit der Bitte, sie jederzeit anzurufen, wenn es ihrer Großtante schlechter ging. Hand in Hand mit Riley ging sie zum Auto und hing ihren Gedanken nach. War es nicht völliger Blödsinn, sich auf eine Schnitzeljagd in die Vergangenheit zu begeben, anstatt sich um ihre kranke Großtante zu kümmern? Würde sich Ella wirklich freuen, wenn Franziska ihr die Ergebnisse ihrer Suche präsentierte? Konnte sie wirklich erwarten, dass ihre Großtante dafür im Moment den Kopf frei hatte?

Endlich hielt Franziska ihre Zweifel nicht mehr aus und wandte sich an Riley: »Sollte ich nicht besser bei Ella bleiben?«

»Ich glaube, du machst ihr eine große Freude, wenn du das Geheimnis aufklärst.« Er strich ihr mit zwei Fingern über die Wange. »Ella … Ella wird leichteren Herzens sterben, wenn sie das Gefühl hat, ihre Geschichte zu kennen.«

»Bist du sicher, dass es ihr so wichtig ist?«

»Schon lange trägt sie sich mit dem Gedanken, die Familiengeschichte zu schreiben. Sozusagen Kates Vermächtnis. Jetzt hat sie es dir übergeben.«

»Ich habe mich nie als Schriftstellerin gesehen.«

»Musst du ja auch nicht. Wichtig ist nur, dass wir herausfinden, was in Amber's Joy geschehen ist.« Riley lächelte. »Ob du ein Buch daraus machen willst oder nicht, kannst du immer noch entscheiden.«

Sie als Autorin? Auf dem Weg zur Farm dachte Franziska über diese Zukunftsperspektive nach. Irgendwie hätte sie schon Lust dazu, aber wovon sollte sie leben? Das Erbe ihrer Eltern hatten Alina und sie gebraucht, um das Haus abzubezahlen, die Zeit bis zu Alinas Abitur zu überbrücken und Franziska die Ausbildung zu ermöglichen. Ein oder zwei Jahre auszusteigen, um ein Buch zu schreiben, von dem sie nicht einmal wusste, ob es sich verkaufen würde, das war einfach nicht drin. Also brauchte sie auch nicht weiter Luftschlösser bauen.

»Ich guck mal nach den Pferden«, sagte sie, als sie auf Amber's Joy angekommen waren. Riley würde verstehen, dass sie ein paar Minuten für sich allein brauchte, und er würde das sicher auch seinem Vater erklären können. Der Anblick der schönen Tiere, die gelassen grasten, war tröstlich. Hier roch es nach Pferd, nach Gras, nach Erde – angenehm und heilsam. Franziska sehnte sich danach, ihr Gesicht in der Mähne eines Pferdes zu vergraben, die ihre Tränen schlucken würde. Sie suchte in ihrer Tasche nach Leckerli und versuchte, eines der Pferde zu sich zu locken. Nur eine schlanke Grauschimmelstute interessierte sich für sie. Vorsichtig nahm das Pferd den Leckerbissen und sprang plötzlich zurück.

Was mochte die Stute erschreckt haben? Franziska drehte sich um. Riley kam ihr entgegen, sein Gesicht wirkte sorgenvoll.

»Es tut mir leid. Sam ist nicht da.«

»Mist. Also sind wir umsonst hergekommen.« Am liebsten hätte Franziska mit der Hand gegen den Weidezaun geschlagen, aber sie wollte die Pferde nicht ängstigen. Das durfte doch nicht wahr sein. Nur noch ein oder zwei Informationen und sie hätte das Rätsel gelöst. Warum musste sich ihr das Schicksal in den Weg stellen?

»Nicht ganz.« Riley nickte ihr zu. »Mein Vater hat vielleicht etwas für uns.«

»Was denn?« Franziska kaute nervös auf ihrer Unterlippe herum. »Weiß er, wo Sam ist? Oder noch mehr Rechnungen und Geschäftsbriefe.«

»Nein, etwas anderes. Komm rein. Dann kann er es dir zeigen.«

Musste Riley so geheimnistuerisch sein? Bemerkte er nicht, wie sehr die ganze Sache an ihren Nerven zerrte? Bevor sie etwas sagen konnte, schaute er sie an. »Mein Vater möchte es dir gern selbst erzählen. Ihm ist Ella auch sehr wichtig.«

»Danke«, brachte Franziska nur heraus. Wieder schämte sie sich für ihr mangelndes Vertrauen in ihn. Wie oft musste Riley ihr noch beweisen, dass er es ehrlich mit ihr meinte?

»Da ihr so sehr an alten Briefen interessiert seid, habe ich auf unserem Dachboden gestöbert.« Rileys Vater lächelte.

»Briefe habe ich nicht. Aber Tagebücher aus der Zeit um die Jahrhundertwende. Hilft euch das weiter?«

»Wer hat die Tagebücher geschrieben?« Franziska wagte kaum zu fragen. Noch eine Enttäuschung würde sie heute nicht verkraften. »Richard Chandler?«

»Ich glaube nicht, dass Richard ein Mann der vielen Worte war.« Andrew Chandler schüttelte den Kopf. »Seine Frau. Sie war damals erst frisch auf Amber's Joy angekommen und wohl ein wenig einsam.«

»Und du hast nichts dagegen, dass wir sie lesen?« Irgendwie erschien es Franziska unhöflich, so in die Privatsphäre eines anderen Menschen einzudringen, selbst wenn dieser Mensch schon lange tot war. Sie jedenfalls fände es nicht besonders witzig, wenn Fremde in ihren Tagebüchern herumschnüffelten.

»Wenn es Ella hilft …« Andrew Chandler strich sich mit der Hand eine Haarsträhne aus der Stirn. Er wirkte ebenso traurig, wie Franziska sich fühlte. »Wie geht es ihr? Ich … ich wollte heute nach Brisbane fahren.«

»Ella wird sich bestimmt freuen.« Franziska schluckte schwer. »Ihr … ihr bleibt nicht mehr viel Zeit.«

Was wäre, wenn das Ergebnis ihrer Suche Ella nur aufregen und ihr die letzten Stunden verderben würde? Sie könnte ihrer Großtante doch einfach irgendeine Geschichte erzählen, damit Ellas Wunsch nach Wissen sich erfüllte. Wäre das nicht gnädiger, als sich hier Zeit mit der Jagd nach dem verlorenen Geheimnis zu verbringen?

Franziska seufzte.

»Was bedrückt dich?« Riley drückte ihre Hand.

»Welchen Sinn hat es jetzt noch, das Geheimnis lüften zu wollen?« Jedes Wort lag schwer auf Franziskas Zunge und sie musste sich zwingen, es auszusprechen. »Ella wird sterben und ich habe nichts Besseres zu tun, als nach Hinweisen zu jagen wie ein billiger Sherlock Holmes.«

»Es war Ellas Wunsch. Sie wollte zu gern erfahren, was es mit ihrer Familie auf sich hat.«

So wie Riley es sagte, klang es logisch und vernünftig. Warum also schlug sie sich mit so vielen Fragen herum und zweifelte? Vielleicht, weil sie das Gefühl hatte, auf der Stelle zu treten. Franziska ballte die Hand zur Faust und schlug frustriert auf die Holzbank.

»Was mache ich falsch? Warum kommen wir nicht weiter?«

»Lass uns in das Tagebuch hineinlesen. Vielleicht finden wir dort den einen entscheidenden Hinweis.« Riley zwinkerte ihr zu. »Irgendwann müssen wir doch auch mal Glück haben.«

»Gut, lass es uns versuchen.«

Hand in Hand gingen sie ins Haus, wo es angenehm kühl war. Andrew Chandler hatte einen kleinen Stapel schwarzer Bücher auf den Tisch gelegt, sorgfältig aufeinander gestapelt. Franziska blieb überrascht stehen.

»Meine Güte, deine Vorfahrin muss sich sehr gelangweilt haben. Wie viel Bücher sind das? Sechs oder sieben – und alles für ein Jahr.«

»Hoffen wir, dass sie auch inhaltlich einiges zu sagen hatte.«

Franziska erstarrte. Daran hatte sie gar nicht gedacht. Das fehlte ihr noch. Eine Auflistung unwichtiger Dinge wie »Zähne geputzt, Geschirr gewaschen, Küche geputzt, eingekauft, Garten geharkt …« – so was wie Facebook oder Twitter in Tagebuchform.

»Kannst du dir die Tagebücher bitte zuerst ansehen?« Franziska setzte sich an den Küchentisch. Ob Ella hier gesessen und Hausaufgaben gemacht hatte? War es vielleicht sogar der Küchentisch, an dem Victoria und Catherine schon gesessen hatten? »Ich würde es nicht ertragen, wenn es eine Sammlung von Belanglosigkeiten enthält.«

Sie drehte sich eine Haarsträhne um den Zeigefinger, immer wieder, und beobachtete Riley, der durch die vergilbten Seiten blätterte. Endlich hielt sie es nicht mehr aus.

»Und?«

»Keine Einkaufslisten oder Haushaltsbuchkram, sondern Beobachtungen des Alltags auf Amber's Joy.« Riley schaute auf. »Die Ehe von Victoria war nicht sehr glücklich. Nachdem Catherines Kinder hier lebten, benahm sich Luke Faulkner immer übler. Er unterstellte Victoria eine Affäre.«

»Das haben Ella und ich bereits herausgefunden. Gut, das mit der Affäre nicht, aber … « Franziska gelang es nicht, die Ungeduld aus ihrer Stimme zu nehmen. »Entschuldige. Ich suche Hinweise zu Victorias Kindern und etwas über den Mordprozess. Das muss doch damals Stadtgespräch gewesen sein? Warte mal.«

Sie öffnete ihre Handtasche und suchte nach dem Moleskine-Notizbuch, in das sie die wichtigsten Ergebnisse eingetragen hatte.

»Hier. Im November 1899 gab es einen Prozess, bei dem der Black Snake Creek-Mord aufgeklärt werden sollte. Dazu haben wir einen Zeitungsausschnitt gefunden. Sonst nichts, obwohl Kate so eine Sammlerin war.« Sie streckte die Zungenspitze zwischen den Lippen hervor. »Ella fürchtet, dass es etwas mit den Kindern von Catherine zu tun haben könnte. Aber wir haben keinen Beweis dafür gefunden.«

»Gut. Dann kann ich ja einiges im Tagebuch überspringen.« Riley blätterte weiter. »Hier ist es. November 1899. Willst du es lesen oder soll ich vorlesen?«

»Lies vor, bitte.« Franziska holte tief Luft. Sie drückte die Daumen an beiden Händen, dass sich jetzt endlich ein Hinweis ergeben würde. Sicherheitshalber klopfte sie noch auf das Holz des Esstisches.

»Heute fuhren Richard und ich mit der Wagner-Familie nach Marburg«, begann Riley. »Der Tag der *Coroner*-Untersuchung stand uns bevor.«

Franziska musste lächeln. Seine Stimme war so angenehm, dass sie ihm stundenlang hätte zuhören können. Dann konzentrierte sie sich auf seine Worte. Wer wohl Opfer und wer Täter im Black Snake Creek-Mord gewesen waren? Welche Rolle hatte Victoria gespielt, dass sie als wichtige Zeugin geladen war?

KAPITEL 39

Amber's Joy, Australien 1899

Es tut mir leid, Mrs Faulkner«, sagte der Polizist, der auf einmal in ihrer Küche stand. Victoria schrak zusammen. Sie war so sehr in das Gemüseputzen und ihre Gedanken vertieft gewesen, dass sie das Klopfen wohl überhört hatte. Allein die schwarze Uniform des Polizisten erschien ihr wie ein Vorbote drohenden Unheils. »Ist … ist jemand hier, der sich um Sie kümmern kann?«

»Warum?«, flüsterte sie und spürte ein Schwindelgefühl. Ohne zu überlegen, legte sie das Messer zur Seite und wischte sich die Hände an der Schürze ab. Ihre Gedanken rasten. War Cat etwas geschehen? Oder Billy? »Ich bin allein. Mein … mein Vater hatte einen Schlaganfall und meine Schwester lebt in Brisbane.«

»Vielleicht sollten Sie sich setzen.« Man konnte dem Polizisten ansehen, wie unangenehm ihm seine Aufgabe war, und Victoria folgte seiner Aufforderung.

»Bitte, was ist geschehen?« Jede Minute, die verstrich, versetzte sie nur noch mehr in Angst und Schrecken. »Bitte, sagen Sie es mir offen.«

»Ma'am.« Der Polizist drehte seinen Hut in den Händen und wich ihrem Blick aus. »Ich habe die traurige Pflicht, Ihnen zu sagen, dass Ihr Ehemann tot aufgefunden wurde.«

Luke – tot? Victoria schüttelte den Kopf. Das konnte nicht sein. Der Polizist musste sich irren. Nicht Luke, der immer so lebendig gewesen war. Luke, der gestern auf sie eingeprügelt hatte. Und doch, Luke hatte ein Leben geführt, das nicht ohne Gefahren war.

»Eine Kneipenschlägerei?«, fragte sie mit tonloser Stimme. Das war das Erste, was ihr eingefallen war. Schließlich war er gestern Nacht bereits betrunken vom Hof geritten. Victoria wusste nur zu gut, wie großspurig und jähzornig Luke werden konnte, wenn er zu viel getrunken hatte. »Wo ist er?«

»Wir haben Mr Faulkner nach Marburg gebracht. Sie können ihn morgen sicher sehen.« Der Polizist kam an den Tisch und zog sich einen Stuhl heran. »Ihr Ehemann ist auf dem Weg hierher gestorben. Es sieht aus, als ob er überfallen wurde.«

»Überfallen?« Victoria glaubte zu träumen. Wovon sprach der Mann? Das gab es nicht! Nicht hier bei ihnen. Wer sollte so etwas tun? Und warum Luke? Er hatte sicher nicht viel Geld bei sich gehabt. »Sind Sie … sind Sie da sicher?«

»Ja. Tut mir leid. Jemand hat ihrem Ehemann den Schädel eingeschlagen.«

Der Polizist hatte den Satz noch nicht beendet, als Victoria vom Stuhl rutschte. Ihr wurde schwarz vor Augen und sie wollte den Gedanken entkommen, die auf sie einstürmten.

Sie wurde wach, als ihr jemand etwas von dem Kornbrand einflößte, den ihr Vater von den Nachbarn geschenkt bekommen hatte. Scharf brannte der Schnaps in ihrer Kehle und Victoria setzte sich mit einem Husten auf. Ihr wurde schlecht und sie hielt eine Hand vor den Mund, versuchte, den üblen Geschmack zu vergessen und auch die Nachricht, die der Polizist ihr gebracht hatte. Doch der Tag sollte noch mehr Schrecken für sie bereithalten.

»Kann ich etwas für Sie tun?« Der Polizist hielt ihr das Glas mit dem Branntwein hin. Victoria schüttelte dankend den Kopf. »Irgendjemand, den ich benachrichtigen soll?«

Victoria überlegte einen Augenblick. Ihrem Vater musste sie die Nachricht schonend beibringen. Nicht mehr heute. Morgen vielleicht. Cat war zu weit entfernt. Und Billy? Nein, das ging den Polizisten nichts an. Sie schüttelte den Kopf.

»Danke. Aber den Arbeitern werde ich später Bescheid sagen.« Sie stieß die Luft aus und setzte sich gerade auf. »Muss ich noch etwas entscheiden oder wissen?«

»Nein. Das hat alles Zeit bis morgen.« Etwas in seinem Lächeln ließ Victoria aufmerken. Da war noch etwas, das er nicht gesagt hatte, etwas, vor dem sie sich fürchtete. »Könnten Sie gegen Mittag nach Marburg kommen?«

»Selbstverständlich.« Sie nickte und überlegte fieberhaft, was der Mann vor ihr zu verbergen suchte. »Vielen Dank.«

»Eins noch. Ist Billy Smith hier?« Der Polizist schaute Victoria so durchdringend an, dass sie keine Luft mehr bekam und eine Hand zur Kehle zog. Etwas, das ihm nicht entging, wie sie deutlich sehen konnte. »Haben Sie ihn heute gesehen?«

»Nein … nein«, stammelte sie und ärgerte sich über sich selbst, weil sie so schuldig wirkte. »Warum?«

»Wie ich hörte, hatten er und ihr Ehemann einen heftigen Streit.« Victoria ärgerte sich, dass sie beinahe auf sein harmloses Äußeres hereingefallen war. Der Polizist mochte jung wirken, aber verstand sein Handwerk. »Können Sie mir etwas darüber sagen?«

Fieberhaft überlegte Victoria hin und her. Leugnen konnte sie den Streit nicht. Schließlich hatte der Polizist bereits davon gehört. Außerdem waren nahezu alle *Cutter* Zeugen des Streits geworden. Was konnte der Polizist bereits wissen? Welche Gerüchte waren ihm zu Ohren gekommen? Sollte sie lügen? Den Streit abschwächen? Die Wahrheit sagen? Sich dumm stellen? Sie senkte erneut den Blick.

»Ich weiß nicht, was Sie gehört haben«, antwortete sie und bemühte sich, gleichmütig zu klingen. So, als ob nichts Besonderes geschehen war. Nichts, was dem Polizisten Anlass wäre, seinen Verdacht zu verfolgen. »Mit der Plantage und meiner Ehe stand es nicht zum Besten. Mein Ehemann hatte zu viel getrunken und mich geschlagen. Ohne die Hilfe von Mr Smith …«

»So habe ich es auch gehört.« Victoria schaute auf. Auf dem jungenhaften Gesicht des Polizisten ließ sich nicht ablesen, ob er sie in eine Falle führen wollte oder ob er seine Freundlichkeit ernst meinte. »Mr Faulkner war weder ein guter Ehemann noch ein guter Farmer?«

»Luke hält …« Sie stockte einen Augenblick, als ihr bewusst wurde, dass ihr Ehemann nicht mehr lebte. »Luke hielt nicht viel von Farmarbeit. Er ist … er war ein Glücksritter. Bald nach unserer Heirat langweilte ihn das Leben auf Amber's Joy und er suchte sein Vergnügen in Marburg.«

»Darum dachten Sie an eine Kneipenschlägerei.« Das Gesicht des Polizisten blieb gleichmütig. Victoria nickte. »Der Streit – wie heftig war er?«

»Möchten Sie etwas trinken. Ein Bier? Selbstgemachte Limonade?«, versuchte sie Zeit zu gewinnen.

»Limonade wäre nett. Danke.«

Sie stand auf, holte die Limonade aus der Vorratskammer und schenkte ihnen beiden ein.

»Luke hat es nicht gefallen, dass ich eigene Entscheidungen getroffen habe.« Victoria drehte das Glas in den Händen. »Und Billy – Mr Smith - hat es nicht gefallen, wie Luke mich behandelt hat.«

Mehr sagte sie nicht. Wenn der Polizist mehr wissen wollte, musste er sie direkt fragen. Victoria konnte nur hoffen, dass er einer trauernden Witwe nicht zu viel zumuten wollte. Doch wieder hatte sie sich in dem Mann getäuscht. Wie ein Hai, der einer Blutspur folgte, ließ er nicht locker.

»Welche Bedeutung hat Billy Smith für Sie?« Der Polizist stellte das Glas auf den Tisch und Victoria zuckte zusammen. Ein Scharren an der Tür ließ sie aufschauen. »Ist es nicht etwas ungewöhnlich …?«

Er ließ die Frage in der Schwebe und hoffte wohl, dass Victoria sie mit einer Antwort füllte. Stattdessen stand sie auf und ging zur Tür. Cookie stand davor und hatte den Kopf schief gelegt, als ob sie Victoria fragen wollte, ob alles in Ordnung wäre. Sie gab der Hündin ein Zeichen, in die Küche zu kommen. Cookie zögerte, aber schmiegte sich eng an ihre Herrin. Gemeinsam gingen sie zum Tisch. Victoria setzte sich hin, Cookie lehnte an ihrem Bein und sie grub ihre Finger in das dicke Fell des Hundes.

»Ich kenne Billy beinahe mein Leben lang. Seine Familie lebt auf Amber's Joy, aber …« Wie lange schien ihr der Tag her, an dem sie den Aborigine-Mischling das erste Mal getroffen hatte. Wie anders wäre ihr Leben verlaufen, wenn ihre Mutter nicht von der Schlange gebissen worden wäre. Victoria seufzte. »… mein Vater hat ihn von der Farm vertrieben. Trotzdem hat Mr Smith sich all die Jahre als guter Freund erwiesen und mir sehr geholfen.«

Der Polizist schaute sie schweigend an. Victoria erwiderte seinen Blick. Ihre Liebe zu Billy ging ihn nichts an.

»Was ist an dem Abend passiert?«

»Luke hatte getrunken und hat die Hand gegen mich erhoben.« Sie schluckte, als sie sich an die Überraschung und das Entsetzen erinnerte, das sie verspürt hatte. Luke hatte sich in ihrer Ehe zwar schon lange nicht mehr wie ein Gentleman verhalten, aber er hatte sie vorher niemals verprügelt. »Billy hat das gesehen und ihn niedergeschlagen.«

Sie musste die Wahrheit sagen. Schließlich waren die Arbeiter Zeugen des Streits gewesen. Es erschien Victoria klüger, wenn sie dem Polizisten erst ihre Version erzählte, bevor er die unglückliche Geschichte von den Männern zu hören bekam. Er nickte ihr zu und sagte nichts.

»Luke rappelte sich auf und die beiden Männer schlugen sich. Nachdem mein Mann aufgegeben hatte, bat ich Billy zu gehen.«

Sie bemühte sich, ruhig und gelassen zu klingen, obwohl die Panik Victoria zu überwältigen drohte. Billy war in Gefahr. Sie musste ihn warnen. Er musste sich verstecken, bevor die weißen Farmer sich auf die Jagd nach ihm machten.

»Und Ihr Ehemann?«

»Luke wollte nach Marburg reiten.« Victoria stieß einen kleinen Seufzer aus. Nur gut, dass ihr Vater nicht mitbekam, wie sie schmutzige Wäsche der Familie in der Öffentlichkeit waschen musste. »Danach habe ich ihn nicht mehr gesehen.«

Obwohl Luke sie misshandelt hatte, spürte Victoria ein leichtes Bedauern, dass er so jung sterben musste, dass die letzten Worte zwischen ihnen welche des Zorns und der Verbitterung gewesen waren.

»Die Männer haben gesagt, dass ihr Mann Rache geschworen hat.« Also hatte der Polizist bereits mit den Arbeitern gesprochen. Eine Woge der Erleichterung überflutete Victoria, dass sie nicht versucht hatte, etwas zu verschweigen oder sich eine Lüge auszudenken. »Er wollte den *Abo* umbringen, hat er geschrien.«

Victoria nickte nur.

»Haben Sie die Drohung ernst genommen?« Cookie richtete die Ohren auf, als ob auch sie die Antwort interessierte. Gedankenverloren streichelte Victoria das Fell ihrer Hündin.

»Nein. Ja. Ich weiß nicht.« Sie rieb sich mit der Hand über die Stirn. »Sie wissen besser als ich, dass betrunkene Männer oft Drohungen ausstoßen, die ihnen am nächsten Tag leidtun. Allerdings … ich hätte niemals gedacht, dass Luke mich schlagen würde. Ich weiß es wirklich nicht.«

»Hätte Billy die Drohung ernst genommen, wenn er davon gehört hätte?«

»Das müssen Sie ihn selbst fragen. Er ist ein Freund, kein Seelenverwandter.« Victoria milderte die Schärfe ihrer Worte mit einem kleinen Lächeln. »Wenn das alles war, möchte ich jetzt bitte nach meinem Vater sehen und ihm sagen, dass mein Ehemann tot ist.«

»Bitte kommen Sie morgen nach Marburg. Und falls Sie etwas von Billy Smith hören sollten, sagen Sie ihm bitte, dass ich ihn sprechen will.« Er setzte seinen Hut auf. »Noch einmal mein Beileid, Ma'am.«

»Danke.«

Nachdem der Polizist die Tür hinter sich geschlossen hatte, legte Victoria die Arme auf den Tisch und senkte ihren Kopf darauf. Wilde Schluchzer schüttelten ihren Körper. Ihr Ehemann tot. Billy unter Mordverdacht. Welche Chancen hatte ein Aborigine-Mischling bei einer weißen Jury?

Richard! Richard Chandler musste eingreifen. Endlich musste er sich zu seinem Sohn bekennen und Billy retten, selbst wenn seine Frau … Victoria mochte gar nicht daran denken. Warum nur war alles so furchtbar kompliziert? Nein, sie durfte nicht aufgeben, sondern musste klug handeln, wenn sie Billy helfen wollte. Nachdem sie sich die Nase geschnaubt hatte, suchte Victoria Zettel und Stift und begann eine Liste zu schreiben.

Mit Richard reden!!!
Vater informieren
Catherine benachrichtigen
Beerdigung organisieren
Einen Anwalt für Billy finden?
Billy suchen und vor der Polizei verstecken

KAPITEL 40

Brisbane, Australien 1899

Die Türglocke bimmelte ihr fröhliches Lied. Catherine sah von dem Stoff auf, dessen Qualität sie geprüft hatte. Seitdem sie von Amber's Joy zurückgekehrt war, gab ihr Mr Banks immer verantwortungsvollere Aufgaben, als wollte er sie auf diesem Weg in seinem Geschäft halten.

Zu Catherines Überraschung stand Tante Constance im Laden. In ihren molligen Händen hielt sie einen Umschlag, den sie Catherine entgegenstreckte. Dabei zitterten die Finger ihrer Tante vor Aufregung. Meine Kinder! Catherines Herz wurde schwer, als sie zu Tante Constance stolperte, mit wackeligen Beinen.

»Tante! Was ist geschehen?«

»Kind. Ein Telegramm. Von deiner Schwester.«

»Ein Telegramm? Von Victoria?« Catherine griff sich ans Herz und sah Tante Constance fragend an. Ein Telegramm bedeutete nichts Gutes. War ihren Kindern etwas geschehen? War ihr Vater gestorben? Sie sandte ein Stoßgebet zum

Himmel, war bereit, alles zu versprechen, nur damit ihre Kleinen heil und gesund waren.

»Catherine? Ist Ihnen nicht gut?« Lawrence Banks ließ die dicke Kundin stehen, die sich nicht zwischen zwei Stoffen entscheiden konnte, und eilte auf Catherine und Constance zu. »Eine schlechte Nachricht?«

»Ich … ich weiß es nicht.« Catherine tastete nach einem Stuhl, um sich zu setzen. Ihre Beine fühlten sich schwach an und sie fürchtete, gleich zu stürzen. »Ich habe es noch nicht geöffnet.«

»Warten Sie, ich hole Ihnen ein Glas Wasser.« Lawrence Banks verschwand hinter dem Vorhang, der seine Wohnung vom Laden trennte und kehrte kurz darauf zurück. Er drückte Catherine das Glas in die Hand.

Gierig trank sie einen Schluck, versuchte den aschenen Geschmack der Angst hinunterzuspülen, aber der ließ sich nicht vertreiben. Unschlüssig drehte sie den Umschlag in der Hand, holte tief Luft und wollte ihn öffnen, als Mr Banks ihren Arm ergriff.

»Nein, Catherine, kommen Sie.« Er deutete nach hinten. In den Bereich, wo die Lager waren und im zweiten Stock seine Wohnung. »Bitte kommen Sie und Ihre Tante mit mir. Sie sollten das Telegramm nicht hier öffnen.«

Mit dem Kopf deutete Lawrence Banks in Richtung der beiden Frauen, die angelegentlich Konservendosen musterten und dabei immer näher an Catherine herantraten. Sicher, um kein Wort des Dramas zu verpassen, das sich hier abspielte. Dankbar nickte Catherine ihrem Chef zu und gemeinsam mit Tante Constance folgte sie ihm in den kleinen Raum, der als Büro diente.

»Wenn Sie Hilfe brauchen, rufen Sie mich einfach.« Lawrence Banks schaute sie prüfend an, bevor er in den Laden zurückkehrte.

Catherine nickte geistesabwesend und starrte auf den Umschlag in ihrer Hand.

»Liebes, es hilft nichts, wenn du es noch weiter hinauszögerst.« Sanft tätschelte ihre Tante Catherines Schulter. »In meinem Leben habe ich lernen müssen, dass es besser ist, sich schlechten Nachrichten gleich zu stellen. Es ist wie sich ein Haar auszuzupfen. Schnell und mit einem Ruck tut weniger weh als langsam und vorsichtig.«

Catherine nickte und drehte den Umschlag wieder in ihrer Hand. Endlich fasste sie den Mut und öffnete ihn. Mit zitternden Händen entfaltete sie das Papier.

Luke tot +++ stop +++ Billy unter Mordverdacht +++ stop +++ bitte komm +++ stop +++ wir brauchen dich +++ Victoria

Das Telegramm entglitt Catherines Händen und sie sah ihm nach, sah, wie es auf den braunen Holzfußboden segelte, und wartete darauf, dass sie etwas fühlte. Sollte der Tod ihrer ersten großen Liebe nicht mehr schmerzen? Aber nein, das einzige Gefühl, das sich für Catherine mit dem Tod von Luke verband, war Erleichterung. Erleichterung darüber, dass ihre Schwester nun nicht länger in einer unglücklichen Ehe gefangen war.

Auf die Erleichterung folgten Entsetzen und Angst. Entsetzen darüber, dass Billy, der immer hilfsbereite und freundliche Billy, so einer fürchterlichen Tat verdächtigt wurde. Catherines Angst speiste sich aus dem Wissen, wie wenig Rechte Billy als Halb-Aborigine hatte. Die weißen

Siedler würden ihn jagen wie einen *Dingo*, der ihre Schafe gerissen hatte. Erst schießen und dann fragen.

»Oh nein«, stöhnte Catherine auf. Sie fühlte sich vollkommen hilflos im Angesicht dieser furchtbaren Anklage. Wie sehr wünschte sie sich, Victoria helfen zu können, aber was konnte sie schon tun? Sie war nur eine Frau, eine Verkäuferin mit schlechtem Leumund.

»Was sollen wir tun?« Tante Constance hatte das Telegramm ebenfalls gelesen und wirkte genauso erschüttert wie Catherine.

»Wir müssen nach Amber's Joy.« Noch immer war Catherine schwindelig und sie wagte nicht aufzustehen. Aber trotzdem konnte sie im Kopf alle Handlungsmöglichkeiten durchspielen. Ihre Schwester brauchte Beistand bei der Beerdigung und mit den Zwillingen – das war einfach zu bewerkstelligen. »Victoria sollte das nicht allein durchstehen. Vater ist ihr sicher keine Hilfe.«

Und was würde aus Billy? Er brauchte Unterstützung, möglicherweise einen Rechtsbeistand, einen Anwalt. Würden ihre *Suffragetten*-Freundinnen ihr helfen können? Im Kopf ging Catherine alle durch und landete immer wieder bei dem Ergebnis, dem sie sich nicht stellen wollte.

Der einzige Mensch, den sie kannte, der ihr helfen konnte, der Einzige, der Macht und Einfluss besaß, war Frederick Moore. Ihr ehemaliger Geliebter, der Vater ihrer Kinder, kannte sicher einen Rechtsbeistand, der einem Aborigine helfen würde. Obwohl sie hoffte, über Frederick hinweggekommen zu sein, schlug Catherines Herz einen Salto bei der Vorstellung, ihn wiederzusehen. War ihre Sorge um Billy gar nur ein Vorwand, damit sie ihren Geliebten aufsuchen konnte?

»Ich besorge uns einen Wagen.« Tante Constance schien sichtbar erleichtert zu sein, etwas tun zu können. »Und einen Kutscher. Brauchen wir einen Rechtsanwalt?«

»Ja. Nein. Warte. Bitte. Ich muss nachdenken.« Nervös schlang Catherine ihre Finger ineinander. Sie hatte sich geschworen, Frederick niemals wiederzusehen. Sie war sich nicht sicher, ob sie ihm widerstehen könnte, wenn sie ihn von Angesicht zu Angesicht gegenüberstände. Und schlimmer noch, wenn sie mit ihm nach Amber's Joy reiste, würde er seine Kinder sehen. Ob er wohl sein Anrecht auf die Zwillinge geltend machen würde? Nicht der Frederick, den sie so sehr geliebt hatte. Der war kein Mann, der eine Frau von ihren Kindern trennte. Allerdings hätte Catherine auch jeden Eid geschworen, dass *ihr* Frederick grundehrlich war, er sie niemals anlöge.

Nein, sie wollte nicht, dass er seine Kinder traf. Das durfte niemals geschehen. Aber durfte sie deshalb Billy im Stich lassen? Billy und Victoria, die beide darauf vertrauten, dass Catherine ihnen in der Not zur Seite stand. Mit einem erstickten Stöhnen presste sich Catherine die zur Faust geballte Hand vor den Mund.

»Catherine. Kann ich Ihnen helfen?« Lawrence Banks sah sie aus warmen braunen Augen fragend an. Er hatte den Kopf durch den Vorhang gesteckt und wirkte ehrlich besorgt. »Bitte, Sie … Sie können sich mir anvertrauen.«

»Der Ehemann ihrer Schwester ist tot«, antwortete Constance an Catherines Stelle. Ihre Stimme klang rau und erschüttert, als wäre auf einmal etwas Dunkles in ihre kleine helle Welt eingebrochen. »Ein … ein Verbrechen.«

»Wie furchtbar.« Lawrence Banks wirkte ehrlich erschüttert. »Wenn ich etwas tun kann …«

Was sollte er schon tun können? Mr Banks kannte sich mit Stoffen aus, mit Waren und Rechnungen, aber doch niemals mit so etwas Schrecklichem wie einer Mordanklage. Dennoch fühlte Catherine große Dankbarkeit, dass er ihr in der Stunde ihrer Not beistehen wollte, auch wenn seine Mittel und Möglichkeiten begrenzt waren. Genauso begrenzt wie ihre, erkannte Catherine voller Traurigkeit.

»Ich … ich muss nach Hause«, flüsterte Catherine, nachdem sie ihre Fassung wieder gewonnen hatte. »Es tut mir leid, dass ich Sie erneut im Stich lassen muss.«

»Machen Sie sich keine Sorgen. Wir werden klarkommen. Nehmen Sie sich all die Zeit, die Sie benötigen.«

Etwas in seiner Stimme und seinem freundlichen Blick ließ Catherine ihre Vorsicht vergessen und sie sagte ihm die ganze bittere Wahrheit, jedenfalls, soweit sie sie kannte.

»Mein Schwager ist tot. Ein alter Freund …, er soll ihn getötet haben. Das kann ich nicht glauben.« Sie schüttelte den Kopf. Niemals würde Billy einem Menschen das Leben nehmen. »Meine Schwester, sie braucht mich jetzt.«

»Entschuldigen Sie, wenn ich so offen spreche.« Lawrence Banks war inzwischen hereingekommen und legte Catherine freundlich seine Hand auf die Schulter. »Einer Morduntersuchung sollten Sie sich nicht allein stellen.«

»Ich weiß. Tante Constance wird mich begleiten.« Obwohl sie ihren Chef schätzte, war Catherine sich sicher, dass er nicht gutheißen würde, dass sie einem Mischling half. Aber in ihrer Verzweiflung musste sie nach jedem Strohhalm greifen. »Wir brauchen jede Hilfe, die wir finden können. Unser Freund, er … er ist ein Aborigine-Mischling.«

Ihr Chef nickte nur. Es schien ihn nicht zu erschüttern, dass Catherine mit einem Aborigine befreundet war. Vielleicht konnte ihn nichts überraschen, was sie tat. Schließlich galt sie als *Suffragette* und gefallene Frau. Es war eine Illusion gewesen zu glauben, dass ihr Geheimnis auf Amber's Joy sicher wäre. Gerüchte flogen schneller als *Kockaburras* von Lark Hill nach Brisbane. Bisher hatte niemand Catherine auf ihre Kinder angesprochen, aber an der Art und Weise, wie Gespräche plötzlich verstummten, wenn sie sich näherte, erkannte sie, dass man über sie redete. Aber solange niemand wagte, sie direkt anzusprechen, gab Catherine vor, nichts zu wissen. Auch wenn ihr das schwerfiel.

»Wenn Ihr Freund unschuldig ist, hat er das Recht auf Verteidigung.« Lawrence Banks schien zu überlegen. »Ich kenne jemanden, der Ihnen helfen kann. Ich werde ihn heute fragen und wenn er zustimmt, brechen wir morgen auf.«

»Wir?« Catherine meinte, sich verhört zu haben. »Sie … Sie wollen mich begleiten?«

»Ich werde Sie in dieser Notlage nicht allein lassen.« Lawrence Banks senkte den Kopf. »Nicht wie beim letzten Mal.«

Tante Constance stieß ein verblüfftes Schnauben aus. Catherine versuchte, ihre Überraschung zu verbergen.

»Sie wissen davon?« Catherine spürte, wie ihr Hals und ihre Wangen heiß anliefen. Bisher hatte sie gedacht, nur der weibliche Teil der Brisbaner Bevölkerung kannte ihre Schande. Warum hatte Lawrence Banks sie nicht entlassen? »Ich danke Ihnen für Ihre Hilfe.«

»Wenn Sie es zulassen könnten, würde ich Ihnen gern noch mehr zur Seite stehen.« Lawrence Banks griff nach Catherines Hand und drückte sie leicht. »Aber darüber sprechen wir an einem anderen Tag. Jetzt ist es wichtiger, Ihrer Familie zu helfen.«

»Aber … das Geschäft.« Catherine glaubte immer noch zu träumen. Was für ein Tag. Erst das furchtbare Telegramm und nun die versteckte Liebeserklärung ihres Chefs. Das war zu viel für sie. Heute wollte sie darüber nicht nachgrübeln. »Sie können doch nicht einfach schließen.«

»Ich finde eine Lösung.« Er nickte ihr zu und drückte ihre Hand. »Jetzt gehen Sie nach Hause und packen. Morgen früh hole ich Sie mit einer Kutsche ab.«

»Da … danke«, flüsterte Catherine und ihr Herz fühlte sich leichter. Sie stand auf und wollte gehen. Dann, ohne nachzudenken, beugte sie sich vor und küsste Lawrence Banks auf die Wange. »Vielen, vielen Dank.«

»Danke«, sagte Tante Constance und zwinkerte Catherine zu. »Komm, Liebes.«

Noch immer überrascht von Mr Banks' Worten, ging Catherine neben ihrer ebenfalls schweigenden Tante die Straße entlang.

Erschrocken sprang sie zur Seite, als jemand sie lautstark dazu aufforderte. Hufgetrappel ertönte. Sie sah auf und sah zu ihrem Erstaunen eine Gruppe von Männern in Uniform, die auf ihren Pferden durch die Straße ritten und ab und zu jemandem die Hand schüttelten.

»Kommt heil zurück«, rief ein Mann, nachdem er den Soldaten die Hand gereicht hatte.

Da fiel es Catherine wieder ein. Lawrence Banks hatte ihr davon erzählt, dass Großbritannien in den Krieg ziehen würde und Australien als Untertan des Empires folgen würde. Freiwillige hatten sich bereit gefunden, in Südafrika zu kämpfen. So kurz vor Weihnachten mussten diese Männer, Väter und Söhne oder Brüder und Ehemänner, nach Südafrika in den Krieg ziehen. Da erschienen ihr ihre

Sorgen profan und sie schämte sich ein wenig, weil sie sich so sehr über die schlimmen Neuigkeiten von Amber's Joy grämte.

KAPITEL 41

Amber's Joy, Herbst, heute

Als ihr Smartphone klingelte, zuckte Franziska zusammen. Warum nur erwartete sie automatisch eine schlechte Nachricht? Vor lauter Sorgen ließ sie das Handy fallen und konnte den Anruf nicht entgegennehmen. Kurz darauf erhielt sie eine SMS von Alina. *Kommt sofort. Ella kollabiert.*

Riley und Franziska ließen alles stehen und liegen und rasten zurück nach Brisbane, ohne Rücksicht auf Tempolimits oder Strafzettel. Franziska machte sich Vorwürfe, die ihr auch Riley nicht ausreden konnte.

»Wie geht es Ella?« Franziska rannte den Krankenhausflur entlang und scherte sich nicht um böse Blicke, die ihr andere Angehörige zuwarfen. »Alina! Wie geht es ihr?«

»Sie schläft.« Alina wirkte erschöpft, aber auch erleichtert. »Die Ärzte mussten kommen.«

Franziska fiel ihrer Schwester in die Arme. Alinas SMS hatte sie zu Tode erschreckt. Sie hatte das Schlimmste angenommen und war nun dankbar, dass Ella noch lebte.

»Kann ich … kann ich rein? Oder braucht sie Ruhe?«

»Geh nur.« Alina erwiderte Franziskas Umarmung. Die Schwestern hielten sich einen Moment lang fest, ohne etwas zu sagen. »Ich brauche jetzt einen Kaffee.«

»Willst du auch etwas trinken?«, fragte Riley und schaute Franziska an. »Ich hole dir gern etwas.«

»Ein Latte macchiato wäre toll. Ich komm gleich nach.«

Franziska schaute ihrem Freund und ihrer Schwester nach, als beide gemeinsam in Richtung der Cafeteria gingen. Selbe Schwester, neuer Freund, kam ihr in den Sinn. Einige Sekunden lang spürte sie so etwas wie Panik, aber dann musste sie den Kopf über sich schütteln. Riley war nicht Julian. Zum Glück nicht. Und hoffentlich hatte auch Alina etwas gelernt.

»Ella. Wie geht es dir?« Vorsichtig steckte Franziska den Kopf zur Tür hinein, weil sie ihre Großtante nicht wecken wollte, sollte diese noch schlafen. Aber Ella saß aufrecht im Bett und schaute erwartungsvoll zu ihr.

»Besser als gestern, aber schlechter als vor fünf Jahren.« Ella bemühte sich um ein Lächeln, aber es fiel ihr sichtlich schwer. Sie winkte ab. »Lass uns über etwas Interessanteres reden. Habt ihr etwas herausgefunden?«

»Ja. Dank Rileys Ururgroßmutter.« Franziska drückte die Hand ihrer Großtante. Zwar stellten sich ihr viele Fragen zu Ellas Gesundheitszustand, aber wenn diese nicht darüber reden wollte, musste Franziska das wohl schweren Herzens akzeptieren. »Ich erzähle dir die Kurzfassung, okay.«

Am liebsten hätte Franziska ihrer Großtante gar nichts erzählt, sondern Ella zum Schlafen überredet, so müde und blass sah sie aus. Aber sie kannte Ella gut genug um zu wissen, dass diese keine Ruhe geben würde, bis sie mehr über ihre Vorfahren erfahren hätte.

»Maryanna und Cooper haben eine Zeitlang bei Victoria auf Amber's Joy gelebt.«

»Das weiß ich«, unterbrach Ella. Sie wirkte ungeduldig. »Die Kinder sind unehelich geboren. Catherine und Lawrence haben erst später geheiratet. Warum auch immer.«

Trotz ihrer Sorge um ihre Großtante musste Franziska lächeln. Selbst geschwächt und müde blieb Ella sie selbst und hielt sich nicht lange mit unnötigen Worten auf.

»Lawrence war nicht der Vater der Kinder«, sagte Franziska betont beiläufig und beobachtete Ella genau. Sie wollte nicht, dass ihre Großtante sich aufregte. Obwohl, Catherine hatte ja niemanden umgebracht, sondern nur Kinder bekommen, ohne verheiratet zu sein. »Catherine und er sind sich erst viel später näher gekommen.«

»Oh.« Ella richtete sich im Bett auf. Ihre Augen glänzten und ihre Wangen röteten sich. Wie Franziska gehofft hatte, brachte das neue Geheimnis ihre Großtante wieder zurück ins Leben. »Wer war der Vater? Woher weißt du das?«

»Hundert Prozent sicher bin ich mir nicht.« Franziska hob die Hände als Geste der Entschuldigung. »Wir haben nur die Tagebücher von Emily Chandler, die leider am Rand des Geschehens blieb.«

»Was vermutete Emily?«

»Dass Catherine in Brisbane auf jemanden hereingefallen war, der sie sitzen ließ, nachdem sie schwanger war.«

»Meinst du, wir werden es je erfahren?« Ella ließ sich zurücksinken und schloss die Augen. »So kurz vor … Ich würde es einfach nur gern wissen.«

»Ich habe Alina gebeten, die letzten Kisten zu durchforsten. Vielleicht hat sie etwas gefunden.« Franziska blickte sich suchend um. Natürlich gab es in dem Krankenzimmer nichts, was aus Holz war, so dass ihr toi, toi, toi keinen Erfolg finden würde. »Ich frage sie gleich und du schläfst solange etwas. Deal?«

»Gut, aber lass mich nicht zu lange warten.« Ella drehte den Kopf zur Seite und gähnte verstohlen. »Sonst gab es nichts Spannendes, oder?«

»Nein. Nur die Frage, wer der Vater der Kinder war.« Ohne mit der Wimper zu zucken, sprach Franziska die Lüge aus. Solange sie nicht herausgefunden hatten, was damals wirklich geschehen war, wollte sie ihre Großtante nicht unnötig aufregen. Franziska beugte sich zu ihr und küsste sie auf die Stirn. Der Geruch von Ellas Parfüm, vermischt mit dem typischen Desinfektionsgeruch des Krankenzimmers, brachte Franziska zum Niesen. »Bis gleich.«

Als sie in die Cafeteria trat, entdeckte sie Riley und Alina, die die Köpfe zusammengesteckt hatten und sich anscheinend gut unterhielten. Franziska hielt den Atem an. Plötzlich traf sie die Erinnerung wie ein Schlag. Julian und Alina in der Küche, die gemeinsam kicherten. Julian und Alina, die sich ertappt umdrehten. Mühsam unterdrückte Franziska den Impuls, sich in die Sicherheit eines Verstecks zurückzuziehen und zu beobachten, wie ihre Schwester und ihr Freund miteinander umgingen. Nur wegen Julians Betrug durfte und wollte sie nicht das Vertrauen in alle Männer verlieren.

»Hallo. Ist das mein Kaffee?« Franziska trat an den Tisch. Riley sah auf und sie lächelte. Nichts in seiner Miene oder seinen Augen deutete auf das Schuldbewusstsein hin, das sie so oft in Julians Gesicht gelesen hatte, aber nicht zu deuten gewusst hatte. »Danke schön.«

»Ich habe Alina erzählt, was wir herausgefunden haben.« Riley stand auf und zog einen Stuhl für Franziska heran. »Sie hat ein weiteres Puzzleteil.«

»Erzähl.«

»Kurz nachdem Catherine nach Amber's Joy gegangen war, gab es einen Zeitungsbericht, dass Frederick Moore seine Eltern zu sich nach Sydney geholt hatte und die Gewerkschaftsbewegung Brisbanes damit jemand Wichtigen verloren hatte.«

»Und?« Franziska konnte nicht nachvollziehen, warum Alina diesen Zeitungsausschnitt für wichtig hielt. Kate hatte so unglaublich viel Krempel gesammelt und alle möglichen Informationen in die Kisten gestopft.

»Ich bin mir sehr sicher, dass Frederick der Mann war, mit dem Catherine eine Affäre hatte.« Alina grinste übers ganze Gesicht. »Und der Vater von Maryanna und Cooper.«

»Wieso bist du da so sicher?« Franziska zog die Augenbrauen fragend hoch.

Auch Riley sah Alina fragend an.

»Kurz nachdem Catherine und Frederick gemeinsam auf einem Foto zu sehen waren, begann Mr Moore regelmäßig nach Brisbane zu reisen – «

»Ja klar, weil seine Eltern hier lebten.« Franziska schüttelte den Kopf. So ein Drama für nichts. All das hatten sie schon lange herausgefunden.

»Aber warum wohnte er dann im Hotel?« Jetzt grinste Alina wie das sprichwörtliche Honigkuchenpferd oder die

Katze aus Alice im Wunderland. »Kate hatte sogar Abschriften der Hotelrechnungen.«

»Meine Güte, die Gute hatte schon etwas von einem Zwangscharakter«, murmelte Franziska mehr zu sich.

»Wollen wir Ella *das* sagen?«, fragte Riley. Er strich sich durch die Haare, bis sie von seinem Kopf abstanden. »Ob sie nicht enttäuscht sein wird, dass ihre Familie nicht perfekt war?«

»Oh, da unterschätzt du Ella.« Franziska lächelte in sich hinein. »Ich bin mir sicher, dass sie nach etwas Dramatischem gesucht hat, damit sie einen Roman aus ihrer Familiengeschichte schreiben konnte. Und das hat doch was: unglückliche Liebe und uneheliche Kinder …«

»Dann lass es uns ihr sagen.« Riley stand auf, stellte die Tassen auf ein Tablett und trug es zum Laufband.

»Ähem …«, begann Alina. »Ach, hat Zeit. Können wir nachher noch besprechen.«

Franziska schaute sie fragend an, aber da rief Riley auch schon nach ihnen.

Ella sah sie erwartungsvoll an, als sie die Zimmertür öffneten. Auf ihrer Wange zeichneten sich Falten des Kissens ab, ihre Haare sträubten sich und sie wirkte immer noch erschöpft.

»Wollt ihr mich weiter in Ungewissheit lassen oder sagt ihr mir nun endlich, was ihr herausgefunden habt?« Obwohl sie so müde aussah, klang Ella so durchsetzungsstark wie immer. »Was hat es mit Catherines Kindern auf sich?«

Franziska und Alina wechselten einen Blick. Durch eine Geste gewährte Franziska ihrer Schwester den Vortritt. Mit wenigen, wohlgesetzten Worten fasste Alina die Ergebnisse ihrer Suche zusammen.

»Uneheliche Kinder, so so. Von einem bekannten Gewerkschafter. Catherine hatte wirklich ein spannendes Leben.« Ella wiegte den Kopf. Zu Franziskas Überraschung wirkte sie enttäuscht, obwohl sich ein Rätsel nun geklärt hatte. »Und über meine Urgroßmutter gibt es nichts Besonderes. Victoria hat brav die Farm geführt und die Pferdezucht aufgebaut. Sonst nichts?«

»Leider nicht.« Franziska fühlte sich schuldig, dass sie Ella die Wahrheit verschwieg. Aber sie wagte es nicht, von dem Prozess zu berichten. Nicht, solange sie nicht wussten, wie er ausgegangen war. Riley hatte Franziska nach kurzem Überlegen zugestimmt, dass das Thema einfach zu brisant war. Daher sagte sie bemüht leichthin: »Es gab wohl eine klassische Arbeitsteilung. Die ältere Schwester war die Brave, die Jüngere der Wildfang.«

»Hey«, mischte sich Alina ein, aber es klang eher belustigt als wirklich verärgert.

»Schön, dass ihr euch versöhnt habt.« Ella lächelte und ließ ihren Kopf auf die Laken sinken. »Entschuldigt, aber ich bin jetzt müde.«

»Bis morgen. Schlaf gut.«

Als sie auf den Krankenhausflur traten, hielt Alina ihre Schwester an der Schulter fest. »Franziska. Da ist noch was. Wegen Victoria.«

»Ja?« Franziska und Riley wechselten einen Blick. Bisher hatten sie Alina nichts von Luke Faulkners Tod gesagt, weil sich die Gelegenheit nicht ergeben hatte. Und weil Franziska – so ehrlich musste sie sich selbst gegenüber sein – es genoss, mehr zu wissen als ihre Schwester.

»Ich wollte es vor Ella nicht sagen.« Alina kratzte sich unschlüssig am Kopf. »Aber ich habe einen alten Zeitungsausschnitt gefunden, der noch ein Geheimnis enthält.«

»Was ist das?«, stöhnte Franziska. »Eine Matroschka. Ein Geheimnis in einem Geheimnis in einem Geheimnis.«

»Ich wusste nicht, ob ich es sagen sollte …«, sprach Alina weiter. »Victoria war nicht nur die Brave, würde ich sagen.«

»Jaja, schon okay.« Franziska lächelte schief. »War nur ein Spruch. Was hast du gefunden?«

»Es gab eine *Coroner*-Untersuchung zu dem Tod von Victorias Ehemann. Im Oktober 1899«, ließ Alina die vermeintliche Bombe platzen. »Das ist sowas wie eine Gerichtsverhandlung, oder?«

»Der *Coroner* ist ein Untersuchungsbeamter, der bei Unfällen oder ungeklärten Todesursachen eine Art Voruntersuchung anstellt, ob es ein Verbrechen gab«, antwortete Riley. »Das System haben wir aus England übernommen. Da gibt es das schon seit Jahrhunderten.«

»Wir wissen von der Morduntersuchung. Aus den Tagebüchern von Rileys Urururgroßmutter.« Franziska hob entschuldigend die Hände. »Victorias Freund Billy soll ihren Ehemann ermordet haben.«

»Warum hast du das nicht vorher gesagt? Warum hast du es Ella nicht gesagt?«

Obwohl sie sich für das Gefühl schämte, genoss Franziska es ein bisschen, dass ihre Schwester überrascht war. So fühlte es sich eben an, wenn man getäuscht wurde. Von jemandem, dem man vertraut hatte.

»Weil wir kurz davor waren, mehr über den Prozess zu erfahren, als wir deine SMS bekommen haben.« Wieder hob Franziska die Hände. »Ich will Ella nichts Halbgares sagen. Wenn sie sich zu sehr aufregt …«

»Klar.« Alina nickte. »Was wollen wir jetzt machen?«

»Riley und ich fahren wieder nach Amber's Joy.« Franziska ärgerte sich über sich selbst, weil sie die Tagebücher liegen lassen hatten. »Versuch du, irgendwas aus den Zeitungen von vor hundert Jahren zu finden … Es muss doch irgendwo was stehen.«

»Einen Mordprozess wird es ja wohl nicht täglich gegeben haben, oder?« Rileys Pragmatismus brachte Franziska zum Lachen.

»Wollen wir hoffen«, antwortete sie und küsste ihn auf die Wange. »Und hoffen wir vor allem, dass Billy unschuldig war.«

»Leicht war es sicher nicht, als Aborigine vor einer weißen Jury.« Überrascht erkannte Franziska, dass ihre Schwester besser informiert war, als sie erwartet hätte. Alina hatte sich deutlich verändert. »Er hatte sicher keine Chance.«

Franziska fragte sich, was wohl aus Billy geworden war. Ob Victoria nach dem Tod ihres Ehemanns wieder geheiratet hatte? Jemanden, mit dem ihr Vater nicht einverstanden war, so dass sein Name nicht in der Familienbibel genannt wurde? Was wohl die *Coroner*-Untersuchung ergeben hatte? So viele Fragen und so wenig Hinweise auf Antworten. Es war frustrierend.

KAPITEL 42

Marburg, Australien 1899

Auf dem Weg nach Marburg war Victoria wieder und wieder den Ablauf des Abends der Schlägerei durchgegangen. So wie in den vergangenen drei Tagen. Die Zeit bis zur *Coroner*-Untersuchung war ihr endlos vorgekommen. Nur Catherines Unterstützung hatte sie es zu verdanken, dass sie nicht völlig in Panik geraten war. Victoria wollte nicht an Billy zweifeln, aber sie konnte nicht verhindern, dass sie sich immer wieder die gleichen Fragen stellte: Konnte es sein? Konnte Billy wirklich Luke gefolgt sein, um ihn zu töten? War Billys Zorn so gewaltig, dass er gemordet hatte, um sie zu beschützen?

»Schau nur.« Catherine berührte sie sanft an der Schulter. Schon die ganze Fahrt lang hatte sie sich bemüht, ihre Schwester abzulenken. »Marburg ist wieder gewachsen.«

Um ihrer Schwester einen Gefallen zu tun, hob Victoria den Kopf und schaute sich um. Ja, Catherine hatte recht. Inzwischen gab es ein zweites Hotel und noch mehr Kaufläden. Die Zuckerfabrik und die Rumdestillerie zogen viele Arbeiter und deren Familien in die Stadt.

Der Weg zum Gericht erschien Victoria einerseits unendlich lang; andererseits sah sie das Gerichtsgebäude schon vor sich und fürchtete sich davor, Billy dort zu sehen. Hoffentlich hatte die Polizei ihn gut behandelt. Immer wieder hörte man Schlimmes darüber, wie es Aborigines in Gefängnissen erging. Indessen war Billy hier bekannt und geschätzt als einer der besten *Brumby*-Zureiter.

Um ihren düsteren Gedanken zu entkommen, schaute Victoria sich weiter um. Nur wenige Bäume standen im Umfeld der Stadt. Eine breite Straße zog sich durch Marburg. Schnurgerade lief sie auf den Horizont zu, als ob sie es nicht erwarten könnte, die Stadt wieder zu verlassen. So wie Victoria, die immer wieder gegen den Drang ankämpfte, umzukehren und zu flüchten. Ob es den anderen ebenso ging? Victorias Blick wanderte von einem zum anderen. Auf dem Bock der offenen Kutsche saßen Richard Chandler und seine Frau Emily. Obwohl die beiden frisch verheiratet waren und sich wirklich zu lieben schienen, hatten sie während der ganzen Fahrt kaum ein Wort gewechselt. Auch wenn sie nur ihre Rücken sah, meinte Victoria zu erkennen, wie angespannt die beiden waren.

Tante Constance, die neben Victoria saß, hielt den Blick gesenkt und gab vor, in ihrem Buch zu lesen. Allerdings hatte sie noch nicht einmal die Seite umgeblättert. Dankbarkeit durchflutete Victoria. Ihre Tante hatte zu ihr gehalten und sie ohne Zögern begleitet. Was man von ihrem Vater nicht sagen konnte. »Für einen *Abo* fahre ich nicht in die Stadt«, war das Einzige, das Joseph auf Victorias Bitte, sie zu begleiten, gesagt hatte. Die harschen Worte hatten sie schwer getroffen und nur dank Catherines Hilfe hatte sie die Fassung bewahren können.

Catherine – dankbar lächelte Victoria ihre Schwester an. Ohne zu zögern war Catherine an ihre Seite geeilt und hatte einen Mann zur Unterstützung mitgebracht. Victorias Hoffnung, dass er ein Anwalt wäre, hatte sich leider zerschlagen, aber durch seine gelassene Art und seine immense Hilfsbereitschaft hatte Lawrence Banks erst ihren Respekt und dann ihre Freundschaft gewonnen. Er liebte Catherine, das konnte jeder erkennen, und Victoria hoffte, dass ihre Schwester diese Liebe bald erwidern würde.

»Mein Freund, der Anwalt, wird kommen, wenn wir ihn brauchen«, hatte Lawrence Banks Victoria beruhigt. »Aber er sagt, für eine *Coroner*-Untersuchung ist noch kein Rechtsbeistand nötig.«

Der *Coroner*. Alles hing davon ab, was dieser Mann feststellen würde. Ein Mann, der sie nicht kannte, der Billy nicht kannte und auch Luke nicht gekannt hatte. Ein Fremder, der nicht verstehen würde, was sie miteinander verband. Victoria verknotete ihre Finger, um deren Zittern zu unterdrücken. Alles war ihre Schuld. Wäre sie nur ihrem Herzen gefolgt und gemeinsam mit Billy davongelaufen. Stattdessen hatte sie einen halbherzigen Kompromiss gewählt und damit sie alle ins Unglück gestürzt. Catherine und die Zwillinge, Billy und selbst Luke. Victoria schlug die Hände vors Gesicht und schluchzte laut auf.

»Die Gerechtigkeit wird siegen«, sagte Catherine, während sie sich vorbeugte und Victoria sanft in die Arme nahm. »Der *Coroner* kann Billy nicht für etwas verurteilen, das er nicht getan hat.«

»Und wenn Billy nicht unschuldig ist?«, flüsterte Victoria. Sie sah an Catherine und Lawrence Banks vorbei und schien mehr zu sich als zu den beiden zu sprechen. Neben sich spürte sie, wie Tante Constance aufgeregt auf dem Sitz hin und her rutschte. »Wenn er Luke …«

»Vic! Das glaubst du doch nicht wirklich, oder?« Catherine schüttelte den Kopf. »Du kennst Billy fast dein Leben lang. Du glaubst doch nicht …«

Victoria schaute auf. Sie öffnete den Mund, aber sagte kein Wort, sondern schaute auf ihre Hände, die sie wie zum Gebet ineinander verschlungen hielt.

»Du hast ihn nicht gesehen«, flüsterte Victoria schließlich und schaute Catherine erneut an. »An dem Tag, an dem Luke mich geschlagen hat. Du hast Billy nicht gesehen. Seine Wut …, seinen Hass.«

»Vic. Bitte.« Catherine beugte sich vor und nahm die Hände ihrer Schwester. Sie hielt sie fest umschlungen. »Billy hat dich verteidigt, aber er würde niemals kaltblütig jemanden töten. Das weißt du.«

Victoria blickte weiterhin zu Boden. Obwohl sie versuchte, ihre Fassung wiederzugewinnen, liefen ihr weiterhin die Tränen übers Gesicht. Tante Constance drückte ihr so unauffällig ein Taschentuch in die Hand, dass dieser Augenblick Victorias Traurigkeit durchbrach und sie beinahe zum Lachen reizte.

»Victoria. Liebes.« Tante Constance klopfte ihr auf den Rücken, so wie Victoria Cookie klopfte, wenn sie die Hündin loben wollte. »Hör auf dein Herz. Es wird dir den Weg weisen.«

»Ich … ich hatte Sorge, dass ich nicht glauben wollte, was mein Herz mir sagt.« Victoria rang nach Worten. »Ich fürchtete, dass meine … meine Liebe zu Billy mich blind machte für seinen Charakter. Gleichzeitig konnte ich nicht glauben, dass er so etwas Furchtbares tun würde.«

»Ich kenne Billy nicht«, sagte Lawrence Banks mit sanfter Stimme. »Und ich kenne auch Sie nur ein wenig, aber eins weiß ich sicher: Sie würden keinen Mörder lieben.«

»Danke.« Victoria lächelte. Wenn sie nur so sicher sein könnte wie die Menschen, die sie unterstützten. Gleichzeitig schämte sie sich für ihre Zweifel. Billy würde niemals so sehr an ihr zweifeln wie sie an ihm. Was war sie nur für ein furchtbarer Mensch!

»Wir sind da.« Richard Chandler drehte sich zu ihnen um. Sein Gesicht war eine starre Maske, seine Augen wirkten dunkel. Er sah aus, als ob er schlecht geschlafen hätte.

Oh nein. Victoria hob eine Hand vor den Mund. In ihrem Schmerz hatte sie nur an sich gedacht und überhaupt nicht überlegt, was Billys Anklage wohl für seinen Vater bedeuten musste, für seinen Vater, der sich bisher immer noch nicht zu ihm bekannt hatte. Ob Emily Chandler wohl von Billy wusste?

Im Gerichtsgebäude versuchte Victoria einen Platz zu finden, von dem aus sie Billy gut sehen konnte, aber zu ihrer Überraschung war der Saal beinahe voll. Neben einigen von Lukes Saufkumpanen erkannte sie Menschen, die auf ihrer Hochzeit gewesen waren. Ein Aborigine-Mischling, der einen weißen Farmer erschlagen haben sollte, zog die Leute aus Stadt und Umgebung an wie ein *Dingo* die Flöhe. Victoria schluckte. Sie fürchtete, dass die meisten Zuhörer sich schon ein Urteil gebildet hatten und dass es bestimmt nicht zu Billys Gunsten ausfallen würde.

Ein Fluchtimpuls überkam sie. Ihre Hände zitterten so sehr, dass es auch ihrer Familie auffiel. Als hätten sie sich abgesprochen, hakten sich Tante Constance und Catherine bei Victoria ein und stützten sie auf dem Weg zu einer Bankreihe. Ohne nachzudenken, erwiderte Victoria das Nicken einiger Bekannter und tat so, als hörte sie das Murmeln nicht, das ihr galt. Der Ehefrau des ermordeten Mannes, der Ehefrau, die von ihm verprügelt worden war, weil er ihr vorwarf, eine Affäre mit *dem* Aborigine zu haben, der nun des Mordes an ihm angeklagt war. Den Black Snake Creek-Mord hatte die Toowoomba Times Lukes Tod genannt, über den sie ausgiebig berichtete.

Victoria hätte Wetten darüber angenommen, dass alle Menschen hier schon von dem furchtbaren Abend gehört hatten. Die Arbeiter hatten sicher nicht ihren Mund gehalten. Stolz reckte sie den Kopf und gab vor, nichts von dem Getuschel zu bemerken, das sie begleitete. Nur als ihr Blick auf Billy fiel, der in Sträflingskleidung vorn saß, zitterte sie. Der Aborigine-Mischling hielt den Kopf gesenkt und wirkte zusammengesunken. Als Victoria ihn ansah, hob er kurz den Kopf, als hätte er ihren Blick gespürt. Das kleine Lächeln, das er ihr schenkte, und die Liebe in seinen Augen töteten jeden Zweifel, der Victoria umgetrieben hatte. Niemals würde Billy einen anderen Menschen kaltblütig töten. Selbst Luke nicht. Ruhe überkam sie und sie setzte sich.

Kaum hatten sie Platz genommen, als der *Coroner*, ein grimmig blickender Mann mit gewaltigem Schnurrbart, den Raum betrat. Als Erstes fiel Victoria seine schwarze Melone auf, die unter den hellen Hüten, die die anderen Männer trugen, herausstach. Der *Coroner* musterte die Reihe der Zuschauer mit einem derart intensiven Blick, dass Victoria die Augen senkte. Als sie wieder hoch sah, hatte der *Coroner* sich Billy zugewandt und beäugte ihn. Victorias

Hoffnungen drohten zu sterben. Der *Coroner* sah nicht so aus, als ob er an Billys Unschuld glaubte. Sie war sich nicht sicher, ob eine Geschworenen-Jury hilfreich gewesen wäre. Ein Weißer war tot, ein Aborigine verdächtig – das würde kein gutes Ende nehmen. Nein. Victoria schüttelte den Kopf. Sie durfte sich nicht so düsteren Überlegungen hingeben. Gespannt konzentrierte sie ihre Aufmerksamkeit auf die Befragung des ersten Zeugen: des jungen Polizisten, der ihr die Nachricht von Lukes Tod überbracht hatte.

»Wer hat den Toten gefunden?« Der *Coroner* wirkte im Gerichtssaal konzentriert und souverän. Seine tiefe Stimme erreichte sicher auch die letzten Sitzreihen. »Sie?«

»Nein.« Der junge Polizist fühlte sich offensichtlich unbehaglich. »Nein. Ein paar Arbeiter auf dem Weg nach Toowoomba haben ihn entdeckt.«

Dann berichtete der Polizist von dem Streit zwischen Billy und Luke. Natürlich kam auch die Gewalt zur Sprache, die Luke seiner Ehefrau angetan hatte. Victoria schien es, als richteten sich alle Blicke auf sie. Sie sank neben ihrer Schwester zusammen, starrte auf den Boden und zupfte sich die Haut an den Fingernägeln blutig. Catherine hatte bereits zweimal ihre Hand auf die ihrer Schwester gelegt, um Victoria zu unterbrechen. Doch sobald Catherine ihre Hand wegzog, verletzte sich Victoria weiter. Catherine seufzte, aber sie ließ Victoria gewähren.

Inzwischen hatte der *Coroner* mit seinen Fragen den jungen Polizisten wirklich ins Schwitzen gebracht. Immer wieder holte der ein Taschentuch heraus und tupfte sich die Stirn ab.

»Er ist wirklich gut«, hörte Victoria ihre Schwester Lawrence Banks zuflüstern, der neben ihr saß und die Szene ebenfalls interessiert beobachtete. »Ich hoffe nur, dass er damit der Wahrheit auf den Grund kommen wird.«

Victoria sprach ein stilles Gebet, das sich Catherines Wünschen anschloss. Dann richtete sie ihre Aufmerksamkeit wieder auf das Verhör.

»Wie viele Morde haben Sie bisher untersucht?« Der *Coroner* beugte sich vor und lächelte dem Polizisten freundlich zu.

»Äh … äh … ich erkenne einen unnatürlichen Tod.«

»Das glaube ich Ihnen gerne. Das will ich auch hoffen.« Mit diesen Worten erzielte der Untersuchungsbeamte beim Publikum einen Lacherfolg. »Aber bitte beantworten Sie meine Frage: wie viele Morde?«

»Keinen.« Die Antwort des Polizisten war kaum zu verstehen, so leise presste er sie heraus. Dann starrte er den *Coroner* herausfordernd an. »Aber ich kann einen Mord erkennen.«

»Wie schön für Sie und wie beruhigend für uns alle.«

Erneut antwortete das Publikum mit Lachen auf die Scherze des *Coroners*, nur Victoria fühlte sich elender und elender. Wie konnte der Untersuchungsbeamte nur ein Schauspiel aus der Verhandlung machen, in der es für Billy um Leben und Tod ging? Sie kämpfte gegen Übelkeit an, die immer stärker in ihr aufbrandete, je länger das Verfahren sich zog.

»Zu welchem Ergebnis ist der Arzt gekommen?«

Victoria beugte sich nach vorn. Etwas in der Stimme des *Coroner*s sagte ihr, dass er mit seiner Frage ein Ziel verfolgte. Ein Ziel, das für Billy und damit für sie von immenser Bedeutung sein würde. Ein Blick auf den nervös auf dem Stuhl hin und herrutschenden Polizisten gab ihr recht.

»Tod durch Schädelbruch infolge einer Verletzung mit einem stumpfen Gegenstand«, leierte der Polizist herunter, als ob er es auswendig gelernt hätte. Er wirkte jetzt wieder etwas sicherer.

»Hat er von Mord gesprochen?«

»Nein«, musste der Polizist zugeben. »Nur von einer Schädelverletzung.«

»Was gibt Ihnen dann die Sicherheit, dass es Mord war?«

»Nun, die Umstände.« Der Polizist zählte sie an seinen Fingern ab. »Erstens der Streit zwischen den Männern, zweitens die Affäre …«

Victoria öffnete den Mund, doch anstatt etwas zu sagen, sackte sie zusammen und rutschte vom Stuhl. Nur mühsam gelang es ihr, bei Bewusstsein zu bleiben.

»Lawrence!«, hörte sie Catherine aufschreien, die nach ihr griff und versuchte, Victoria aufzufangen.

Schnell fasste der Kaufmann zu und verhinderte, dass Victoria sich verletzte.

»Wir müssen deine Schwester rausbringen. Sie braucht frische Luft«, flüsterte Lawrence Banks.

Aus dem Augenwinkel nahm Victoria wahr, dass Catherine nickte. Mit vereinten Kräften schleiften Lawrence Banks und Catherine die nahezu ohnmächtige Victoria aus dem Gerichtssaal bis auf die Straße. Dort setzten sie sie auf eine Bank, wie eine Spielzeugpuppe. Victoria hob die Hand, um anzuzeigen, dass es ihr besser ging, doch ihre Schwester hielt sie weiterhin fest.

»Wasser. Ich versuche, Wasser zu bekommen.« Lawrence Banks eilte zurück ins Gerichtsgebäude.

»Vic! Vic!« Catherines Stimme klang so panisch, dass Victoria ein hysterisches Kichern aufsteigen spürte. Sie öffnete die Augen und versuchte ein Lächeln, was ihr wohl misslang, wenn sie Catherines Miene richtig deutete.

»Es geht schon wieder«, versuchte Victoria zu sagen, aber ihre Kehle war so trocken, dass sie die Worte kaum herausbrachte. »Bitte Wasser.«

»Versuch es hiermit.« Lawrence Banks hielt ihr eine Tasse entgegen. »Viel Zucker.«

Victoria erkannte das würzige Aroma: Tee. Besser als Wasser. Gierig trank Victoria, unterstützt von ihrer Schwester. Sie hustete und rang nach Luft. Abwehrend hob sie die Hände.

»Danke. Es reicht.« Victoria versuchte aufzustehen, aber ihre Knie fühlten sich immer noch weich an. »Wir müssen zurück. Zu Billy, … die Urteilsverkündung.«

»Trink noch etwas.« Nur zu gut konnte Victoria erkennen, dass Catherine sich um ein ermutigendes Lächeln bemühte, während sie ihr erneut den Tee reichte. »Bist du stark genug? Oder wollen wir draußen warten?«

»Nein, ich will wieder hinein. Ich muss Billy beistehen.« Victoria musste ihre ganze Kraft sammeln, um aufzustehen. »Ich … ich kann mir nicht erklären, was mit mir los ist.«

»Oh, ich schon.« Catherine lächelte ihre Schwester wissend an. »Ich weiß, warum dir speiübel ist.«

KAPITEL 43

Marburg, Australien 1899

Der kurze Aufenthalt an der frischen Luft hatte ihr gut getan. Victoria fühlte sich nun stark genug, der Zeugenbefragung weiter zuzuhören. Lawrence Banks hatte ihr erklärt, dass die *Coroner*-Untersuchung so etwas wie eine Voruntersuchung war, die darüber entschied, ob Billy angeklagt werden würde oder nicht. Auch wenn Victoria seinen Glauben in das Rechtssystem nicht teilte, hatte sie es für angeraten gehalten, auf seinen Rat zu hören, da sie allein hilflos war und sich ausgeliefert fühlte.

Sie durfte gar nicht erst überlegen, wie es Billy wohl ging, der als Aborigine behandelt wurde, obwohl sein Vater ein Weißer war. Nein, sie durfte nicht schwach sein, durfte nicht aufgeben. Hätte sie mehr Stärke gezeigt, wäre es gar nicht erst zu dem Schrecken gekommen, dem Billy und sie sich nun stellen mussten.

Als sich die Holztür zum Gerichtssaal knarrend öffnete, war es Victoria, als setzte ihr Herz für einen Schlag aus. Sie wollte nicht wieder in diesen Raum hinein, wollte ihren geliebten Billy nicht wieder auf der Anklagebank in Ketten sehen. Ich muss für ihn stark sein, dachte sie. Billy braucht mich an seiner Seite. Mehr noch, es ist meine Schuld, dass er überhaupt unter Verdacht steht.

Nein! Victoria ballte die Hände zu Fäusten. Lange genug hatte sie sich stets die Schuld an allem Elend gegeben. Am Tod ihrer Mutter, der Flucht ihrer Schwester, der Ehe mit Luke Faulkner, Billys Weggang und schließlich seiner Anklage. Nun war es genug. Sicher, sie war oftmals nicht mutig gewesen, hatte nicht gewagt, für ihre Liebe einzustehen, aber … Das hatte sie inzwischen erkannt: niemals trägt ein Mensch allein die Schuld.

Es war ein Unglück gewesen, dass die Braunschlange im Garten gelauert hatte. Es war Catherines Entscheidung gewesen, Victoria nicht die Wahrheit über Luke zu sagen. Es war Lukes Gier nach Reichtum, der ihn in die Ehe mit ihr getrieben hatte. Es war Billys Liebe zu ihr, die ihn erst weggetrieben und dann dazu gebracht hatte, Luke zu verprügeln.

Es war, wie es war. Wichtig war jetzt nur, dass sie alle Kraft darauf verwandte, Billy zu retten. Sollten die Nachbarn sich doch die Mäuler darüber zerreißen, dass eine Wagner einen *Abo* liebte, es scherte Victoria nicht mehr.

Selbst als ihr Vater ihr ein Ultimatum gestellt hatte: »Wenn du nach Marburg fährst, brauchst du nicht zurückkommen«, hatte sie nur mit den Schultern gezuckt. Lieber ohne Zuhause, dafür mit Billy, als weiterhin auf Amber's Joy zu leben, in dem Wissen, den Menschen verraten zu haben, der sie am meisten liebte.

All dies erkannte sie nun mit großer Klarheit. Egal, was die Untersuchung ergäbe, sie würde sich an Billys Seite stellen und gemeinsam mit ihm alles durchstehen. Dieses Wissen gab ihr die Kraft, dem *Coroner* und all den Neugierigen zu trotzen, die es sich nicht nehmen ließen, ihren Tag im Gerichtssaal anstatt auf den Feldern zu verbringen.

»Nach ausgiebiger Befragung der Zeugen und basierend auf meinen Untersuchungen der Leiche …«, waren die Worte, die Victoria und Catherine hörten, als sie in den Gerichtssaal zurückkehrten.

Victorias Herz schlug schneller und sie wollte flüchten, dem entgehen, was der *Coroner* zu sagen hatte. Empörtes Zischen drang an ihr Ohr, während sie zu ihrem Platz zurückging. Der *Coroner* hatte eine Pause eingelegt und beobachtete die Störenfriede. Victoria schluckte, als er ihnen zunickte. Was mochte das zu bedeuten haben?

»Basierend auf meinen Untersuchungen der Leiche komme ich zu dem Ergebnis, dass …«

Der *Coroner* legte eine effektheischende Pause ein und wandte sich dem Publikum zu. Mit großen Schritten durchquerte er den Saal, bis er schließlich stehen blieb. Er schaute in die Menge. Victoria kam es so vor, dass er geradewegs sie anschaute. Sie schlang die Finger ineinander und erwiderte den Blick.

»Ich bin zu dem Ergebnis gekommen, dass es sich bei dem Tod von Luke Faulkner um einen bedauerlichen Unfall handelt.«

Eine ungläubige Stille folgte diesen Worten, so als könnte nicht nur Victoria nicht fassen, was der *Coroner* gerade gesagt hatte. Sie starrte ihn an. Er lächelte. Ein wenig nur, so dass sie beinahe glaubte, sich geirrt zu haben. Nachdem der *Coroner* sich umgedreht hatte, begann es. Wütendes Gemurmel und Zischen erklang aus dem Publikum, als fühlten die Menschen sich um die Sensation betrogen, die sie in den Gerichtssaal geführt hatte.

Jubelnd fiel Catherine Victoria um den Hals. Victoria saß wie erstarrt. Sie konnte die Worte nicht glauben. Sie musste sich verhört haben, oder? Hatte der Mann mit dem gewaltigen Schnauzbart Billy wirklich und wahrhaftig von allen Vorwürfen entlastet?

»Ruhe! Ruhe im Gerichtssaal!« Die Wachmänner versuchten, das Zischen und Murmeln zu unterbinden, damit der *Coroner* seine Ausführungen fortsetzen konnte.

Erneut wandte er sich dem Publikum zu. Ganz gelassen, als wäre er es gewohnt, dass Menschen ihm ihren Zorn entgegenschleuderten. Als ob er Victorias unausgesprochene Fragen beantworten wollte, sprach der *Coroner* weiter.

»Alle Indizien und Zeugenaussagen weisen daraufhin, dass Mr Faulkner am Tag seines Todes sehr viel Alkohol getrunken hatte. Am Abend schlug er sich mit dem Verdächtigen, Billy Smith.« Der *Coroner* deutete auf Billy, der ihn mit unbewegtem Gesicht musterte. Doch Victoria meinte in den Augen ihres Geliebten zu erkennen, wie erleichtert er war. »Mr Faulkner setzte sich auf sein Pferd, um nach Marburg zu reiten.«

Wieder legte der *Coroner* eine Pause ein, als wäre er ein Schauspieler, der genau wusste, wie er sich die Aufmerksamkeit seines Publikums erhalten konnte. Aber das zählte für Victoria nicht mehr. Sollte er doch eitel sein und den Gerichtssaal als seine Bühne betrachten, für sie war der *Coroner* ein Held. Er hatte sich nicht davor gescheut, die Wahrheit zu sagen, auch wenn die Menschen im Publikum eine andere Entscheidung von ihm erwartet hatten, wie er sicher wusste.

»Ein unverhofftes Gewitter muss Mr Faulkner auf dem Weg in die Stadt überrascht haben«, fuhr der *Coroner* fort. Immer noch ging er auf und ab, sich der Aufmerksamkeit des Publikums gewiss. »Mr Faulkners Pferd hat sich wahrscheinlich vor Blitz und Donner erschreckt und ist gestiegen. Angetrunken, wie er war, konnte Mr Faulkner sich nicht auf dem Rücken des Tieres halten und stürzte.«

Victoria erinnerte sich nur zu gut. Luke, mit der Rumflasche in der Hand, wie er schimpfend zu den Ställen ging. Das schmerzerfüllte Wiehern, als er auf das arme Pferd eingeprügelt hatte. Wenn sie ihn aufgehalten hätte, könnte ihr Ehemann noch leben.

War es ihre Schuld? Hatte sie es sich heimlich gewünscht, dass er in dieser furchtbaren Nacht stürbe, weil er die Hand gegen sie erhoben hatte? Nein, entschied Victoria nach wenigen Augenblicken des Überlegens. Auch wenn sie Luke nicht lieben konnte, so hatte sie ihm keinesfalls den Tod gewünscht. So ein Mensch war sie nicht.

Genauso wenig trug sie die Schuld an seinem Unfall. Selbst wenn Victoria an diesem Abend aufgehalten hätte, so hätte sie sein Schicksal nur hinausgezögert. Ihr Ehemann wäre sicher gewaltsam zu Tode gekommen. In einer Schlägerei oder durch einen anderen Unfall. Luke war kein Mann gewesen, der in seinem Bett an Altersschwäche starb. Sie atmete erleichtert auf und konzentrierte sich auf die abschließenden Worte des *Coroner*s.

»Mr Faulkner stürzte so unglücklich, dass er mit dem Kopf auf einen Stein fiel und ohnmächtig wurde. In den anschwellenden Fluten des Black Snake Creek ist er ertrunken.«

Ertrunken. Victoria griff sich mit der Hand ans Herz. Auch wenn ihre letzte Erinnerung an ihren Ehemann die war, dass er mit erhobenen Fäusten drohend über ihr gestanden hatte, wünschte sie doch niemandem so einen schrecklichen Tod. Sie konnte nur hoffen, dass Luke bewusstlos gewesen war und nicht gelitten hatte.

Erst dann ging ihr auf, was die Worte des *Coroners* bedeuteten. Billy war unschuldig und würde freikommen. Endlich, endlich hatte sie eine Chance, mit dem geliebten Mann zu leben. Sofern Billy sie noch wollte. Niemand würde sie davon abhalten, Billy zu lieben. Ihr Vater nicht und auch sonst kein Mensch. Victoria ballte die Hände zu Fäusten und setzte sich gerade auf.

Dieses Mal würde sie für ihr Glück kämpfen. Wenigstens das hatte der furchtbare Prozess mit sich gebracht. Sie hatte erkannt, was ihr wichtig war und was nicht. Und sie war bereit, allen die Stirn zu bieten, die sich ihrem Glück in den Weg stellen wollten.

Ihr Blick flog zu Richard Chandler, der ihr zulächelte, als könnte er ihre Gedanken lesen. Emily, seine Ehefrau, hielt Richards Hand und flüsterte ihm etwas ins Ohr. Richard nickte. Zu gerne hätte Victoria gewusst, was die beiden miteinander gesprochen hatten, aber sie konzentrierte sich auf den Fortgang des Verfahrens.

Nun, wo Billys Unschuld endlich erwiesen war, fühlte Victoria sich ganz zappelig. Konnten die Formalitäten nicht kürzer sein? Mussten denn alle Zeugen wirklich noch gehört werden? Warum konnte der *Coroner* nicht einfach befehlen, dass Billy freigelasssen wurde?

Nachdem die Untersuchung endlich, endlich offiziell abgeschlossen war, sprang Victoria auf und eilte nach vorn. Ohne Rücksicht auf die guten Sitten lief sie zu Billy und umarmte ihn. Die bösen Worte, die einige Menschen ausspien, interessierten Victoria nicht mehr. Sollten sie doch denken, was sie wollten. Sie hatte nur ein Leben und das wollte sie mit dem Mann verbringen, den sie liebte.

»Billy … Billy …« Tränen traten in Victorias Augen und sie war zu gerührt, um mehr als den Namen ihres Geliebten sagen zu können. »Billy.«

»Lass uns nach Hause gehen«, sagte er nur.

»Ja, lass uns nach Hause gehen.« Richard und seine Frau waren ebenfalls zu Billy getreten. Der Verwalter legte seinem Sohn eine Hand auf die Schulter. Er rang sichtlich nach Worten, ohne dass er etwas sagen konnte. Zu Victorias Überraschung rann eine einzelne Träne seine Wange herunter.

»Ich freue mich, dass du mein Sohn bist«, sagte Emily Chandler schließlich. Die zierliche dunkelhaarige Frau lächelte Billy an. »Das will er dir sagen. Es ist auch meine Meinung. Du bist jederzeit bei uns willkommen.«

»Danke.« Billy nickte. Sein Lächeln war voller Glück. »Ich bin dort zu Hause, wo die Frau lebt, die ich liebe.«

In seinen Worten lag so viel Trost, dass Victoria sich gleichzeitig leichter und stärker fühlte. Ja, nach Hause. Zu ihrer geliebten Farm, die nun endlich ein Zuhause werden sollte. Für sie und ihre Familie.

KAPITEL 44

Amber's Joy, Herbst, heute

Da sie bis spät in die Nacht über den Tagebüchern gesessen hatten, waren Riley und Franziska über Nacht auf Amber's Joy geblieben. Ohne Ella fühlte sich die Farm leer an, nicht mehr wie ein Zuhause. Mitten in der Nacht war Franziska hochgeschreckt, gewiss, dass ihre Großtante in diesem Moment verstorben war. Unter Tränen hatte sie Alina eine SMS geschrieben. Nicht einmal zehn Minuten später hatte ihre Schwester ihr geantwortet.

Ella geht es unverändert. Mach dir keine Sorgen.

Riley hatte Franziska im Arm gehalten, während sie sich in den Schlaf weinte. Obwohl sie nur wenige Stunden geschlafen haben konnte, erwachte sie, sobald das erste Morgenlicht ins Zimmer schien. Sie tastete nach links, suchte nach Riley, der nicht mehr im Bett lag. Schlagartig war Franziska wach. Sie setzte sich auf und blinzelte gegen das Sonnenlicht. Es versprach ein schöner Tag zu werden, was sie seltsamerweise traurig stimmte. Irgendwie erschien es ihr unfair, dass die Sonne schien, während Ella im Sterben lag.

Obwohl Franziska wusste, dass Ellas Krankheit tödlich war, fiel es ihr immer noch schwer, sich mit dem Gedanken abzufinden, dass sie ihre australische Verwandte bald verlieren würde. Als ihr Tränen in die Augen traten, ließ Franziska sich zurück auf das Bett sinken, griff nach dem Kissen und weinte haltlos hinein.

»Darling. Sam will uns sprechen.« Riley hielt Franziska eine Tasse Kaffee unter die Nase. Der Geruch weckte sie endgültig auf. Sie setzte sich auf, schniefte, legte das Kissen zur Seite und streckte sich gähnend. Während sie sich fühlte, als hätte etwas sie gefressen und halbverdaut wieder ausgespuckt, sah Riley bereits am frühen Morgen ausgeschlafen und munter aus. Wie machte er das nur?

»Danke schön.« Franziska nahm die Tasse Kaffee, trank einen Schluck und stellte die Tasse ab. »Fährst du mich ins Krankenhaus, bitte?«

»Sam möchte mit uns reden.« Riley lächelte, aber seine Stimme klang ernst. »Heute. Am besten gleich.«

»Es ist nicht mehr wichtig. Zu spät.« Franziska atmete tief aus. Der Song-Man hatte zu lange gewartet und nun interessierte es sie nicht mehr, was er ihr zu erzählen hatte. »Außerdem wissen wir bereits alles. Sag ihm danke.«

»Er betonte, es wäre wichtig.« Riley hob die Hände, als wollte er klarmachen, dass er nur der Bote wäre. »Wir können es ja kurz halten.«

»Was kann wichtiger sein, als jetzt bei Ella zu sein?« Franziska hasste es, dass sie sich anhörte wie ein störrisches Kind, aber Riley musste begreifen, wie wichtig es war, Zeit mit Ella zu verbringen. »Sam kann warten.«

»Lass uns nur zehn Minuten mit ihm reden. Ich fahre dich dann ins Krankenhaus.« Riley gab Franziska einen

Kuss auf die Stirn. »Dann sehen wir weiter. Amber's Joy ist ja nicht so weit von Brisbane entfernt.«

»Nicht heute. Ich bin zu müde und will nur noch nach Ella sehen.« Franziska ging ins Bad und stellte die Dusche auf kalt. Obwohl sie unter dem Wasser bibberte, half es ihr, den Kopf frei zu bekommen und die Müdigkeit zu vertreiben. Sam. Ein tolles Timing hatte der Song-Man. Franziska hasste Geheimnistuerei und hatte daher wenig Lust zu springen, wenn Sam es wünschte.

Außerdem, was konnte er ihr noch berichten, was sie nicht bereits wusste. Catherines Kinder waren bei Victoria aufgewachsen und nicht von ihrem Ehemann Lawrence Banks. Vor mehr als einhundert Jahren mochte ledige Mutterschaft ein Skandal gewesen sein. Heute würde das niemanden mehr interessieren. Franziska schüttelte sich und drehte das heiße Wasser auf. Irgendwie war sie enttäuscht. Das also war das große Geheimnis. Eine junge Frau, die sich mit dem falschen Mann eingelassen hatte und schwanger wurde. Ihre Schwester, die als Mutter einsprang. So bedeutend klang das für Franziska nicht. Aber warum – diese Frage ließ sie nicht los – bestand der Song-Man darauf, dass es noch ein Geheimnis gab. Ob er den Black Snake Creek-Mord meinte?

Aber auch damit konnte er Franziska nicht überraschen. Hier hatten Alina, Riley und sie bereits die Lösung gefunden: Der vermeintliche Mord war ein Unfall gewesen, so dass Victoria endlich mit dem Mann zusammenleben konnte, den sie liebte. Damals sicher ein Riesenskandal – eine weiße Frau und ein Aborigine-Mischling. Auch Rileys Ururgroßmutter hatte sich in ihren Tagebüchern darüber verwundert gezeigt, ohne Victoria jedoch zu verurteilen.

Über Emily vermittelt hatte Franziska gelesen, was Rileys Urururgroßvater von Luke Faulkner gehalten hatte. Ellas Ururgroßvater war ein echter Mistkerl gewesen. Das wollte Franziska ihrer Großtante lieber nicht sagen. Sie musste sich eine harmlose Geschichte überlegen, die den Streit und den Mordprozess erklären konnte, ohne Luke Faulkner in allzu schlechtem Licht zu zeigen.

Verflixt. Franziska drehte das Wasser ab und suchte nach dem Handtuch. Ellas Neugier musste abgefärbt haben. Nein, nicht nur die Neugier. Franziska fühlte sich an ihr Versprechen gebunden. Sie würde die Suche beenden, die Ella angefangen hatte. Und diese Suche erforderte nun einmal, dass alle offenen Fragen geklärt und jedes Geheimnis gelüftet würde. Also würde sie sich irgendwann die zehn Minuten nehmen, um zu hören, was Sam zu sagen hatte. Aber nicht heute – heute musste sie Ella sehen und ihr erzählen, was sie herausgefunden hatte.

»Höchstens eine Viertelstunde.« Obwohl Riley versuchte, sie zu beruhigen, knetete Franziska nervös ihre Finger. Ihrer Großtante ging es heute deutlich besser als gestern und Ella hatte sich sogar begeistert darüber gezeigt, dass Sam mit Franziska und Riley reden wollte. Sie hatte Franziska gebeten, mit dem Song-Man zu sprechen. Alina war im Krankenhaus geblieben. »Alina wird uns Bescheid geben, falls etwas Wichtiges passiert.«

»Ja«, antwortete Franziska einsilbig. »Hast du eine Idee, was Sam uns sagen will? Hat er dir etwas gesagt?«

»Leider nicht. Und in den Tagebüchern habe ich auch

nicht viel gefunden.« Nachdem Franziska schlafen gegangen war, hatte Riley sich durch die verbleibenden Tagebücher gearbeitet, was zu keinem Ergebnis geführt hatte. »Emily hat immer weniger geschrieben. Wohl, weil sie schwanger wurde und dadurch auf Amber's Joy angekommen war.«

»Wär ja auch zu einfach gewesen.«

Inzwischen konnte Franziska kaum noch etwas erschüttern. Zu viel war in den letzten Wochen geschehen. Es hätte sie nicht überrascht, wenn das Auto versagt hätte oder sonst etwas sich ihrem Ziel in den Weg gestellt hätte. Daher war sie erstaunt, als Riley sagte: »Wir sind da. Sam wartet schon.«

Sam lächelte breit, was Franziska schmallippig erwiderte. Sollte er ruhig merken, wie verärgert sie war. Weil er sie so lange hatte warten lassen, musste sie kostbare Zeit für seine Geschichte opfern. Zeit, die sie lieber mit Ella verbracht hätte.

»Als Boss Joseph immer kränker wurde, hat Lady Boss Victoria die Farm übernommen. Sie und Billy haben Pferde gezüchtet, gute Pferde. Vorfahren von heute«, begann Sam seine Erzählung. Seine Art, die Geschichte zu erzählen, zog Franziska mehr und mehr in den Bann, bis sie die Zeit vergaß und atemlos gespannt lauschte.

Nachdem Sam seine Erzählung beendet hatte, schauten Franziska und Riley sich an, ohne ein Wort zu sagen. Zu unglaublich klang die Geschichte, die in der Aborigine-Familie von Generation zu Generation weitergegeben wurde. Vielleicht war es ja wie mit vielen Darstellungen, versuchte

Franziska sich zu beruhigen. Je öfter man sie erzählte, desto größer wurden die Verwicklungen und Ereignisse.

Schließlich ertrug sie das Schweigen nicht mehr. »Woher willst du wissen, dass Victorias Kind nicht von Luke war?«, fragte Franziska, nachdem sie sich wieder gesammelt hatte. »Das Baby kam – lass mich rechnen – ein halbes Jahr nach Lukes Tod. Da ist die Wahrscheinlichkeit groß, dass es von ihm ist, oder?«

»Boss konnte keine Kinder machen.« Sam klang so sicher, dass Franziska nicht weiter nachfragte. Der Aborigine schien zu wissen, wovon er sprach. »Billy war der Vater von Lady Boss Victorias Baby.«

»Warum bekamen sie keine weiteren Kinder?« Franziska tastete nach Rileys Hand und drückte sie. Sie brauchte seine Nähe. Und sicher brauchte er auch ihre Nähe. Schließlich hatte er gerade erfahren, dass Billy ein entfernter Verwandter von ihm war. Was bedeutete, dass er auch mit Ella verwandt war, oder? Langsam wurde die ganze Sache unübersichtlich. »Oder lebten sie nicht zusammen?«

»Lady Boss ist bei der Geburt beinahe gestorben.« Sam schaute Franziska so offen an, dass sie ihm glauben musste. »Nur ein Kind. Und Miss Catherines Zwillinge.«

Warum auch nicht? Wenn Victoria mit Billy ihr Glück gefunden hatte, war das nur gut für sie. Victoria musste stärker gewesen sein, als Franziska sich vorstellen konnte. Sie hatte sicher etliche Anfeindungen überstehen müssen, weil sie einen Aborigine-Mischling liebte. Und nicht nur das. Gemeinsam mit ihm hatte sie eine erfolgreiche Pferdezucht aufgebaut.

»Danke. Vielen Dank.« Franziska schüttelte Sam die

Hand. »Es wird Ella sicher freuen, ihre Geschichte endlich zu kennen.«

Der Song-Man nickte, wandte sich um und ging seiner Wege. So, als ob er nicht gerade eine Bombe hatte platzen lassen.

»Was für eine Story«, sagte Riley. »Ella und ich sind verwandt. Über was weiß ich wie viele Ecken. Puuh.«

Franziska bewunderte ihn, wie gefasst er die Nachricht aufgenommen hatte, dass sein Ururgroßvater ein uneheliches Kind gehabt hatte. Ob Richard Chandler sich je zu Billy bekannt hatte? Hätte das etwas für Victoria geändert? Franziska zuckte die Achseln.

»Lass uns nach Brisbane fahren.« Franziska stellte sich auf die Zehenspitzen, um Riley zu küssen. »Lass uns zurück zu Ella fahren.«

Auf dem Weg schickte Franziska Alina eine SMS: *Rätsel gelüftet. Komm zu Ella, bitte.* Sie kuschelte sich an Rileys Schulter und fühlte sich geborgen und glücklich. Nur der Gedanke an den nahenden Tod ihrer Großtante trübte Franziskas Glück. Immerhin konnte sie Ella noch den langgehegten Wunsch erfüllen und das Geheimnis um Victoria aufklären.

»Glaubst du, Ella kann damit leben, dass ihr Vorfahre ein Aborgine-Mischling ist?«, fragte sie. Der Gedanke war ihr eben gekommen, als sie sich überlegt hatte, wie ihre Großtante wohl auf die Neuigkeit reagieren würde. »Das wird eine ganz schöne Überraschung.«

»Besser als Luke Faulkner unter seinen Vorfahren zu haben, oder?«, antwortete Riley knapp. Aber er wirkte etwas verschnupft. Nach kurzem Schweigen sagt er: »Hältst du eigentlich alle außer dir für Rassisten?«

»Sorry, das hörte sich eben blöder an, als ich es meinte.« Franziska suchte nach Worten. »Ich wollte Ella keinen Rassismus unterstellen, nur …«

»Du fragst dich, ob sie wirklich erfahren will, was wir herausgefunden haben.« Riley schaute Franziska kurz an, bevor er sich wieder auf die Straße konzentrierte. »Sicher hat Ella eher etwas … na ja … Abenteuerromantisches erwartet. Aber ich glaube, es wird ihr gefallen, dass schon ihre Ururgroßmutter eine mutige Frau war.«

»Du hast recht.« Franziska drückte Rileys Hand. Als Entschuldigung für ihre Unbedachtheit.

In einvernehmlichem Schweigen erreichten sie das Krankenhaus. Alina ging vor der Glastür auf und ab und schaute immer wieder die Straße herunter. Als sie Rileys Wagen sah, winkte sie mit beiden Händen.

»Ich lass dich raus und komm nach.« Riley fuhr die Auffahrt hinauf und hielt an, damit Franziska den Wagen verlassen konnte.

Alina lief ihnen entgegen. Franziska war kaum ausgestiegen, als ihre Schwester sie schon aufgeregt ansprach: »Ella hat ihren Anwalt kommen lassen. Ist irgendetwas Schlimmes passiert?«

»Keine Ahnung.« Franziska stieß die Luft aus. Immer wieder etwas Neues – ob es wohl je einen ruhigen Tag gäbe? »Was meinst du?«

»Hab auch keine Idee.« Alina hob die Hände. »Habt ihr was rausgefunden? Gibt es noch ein Geheimnis? Hatte ich die richtige Idee? Hat es mit der Gerichtsverhandlung zu tun?«

»Du musst mich auch mal antworten lassen.« Franziska hob die Hände. »Ja, wir haben etwas rausgefunden, aber …«

Sie schwieg und grinste.
»Sag schon!«
»Du musst dich noch etwas gedulden. Ich werde gleich Ella alles erzählen.« Franziska machte sich auf den Weg ins Krankenhaus, so dass ihrer Schwester nichts anderes übrig blieb, als ihr zu folgen.

KAPITEL 45

Brisbane, Australien, heute

Franziska bemühte sich, ihr Erschrecken zu verbergen, als sie Ella sah. Ihre Großtante sah müde aus und beinahe – durchscheinend schien der einzig passende Begriff zu sein. Nur ihre Augen wirkten lebendig wie eh und je.

»Du hast alle Geheimnisse gelüftet«, stellte Ella fest. »Ich kann es dir an der Nasenspitze ansehen.«

»Nicht ich allein.« Franziska zog ihre Schwester zu sich heran. »Alina hat sehr geholfen. Riley auch. Er parkt nur den Wagen.«

»Lass mich nicht zu lange warten.« Ella lächelte. »Mir bleibt nicht viel Zeit und es wäre ärgerlich, wenn ich das Ende nicht erfahre.«

Einen Moment lang war Franziska so verdutzt, dass sie nichts sagen konnte. Wie konnte ihre Großtante über den Tod scherzen? Hatte Ella keine Angst vor dem Sterben?

»Ich hatte ein schönes Leben, Franziska.« Ella richtete sich etwas auf und griff nach Franziskas Hand. »Aber es endet. So wie alles endet. Warum etwas leugnen, was wir alle wissen?«

»Ich werde dich vermissen«, antwortete Franziska mit belegter Stimme. Auch wenn sie Ella nur wenige Wochen gekannt hatte, fühlte sie sich ihr sehr nahe. Wie schade, dass sie nicht bereits vor vier Jahren nach Australien gereist war. Ihre Mutter hätte sich bestimmt wunderbar mit Ella verstanden. Vielleicht gab es ja einen Ort, wo die beiden aufeinandertreffen würden, um Reiseerfahrungen auszutauschen und den Familienstammbaum zu aktualisieren. Dieser Gedanke brachte Franziska zum Lächeln. Sie sah das Bild vor sich – ihre Mutter mit den wilden Hippie-Haaren und die topfrisierte Ella, die gemeinsam Namen in einen Stammbaum eintrugen.

»Verrat uns endlich das Geheimnis«, sagte Alina, um das Schweigen zu durchbrechen. »Riley kommt sicher gleich.«

»Dem Geheimnis der fehlenden Namen in der Familienbibel auf die Spur zu kommen, war gar nicht so leicht«, begann Franziska. »Weil es nicht nur ein Geheimnis war, sondern es waren drei. Immer, wenn wir eine Antwort gefunden hatten, tauchte eine neue Frage auf.«

»Das ist ja wie bei dem Puzzle, das Mum auf dem Dachboden gefunden hat«, warf Alina ein. Sie lächelte und griff nach Franziskas Hand, um diese zu drücken. »Erinnerst du dich?«

»Nur zu gut.« Franziska musste trotz ihrer Traurigkeit lachen. Sie wandte sich zu Ella. »Unsere Mutter hatte ein altes Puzzle entdeckt. Allerdings ohne Vorbild, dafür aber mit …«

»Dutzenden von fehlenden Teilen«, ergänzte Alina. »Wir haben den ganzen November an dem Ding gesessen, bis wir gemerkt haben, dass wir nie eine Chance haben würden.«

»Irgendwann« begann Franziska, als die Tür aufging und Riley ins Zimmer trat. Er begrüßte Alina und Ella, bevor er sich einen Stuhl heranzog und sich neben Franziska setzte.

»Alles okay?«, flüsterte er. Sein Blick betrachtete sie so voller Liebe und Sorge, dass sie es sich endlich eingestehen konnte. Riley war kein Urlaubsflirt; er war ihre große Liebe. Dass sie an entgegengesetzten Enden der Welt wohnten, würde sie nicht davon abhalten, ihn zu lieben. So wie er sie liebte. »Ich bin für dich da.«

»Ich weiß.« Sie wandte sich wieder Ella zu. »Irgendwann hat unser Vater uns gestanden, dass er drei alte Puzzles zusammengekippt hat. Aber wir hatten so viel Spaß beim gemeinsamen Puzzlen, dass er uns nicht stören wollte.«

»Mum war kurz davor, ihn zu erwürgen.« Man konnte Alina ansehen, wie ihre Gedanken in die Vergangenheit reisten. »Sie hat es gehasst, etwas unvollendet zu lassen.«

»Aber zurück zu deiner geheimnisvollen Familie«, sagte Franziska, die bemerkte, wie erschöpft Ella aussah. Daher fasste sie die Ergebnisse ihrer Suche kurz und schnell für ihre Großtante zusammen.

Mittendrin schloss Ella die Augen, so dass Franziska schon fürchtete, es wäre alles zu spät. Doch dann öffnete ihre Großtante die Augen erneut und lächelte Franziska an.

»Danke, dass du nicht aufgegeben hast.« Ella lächelte Franziska an. Dann wanderte ihr Blick zu Alina, der sie zunickte, und zu Riley. »Auch danke an euch. Wir sind also verwandt. Mit vielem habe ich gerechnet, aber …«

Sie schloss erneut die Augen und sank zurück in die Kissen. Franziska wechselte einen besorgten Blick mit Riley. Hätten sie Ella lieber nicht alles sagen sollen? Auf dem Weg von Amber's Joy nach Brisbane hatten beide lange darüber diskutiert, Vor- und Nachteile abgewogen und schließlich alles noch einmal mit Alina durchgekaut. Nach langem Hin und Her hatten sie gemeinsam die Entscheidung gefällt,

Ella alles zu berichten, aber etwas schöngefärbt, damit diese sich nicht aufregen musste.

»Wie dumm von mir, dass ich erst so spät begonnen habe, mich für meine Familie zu interessieren.« Ella schlug die Augen wieder auf. »Begeht nicht dieselben Fehler. Lasst euch nicht von dem abhalten, was ihr euch wirklich wünscht.«

Schöne Worte, dachte Franziska, aber erst einmal musste man Geld verdienen und Pflichten erfüllen. Dann schüttelte sie innerlich den Kopf über sich. War sie wirklich schon so … so abgestumpft, dass sie ihre Träume aufgeben würde, ohne überhaupt zu versuchen, ihnen zu folgen?

Plötzlich spürte sie einen Kloß im Hals, als sie überlegte, ob sie überhaupt noch Träume hatte. Als ihre Eltern noch lebten, hatte Franziska Geschichte studieren wollen, aber dann kam der Unfall und sie musste vernünftig sein, eine Ausbildung beginnen und dafür sorgen, dass Alina ihr Abi machte. Und wofür – dafür, dass sie an einem Tag alles hingeschmissen hatte, um nach Australien zu flüchten. Immer vernünftig und überlegt zu sein, hatte sie nicht weit gebracht.

»Franziska?« Ella sprach ihren Namen so aus, als hätte sie Franziska schon mehrfach angesprochen. »Liebes?«

»Entschuldige, ich habe gerade über meine Träume nachgedacht. Die unerfüllten und die, die noch offen sind.«

»Ich habe gefragt, ob du Interesse hast, unser Buch zu schreiben?« Ella schaute sie so erwartungsvoll an, dass Franziska nur nicken konnte. »Die Geschichte der Frauen von Amber's Joy ist es wert, dass man sie erzählt.«

»Ja, schon …«, begann Franziska zögernd, um dann zu ihrer Überraschung zu merken, dass sie nicht nur Ja sagte, um Ella einen Gefallen zu tun. Zuerst hatte sie die Suche nur begonnen, um Zeit mit ihrer Großtante zu verbringen.

Dann jedoch hatten Catherine und Victoria sie gefangen genommen. »Ja, ich würde gern tiefer in die Leben von Victoria und Catherine eintauchen. Vielleicht auch herausfinden, warum Amber nach Australien ausgewandert ist und aus dem Gedächtnis unserer Familie verschwand.«

»Das freut mich. Danke. Danke, dass du meinen Brief dann doch noch beantwortet hast …« Ella lächelte verschmitzt. »Auch wenn es vier Jahre gedauert hat.«

Wie wäre ihr Leben verlaufen, wenn sie sich früher bei Ella gemeldet hätte? Wenn sie nie mit Julian zusammengekommen wäre? Wenn Alina sie nicht betrogen hätte? Franziska zuckte mit den Schultern. Müßige Gedankenspiele.

Mit einem Lächeln schaute sie Riley an. Es war gut so, wie es war, auch wenn sie immer noch sauer auf Alina war. Andererseits konnte sie ihrer Schwester dankbar sein. Vielleicht wäre Franziska sonst schon mit Julian verlobt, auf dem Weg in eine unglückliche Ehe, so wie die arme Victoria.

Ein Klopfen an der Zimmertür beendete Franziskas gedankliches Abschweifen. Andrew Chandler steckte seinen Kopf zur Tür herein.

»Hallo Lady Boss«, sagte er mit einem so bemühten Lächeln, dass es Franziska schmerzte. »Ich wollte mal schauen, wann Sie wieder auf den Beinen sind.«

»Wir gehen Kaffee trinken.« Franziska nickte Alina und Riley zu.

Auf dem Gang hielt sie der junge Arzt an, der wohl für Ella zuständig war. Erschöpft nahm er die Brille ab und rieb sich mit zwei Fingern die Nasenwurzel. Schon an seinem Gesichtsausdruck ließ sich ablesen, dass er keine guten Nachrichten für sie hatte.

»Es tut mir leid.« Er setzte die Brille wieder auf und blinzelte. »Heute kamen die Laborergebnisse. Leider gibt es schlechte Neuigkeiten.«

»Ja«, flüsterte Franziska mit trockener Kehle. Ihre Hand tastete nach Rileys Hand. Er drückte sie.

»Ms Murdoch hat nur noch wenige Stunden zu leben.« Dem Arzt fiel es sichtlich schwer, ihnen diese Mitteilung zu machen. Für Franziska sah er viel zu jung aus, als dass er Menschen derart schlechte Nachrichten überbringen musste. »Ich wünschte, ich könnte Ihnen Besseres sagen.«

»Dann bleiben wir bei ihr, oder?« Franziska sah Riley und Alina fragend an. Beide nickten.

»Sie können selbstverständlich hierbleiben, aber …«, fuhr der Arzt mit einem Seufzer fort. Auch dies schien er schon öfter gesagt zu haben. »Die Erfahrung zeigt, dass ältere Menschen es vorziehen, allein zu sterben. Also machen Sie sich keine Vorwürfe, wenn …«

Er musste den Satz nicht beenden.

»Danke.« Mehr brachte Franziska nicht heraus. Obwohl sie dagegen ankämpfte, musste sie weinen.

Auch Alina kämpfte mit den Tränen, wie Franziska aus dem Augenwinkel sah. Wahrscheinlich erinnerte sie sich wie Franziska an den Tod ihrer Eltern. Nur dass sie sich vor vier Jahren nicht hatten verabschieden können. Der Tod kam unerwartet und plötzlich, nicht vorhersehbar wie bei Ella. Aber das machte den Abschied nicht leichter. Franziska schluchzte auf.

»Vielen Dank. Sie haben uns sehr geholfen«, griff Riley ein und reichte dem Arzt die Hand. »Sie entschuldigen uns, bitte.«

»Danke«, brachte auch Franziska hervor. Der Arzt konnte schließlich nichts dafür, dass Ellas Krankheit unheilbar war.

Riley nahm ihren Arm und führte die tränenblinde Franziska zum Aufzug. Gemeinsam mit Alina fuhren sie in die Cafeteria im Keller. Weinende Menschen waren hier sicher kein seltener Anblick, so dass Franziska sich keine Gedanken darüber machen musste, ob sie sich unpassend verhielt. Sie angelte in ihrem Rucksack nach einem Taschentuch und konnte natürlich keins finden.

»Hier bitte«, sagte Alina mit belegter Stimme und hielt Franziska eine Packung Taschentücher entgegen. »Mist. Irgendwie … irgendwie hatte ich gehofft …«

»Ich auch. Wir alle.« Inzwischen hatte Franziska wieder etwas Fassung gewonnen. Dankbar lächelte sie Riley an, der Kaffee und Schokolade für sie alle geholt hatte. »Obwohl wir die Diagnose kannten. Und die Prognose.«

»Klingt vielleicht blöd, aber immerhin habt ihr Ella noch ihren größten Wunsch erfüllen können«, sagte Riley, während er leicht wie ein Schmetterling über Franziskas Hand streichelte. »Sie war sehr einsam nach dem Tod ihres Mannes. Auch wenn sie das nie zugegeben hätte.«

Er drückte Franziskas Hand. So schlecht es ihr auch ging, in seiner Gegenwart fühlte sie sich sicher und geborgen. Aufgehoben und umsorgt – so wie es sein sollte.

»Du hast ihr durch deinen Besuch mehr Familie gegeben, als sie erwartet hat.« Sein typisch schiefes Lächeln. »Als ich übrigens auch.«

»Ach du Schande«, stieß Franziska da aus. Das hatte sie bisher gar nicht bedacht. »Sind wir … sind wir etwa auch verwandt?«

Erst jetzt wurde ihr klar, was das alles bedeuten konnte. Eine Beziehung unter engen Verwandten … Gut, dass Riley und sie bisher noch mit dem Sex gewartet hatten. Aber der Gedanke, Riley zu verlieren, Franziska schnappte nach Luft. Nein, so gemein konnte das Schicksal nicht sein, oder?

»Ja, aber um so viele Ecken, das dürfte kein Problem sein.« Riley zwinkerte ihr zu. »Vielleicht muss ich Tantchen zu dir sagen.«

Trotz ihrer Sorgen um ihre Großtante musste Franziska lachen.

»Wollen wir zurück zu Ella?«, fragte Alina, die bisher gar nichts gesagt hatte. In ihren Augen glitzerten Tränen. »Ich … ich würde mich gern verabschieden.«

Spontan beugte Franziska sich zu ihrer Schwester und küsste sie auf die Wange. »Schön, dass du hier bist.«

Sicher würde es nie so werden wie in der Zeit vor Julian, aber vielleicht bot sich jetzt eine Chance für einen Neuanfang. Eine Gelegenheit, ohne den Ballast der vergangenen Jahre zu versuchen, eine Beziehung zu ihrer Schwester aufzubauen. Ella hatte recht – Familie war wichtig.

KAPITEL 46

Brisbane, Australien, heute

Es war der perfekte Tag. Der Sonnenschein wurde von einem Windhauch begleitet, so dass es weder zu heiß noch zu schwül war. Dank zweier Regentage in Folge leuchtete der Boden in einem kräftigen Grün und gab federnd unter den Pferdehufen nach.

Kräftige rote und hellrosafarbene Blüten wuchsen zwischen dem Grün und an den Baumstämmen. Wieder einmal bedauerte Franziska, dass sie so wenig von Pflanzen verstand. Wenn nur Caro hier wäre. Die würde sicher den alltäglichen und den botanischen Namen für jede Pflanze kennen. Sie hingegen kannte nur einige wenige.

Inzwischen hatte Franziska die Namen von *Banksien* und *Telopeas* gelernt, die sie höchstwahrscheinlich auch wiedererkennen würde. Riley hatte einen Tag mit ihr im Botanischen Garten verbracht, damit sie mehr über Queenslands vielfältige Blumenpracht erfuhr.

In die Purpur-Korallenerbse und den Schnee-Kranz hatte Franziska sich sofort verliebt, weil ihr sowohl die Namen als auch die Blüten der Pflanzen sehr gefielen. Die Korallenerbse erinnerte sie an eine zarte lilafarbene Orchidee. Der Schnee-Kranz mit seinen weißen, fünfeckigen Blüten sah aus wie eine übergroße Hyazinthe.

»Bleib bis zum Frühling«, hatte Riley ihr ins Ohr geflüstert. »Ich zeige dir die schönsten Stellen, an denen der Schnee-Kranz wächst.«

»Das wäre wundervoll«, hatte Franziska gesagt und es ehrlich gemeint. »Aber wovon soll ich leben?«

»Dann musst du im Frühling wiederkommen.« Riley hatte gelächelt, aber es schien ihr, dass er seine Worte ernst gemeint hatte. »Ich werde warten.«

»Ist das so eine?«, unterbrach Alina ihre Erinnerung. »Suchst du danach?«

Ihre Schwester deutete auf eine lilafarbene Blüte, die aus einem Baumstamm wuchs. Franziska lenkte ihre Fuchsstute dorthin. Aus ihrer Hosentasche holte sie das Bild, das sie mitgenommen hatte, um die Blume erkennen zu können.

»Nein. Sorry, das ist keine Cocktown Orchidee.« Seitdem sie wusste, dass diese Blume mit ihren riesigen helllilafarbigen Blüten im Queensländer Wappen war, suchte Franziska nach ihr. Leider ohne Erfolg. Riley hatte ihr gesagt, dass die Cocktown Orchidee in der Natur inzwischen selten war, weil es zu viele Menschen gegeben hatte, die diese Blumen sammelten.

»Ich gebe auf«, sagte sie daher zu Alina. »Lass uns den Tag genießen und nicht mit der Jagd nach Orchideen verbringen. Wer als Erster auf dem Berg ist.«

Mit einem Schnalzen der Zunge trieb sie ihre Stute im Galopp den Hügel hinauf. Franziska genoss den Wind, der ihr die Haare aus dem Gesicht blies. Sie genoss den Rhythmus, den die Pferdehufe auf dem Boden trommelten. Sie genoss die Wärme der Sonne auf ihrem Rücken.

Es war der perfekte Tag.

Franziska zügelte ihre Fuchsstute auf der Kuppe des Hügels und wartete, bis Alina auf dem dunkelbraunen Wallach neben ihr auftauchte. Das Gesicht ihrer Schwester wirkte verschwitzt und glänzte hochrot von der ungewohnten Anstrengung des Reitens. Franziska konnte sich ein Grinsen nicht verkneifen, fiel ihr der Ritt doch ausnehmend leicht. Endlich etwas, in dem sie besser war als Alina.

»Was willst du jetzt machen?«, fragte Alina, nachdem sie zu Atem gekommen war. Mit dem rechten Arm holte sie weit aus und deutete auf die Felder und Koppeln, die sich unter ihnen und um den Hügel herum erstreckten. »Das gehört jetzt *alles* dir. Also, wirst du hierbleiben?«

Franziska schwieg einen Moment. Alinas Frage rüttelte an dem großen Thema, das sie bisher erfolgreich verdrängt hatte. Ellas Testament hatte Franziska genauso überrascht wie den Anwalt, der es ihr vorgelesen hatte. Bis auf eine großzügige Spende an den Tierschutz, ebenso großzügige Geldsummen für die Beschäftigten auf Amber's Joy und ein paar kleinere Spenden für karitative Zwecke hatte ihre Großtante nahezu das gesamte Erbe Franziska vermacht.

Franziska war blass geworden und konnte nicht fassen, was der Anwalt alles vorgelesen hatte. Neben Amber's Joy gehörte ihr nun Ellas Haus in Brisbane sowie ein paar Wohnungen in Toowoomba, die ihre Großtante vermietet hatte. Franziska war davon ausgegangen, dass Ella gutsituiert war, aber erst das Testament zeigte, wie reich ihre Großtante wirklich war. Allerdings war Ellas Letzter Wille an einige Bedingungen geknüpft: So musste Amber's Joy im Besitz der Familie bleiben, auch wenn Franziska dort nicht selbst wohnen wollte.

Andrew Chandler und Riley bekamen den Teil von Amber's Joy geschenkt, auf dem sie ihr Haus gebaut hatten. Außerdem versprach Ella ihnen ein Hengstfohlen und fünf Stuten. Eine weitere Bedingung war, dass Andrew weiterhin auf Amber's Joy als Verwalter arbeitete und Riley den Job später übernehmen konnte, wenn er es denn wollte. Für sein Studium gewährte Ella ihm ein großzügiges Stipendium.

Ebony und Peach erhielten Wohnrecht auf Lebenszeit im Brisbaner Haus – im Vertrauen darauf, dass du dich gut um sie kümmern wirst, hatte Ella in ihr Testament geschrieben.

Selbst für Alina hatte ihre Großtante sich etwas überlegt. Falls diese ihr Abitur bestünde, bekäme sie genug Geld, um eine Weltreise zu unternehmen.

Stille herrschte, nachdem der Anwalt alle diese Schenkungen und Legate verlesen hatte. Riley, sein Vater, Franziska und Alina saßen in dem teuer eingerichteten Büro und sahen einander mit großen Augen an, die mit jedem Wort, das der Anwalt vorlas, größer wurden.

Ich habe sie doch kaum gekannt, dachte die fassungslose Franziska wieder und wieder. *Ich habe das nicht verdient.* Die ganze Zeit wartete sie darauf, dass sie entweder aufwachte oder dass Ella eine absolut abstruse Bedingung an die Erbschaft stellte. Aber nichts davon kam. Ihre Großtante verlangte nicht einmal, dass Franziska die Familiengeschichte schrieb, die Ella so am Herzen gelegen hatte.

»Dan … danke«, stotterte Franziska, nachdem der Anwalt ihr erläutert hatte, was das Testament für sie bedeutete und welche Konsequenzen ihre deutsche Staatsbürgerschaft hatte. Seinen Sermon über Erbschaftssteuer, gute Anlagemöglichkeiten für die Geldmittel auf unterschiedlichen Konten und Ratschläge für den Umgang mit dem australischen Staat unterbrach Franziska freundlich, aber bestimmt. »Darüber möchte ich heute bitte nicht reden. Ich melde mich und mache einen Termin mit Ihnen aus.«

Mit zittrigen Knien stolperte sie aus der Kanzlei, lehnte sich im Licht des australischen Morgens gegen die Hauswand und holte tief Luft. Riley, seine Vater und Alina schleppten sie in den nächsten Starbucks, damit sie wieder auf den Boden der Tatsachen ankommen konnte.

»Verdammt, Ella. Du hättest mich vorwarnen können!«

Nach zwei Latte macchiatto und einem Carrot Cake fühlte Franziska sich in der Lage, sich ihrem Erbe zu stellen, und schmiedete gemeinsam mit Alina Pläne für das kommende Wochenende.

»Komm doch mit nach Amber's Joy. Schließlich warst du da noch nicht«, schlug Franziska vor.

»Du willst mir wohl deinen Landsitz vorführen«, stichelte Alina und grinste. Franziska jedoch meinte, einen Kern von Wahrheit in dem vorgeblichen Spaß zu erkennen, aber sie war durch das unverhoffte Erbe in so guter Stimmung, dass sie sich nicht darüber ärgerte.

Mr Chandler gratulierte Franziska und sah dabei so ehrlich erfreut aus, dass Franziskas Sorge, er könnte sich übergangen fühlen und ihr feindlich gegenüberstehen, zerstreute wie die Blüten der Kängurupfoten im Wind. Auch Riley beglückwünschte sie: »Egal, wie du dich entscheidest. Ich bin für dich da.«

»Ich weiß«, hatte Franziskas Antwort gelautet. Dann hatte sie zum ersten Mal ausgesprochen, was sie für ihn empfand: »Ich liebe dich.«

Gemeinsam mit Riley und Alina war sie nach Amber's Joy gefahren. Selbst hier konnte Franziska nicht fassen, dass dieser wunderschöne Ort nun ihr gehören sollte. Caro, die Franziska per What's App auf dem Laufenden gehalten hatte, war begeistert und hatte einen langen Besuch angekündigt.

Sicher, das Erbe ging höchstwahrscheinlich mit unglaublich viel Papierkram und Auflagen einher, da Franziska nicht die australische Staatsbürgerschaft besaß, aber damit wollte sie sich später beschäftigen. Jetzt wollte sie sich einfach darüber freuen und den perfekten Tag genießen. Was später wäre, würde sie später entscheiden.

»Keine Ahnung. Ich weiß es einfach nicht«, beantwortete Franziska schließlich Alinas Frage. »Noch kommt mir alles vor wie ein Traum und – «

»Mensch, es ist doch Wahnsinn«, unterbrach ihre jüngere Schwester sie, beinahe so wie früher. Franziska lächelte. »Du musst dir über deine Zukunft keine Gedanken machen. Du kannst alles machen, was du willst.«

»Dafür müsste ich wissen, was ich wollte«, murmelte Franziska in sich hinein, aber Alina hörte ihr nicht zu. Daher fragte sie etwas lauter: »Was würdest du denn anfangen?«

»Ich? Also, ich …« Alina runzelte die Stirn und überlegte einen Moment. »Ich würde reisen. Überall hin. In jedes Land der Welt. Und mir eine Landkarte aufhängen, auf der ich alle Länder abhaken kann.«

»Und dann?« Franziska bemühte sich, sich nicht anmerken zu lassen, was sie von Alinas Überlegungen hielt. »Wenn du alle Länder bereist hättest. Was würdest du dann machen? Welche Arbeit würdest du machen wollen? Wie würdest du leben?«

»Äh ja … pffff …« Alina schob die Unterlippe vor. »Keine Ahnung. Das wüsste ich dann in fünf oder sechs Jahren, wenn ich mit Reisen durch bin.«

»Reisen ist nicht meins«, antwortete Franziska. Eigentlich konnte sie gar nicht sagen, was *ihr* Ziel war. Zu sehr hatte sie in den letzten Jahren danach gelebt, was man von ihr erwartete. Erst ein gutes Abitur machen. Dann sich um Alina kümmern und eine vernünftige Ausbildung abschließen. Und jetzt? Was kam jetzt, wo Alina ihren Weg allein gehen konnte und sie sich nicht mehr sorgen musste, wie lange das Erbe ihrer Eltern reichen würde? »Ich werde hier bleiben. Für eine Weile und Amber's Joy besser kennenlernen.«

»Du auf einer Farm?« Alina schaute sie ungläubig an. »Sorry, aber das kann ich mir beim besten Willen nicht vorstellen, dass du Stadtpflanze hier auf Dauer glücklich wirst.«

»Vielleicht hast du recht, aber …«, Franziska trieb ihre Stute in einem leichten Trab den Hügel hinunter, »… immerhin will ich es versuchen. *To have a go*, wie man hier sagt.«

Nachdem sie die Worte ausgesprochen hatte, die sie von Riley so oft gehört hatte, wurde ihr deutlich, wie zutreffend und richtig sie waren. Ja, sie würde alles einfach auf sich zukommen lassen, nicht mehr planen und kontrollieren wollen. Einfach leben und schauen, was das Schicksal für sie bereithielt. Und mit Riley hatte sie einen Mann an ihrer Seite, der ihr half, neue Träume zu finden. Er war ihr Anker, der ihr Kraft gab zu fliegen, wenn sie es wollte.

Ja, ich will, dachte Franziska. Ja, ich will.

EPILOG

Australien, kurz vor der Jahrhundertwende 1899

Wir werden es schaffen.« Billy war neben Victoria auf die Veranda getreten und gab ihr einen Kuss. »Gemeinsam. Es wird nicht einfach. Aber es wird gelingen.«

Sie musste sich nicht zu ihm umdrehen. Schon, als er sich mit leisen Schritten genähert hatte, hatte sie seine Anwesenheit gespürt. Auch Cookie, die im Gras vor der Veranda lag, hatte kurz die Ohren gespitzt. Billy beugte sich herab, um die Hündin hinter den Ohren zu kraulen. Dann stellte er sich neben Victoria und legte einen Arm um sie. Sie fühlte seine sanfte Stärke, seine innere Ruhe, eine Kraft in ihm, die reichen würde, auch sie durch schwierige Zeiten zu tragen.

»Haben dir das deine Träume gesagt?« Victoria wandte ihm ihr Gesicht zu und lächelte. Egal, was das Schicksal für sie bereithalten würde, so lange Billy an ihrer Seite war, würde sie allem die Stirn bieten können. »Oder sprichst du von einer Hoffnung?«

»Nichts von beidem.« Auch er lächelte. Kleine Falten bildeten sich um seine dunklen Augen und ließen ihn älter wirken. Victoria streckte die Hand aus und legte ihm die Finger an die Wange. Billy schmiegte sich einen Augenblick an sie, dann griff er nach ihrer Hand und zog sie hinter sich her. Zu den Gattern, hinter denen die Pferde weideten. Billy stellte sich an den Zaun und deutete mit der Hand nach vorn. »Sieh sie dir an.«

Victoria stellte sich neben ihn. Im sanften Licht der untergehenden Sonne war die Herde nur als Schatten auszumachen. Die Stuten hoben die Köpfe, als sie die Menschen hörten, aber senkten sie bald wieder ins Gras, als ob sie wussten, dass ihnen von Victoria und Billy keine Gefahr drohte. Der dunkle Leithengst trabte vor ihnen auf und ab, als wollte er sich in seiner Schönheit zeigen. Wie gut, dass ihr Vater nach Lukes Tod nachgegeben hatte und ihnen seine Zustimmung für die Pferdezucht erteilt hatte.

»Sieh nur.« Stolz klang aus Billys Stimme, als er die Worte wiederholte. »Vier trächtige Stuten. Die Fohlen werden uns von Geburt an kennen und nicht so wild sein wie ihr Vater. Neues Leben bedeutet immer Glück.«

Wusste er etwas? Victoria schaute Billy prüfend von der Seite an, aber der geliebte Mann schien wirklich nur von den Pferden zu sprechen. Einen Augenblick war sie versucht, ihr Geheimnis noch ein wenig zu bewahren, aber das Glück war zu groß und ihr Herz schäumte über.

»Dann werden wir im kommenden Jahr viel Glück hier haben«, sagte sie leichthin und wandte ihren Blick wieder den Pferden zu. Aus dem Augenwinkel sah sie, dass Billy sie prüfend musterte.

»Catherine wird ihre Kinder nicht nach Brisbane holen?«, fragte er mit leiser Stimme. Victoria lächelte. Sie wusste, wie sehr ihr Mann an den Kindern hing und wie sehr er gefürchtet hatte, dass ihre Schwester sich dafür entscheiden würde, Maryanna und Cooper aufzuziehen.

»Nein. Maryanna und Cooper werden erst einmal bei uns bleiben.« Victoria zuckte die Schultern. Sie fühlte sich hin und hergerissen. Auch sie wünschte sich, dass die Kinder bei ihnen blieben, aber die Traurigkeit in Catherines Augen, als sie ihre Zwillinge verlassen musste, hatte sie sehr geschmerzt. »Vielleicht entschließt sich meine Schwester ja eines Tages dazu, auch wieder hier zu leben. Wenn die Erinnerungen verblasst sind.«

»Erinnerungen bleiben, aber der Schmerz verweht mit dem Wind«, sagte Billy voller Ernst und nickte mit dem Kopf. Inzwischen schätzte Victoria seine Aborigine-Weisheit und lächelte nicht mehr über die Worte. Lange hatte es gedauert, bis sie anerkennen konnte, dass die Ureinwohner Australiens zwar eine andere Sicht der Welt hatten, aber deshalb nicht unbedingt weltfremder waren, so wie ihr Vater es Victoria gepredigt hatte.

»Aber das meinte ich nicht.« Victoria wandte sich zu Billy und nahm sein Gesicht in ihre Hände. Sanft zog sie ihn zu sich heran und küsste ihn. »Maryanna und Cooper werden bald nicht mehr die einzigen Kinder auf Amber's Joy sein.«

Billy schaute sie an und Victoria musste über den verdutzten Ausdruck auf seinem Gesicht so laut lachen, dass die Pferde aufschreckten und prustend davontrabten.

»Burilda hat davon gesprochen, aber ich wagte nicht, ihr zu glauben«, flüsterte Billy mit weicher Stimme. Er legte seine Finger auf Victorias Gesicht. Sanft wie Schmetterlingsflügel strichen sie über Stirn, Wangen und Kinn, als ob er ihr ein Muster aufmalte. »Ich … ich … ich glaubte …«

»Ich dachte auch, dass ich keine Kinder bekommen

könnte«, half Victoria ihm aus der Verlegenheit. Wie ein dunkler Schatten legte sich die Erinnerung an Lukes Vorwürfe über den friedvollen Augenblick. Ihr Ehemann hatte selbstverständlich Victoria die Schuld dafür zugewiesen, dass ihre Ehe kinderlos geblieben war. Victoria zuckte mit den Achseln. Von Luke wollte sie sich diesen Moment auf keinen Fall verderben lassen. Sie lächelte Billy an. Die Liebe zu ihm strahlte hell und verdrängte die Dunkelheit, die sie mit der Erinnerung an Luke verband. »Aber jetzt weiß ich es besser.«

Billy sagte kein Wort, sondern zog sie in seine Arme und hielt sie fest. Stark und gleichzeitig vorsichtig. Sie lehnte sich an ihn und wünschte, dass sie diesen Augenblick immer in ihren Gedanken behalten könnte. Gemeinsam schwiegen sie und sahen, wie die Sonne tiefer sank.

»Wünscht du dir einen Sohn oder eine Tochter?«, fragte Victoria schließlich und fröstelte leicht. Ohne die Wärme der Sonne spürte man, dass die Nachtkühle sich näherte.

»Ich wünsche mir ein Kind von dir.« Billy klang so feierlich und ernst, dass Victoria sich beinahe vor der Stärke seiner Gefühle fürchtete. Verdiente sie es, so sehr geliebt zu werden? Als ob er ihre Gedanken gelesen hätte, sprach Billy weiter. »Mit dir zu leben ist mein größtes Glück. Unser Kind … es gibt kein Wort dafür.«

Er küsste sie sanft auf den Scheitel und zog sie enger an sich, um sie zu wärmen.

»Lass uns ins Haus gehen.« Victoria zog sich sanft aus Billys Umarmung und hielt ihm die Hand hin. »Unser Zuhause.«

Zum ersten Mal seit dem Tod ihrer Mutter spürte sie, dass sie mit Amber's Joy wirklich das Gefühl verband, ein

Zuhause zu haben. Maryanna und Cooper würden auf sie warten, sicher umsorgt von Daisy. Morgen würde Victoria Burilda suchen und um ein Reinigungsritual bitten, dass auch die letzten dunklen Erinnerungen an ihren Ehemann aus dem Haus vertreiben würde, in dem sie mit ihrer Familie glücklich leben wollte.

»Wir sollten unserer Pferdezucht einen Namen geben.« Victoria blieb stehen und wandte ihr Gesicht Billy zu. »So sehr ich die Erinnerung an meine Mutter liebe, so sehr wünsche ich mir einen Neuanfang. Für die Zwillinge. Für uns. Für die Pferde. Einen Aborigine-Namen.«

»*Amaroo*. Ein schöner Ort«, antwortete Billy ohne lange zu überlegen. »Oder *Kiah*. Von einem wunderbaren Ort.«

Victoria überlegte einen Augenblick. »Ja. Von einem wunderbaren Ort. Das passt. Von unserem wunderbaren Ort.«

Hand in Hand gingen sie nach Hause. Zu ihrem gemeinsamen wunderbaren Ort.

- ENDE -

GLOSSAR

Abo – beleidigend gemeinte Bezeichnung für die australischen Ureinwohner
Banana Benders – Bananenbieger – Spitzname für die Queensländer in den anderen australischen Bundesstaaten
Banksie – gehören zu den Silberbaumgewächsen und fallen durch Blütenstände aus hunderten von Einzelblüten auf, deren Farben von gelb bis rot reichen
Billabong – Wasserloch
Blackbirding – bezeichnet die offizell »Arbeitsverpflichtung« genannte Rekrutierung von Menschen der melanesischen Inseln für Farm- und Plantagenarbeiten in Queensland; noch heute wird gestritten, ob es sich dabei nicht um Sklaverei handelte
Blue Heeler oder **Australian Cattle Dog** – sind Nachfahren der Hunde, die die ersten australischen Siedler für die Arbeit mit Kühen züchteten; Kreuzungen aus britischen Drover Dogs und **Dingos**
Braunschlange – ist eine in Australien und auf Neuguinea anzutreffende Giftschlange; die in Queensland ansässige Östliche Braunschlange gilt als besonders gefährlich, weil sie leicht reizbar ist und schnell zubeißt; ihr Gift ist tödlich

Brumby – Australisches Wildpferd
Burilda – (Aboriginal)- schwarzer Schwan
Coroner – Untersuchungsbeamter, der bei unnatürlichen Todesursachen die Untersuchung leitet
Cutter – Zuckerrohrschneider
Damper – Buschbrot; Klumpen aus Mehl, Wasser und Salz, im Lagerfeuer gebacken
Dingo – verwilderter Haushund
Dugouts – unterirdische Wohnhöhlen bei den Opalfeldern
Feuerrad-Bäume – gehören zu den Silberbaumgewächsen; die bis zu 20 Meter großen Bäume fallen durch ihre leuchtend-roten Blüten auf, denen sie ihren Namen verdanken
Grevilleen – oder Silbereichen sind immergrüne Sträucher mit rosafarbenen oder roten Blüten
Kookaburra – ist ein in Ostaustralien ansässiger Eisvogel; auffallend ist sein Ruf, der einem lauten, leicht hysterischen Gelächter ähnelt
Loris – sind mittelgroße Papageien mit glänzendem Gefieder; obwohl alle Farben vorkommen, sind *Loris* meistens rot, grün oder blau
Maka – (Aboriginal) - kleines Feuer
Outback – Bezeichnung für das Innere Australiens oder die australischen Regionen jenseits der Zivilisation; umfasst nahezu Dreiviertel des Landes
Queensland Southern Protector of Aborigines – Die **Beschützer der Aborigines** wurden 1938 eingerichtet. Sie sollten die Rechte der Ureinwohner schützen und Gewalt gegen sie verhindern. In einigen Bundesstaaten allerdings verstanden sich die **Protectors** als Vormund und griffen weitreichend in das Leben der Aborgines ein

Skink – Glattechsen, meist harmlos
Suffragetten – Frauenrechtlerinnen, die vor allem für das Frauenwahlrecht eintraten
Telopea – immergrüne Sträucher mit auffallend roten Blüten
Tim Tams – Schokoladenkekse, die es in diversen Geschmacksrichtungen gibt
To have a go – »Probieren wir's mal« – australisches geflügeltes Wort
Walkabout – Begriff für das Wandern der Aborigines auf den traditionellen Songlines oder Traumpfaden
Wallaby – Unterart der Kängurus; umfasst die kleineren Gattungen
Yagara – Aborigine-Stamm südwestlich von Brisbane

HISTORISCHE PERSÖNLICHKEITEN, DIE IM TEXT ERWÄHNT SIND

Elisabeth Brentnall - Direktorin einer Mädchenschule und Präsidentin der *Woman Christian Temperance Union* von 1886 bis 1899

Leontine Cooper (1837-1903) – war Lehrerin, Gewerkschafterin, Sozialistin und Frauenrechtlerin, die sich auch gegen das *Blackbirding* stark machte; Gründungsmitglied der **Queensland Woman's Suffrage League**; Autorin von Kurzgeschichten und Herausgeberin des *Star*, der ersten Frauenzeitschrift in Queensland

Lilian Violet Cooper (1861–1947) – Brisbanes erste Ärztin und erste Autofahrerin

Emma Miller (1839-1917) – war Frauenrechtlerin, Gewerkschafterin, Pazifistin und Mitbegründerin der **Australian Labor Party** sowie Präsidentin der **Woman's Equal Franchise Association**

Archibald Meston (1851-1924) – war **Queensland Southern Protector of Aborigines** sowie Politiker, Journalist, Autor, Naturwissenschaftler und Entdeckungsreisender

Eleanor Trundle gründete 1894 in Queensland die *Wo*-**men's Christian Temperance Union**, eine eher konservativ ausgerichtete Frauenrechtsorganisation

DANKSAGUNG

Ohne die folgenden Menschen – und Kater – wäre »Im Schatten der Goldenen Akazie« nicht das Buch, das es jetzt ist. Ich bedanke mich bei:

Sabine Lindecke, Testleserin und Ansprechpartnerin für alle Dinge, die Australien betreffen.

Matthias Hofinger, Testleser und Schreibkrisenbegleiter.

Angela Kaus und Tanja Prskawetz für ihre schnellen Rückmeldungen zum Cover.

Großen Dank schulde ich Sarah Buhr, www.covermanufaktur.com, deren Coverentwürfe mir alle so sehr gefielen, dass ich mich kaum für eines entscheiden konnte.

Ursula Hahnenberg, https://lektorathahnenberg.wordpress.com/, hat durch ihre inhaltlichen Anmerkungen sowie ihr Sprachgefühl der Geschichte unglaublich weitergeholfen. Die Zusammenarbeit war eine Freude und hat dazu geführt, dass ich die Geschichte mit viel Spaß wieder gelesen habe. Danke!

Danke an Barbara Lösel, www.wortvergnügen.de, für ihren Blick für Details und sprachliche Finessen, die das Korrektorat zu einem Vergnügen machten.

Ich danke Grit Bomhauer, www.grittany-design.de, für das Erstellen von eBook und Druckdatei, so dass die Bücher wie Bücher aussehen. Ich liebe die Akazien über den Kapiteln und das Känguru.

Johannes Zum Winkel, www.ebookboss.de, danke ich für seine Hilfe und die hilfreichen Tipps zu Cover und Klappentext.

Für ihre Unterstützung und die lesenswerten Rezensionen, die sie auf ihren Blogs schreiben, danke ich:

Angela Kaus: http://ankaszz.blogspot.de/

Beate Senft: http://lord-byrons-buchladen.blogspot.de/

Claudia Schütz: http://missnorges.blogspot.de/

Hannelore Kühlcke: www.lesegenuss.blogspot.de

Kerstin Müller: http://woerterkatze.wordpress.com/

Kerstin Weihe: http://www.kerstin-weihe.de

Monika Stutzke: http://lesendes-katzenpersonal.blogspot.de/

Nicole Pichler: http://nik75.blogspot.de/

Simone Möller: http://ninis-kleine-fluchten.blogspot.de

Susanne Langer: http://klusiliest.blogspot.de

Tanja Prskawetz: http://nichtohnebuch.blogspot.de/

Schließlich bleiben die Musekater, die ihren Job mit Engagement und kätzischer Eleganz erledigten. Sofern sie nicht auf dem Notebook schlafen wollten oder über die Tastatur liefen, bis sich der Bildschirm quer stellte (ja, Graubrot, du bist gemeint!).

DIE AUTORIN

Christiane Lind hat sich schon immer Geschichten ausgedacht, die sie ihren Freundinnen erzählte, aber selten zu Papier brachte. Erst zur Jahrtausendwende erinnerte sie sich daran und hat inzwischen Romane bei Rowohlt, Thienemann, Knaur, Aufbau und Amazon sowie im Selbstverlag veröffentlicht.

Beim Schreiben begibt sich Christiane Lind am liebsten auf die Spur von Familien und deren Geheimnissen.

Nach beruflichen Zwischenstationen in Göttingen, Gelsenkirchen und Bremen teilt sie heute in Kassel eine Wohnung mit unzähligen und ungezählten Büchern, einem Ehemann und drei Katern, die erwarten, in den Romanen eine Rolle zu erhalten.